徳間文庫

山田正紀・超絶ミステリコレクション#1

妖鳥《ハルピュイア》

山田正紀

徳間書店

目次

聖バード病院4F

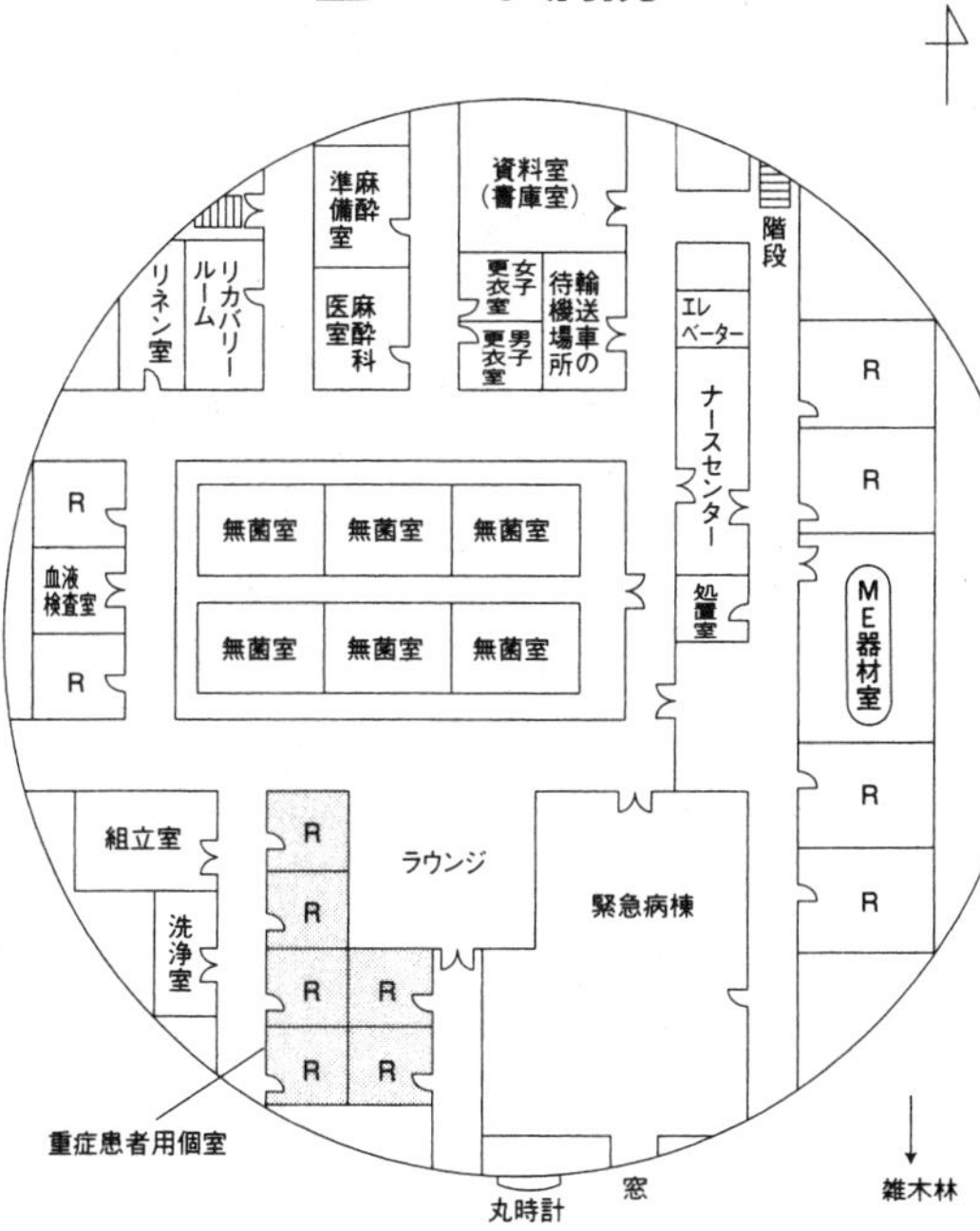
資料室
(書庫室)
麻酔準備室
麻酔科医室
女子更衣室
男子更衣室
輸送車の待機場所
リカバリールーム
リネン室
階段
エレベーター
ナースセンター
処置室
R
無菌室
血液検査室
ME器材室
組立室
ラウンジ
緊急病棟
洗浄室
重症患者用個室
丸時計
窓
雑木林

妖鳥《ハルピュイア》

誰?

女はまだ造られていませんでした。

ギリシア神話

－5

ふいに黒い羽ばたきが窓をかすめた。

砂を撒《ま》いて投げつけたようにガラスが鳴って、黒い影がよぎり、クワァォ、と嗄《しわが》れた啼《な》き声を残した。

思わず驚きの声をあげた。

それまでベッドに寝ころんで、マンガ雑誌を読んでいたのだが、その雑誌を投げだし、反射的に立ちあがる。

そして窓の外を覗いた。

空は闇に沈んで暗い。その暗い空の地平に接するあたりが、わずかに明るいのは、街の灯が映えているからだろう。眼底出血を思わせるような不吉な血の色だ。眼底出血？ 何でそんな妙なことを思いついたのか。落葉した木々が細い枝をひろげているのが、毛細血管に似ていて、それが眼底出血を連想させるのか。

そんなふうに窓の外を見ていると、自分が逆に誰かから見つめられているような錯覚にかられる。闇そのものが巨大な目と化して窓から覗き込んでいるかのようだ。誰かがおれを見ている。その闇の視線をひしひしと痛いほど肌に感じた。

思わず窓から後ずさり、そして後ずさった自分に舌打ちする。

——バカな。たかがカラスが飛んだだけじゃないか。なにをくだらないことを考えているんだ！

多摩市の郊外にある病院だ。人家があり雑木林がある。カラスにしてみれば、餌場があり、子育てをする場所があるということだ。群れるのが当然だ。

窓から離れ、ベッドに腰をおろす。ぼんやりと部屋を見まわした。

ベッド、テレビ、机、電話、黒板（当直医師への注意事項が書かれている）、それに洗面台……広さは六畳ぐらいか。どこの病院でも当直室はこんなものだ。特にこの病院の待遇が悪いというわけではない。ただ当直室が一階の霊安室の隣りにあるというのはどんなものだろう。いくら医者でも気持ちのいいものではない。

——そんなことだから、カラスが窓をかすめただけで、あらぬ妄想にかりたてられるんだ……

彼はそう思い、いや、それだけではない、とそのことを否定する。

この病院には妙な噂があるらしい。

その噂が頭の隅にこびりついていて、それで必要以上に神経過敏になっているのではないか。

彼がこの病院でアルバイトをするのはこれで六度めになるが、最初のバイト当直の夜にはもうその噂を聞いた。

これがじつに妙な噂なのだ。

この病院では人が死ぬ夜には黒くて大きなものが飛んでくるというのだ。

−4

彼は都心にある某公立病院の医師だ。まだ若く、当然のことながら、非常な薄給で、べつの病院で当直のアルバイトでもしなければ、とても生活していけない。

アルバイトは週に一度、夕方の六時から朝の六時までが勤務時間になっている。

バイト当直医は病院に出るとすぐに、居残り当番の常勤医から、重症患者などの申し送り（引き継ぎ）を受け、院内ポケットベルと当直日誌を渡されることになっている。

バイト当直の最初の夜、申し送りが終わったあとで、ふと思いだしたように、居残り当番の医師がこんなことをいったのだ。

「そうそう、これもいっておいたほうがいいかな。この病院には妙な噂がある。患者が死ぬ夜には決まって死に神が現れるというんだよ」

「……………」

「なんでも黒くて大きな翼がある死に神だというんだけどね。雑木林のほうから病院に飛んでくるんだそうだ。患者がステルベン（死亡）したときには気をつけたほうがいい。どうせ死に神なんてグロテスクな顔してるんだろうからな。へたにそんなものを見ようものなら夢に見かねない」

「……………」

その医師は冗談めかした口調でいい、悪意はないのだろうが、からかっているのだ、と彼はそう受けとった。

が、どうやら必ずしも、からかっているばかりではなかったようだ。

その医師が帰ったあとに、当直婦長が申し送りに来たのだが、彼がそれとなく水を向けると、当直婦長もやはり似たようなことを口にしたのだ。

ただし、現れるのは死に神ではなくハルピュイアだという。

「ハルピュイア？　何です、それ」

彼は面食らった。

「あら、ご存知ないんですか。ギリシア神話に出てくる翼のある化け物ですよ」

婦長は笑いを嚙み殺したような顔をしていた。

翌日、帰宅してから、本棚からギリシア神話の本を取りだして、ハルピュイアのことを調べてみた。

それによれば、ハルピュイアは、女の顔、するどく曲がった爪、不潔な下腹部を持つ禿《はげ》鷹《たか》なのだという。

つねに、癒すことのできない空腹にさいなまれていて、山から舞い降りてきては、宴の準備のできた食卓に襲いかかる。不死身で、悪臭を放ち、耳ざわりな声で鳴いて、何でもおかまいなしに糞で汚してしまう。

――ハルピュイアか。あまりゾッとしない生き物だな……

彼は顔をしかめた。

もちろん、人が死んだ夜に、ハルピュイアが現れるなどという話を本気で信じたわけではない。いまどき子供でもそんな怪談は信じないだろう。

噂は信じない。が、どうして、そんな噂が生まれたのか、その理由を想像することはできる。

まず病院の名だ。

聖バード病院、という。

なんでも病院の創始者が鳥居《とりい》とかいう名で、それでこんな病院名がつけられたのだという。物好きとしかいいようのない名で、その、バード、との連想から、人が死んだ夜にハルピュイアが飛んでくる、などという噂が生まれたのかもしれない。

連想といえば、聖バード病院の最寄りの駅は、小田急線・京王線の〝多摩センター〟なのだが、この駅の近くにはパルテノン多摩という妙な建造物がある。大きな階段をきざんだ頂上に、アテネのパルテノン神殿を模した建造物がそびえているのだ。

彼の感覚からいえば、悪趣味とも何ともいいようのない建造物だが、この模造のパルテノン神殿が人々にギリシア神話を連想させて、それが聖バード病院のハルピュイア伝説を生んだのではないか。

それになにより、多摩丘陵の雑木林のなかにある、という聖バード病院の立地条件を考えなければならないだろう。雑木林にはカラスの群れが生息していて、人が死のうが死ぬまいが、カラスたちはいつも病院のまわりを飛びかっているのだ。

そんな条件のあれやこれやが重なって、人が死ぬ夜にはハルピュイアが飛んでくる、などというらちもない怪談話になってしまったのだろう。

要するに、そんな噂は気にしなければ、それで済むことなのだ。

この聖バード病院は、六病棟、三百ベッドの総合病院で、これまでのバイト当直の経験では、深夜零時を過ぎて外来が来ることはなかったし、救急車が重症患者を運び込んでくることも一度もなかった。

一度、外来で心肺蘇生《CPR》術をしたことがあるだけで、ステルベン（死亡）した患者もふたりしかいない。

朝、バイト当直を終えると、彼はすぐにその足で、自分が勤務している都心の病院に向かい、一日、またそこで働かなければならないのだ。

つまり、深夜を過ぎれば、朝までグッスリ眠れる聖バード病院の当直医は、かけがえのないアルバイトというべきだった。くだらない噂にまどわされて、その仕事をふいにするのは愚かしい。

それ以外にも、彼にはこのアルバイトをつづけなければならない個人的な理由があって、週に一度、聖バード病院の当直医の仕事を重ねてきたのだ。

これまでハルピュイアのことなど気にしたこともない。ほとんど思いだしたことさえないのだった。

——それがどうして？

今夜にかぎって、あの窓をかすめたカラスのことがこんなに気にかかるのか。いや、窓ガラスを殴《う》つ音に振り返り、かろうじて彼が見ることのできたのは、黒い翼の羽ばたきだけなのだ。一瞬、黒い翼が、窓に羽ばたいたかと思うと、すぐに消えてしまった。それがほんとうにカラスだったと確認したわけではない。

カラスでなくて何だったというのか？　ハルピュイア？　はは、そんな馬鹿な……

彼はあらためて窓を見た。

窓は深々と闇を呑んでただ暗い。

その闇の底に滲《にじ》んだ街の灯が眼底出血のように見えたことを思い出した。闇そのものがひとつの巨大な眼であり、それが自分を凝視しているというあの感覚が、ふたたび蘇ってくるのを感じた。なにか体の底からじわっと炙《あぶ》られるような、ほとんど恐怖にも似た感覚だった。

そのときハルピュイアが鳴いた！

するどく、まがまがしく、嗄れたハルピュイアの鳴き声は、しかし彼の幻聴であった。現実にはポケットベルが鳴ったにすぎない。

「…………」

ベッドから立ちあがったが、その足がよろめいていた。

神経が剝《む》き出しになっているのを感じた。か細い電球のフィラメントのようにいまにも切れそうに白熱していた。

彼は意味もなく怯《おび》えていたが、その繊細な神経のそよぎの底には、たしかにある種の期待感がこもっているようだった。

ポケットベルに表示された番号を回し、相手が受話器を取るのを聞いて、

「きみか」

そう尋ねたのだが、その声がわれながら浅ましくうわずるのを覚えていた。

が、彼の期待は、空しくはぐらかされることになった。いや、相手の緊張した声を聞いたとたん、自分が秘かにそのことを期待していたことさえ忘れた。

「当直の先生ですか。すぐにＨＣＵ（緊急病棟）のほうにいらしていただけませんか」

まだ若い看護婦らしい。その幼い声がいまにも泣きだしそうに張りつめていた。

「何かあったんですか」

彼はことさら落ちついた声をだそうと努めていた。

「大変なんです。すぐにＨＣＵに来てください」

「ええ、すぐに行きます。だけど、そのまえに状況を教えてくれませんか。どうしたんですか」

「大変なんです。とにかく大変なんです」

「…………」

彼は内心ため息をついた。

看護婦のこの動転ぶりから察するに、患者の容体がよほど劇的に急変したのにちがいない。

——今夜は眠れそうにないな。

どうやら主治医のかわりに患者のステルベン（死）を看《み》とることになりそうだ。患者の家族が病院に駆けつけてくれれば、そのムンテラ（説明）もやらされることになる。最悪の場合は朝まで一睡もできない。

これまでアルバイト当直を重ねてきて、深夜に、一度しか病棟に呼び出されたことがなかったのは、たしかに幸運だったといえるだろう。が、聖バード病院に緊急病棟《HCU》の設備があり、三百ものベッド数がある以上、いつまでもそんな幸運がつづくはずはない。いずれは患者のステルベン（死）に立ちあうことになる。ついにそのときがきたのだと覚悟した。

しかし、どんなに経験の浅い看護婦であろうと、重症の患者を担当していれば、その患者が死ぬことを考えないはずがない。それがどうしてこんなふうに素人さんのように動転しているのか、そのことが妙といえば妙なことだった。

が、看護婦の話を聞いて、その疑問がいっぺんに吹き飛んでしまった。なるほど、こんなことが起こったのでは、どんなに経験を積んだ看護婦であろうと、動転せざるをえないだろう。

看護婦はこういったのだ。

「HCUの患者さんが消えてしまったんです。今日の午後、クモ膜下出血で緊急入院した患者さんなんですけど、絶対に安静で動けないはずなのに、どこかに消えてしまったんですよ！」

—3

うす暗い緊急病棟に、シーシー、という人工呼吸器の音が聞こえている。

それが彼の耳には瀕死の重病人のいわば喘鳴《ぜんめい》音のように聞こえる。医者なのにいつまでたってもこの音に慣れることができない。死ぬまで慣れないのではないか。

緊急病棟に収容されているのは、クモ膜下出血、全身火傷、大動脈瘤など、すべて居残り当番の常勤医から申し送りを受けている重症患者ばかりだった。

なかでもクモ膜下出血で倒れた中年男性は、DNRの指示を受けていて、ここ一日二日がやまと見なされていた。

DNRとは、〝Do Not Resuscitate〟の略で、「心肺蘇生術をするな」という指示のことだ。つまり、家族が希望して、それ以上の延命措置をしない、ということであり、それだけ重症患者であるのを意味している。病院でいう終末期《エンドステージ》にある患者なのだ。

緊急病棟の当直看護婦は二人いる。

一時間ごとに血圧、脈拍、尿、点滴など、患者の状態を点検し、そのあいまに患者の体を拭いたり、シーツを取り替えたりする。しかし、緊急病棟には十人もの患者が収容されていて、二人の当直看護婦だけではどうしても目が届かないところがある。

そのクモ膜下出血の患者も、当直看護婦たちが三十分ばかり目を離した隙に、ベッドから消えてしまっていたという。

もっともそのことで看護婦たちを責めるのは酷というものだろう。

「患者は動けません。意識がないんですから。どこにも行くことなんかできないはずなんですよ。どこにも行けないはずなのに行ってしまったんです！」

ありえないことが起こったのだ。そのことで看護婦を責めることはできない。

「…………」

彼もまた、どうしていいのかわからず、ただぼんやりと空になったベッドを見つめている。

点滴や、頭から血を抜くチューブ、人工呼吸器の管などが、ベッドのうえに投げだされていた。

もちろんＤＮＲの指示を受けた患者が自力で動けるはずがない。キャリアで運ばれたとしか考えられないが、ＤＮＲの指示を受けている瀕死の重症患者を、誰が、どんな目的でベッドから連れだしたのだろう？

「…………」

二人の看護婦たちも呆然《ぼうぜん》としている。

呆然とするのが当然で、彼女たちが学んだ看護学には、こんなとんでもない事態に対処するすべは入っていない。

それはバイト当直医の彼にしても同じことで、

――おれはアルバイトなのに。その患者の顔も見たことがないのに……

恨みがましく、胸のなかでそうくり返している。そして、それ以外に、彼にできることは何もない。

ＤＮＲ指示を受けているほどの重症患者が緊急病棟から消えた……ありえないことだった。たんに椿事《ちんじ》というにとどまらず、そこには何かしら常軌を逸した、奇妙に異常なものが感じられた。心の底で何かがちりちりと不吉に波うつのを感じていた。

そのせいだろうか。いま、彼がしきりに思いだしているのは、窓をよぎったあの黒い翼のことなのだ。

――あれはほんとうにカラスだったのか。もしかしたらあれはハルピュイアだったのではないか。

女の顔、不潔な下腹部、するどい鉤爪《かぎつめ》を持つという妖鳥が、重症患者を緊急病棟からひっさらって、はるか冥府の地に飛んでいく……

もちろん、本気でそんなことを考えたわけではない。妄想だ。妄想にしてもあまりに荒唐無稽で愚かしい。しかし……

緊急病棟にはテレビモニターや自動血圧計などの機械類が多い。その機械の放熱で、室温は高く、全身がじっとりと汗ばんでいるのだが、その汗が氷柱《つらら》のように冷たくなっているのを覚えていた。

彼は恐ろしかったのだ。ただもう意味もなく恐ろしかった。

もっとも、バイト当直医の彼はともかくとして、看護婦たちはいつまでもそこで呆然と立ちすくんではいられない。緊急病棟には、姿を消した患者以外にも、何人もの重症患者が収容されているのだ。

自動血圧計のひとつが鳴って、患者の血圧が設定値を外れたことを告げた。

看護婦がひとり、その患者のもとに去っていった。異常な事態に接し、ストレスにさらされている。通常の業務につくことが、むしろ救いのように思われるのだろう。ほとんど逃げるような足どりだった。

残念ながら彼にはどこにも逃げるところがない。

ひとり残った若い看護婦が、

「先生、どうしましょう」

そう心細げに聞いてきた。

「…………」

彼はぼんやりと看護婦の顔を見た。

どうすればいいか？　そんなことは彼にもわからない。

一応、バイト当直医の心得として、緊急医学マニュアルや薬品ガイドブックなどを持ってきてはいるが、どんなテキストを読んでも、こんな事態にどう対処していいか記されているはずがない。一晩五万円のアルバイトでそこまで期待されるのは酷というものではないか。

「きみは――」

彼はなかば放心し、それまで自分でも思ってもいなかったことを口にした。

「今晩、なにか黒い鳥が飛んでいるのを見なかったか？」

口にしたとたんに自分の質問を後悔していた。赤面した。おれはなんて馬鹿なことを聞いてしまったのだろう。慌てて自分の言葉をうち消そうとし、しかし、どう否定していいのかわからずに口ごもった。何をどういいつくろっても恥の上塗りになるだけのような気がした。

「いや、いいんだ。馬鹿なことをいった。忘れてくれ。ぼくは、ぼくは……」

彼は目を伏せた。顔にドッと汗が噴きだしてきた。その汗もやはり冷たい。

「…………」

そんな彼を若い看護婦がジッと見つめている。その顔に浮かんでいる表情は、あれは蔑《さげす》み？　それとも哀れみだろうか。

そのとき緊急病棟にべつの病棟の看護婦が現れ、声をかけてこなければ、彼はその場にいたたまれずに逃げだしていたかもしれない。

「先生、ちょっと来ていただけませんか」

その看護婦は低い静かな声でいった。

声は静かだったが、それは努めて平静を装おうとしているからのように感じられた。そして、そのことがかえって、その看護婦の緊張をあらわにさらけだしていた。

彼の耳にはその静かな声がほとんど悲鳴をあげているようにも聞こえたことだった。

―2

シューッシューッ、という低い噴出音が聞こえている。耳をすまさなければ聞こえないほど低い。

オゾン発生器の燻蒸《くんじょう》音だった。

オゾンガスで無菌室を燻蒸している。

無菌室を完全に燻蒸するには四十八時間という時間を要する。排気孔《ダンパー》を閉め、流しの排水口にゴム栓をし、浴槽の排水口や、ドアの隙間などにガムテープを貼り、完全に密閉するのだ。

流しに水を張り、床頭台の引出しやひらき戸は開ける。トイレの便座も上げておかなければならない。

オゾンガスは殺菌力に優れているが浸透力が弱い。燻蒸をするときには、物品の配置によく注意を払い、ドアやカーテンなど外からのガムテープ密閉を完全なものにしなければならない。

ある患者が三日後に無菌室に入る予定になっている。そのために昨日《きのう》の午後六時から、無菌室を完全に密閉し、オゾン燻蒸をおこなっているのだ。

オゾンガスは酸化作用が強く、鉄やゴムを腐食する。テレビ、ワープロなどの精密機器類や、コンプレッサー耐圧管、駆血帯などのゴム製品は、あらかじめ室内から持ちだしておく必要がある。

問題は天井に設置されているビデオ・カメラだ。

ビデオ・カメラを取り外すと、あとで配線しなおさなければならない。それが面倒だ。その面倒を避けるために、ビデオ・カメラだけはビニールで厳重に梱包し、部屋に残しておくことにした。

無菌室の様子はナースセンターのモニターに映される。もちろん、燻蒸のときにビデオ・カメラのスイッチが入っていないことはいうまでもない。

ところが——

ナースセンターの当直看護婦がそのビデオ・カメラが作動していることに気がついたのだ。

ビデオ・カメラのレンズもビニールに覆われている。そのビニールを透かして、ぼんやりと無菌室の光景がモニターに映しだされていた。

もちろん、ただそれだけのことで、その看護婦が緊急病棟にいたバイト当直医のもとに駆けつけたわけではない。たんにビデオ・カメラが誤作動しているだけのことなら、ナースセンターのリモコン・スイッチを切ればいいだけのことなのだ。

「…………」

現に、ナースセンターの当直看護婦は、反射的にビデオ・カメラのスイッチを切ろうとしたのだ。スイッチを切ろうとし、なんの気なしに、モニターを覗き込んで、ふとその眉をひそめた。そして、ジッとモニターを見つめる。

ビニール梱包にふさがれた映像は不鮮明だった。濃い霧に閉ざされたように、あるいはとりとめのない夢のように、ぼんやりと白濁していた。そんな不鮮明な映像のなかに、男がひとり、ベッドに仰向けに横たわっているのが映っていたのだ。

燻蒸消毒中の無菌室に患者が寝ていることなどありえないことだ。ありえないが、ビデオ・カメラの映像に人間が映っているのは、まぎれもない事実なのだ。

その人は動かない。ベッドに横たわったままピクリともしないのだ。

「…………」

看護婦は顔色を変えた。

緊急病棟《HCU》から重症患者が消えてしまったという連絡はすでにナースセンターに入っている。

看護婦が無菌室のその人をＨＣＵから消えてしまった患者と結びつけて考えるのは自然なことだった。

院内ポケットベルを鳴らすのさえもどかしかった。看護婦はナースセンターを飛びだして、ＨＣＵにいるはずのバイト当直医のもとに向かったのだった……

無菌室は二重になっている。

外ドアを入ると、そこに無菌室の周囲をとり囲んでいる面会者用廊下がある。

外ドアと向き合う位置に内ドアがある。

その内ドアから先はかぎられた医療関係者以外は入れないことになっている。

外ドアの外側には、除塵《じょじん》吸着マットが二枚敷かれていて、内ドアの外側にはグリーンマットが敷かれている。

内ドアを開けると、そこには中央通路が延びていて、両側に三室ずつ、計六室の無菌室が並んでいる。

人がベッドに横たわっているのは右手の最初の無菌室だった。

いまは燻蒸消毒の最中だ。いきなり無菌室に飛び込んでいくのははばかられた。

面会者用廊下の電動カーテンを開けて、面会窓から無菌室を覗き込んだ。

ベッドに仰向けになって男が横たわっているのが見えた。たしかにＨＣＵから消えたクモ膜下出血の重症患者だった。

ほかに方法はない。

どんなにありえないことであっても、そこに人がいる以上、燻蒸を中止するしかなかった。

「無菌室に入ります。いいですね」

看護婦たちはバイト当直医の彼に決断を求めてきた。

しかし、どうして彼に即答することができるだろう？

当直医とはいっても、彼は若いし、経験も十分とはいえない。なにより、彼はたんなるアルバイトにすぎず、こういうときの聖バード病院のしきたりについては何も知らないのだ。

「そんなことしていいのかな。せっかくの燻蒸が台無しになっちゃうぜ。ええと、こういうとき、聖バード病院の決まりではどんなふうになっているのかな」

「しっかりしてください。こんなときの決まりなんかあるはずないじゃないですか」

看護婦たちは彼の決断力に見切りをつけたようだった。自分たちで勝手に判断し、内ドアを開けると、無菌室の中央通路に飛び込んでいった。

もともと彼女たちには、研修医や、若いバイト医師たちの能力をそれほど信頼してはいないところがある。

やむをえず彼も内ドアを開けて中央通路に入っていった。

看護婦たちの態度に少なからず傷ついていた。

——あの子ならこんなふうにおれを見ない。どうしてあの子はここにいないんだろう?

一瞬、そんな恨みがましい思いが、胸をよぎった。

無菌室の出入り口は三枚式のスライド・ガラスになっている。使用時には、このガラス戸は開けられ、電動カーテンが引かれているのだが、いまはガラス戸は閉ざされ、その隙間には外側から布製のガムテープが貼られている。オゾンガスが外に洩れないように密閉されているのだ。

看護婦たちは先を争うようにしてそのガムテープを剝がしにかかった。

ガムテープを剝がすとその隙間からオゾンガスが洩れた。出入り口のまえに敷かれているグリーンマットが濡れた。

ガムテープを剝がし、スライド・ガラスを開けた。ガラス戸を開いて看護婦たちが飛び込んでいった。

ひとりでオゾンガス発生器のスイッチを切った。残りは患者のもとに駆け寄った。

そのうちのひとりが、

「死んでる！」

そう叫んだ。

病院では〝死〟は日常茶飯事だ。人が死ぬのを見るのには慣れっこになっている。看護婦たちが立ちすくんだのは患者が死んでいるのに驚いたからではない。縊死しているのに驚いたからなのだ。

「どいてくれ」

さすがにこういうときには医師の資格を持つ彼のほうが迅速に反応した。

患者を検《み》た。

死体の首には二重にロープが食い込んでいた。ロープの結び目は首の後ろにあり、そのもう一方の端はベッドから床に垂れていた。ロープの長さは二、三メートルというところか。

顔面が暗赤紫色に変色し膨張している。いわゆるチアノーゼだ。念のために指で瞼《まぶた》を開けてみる。眼瞼眼球血膜に溢血点《いっけつてん》があった。縊死《いし》であるのは間違いない。

「…………」

反射的に天井を見あげた。

天井にはロープをかける梁《はり》のようなものはない。が、縊死だからといって、必ずしも高いところにロープをかける必要はない。うろ覚えだが、たしか頸部を圧迫して窒息死するには、三・五キロの圧力がかかればいい、と聞いたことがある。簞笥《たんす》の引き手にロープをかけ、まえに倒れ込んで自殺した例を聞いたことがある。

彼は看護婦たちを振り返った。

「この人はHCUの患者ですか。クモ膜下出血で入院した人ですか」

「ええ、そうです。そうなんですけど、でもどうしてこんなことに――」

看護婦のひとりが答えたが、その声は震えていた。

「だってこの人は意識不明で動けないはずなんですよ。それなのにこんなふうに自殺するなんてできっこないわ」

「自殺……」

彼はぼんやりとつぶやいた。あらためて死体を見る。

たしかに状況からいえば自殺だろう。ロープは喉から頸部斜め上方に食い込んで、その結び目が後ろにある。自分で首を吊ったとしか思えない。

が、看護婦がいったように、緊急病棟《HCU》に収容され、動くこともできない患者が、自殺することなどできるはずがない。そんなことは不可能だ。

患者の意識はなかったはずだから、自殺を偽装し、殺害するのは容易なことだろう。誰かが、患者が自分で首を吊ったように見せかけて、その首にロープを巻き、そのうえで吊りあげたのではないか。そう想像するのはたやすい。

しかし、この患者はクモ膜下出血で意識不明だったし、主治医から「心肺蘇生術不要《DNR》」の指示を受けるほどの重態だったのだ。今夜にも死亡すると思われていた患者を、誰がどうして、わざわざ自殺を偽装し殺さなければならないのか。あまりに不自然ではないか。

それに無菌室が密閉されていたことを忘れてはならない。ドアの隙間には外側からガムテープが貼られていた。もちろん自殺を偽装し、患者を殺した犯人が、無菌室を出たあとであらためてガムテープを貼りなおすことは可能だ。その意味では完全な密室というわけではない。

が、そんなことをすれば、オゾンガスは外に洩れるはずだ。中央通路かグリーンマットが濡れる。無菌室に入るときには通路のどこも濡れていなかった。いや、それはいい。そんなことはどうにでも細工できる。

燻蒸を開始したときにはこんな死体はなかった。それが、いま、現にこうして死体があるのだから、誰かがガムテープを貼りなおしたとしか考えられない。

一般的に考えれば、密室で人が死んでいれば、その人間は自殺したということになるだろう。が、この場合は、隙間にガムテープが貼られていることが、逆に自殺を偽装した他殺であるのを証明しているわけだ。

しかし——

ほんとうに不可解なのは、犯人にどうしてそんなことをする必要があったかというそのことなのだ。

患者は深昏睡の状態にあった。意識もなければ身動きもしない。どんなに犯人が自殺を偽装し、無菌室を密室状態に細工したところで、そもそも患者に自殺することなど不可能なのだ。自殺を偽装すること自体、なんの意味もないことではないか。

——どう考えてもこれは他殺だ。

そう結論するしかないが、そうなると今度は、今夜にも死亡するだろう重症患者をどうしてわざわざ殺さなければならないか、という疑問にぶつかることになる。

つまり、どんなふうに考えても、矛盾が生じることになる。現実にはありえないことなのだ。自殺にせよ、自殺を偽装した他殺にせよ、この状況はあまりに不可解で、どこかにとんでもない歪《ゆが》みがあるとしか思えない。

「…………」

頭のなかでなにか歯車が軋《きし》むようなのを感じた。頭の芯に鈍い痛みがある。

彼は腕に鳥肌がたつのを覚えていた。

——恐ろしい。

ふとそう思った。

医師であれば死体など見慣れている。死体ぐらいありふれたものはない。いまさら、そんなものは恐ろしくも何ともない。

それなのに彼は怯えていた。腕に鳥肌がたつほど怯えきっていた。

なにがそんなに恐ろしいのか？

この状況のどこかに、なにか理性ではおよびもつかない、グロテスクなものが秘められているのを感じたからだった。ほとんど異次元的といっていいなにかが暗示されているのを感じるのだ。

そのことが恐ろしい。恐ろしくて恐ろしくてならないのだった。

そして、その恐怖感は、彼ひとりだけではなく、当直看護婦たち全員に共通するものであるようだった。石化《せっか》したように立ちすくんでいた。

看護婦のひとりが、

「警察に連絡したほうがいいのかしら？」

そうつぶやいたが、現実に動こうとする者はひとりもいなかった。

誰もがただ呆然として死んだ患者を見つめながら立ちつくしているのだった。

そのなかのひとりが、先生、と背後から低い声でいった。

「…………」

彼はぼんやりと看護婦を見た。

HCUの当直看護婦だった。

「先生、覚えてますか」

囁《ささや》くようにいった。

「先生はさっき黒い鳥が飛んでいるのを見なかったかとお聞きになりましたよね？」

「いや、あれは……バカなことをいった。忘れてくれ。なにも本気で――」

「そうじゃないんです」

看護婦は彼の言葉をさえぎった。唇がいまにも泣きだしそうに震えていた。その目にありありと恐怖の色が滲んでいた。

「わたし、見たんです。ほんとうに見たんです」

「…………」

「今夜、裏の雑木林で、なにか黒いものが枝から枝に飛んでいくのをほんとうに見たんですよ！」

－1

狭い、細長い、棺桶のような部屋だ。

ぼんやりと赤い照明がともっている。人によっては血のように赤い照明だと形容するかもしれない。赤いが暗いのだ。

そこでふたりの人間が激しく揉みあっていた。争っているのだ。ひとりがもうひとりをベッドに押さえ込もうとし、もうひとりはそれに抵抗している。ふたりとも無言で、ただ息だけが荒い。

赤く暗い照明のなかにふたりの姿は陰画のようにぼんやり滲んでいた。赤い翳《かげ》の底に沈んで、よくその姿を見さだめることができない。

ひとつには、ふたりながら白衣を着ていることが、その姿を見づらくしている理由になっているのかもしれない。ひとりは看護婦の白衣を着ていた。もうひとりが着ているのは医師の白衣だ。

ついに医師が看護婦をベッドに押さえ込んだ。看護婦の体を押さえ込んで、右手に注射器をかまえた。注射器が赤い光に映えて滲んだ。注射した。

看護婦は悲鳴をあげた。背中を反らし両手で医師の体を押しのけようとした。その力がふいに抜けた。息が洩れるように悲鳴がやんだ。ズルズルと上半身をベッドから落とし、一、二度、痙攣《けいれん》した。そのまま動かなくなった。垂れた右手の指が床に触れていた。

きれいにマニキュアされた指だった。

0

ここに金庫がある。

間口《まぐち》二・七メートル、奥行き三・六メートル、高さ二・四四メートル……有効面積は九・七平方メートルというところか。

パネルの厚さ十センチ、重量一平方メートル当たり二百八十キログラム。厚さ三十センチの鉄筋コンクリートに相当する防犯性と、二時間もの耐火性能を誇っている。

扉はスイング式で、その全面に特殊防御材《クマヒラアロイ》を充塡している。クマヒラアロイの硬度は驚異的だ。超硬チップドリルでも貫通させることができず、酸素アセチレンガスでも切断することができない。

その金庫の扉が開いた。

なかは黒々と闇をのんで暗い。闇だけがある。闇しかない。

開いて、そしてすぐに閉じた。

扉が閉ざされたときからこのドラマは始まる。そして、いまはまだ、ドラマが始まったことを誰も知らない……

私は誰？

おかしな話ですが、ゼウスが初めて女というものを造って、プロメテウス兄弟と人間に贈ったということになっています。それは、プロメテウス兄弟が天の火を盗んだから、また人間はその火をもらったから、いずれもその罪を罰するために、女を贈物にされたのであります。初めて造られた女はパンドラと名づけられました。

1

寺の名は思いだせない。

この寺には弘法大師《こうぼうだいし》がお残しになった曼陀羅《マンダラ》が祀られている。そう聞いていた。その大《だい》日如来《にちにょらい》のおん姿は、えもいわれず神々しく、ありがたいのだという。そのお姿に接した者はひとしく合掌せずにはいられないのだという。それだけを聞いていた。

悩み多く、煩悩つきない我が身であれば、ぜひとも大日如来のおん姿に接し、そのお慈悲におすがりしなければならない。そのことのみを一心に念じ、わざわざ電車に乗って、そのお寺まで出かけていった。

ところが、おりあしく雨にたたられ、なにぶんにも大日如来は日輪の仏様でもあり、天候が崩れたことにいたくご機嫌を損じられたらしい。曼陀羅を抜けだし、ご他行になられたのだと聞いて（そのかわりに曼陀羅におわすのは不空成就如来《ふくうじょうじゅにょらい》なのだという）、当てがはずれ、いくぶんかは、はぐらかされたような思いにもなったのだが、どうもこのころからこれが夢であることに気がつき始めたようである。

やむをえず、寺を散策し、帰りまでの時間をつぶすことにし、雨のそぼ降る参道を歩いた。このお寺は山かげにあり、訪れる者もまれで、築地塀《ついじ》は破れ、石段は苔むし、ただ寂寞感をつのらせるのだが、そこかしこにアジサイの花が咲き乱れているのが、いくらかはわびしい気持ちをなごませる。

アジサイの寺といえば、鎌倉の瑞泉寺を思いだすが、瑞泉寺に弘法大師がお残しになった曼陀羅があるとは聞いていない。どうにかしてこの寺の名を思いだしたいものだ、と考えながら、参道を散策した。

雨に濡れそぼつアジサイは、黄色か紫の花ばかりで、ふしぎに赤いアジサイがない。雨にかすんだ参道に、ただ点々と、黄と紫の色だけがけぶって、それを見ているうちに、何かぼんやりと、とりとめのない思いにかられる。忘れてはならないものを忘れているような、そしてどうしてもそれが思いだせないような、もどかしくも切ない思いにかられるのだった。

それにしても、どうして赤いアジサイの花が一本もないのか、そのことが気持ちに引っかかる。

——それはあなたが赤い花が嫌いだからでしょう。

ふいにそう声をかけられ、声をかけられたとたん、ああ、そうか、自分はひとりではなく同行者がいたのだった、とそう納得し、しかし、ほんとうに自分は赤い花が嫌いだったろうか、と何かそのことだけは納得しきれない。

——そうなんですか。わたしは赤い花が嫌いなんですか。

——赤い花は忌み花よ。不吉な花だわ。そんなことはみんな知ってることだわ。赤い花なんかみんな根こそぎにしてしまえばいいんだわ。

そう断言されると、それ以上、いい争う気にもなれず、雨にそぼ濡れながら、参道の石畳をひたひたと歩いていく。

同行者はわたしに背を向けて参道を歩んでいる。それなのにその人がゆったりと微笑《ほほえ》んでいるのがわかる。微笑を絶やさない。

その微笑は、しかし、どうしてかわたしには恐ろしくてならず、そんなふうに微笑まずにいてくれたらどんなにいいだろう、と思わずにいられない。

お願いだから微笑まないで。わたしにはあなたの微笑みが恐ろしい。

あなた？　そう、たしかに、わたしはこの人を知っているのだが、頭のなかのどこか一点がせきとめられでもしたように、その人の顔も名前も浮かんでこない。いや、それどころか思いだしてはならない、思いだしたらとりかえしのつかないことになる、そんな強迫観念めいた思いにとらわれ、その場から逃げだしたくなる。逃げだしたいのだが、どうしたことか、すでに石畳を踏む足の感触がないではないか。

その人は足をとめて、ゆっくり、ゆっくりとわたしのほうを振り返ろうとする。その恐ろしい微笑み！　全身が呪縛されたように逃げようにも逃げられない。

わたしはその顔を見まいとし、その人を思いだすまいとし、これは夢だ、夢なのだ、覚めよ、覚めよ、と自分をはげまして、ついに目を覚ますのだが、そこでわたしを待っていたのは……

それよりもさらに何倍も恐ろしい本物の悪夢なのだった。

2

最後まで目のなかに残っていたのは黄色いアジサイの花だった（この世に黄色いアジサイなどというものがほんとうにあるのだろうか？）。アジサイの花は幻のように雨にけぶっていた。それがしだいに遠のいていき、溶暗し、やがて完全に消えた。あとには闇だけが残される……

目を覚ました。

覚ましたはずだった。

が、やはり夢のつづきのように、闇はそこにわだかまり、暗く重く体にのしかかっているのだ。

目を見ひらいた。そして、その闇をジッと凝視する。

意識はまだ完全には覚めていない。夢の感覚が体のなかにたゆたっていた。全身にけだるい麻痺が残っていた。

それでもしだいに夢の残滓《ざんし》がこぼれ落ちていく。それにつれて意識がはっきりと輪郭をきざんでいった。

最初に意識をかすめたのは床の硬さだった。ベッドで寝ているのではないようだ。首筋から肩、背中、腰にかけてこわばりを覚えた。ほとんど痛いといっていいほどだ。

ためしに床に指を這《は》わせる。硬い、そして冷たい。やはりベッドではない。こんなベッドがあるものではない。

それにしても暗い。真っ暗なのだ。どうしてこんなに暗いのか。

「…………」

指を枕元に移動させる。そして闇のなかをまさぐる。電気スタンドのスイッチを探したのだ。なにより明かりが欲しい。もっとも最初から電気スタンドなどないだろうとは予想していた。そもそもここには枕元そのものがないのだ。これは自分のベッドではない。

案の定、電気スタンドは見つからない。

――いやだ、どうしてわたしはこんなところで寝ているんだろう?

彼女は闇のなかでため息をついた。

要するに彼女はいつもの自分の部屋で眠っていないということなのだろう。目を覚ましはしたが、意識はまだ夢の浅瀬に片足を残していて、現実を的確に判断することができずにいる。自分がどこでどんな状況にいるのか、それをとっさに思いだすことができずにいるのだった。

目を開けてはいるが、ほんとうには目を覚ましてはいない、ということだ。ありがちなことだ。なにも大げさに考えるほどのことではない。

もっとも、通常、人は眠りから覚めると、ほんの数分たらずのうちに、眠りにつくまえのことを意識のなかでまとめ、統合し、それをすべて思いだすのだという。

当然のことだった。

眠りはいわば生の中断だ。生は眠りに頻繁に中断される。眠りにつくたびに、記憶を欠落させていたのでは、人はついには自分というひとつの人格を維持することができなくなってしまうだろう。

野生動物は寝ぼけない……どこかでそんな話を読むか聞くかしたことがある。どんなに熟睡していても、瞬時のうちに目覚め、現実に対処することができなければ、天敵の餌食《えじき》にされてしまうからだという。

人間には天敵はいない。少なくとも寝ているときに襲ってくるような天敵はいない。だから、しばしば寝ぼけてしまう。

それでも原始時代、野獣の襲来におびえながら、洞窟のなかで、浅い眠りをむさぼっていたときの本能だけは残されている。

だから、寝ぼけるようなことはあっても、それはほんの一瞬のことで、すぐに眠るまえの記憶を取り戻し、現実に的確に対処できるようになるはずなのだ。なるはずなのだが
……

どんなに闇に視線を凝らしても、ここがどこなのか、どうして自分がこんなところで寝ているのか、それを思いだすことができないのだ。

——もう一度、寝なおしたほうがいいかしら?

ふと彼女はそんなことを思う。

が、自分をいつわることはできても、自分の生理をいつわることはできない。もう一度寝ることなどできそうにない。たしかに頭の芯には鈍い痛みがわだかまっている。が、それは睡眠が不足しているからではなく、なにかべつの理由から生じた頭痛なのだ。寝たりないなどという単純なことではない。

十分に寝た。寝すぎたぐらいだ。

それなのにどうして何も思いだすことができないのだろう？　どうして夢のぬかるみに足をとられでもしたように、〝現実〟に一歩も足を踏み出すことができないのか。

いっそ思い切って起きてしまったほうがいいのかもしれない。

が、起きたところで、こんな闇のなかでは何をどうすることもできないのではないだろうか。

どんなに目を見開いてもそこにあるのは闇ばかりなのだ。どんなに耳を澄ましても物音ひとつ聞こえてこないのだ。

これではどうすることもできない。

「…………」

ためしに右手を顔のまえにかざしてみる。そして指を動かす。見えない。指をほとんど顔に触れんばかりに近づけて動かす。やはり指は見えない。

信じられないほどの暗闇だ。そこには一筋の光さえ射し込んでいない。

これまで、こんなにもまったき暗闇は体験したことがない、とそう思う。

胸の底のほうで何かがかすかに羽ばたくのを覚える。

何かが？　恐怖が――

闇はたやすく人の理性を侵食する。闇のなかにいると、どんなに冷静な人間もその冷静さを失うことになる。

冷静さばかりではない。闇は人からその肉体さえも奪ってしまうのだ。指を動かしてみてそのことがはっきりとわかった。

人は動いている自分を見る。そうすることで自分の体を再確認するのだ。それができないと、体は闇のなかにとりとめもなく拡散していき、消失し、ついには自分という存在そのものがあやふやになってしまう。

たしかに指を動かしているという感覚はある。が、見えない。それがどんなに不安を誘うものであるかは体験した人でなければわからないだろう。

――もしかしたらわたしは失明したのではないか。

ふいにそんな思いが胸をかすめる。冷たい恐怖感が万力《まんりき》のようにギュッと喉を絞めつけてくるのを覚える。

――そんなはずはないわ。

彼女は懸命に自分にいいきかせる。

失明したのであれば、目に痛みがあるか、少なくともなんらかの違和感を覚えるはずではないか。こころみに瞬《まばた》きをしてみるのだが、痛みもなければ違和感もない。けっして盲目になったわけではない。

——わたしの目がおかしくなったわけではない。

要するにこの闇がいけないのだ。この闇があらぬ妄想をかきたて、実体のない恐怖をつのらせる。

たんにいつもと違う場所に寝たために混乱しているにすぎないのだ。寝た場所が違ったことで、生理的に混乱し、記憶の断片をかき集め、それをひとつに統合させるという（いつもであれば）何ということもない作業に失敗してしまった。いわばボタンをかけ違えただけのことで、落ちついて深呼吸すれば、すべては笑い話で片づいてしまうことではないか。

——なにか楽しいことでも思いだそう。

と彼女はそう思う。

そうすればいくらかは気持ちを落ちつかせることもできるのではないか。

子供のころのことでもいい。学生時代のことでもいい。なんでもいいから、なにか楽しいことを思いだしてみよう。そう思い、そのことに意識を集中させようとするのだが……

そのときになって自分には楽しい思い出などひとつもないことに気がつく。いや、楽しいも楽しくないも、そもそも彼女には記憶と呼べるようなものが何もない。自分がどこの誰かさえわからないのだ！

3

なにか冷たい手で心臓を鷲摑《わしづか》みにされたかのように感じる。毛むくじゃらで、鉤爪の、恐怖という手に――

全身がショックで板のように硬直するのを覚えた。悲鳴をあげようとするが、ただあえぎ声が洩れるだけで、それは現実の声とはならない。

悲鳴をあげなくてよかったのだ。悲鳴は恐怖を解放しない。その逆に、恐怖をかきたてられて、どうしようもないパニックに追いたてられることになったろう。

現実には悲鳴をあげなかった。が、頭のなかでは金切り声の悲鳴をあげていた。それはこんな悲鳴だった。

――わたしは誰？

なにより恐ろしいのは自分が誰だか思いだせないということだ。地の底に引きずり込まれていくようなとめどもない恐怖。

――わたしは誰？　若いの、歳とってるの？　家族はいるのいないの？　結婚してるのしてないの？　子供はいるのいないの？　どんな仕事をしているの？　それとも仕事はしてないの？

自分ではそうと意識していない。

が、ほとんど反射的に上半身を起こし、両膝をたてて胸に引き寄せていた。自分の体を両手でギュッと抱きしめる。乳房の感触。張りがあり、そして豊かだ。これで少なくとも自分が女であることはわかる。女で、（未婚か既婚かはわからないが）若い。

何ということだろう。彼女が自分についてわかっているのはこれだけなのだ。女で、若い。それ以外には名前も年齢も経歴も家族の有無もわからない。なにもわからない。

一般的な知識は忘れていないようだ。たとえば東京の街は何カ所か鮮明に思いだすことができる。銀座、新宿、渋谷、六本木……それこそどこにどんな映画館があるかまで思いだすことができる。それなのに、一転して、自分がどこに住んでいたのかを思いだそうとすると、何ひとつ記憶にのぼってこないのだ。自分がどこの、どんな部屋で生活していたのか、ぜんぜん何も思いだせない。

要するに自分に関する記憶だけがそっくり抜け落ちているらしいのだ。いってみれば市販されている百科事典のようなもので、ありとあらゆる項目が網羅されているのに、自分自身についての情報だけはいっさい掲載されていない。

「………」

体をひしと抱きしめる。

彼女にとって、これだけが、この感触だけが、自分という人間のすべてなのだ。触れることはできる。が、見ることはできない。こうして必死に抱きしめていなければ、この体さえもやがては闇のなかに失われてしまうのではないか。それが怖い。抱きしめずにはいられない。縋《すが》らずにはいられないのだ。

自分では気がついていない。が、彼女は自分の体を抱きながら、その体を前後にわずかに揺らしていた。親指を音をたてて吸っていた。胸に引き寄せた膝に顔を埋《うず》めていた。胎《たい》児《じ》の姿勢だった。

外界をすべて拒絶していた。精神的に退行し胎児に戻ろうとしていた。人は外部からの刺激を遮断されると、どうしても無気力、無感動になりがちなのだ。

――もういやだ。もうどうしていいかわからない……

外界は闇に閉ざされている。自分というアイデンティティは失われている。もう縋るべきものは自分の体しかない。その肌のぬくもり、心臓の鼓動、内臓感覚しか残されていない。ほかには何も残されていないのだ。

いや、そうではない。思いもかけないものが残されていた。

皮膚の内側をおびただしい虫が這いまわるような感触があった。恐怖がアドレナリンを（アドレナリン？　どうしてわたしはそんなことを知っているの？）分泌させている。沸騰したアドレナリンが全身を駆けめぐっているのだった。

アドレナリンは精神を昂揚させる。よしんば、それが恐怖から分泌されたものであろうと、その効用に変わりはない。アドレナリンが分泌されているかぎり、人間は無気力のままではいられない。思いもよらない底力を引きずり出される。

彼女の場合もそうだった。

体を前後に揺らしていた。しかし、その揺れがしだいに小さくなっていき、やがて完全にやんだ。親指を吸うのもやめた。

膝からゆっくりと顔を起こし、闇のなかに視線をすえた。もう胎児ではない。その姿勢のままでジッと考え込んでいる。

考えているのはじつに単純なことだ。単純ではあるが、それは彼女の気力を奮いおこすのに十分なことだった。

——暗くて何も見えないんだったら明かりをつければいいじゃない。

つまり、それが彼女の考えたことなのだった。

4

まず、ここがどんな場所なのか、それを知らなければならない。

屋外ではない。

部屋だ。それも窓のない部屋だ。それは間違いない。窓があれば、よしんばカーテンで閉ざされていようと、こんなに光が射し込んでこないということはありえない。

そんなに大きな部屋ではない。空気の流れを感じない。

完全に密閉された狭い部屋ということか。どんな部屋なのか想像もつかない。が、そうした部屋だとしか考えられない。

「…………」

彼女はゆっくりと立ちあがった。

自分の体が見えない。自分の動きを確かめられない。

それがどんなに人の動作を不自然にこわばったものにするか、体験した者でないとわからないだろう。

なにか自分の体を遠くからリモートコントロールしているようなもどかしさを覚えるの

だ。

ほんとうに自分が意思したそのまま体が動いているのか、それを確かめるすべがない。自分の体であって自分の体でないような、苛立《いらだ》たしい疎外感を覚えた。

慎重に一歩を踏みだした。その足元にしてからが見えないのだ。慎重にならざるをえない。何かを踏むのではないか、何かに蹴つまずくのではないか。その不安感は他にたとえようもない。

そのまま、ゆっくりと歩きつづける。

上半身をぐらつかせず、体の向きを変えないように留意した。頭のなかに一本の線を引いた。その想像上の線にそって一直線に歩くように努めた。どこまでもまっすぐに進むようにした。

何でもないことのようだが、闇のなかではこれが難しいのだ。闇のなかではたやすく方向感覚が狂う。自分ではまっすぐ歩いているつもりでも堂々《どうどう》巡《めぐ》りをすることにもなりかねない。それが恐ろしい。

歩いていって、そして——

なにかを蹴とばした。軽いものだ。カラカラと音をたてて床を転がっていった。

「…………」

危うく悲鳴をあげそうになった。反射的に拳《こぶし》を口に当てた。

が、もちろん悲鳴をあげるほどのことではない。たんになにかを蹴とばしただけのことだ。そんなことでも悲鳴をあげそうになるほど神経が過敏になっていた。

――なにを蹴とばしたんだろう？

そのときの感触を思いだそうとした。軽いものだ。金属だったような気がする。それ以外のことはわからない。何だったのか確かめようとしても、もうそれは闇のどこかに消えてしまっている。いまの彼女には何光年もの彼方に思える闇のどこかだ。

忘れることだ。いまはそれが何だったのか気にかけても始まらない。どうせ明かりがともればすぐにもわかることだ。

忘れるのはたやすい。

が、なにかを蹴とばし、動揺したことで、体の向きを変えてしまったのではないか、とそのことが気にかかる。

彼女はいま自分がいる部屋はそんなに広くはないと想像している。あくまでも想像しているにすぎないのだ。むしろ願望といったほうがいいかもしれない。

狭い部屋であれば、一直線に歩こうがジグザグに歩こうが、さして違いはない。

が、想像に反して、それが広い部屋であれば、暗闇のなかで方向感覚を失い、むやみに歩きまわるのは、それこそ堂々巡りをすることにもなりかねない。最悪の場合には、いつまで歩いても壁にたどりつけない、ということだってありえないことではないのだ。

——最悪の場合には……

うなじの毛が逆立つのを覚えた。

暗闇のなか、方向感覚を失って。いつまでも彷徨《ほうこう》しつづける。ついには体力が尽き、神経にも異常をきたすことになるだろう。たしかにこれは最悪だった。これ以上に悲惨な運命は考えられない。そんなふうにして死んでいくときにも、やはり自分は暗闇のなかで独りきりなのだ。

そんなことは考えないことにした。考えたところでどうなるものでもない。

右手をまえに伸ばした。

そして、また歩きはじめる。

指が壁に触れたときには心底ホッとした。

やはり、そんなに広い部屋ではなかった。それどころか、かなり狭い部屋だ。

ただ壁の感触が気にかかった。冷えびえとした金属なのだ。金属の壁の部屋。どんな部屋なのかちょっと想像もつかない。

その壁に向かって立つ。そして両手を壁に触れた。

明かりのスイッチがどの位置にあるのかわからない。だから、壁を塗るようにして両手を動かしながら、すこしずつ右方向に移動した。

すぐに右手が何かに触れた。何か？　スイッチだ。間違いない。思わず歓喜の声が喉から洩れた。ほとんど泣き声に似ていた。こんなに嬉しいことはない。これでこの闇から逃れることができるのだ。

が、歓喜の念はすぐに絶望にとって代わられた。

スイッチを押した。明かりはつかない。すこし待ってから、スイッチを戻し、また押した。やはり明かりはつかない。何度もおなじことを繰り返した。が、どんなにスイッチを入れても、明かりはつこうとしない。

明かりが切れているのか。電源が入っていないのか。それともたんに壊れているだけなのか。

明かりは灯《とも》らない。

5

もう耐えられない。それまで、かろうじて支えていた神経の糸がプツンと音をたてて切れた。

悲鳴をあげた。悲鳴というより獣めいた咆哮《ほうこう》だった。人間のあげる声ではない。少なくともまともな人間のあげる声ではない。絶望に魂の芯までむしばまれ、人間から獣に転落した者の声だった。

アアアァァウウゥー

彼女は叫ぶ。叫びつづける。

絶望と悲しみ、なにより裏切られたという怒りに我を忘れて、獣のように叫びつづけるのだ。

拳を振りあげる。何度も何度もスイッチを連打した。壁は非常に硬い。金属音が響きわたる。その金属音に悲鳴が交差する。

世界が悲鳴と金属音に圧倒される。それ以外のものはすべて消えてしまう。自分の存在さえ消えてしまう。理性などとっくに蒸発してしまっている。

悲鳴、そして金属音！　ウアラルルゥ、ウアァァラルゥン！　とてつもない狂騒音だ。それだけが蜂の大群のように闇を飛びまわる。凄まじくも恐ろしい。頭のなかをドリルで掻きまわされているかのようだ。

悲鳴をあげる。あげつづける。壁を殴りつける。殴りつづける。

手の皮が破れる。血が飛ぶ。それでもかまわずに壁を打ちつづける。闇のなかに永遠にとり残された、というこの恐ろしさに比べれば、手の痛みなど何でもないことだ。いっそ骨まで砕けてしまえばいい。

しかし――

ふいに爪が折れるのではないか、という思いが脳裏をかすめる。熱湯のなかに氷塊が投げ込まれるようなヒヤリとした思いだ。こんな馬鹿なことをつづけていると、爪が折れ、マニキュアが剝げてしまうのではないか。

――大変だわ。

爪が折れ、マニキュアが剝げては、あとの手入れに苦労する。女は妙だ。こんな場合にそんなことを思った。

そして、そう思ったとたんに自分が臆するのを覚えた。こんなことは馬鹿のすることよ。こんなことをしてはいけない。思いがけず、そんな自制心が働いた。

――こんなことをしてはいけない。こんなことをしても何にもならない。

潮が引くように自分のなかから激しく狂おしいものが引いていくのを覚えた。

悲鳴をあげるのをやめる。壁を打ちつづけるのもやめる……息を吸う。息を吐く。また息を吸う。かろうじて自分を制した。

白々とした自意識が戻ってくるのを覚えた。それまでの狂乱が嘘のように消えてしまう。あとに残るのはただ空しい脱力感だけだ。

パニックにおちいるのにも気力がいる。情熱《パッション》が必要だ。その気力がない。すでにそのパッションは失われた。

もう体を支えてはいられない。そんな力はどこにも残されていない。

ふいに膝から力が抜ける。体を壁に凭《もた》れさせる。目を閉じた。ひたいを壁に押しつける。

——冷たい。

いま彼女が思うのはそれだけだ。

残酷なまでに冷たい。どうしてこんなに冷たいのだろう?

6

——冷たい。とても冷たい。

ひたいを壁に押しつけ、両手を壁に這わせたまま、ズルズルと滑り落ちる。膝を折り、床にうずくまった。

「…………」

しばらく、その姿勢のままでうなだれていた。

息が荒い。が、その荒い息もしだいに収まってくるのを感じる。それにつれて自分を客観視する余裕も戻ってくる。

――客観視？

とんでもない、と彼女は頭のなかで否定する。

なんで客観視などできるものか。いまのわたしにそんなゆとりがあるはずがない。

ようやくスイッチを見つけたのに、明かりが灯らない。そうと知ったときのショックはほとんど致命的なものだった。とても耐えられるものではない。危うくパニックにおちいりそうになった。いや、おちいった。悲鳴をあげて、狂おしい絶望感のなか、自分を失いそうになった。

が、爪が折れるのを心配し、マニキュアが剝げるのを心配したことが、一点、わずかに自制心となって働いたようだ。そのことがパニックの奔流に押し流されそうになるのを、かろうじて食いとめてくれた。

――わたしは若い女なのだ。

彼女はあらためてそのことを思う。

名前もわからない。家族の有無も経歴もわからない。自分がどんな容貌をしているのかもわからない。

が、それでも自分が若い女だということだけはわかる。

体の柔らかな弾力がそれを告げている。皮膚の下を流れる血の熱さがそれを証明している。なにより、こんな状況におちいって、それでも爪とマニキュアのことを心配せずにはいられないのが、そのことを的確に教えてくれている。

若い女——

結婚しているか独身かはわからないが、子供を産んだことがないのだけは確かなようだ。どんなに記憶が欠落していても女にはそのことだけは本能的にわかるものらしい。

それに子供を持っている女は、生きるか死ぬかの瀬戸際にさらされて、まず子供のことを心配するのではないか。わたしが死んだら残された子供はどうなるのか？　まず、そのことを心配するだろう。爪やマニキュアのことなど考えている余裕はないはずだ。

——わたしは若い女、それもおしゃれな若い女なのだ——

彼女はそのことを自分にいい聞かせる。

けっして勁《つよ》くはない。が、弱いばかりでもない。要するに、ひとりの（おそらくは平凡な）若い女。それが自分だ。

人生をそこそこ楽しんできた。そうでなければ、こんなときに爪だのマニキュアだの気にかける余裕はないだろう。おしゃれが人生の最重要事のひとつだったのだ。つまり人生を楽しむのに貪欲だった。愛する男のひとりやふたりぐらいはいたかもしれない。

――わたしはそんな女。

彼女はそう思う。

そう思うことが励みになる。

いまの彼女にはそれだけが唯一の頼みの綱であり、心の支えでもあるのだ。

自分はおしゃれな若い女なのだ、ということが。こんなところで独りで死んでいきたくない、わたしはまだまだ人生を楽しみたいのだ、というそのあえぐような渇望感だけが――

人生を愛していた。人生を（多少は軽薄に、だろうが）楽しんでいた。

それなのに、こんな暗闇のなかで、自分の名前すらわからないまま死んでいっていいものか。嫌《いや》だ！　そんなことは絶対に受け入れられない。

生きたい、という思いを手放してはならない。どんなことがあってもその思いにすがりつくのだ。その思いに必死に頼る。その思いが残されているかぎり、望みを絶たれることはない。

何としてでも生き残りたいという必死の思い――

いまの彼女にはそれ以外に頼るべきものは何もない。

7

が、どんなに、生きたい、という思いにすがっても、この圧倒的な暗闇をまえにしてはその気力も潰《つい》えそうになる。

――なにも見えない。

ということが、どれほど人の気力を阻喪させ、その知力を衰えさせるか、経験した者でないとわからないだろう。

人間は暗闇で生きるようには作られていない。暗闇ほど人の心身をむしばむものはないのだ。どんなに強靭な精神力に恵まれた者でも、ついにはその精神を萎《な》えさせることになる。こんなにも邪悪で徹底してネガティブなものはない。

ましてや彼女は勁い女ではない。少なくとも十分以上に勁い女ではない。

この暗闇を何とかしないかぎり、なんとしても生きたい、という思いは虚しく空回りし、やがては心身を消耗させて滅んでいくことになるだろう。

この暗闇を何とかしなければならない。どうにかして闇を払わなければならない。

そのために壁のスイッチを入れたのに明かりは灯らなかった。

――どうすればいいんだろう？

彼女は唇を噛んでいる。

下唇に触れる歯の感触。それすらいまの彼女には得がたいものに感じられる。

なにも見えない、なにも聞こえない……こんな暗闇のなかでは、どんな取るにたりない感触も、自分の存在を確認させてくれる貴重なものなのだった。

その唇の感触がべつの感触を呼び起こしてくれた。

――あれは何だったろう？

ふと思いだしたことがある。

壁にたどり着こうとして、闇のなかを歩いていたとき、足の先に何かが触れた。何かを蹴った。そのことを思いだしたのだ。あれは何だったろう？

なにか硬いものだった。そのときの爪先《つまさき》の感触はいまもありありと残っている。彼女が蹴ると転がっていった。その音を確かに聞いた。ということは丸いものなのか。あれは何だろう？

あれを探してみよう、と思った。探してみたところで何の役にもたたないものだ、という可能性はある。暗闇のなかを探しまわる価値のないものかもしれない。いたずらに体力を消耗させ、つまるところは落胆するだけかもしれない。

が――

何かをしないかぎり、何も始まらない。これはどんなときにも絶対の真理ではないか。こうして闇のなかで、いつまでうずくまっていたところで、飢えと渇きが増していくだけのことだった。

いや、そんな理屈はどうでもいい。なんでもいい、とにかく何かをしていないと、気が狂いそうなのだ。どんな虚しい行為でも何もしていないよりは数倍ましだ。

――若者よ、希望に裏切られることを恐れてはならない。

どこかで読んだそんな言葉を思いだした。

何ということだろう。その馬鹿ばかしさに笑いだしたくなった。いや、実際に笑ったのかもしれない。唇が痙攣するように引きつったのを覚えた。

どうして、肝心なことは何ひとつ覚えていないのに、こんな下らない言葉を思いだしたりするのか。

――下らないこと?

彼女は胸のなかでつぶやく。ほんとうにそうだといいきれるだろうか？

どんなに虚しい希望であろうと、それにすがっているあいだは、この闇の重圧感を忘れていられるのだ。それだけでも十分に意味のあることではないか。希望に裏切られることを恐れてはならない。そのとおりだ。

「…………」

闇を凝視する。

暗闇は圧倒的な量感をもって彼女を包み込んでいる。そこに潜んでいる悪意（彼女を抹殺したいという悪意、だ）の凄まじさは他にたとえようもない。徹底して人間の存在を拒んでいた。

ふたたび、この闇のなかに出ていかなければならないのか。ひとつ間違えば、闇のなかで方向感覚を失い、遭難しかねないというのに――

そのことを考えるだけでも身の毛がよだつ思いがする。しかし……

――ほかに選択肢があるというの？

彼女は自問する。

そして答える。

ない。

ない。

8

しかし――

壁から離れるのが恐ろしい。

壁に触れているかぎりは、自分がなにか確かなものと接している（それがよしんば錯覚であろうと）という安心感を抱くことができる。

たとえていえば、泳げない人間がやっと立つことのできる足場から離れることができないようなものだ。うかつに足場を離れれば溺れてしまう。それと同じように、彼女もうかつに壁から離れれば、闇のどこかにあえなく遭難してしまうだろう。

それほど闇は凶念をはらんで黒々と深い。

その闇のなかに足場もなしにさまよい出るのは不安だ。とてつもなく不安なのだ。

壁から離れるのは恐ろしい。

が、もちろん、こうして壁にしがみついたままでは、何かを探すなどということができようはずがない。

人間は濡れずに泳ぐことはできない。そんなことは不可能だ。

「…………」

彼女は一方の手を壁につけたまま、もう一方の手で、すばやく靴を脱いだ。

これまで、とりたてて意識したことはないが、どうやら靴は底の平たい、なにかスニーカーのようなものであるらしい。ハイヒールではない。

スカートを穿いてブラウスを着ている。それでスニーカーというのが、なんとなくちぐはぐのような気がする。

――わたしは何か仕事をしているのだ。

そう直観した。

それも体を動かす仕事だ。だから底の平たいスニーカーを履いている。

が、それがどんな仕事であるかは思いだすことができない。名前さえ忘れているのだ。仕事のことなど思いだせるはずがない。どんなに思いだそうとしても無駄だ。

とりあえず、そのことは気にしないことにした。いまはそれどころではない。

脱いだ靴を壁にくっつけ、きちんと並べて置いた。こうしておけば、よしんば靴がどこにいったのかわからなくなっても、壁をめぐれば、たやすく見つけだすことができるはずだ。

ストッキングを穿いている。が、足の裏を壁につけると、壁の感触をはっきりと感じることができる。冷たい金属の感触を足の裏に覚えることができる。

そんなふうにして右足を壁につけたまま床に腹這いになった。床も硬い。乳房が体でつぶれる。痛いというより冷たい。冷えびえと〝死〟を連想させる痛みだった。

腹這いになったまま両手を伸ばす。

――こんな部屋があるだろうか。この部屋は何なんだろう?

そして、両手をワイパーのように左右に動かしながら、体を徐々に移動させる。右足の壁の感触をいつも意識している。その感触が文字どおりの命綱だ。壁を離れて闇のなかを這いずりまわるような恐ろしいことはできない。

蹴ったとき音を聞いた。カラカラ、という何かが転がるような音だ。聞こえて、すぐにやんだ。あれが何であるにせよ、そんなに遠くまで転がったはずがない。

蹴って、歩いて、すぐに壁に手が触れた。ということはあれはすぐ壁の近くに転がっていると考えていい。こうして壁に一点、右足の支点をさだめ、床を手さぐりすれば、いずれはあれが手に触れる……

彼女はそう考えている。

その考えに誤りはない。順当だし、妙な飛躍もない。

しかし、彼女自身はそのことをよく意識していないが、壁から離れるのが恐ろしい、という不安感のうえに、すべての発想は成りたっているのだ。

よしんば、あれが壁から遠くに転がったとしても、彼女は体の一部を壁につけずして、それを探しまわるだけの勇気はなかったろう。

「…………」

右足を壁につけて床に体をうねらせる。

両手を動かしながら、同時に体も移動させる。上半身をひねる。膝を曲げる。なにしろ右足がつねに壁に触れている、という条件があるのだから、思うように体を動かすことができない。床に腹這いになり、ひとりでアクロバットをやっているようなものだ。

スカートがまくれあがる。ブラウスの裾もまくれる。床にこすれる肌に汗が滲んだ。おそらく人に見せられないひどい格好になっているだろう。これが何も見えない闇のなかであるのを初めて感謝した。

——とてもあの人には見せられないな。

ふと、そう思い、あの人って誰なんだろう、とそのことに愕然《がくぜん》とした。

そのとき、一瞬、誰かの顔が脳裏をよぎったように感じた。愛慕の念を切なく掻きむしられるような誰か、だ。感情が激しく波うつのを覚えた。彼女はほとんど喘《あえ》いでいた。

——あの人って誰？

懸命に思いを凝らそうとする。思いだそうとする。

が、いざその人の面影を脳裏の一点に焼きつけようとすると、印象が散乱してしまう。何かが目、鼻、唇が、風に舞う木の葉のように散って、ついにはひとつにまとまらない。何かがスルリとすり抜けて、そしてもう戻らない。

あきらめるしかない。少なくともいまはそのことを考えないようにするしかない。

彼女は体をくねらせる。できるだけ両手を伸ばすようにし、丹念に床をまさぐる。十本の指をぴんと伸ばす。それでもその何かが指のあいだをすり抜けてしまうのではないか、とそのことが心配でならない。

——人間にも水掻きがあればいいのに。

そんな馬鹿なことを本気で考える。

体を曲げられるだけ曲げる。ひねるだけひねる。ずいぶん無理な姿勢をとった。ついには右足のふくらはぎが痛くなってしまう。それでも何も見つからない。

右足をあきらめる。今度は左足を壁につける。そして同じことをする。暗闇のなか、蛇のように体をうねらせる。両手を床のうえに這わせる。脇腹が苦しい。首から肩にかけての腱がひきつるように痛んだ。

が、やはり手に触れるものは何もない。

あれは、そんなに遠くには転がらなかったはずだ、というのは虚しい願望にすぎなかったのか。実際には、彼女が蹴った拍子に、思いもかけず遠くに飛んでしまったのか。この暗闇のどこか、はるか（べつの銀河系のべつの天体のような）無限大の彼方、彼女の手の届かないところに転がっているのか。

そんなはずはない、と彼女は思う。そんなに遠くに転がったはずはない。が、指に触れるものが何もないのは、まぎれもない現実なのだ。少なくとも彼女の手の届く範囲には何もない。

「…………」

キリキリと狂おしい思いが喉を絞めつけてくるのを感じる。現実に気管が圧迫されるのを覚えた。その息苦しさはいまにも脳の血管を破裂させそうだ。

また悲鳴をあげるのか。いや、悲鳴をあげたところで何にもならない。悲鳴はただ体力を消耗させるだけのことだ。絶望感をいや増すだけのことだ。

何かが彼女のなかにうねった。それはほとんど凶暴と呼んでもいい何かだった。凶暴な怒り！　自分が理不尽なめにあわされているという怒りだった。

――わたしはこんなひどいめにあわされるような悪いことはしていない。こんなことは許せない。

衝動的に壁を蹴っていた。あんなにも恐れていたのにみずから壁を離れたのだ。体が床を滑る。両手を振りまわした。右手の甲に何かが触れた。転がっていきそうになる。とっさに体をひねり、それを摑んだ。必死の思いをこめて摑んだ。

摑んだとたんにそれが何であるかがわかった。

懐中電灯だった。

9

一瞬、頭をよぎったのは、この懐中電灯も（壁のスイッチがそうだったように）灯らないのではないか、ということだった。

彼女は徹底してついていない。それもたんなる不運という程度ではない。そんな生易《なまやさ》しいものではないのだ。

もうすこし悪意のこもった、なにか凶念とでも呼んだほうがいいようなものが、自分の身にはふりかかっている。

その凶念はこれまでサディスティックなまでに彼女のことをさいなんできた。どんなちっぽけな幸運さえも見逃さずに意地悪く丹念に摘みとってきた。

それなのに――

たまたま懐中電灯が落ちていた。そんな幸運を、とっさに信じることができないのは当然だろう。いや、そもそも、これはほんとうに懐中電灯なのだろうか？

――神様。

祈りの言葉が頭をかすめる。懐中電灯のスイッチを入れた。

灯、った。

やや青みをおびた黄色い光がサッと奔流のようになだれた。闇を払って壁を射す。その光に金属パネルの壁が白銀のようにきらめいた。

――青、黄色、白――

妙な想念がフッと胸に揺らめいた。

――ここには赤がない。

なにか夢の断片のようなものが頭をよぎるのを覚えた。夢の断片、雨に濡れるアジサイの花むら……が、夢そのものはすでに記憶から失われている。ただ影のように茫々《ぼうぼう》と頭のなかにたゆたっているだけなのだ。

すぐにそんなことは忘れた。懐中電灯の光に感激し、ほとんど呆然としていた。

「…………」

光とはこんなにも素晴らしいものか。見えるというのは、こんなにも人を気丈に勁くするものなのか。

歓喜の念がこみあげてくるのを覚えた。爆発した。笑った。そして泣いた。

懐中電灯の明かりぐらいで、どうしてこんなに泣いて笑わなければならないのか。自分で自分のたわいなさが腹だたしい。

――情動失禁だ。

笑い、泣きながら、そう思う。

感情が垂れ流しになってしまう。どうにも抑制することができないのだ。

笑いつづける。泣きつづける。懐中電灯の明かりが壁をかすめ床を走る。銀白色にきらめいた。アイドリングする車のヘッドライトのように揺れる。揺れて――

そして、それをとらえた。

「………」

ふいに感情が冷え込んだ。笑い、泣くのをやめる。ジッとそれを見つめた。

どうしてそんなものがそこに置いてあるのか。クッキーの四角い缶だった。缶の蓋には天使が飛んでいる姿が印刷されている。明かりのなかに天使の翼が羽ばたいていた。マーマレード、チョコレート、シナモン、ミント……どうやらイギリスから輸入されたクッキーらしい。

その缶に見覚えがある。どこか記憶の縁にそれが引っかかっているのを感じた。

「…………」

床にひざまずいて缶の蓋を開けた。

缶に入っているのはクッキーではない。蓋を開けるまえから、それが何であるのか知っていた。どうして自分がそんなことを知っているのか訝《いぶか》しく思いながら——しかし知っていた。

白の四角布、脱脂綿、弾綿、割り箸、長綿棒、包帯、T字帯、カミソリなどが入っている。以上は病院の中材（中央材料室）から支給される使い捨て《ディスポ》用品だ。それ以外に私物もある。使い古しの口紅、紅筆、パウダー、くし、ヘアブラシ、ヒゲ剃りセット（石鹸、ボウル、ブラシ）などだ。

要するにこれはエンゼルセットなのだ。

エンゼルセットは看護婦の必需品だ。患者が死亡したあとに必要になる。遺体を清潔にし、その死に顔をととのえてやるための備品なのだ。それが男なら髭を剃ってやり、女なら口紅を引いてやる。もちろん、これには遺体から病原菌を飛散させないため、という衛生学的な意味もある。

「…………」

彼女はエンゼルセットを凝視している。

自分はこれが何に使われるものであるかを知っている。その事実に愕然としていた。一般の人間に広く知られているようなものではない（情動失禁？　そういえば、ふつうの人間はそんな言葉も知らないだろう）。それが意味することは明らかだ。

懐中電灯の明かりはたんにエンゼルセットを射しているだけではなく、彼女の素性もあかあかと照らしだしているのだった。

——わたしは看護婦なのだ！

10

光を与えられ、自分の仕事を知って、初めて自分がどんな顔をしているのかが気になった。

看護婦のわたし、わたしが自分の姿をあらためる。もしかして白衣を着ているのではないか、と思った。が、着ているのは白いブラウスに、紺色のスカートだった。ペールオレンジのストッキングを穿いていた。

スニーカーが壁際に並んで置いてある。それを履いた。

どんなに懐中電灯を持っていても自分の顔を見ることはできない。それがもどかしい。どこかに鏡はないか。ない。やむをえず壁に懐中電灯を向けた。鈍い黄橙《きだいだい》の光を壁にきらめかせる。その壁に自分の顔を映してみる。白い顔らしきものが壁にぼんやり浮かんだだけだ。どんな顔だちをしているのかまではわからない。まだ彼女には顔はない。

「………」

顔に指先を触れてみる。そして、その輪郭をなぞってみた。

卵形の輪郭をしている。ほとんど肉はついていない。彫りは深いほうだ。鼻は高いが、鼻梁は細い。唇はふっくらと瑞々《みずみず》しい。若々しい顔だ。それは肌の感触からもわかる。が、わかるのは、せいぜいそれぐらいだ。これだけでは自分がどんな顔をしているのか想像さえつかない。

顔のことは忘れよう。そもそも名前さえ思いだせない人間が自分の顔のことを気にするのは僭越《せんえつ》というものだろう。

そんなことより、いまは——

自分がどんなところにいるのか、それを確かめなければならない。

懐中電灯をぐるりと部屋にめぐらす。

金庫だ。

そう直観した。

——わたしは金庫のなかにいる。

間口三メートルたらず、奥行きは四メートル弱、高さ二メートル半というところか。内装はすべて金属パネルで覆われている。

天井にビデオ・カメラが取りつけられている。レンズに明かりを向ける。電源が入っていないらしい。もっともそんなことは当然のことだ。暗闇のなかではビデオ・カメラは何の役にもたたない。そんなものに期待するほうが愚かしい。

また懐中電灯を動かした。

「…………」

息をのんだ。顔がこわばるのを覚えた。

明かりのなかに小さな扉が浮かんだのだ。扉には把手《とって》がついている。それも電灯のスイッチのすぐ横にあるのだ。ほんの二十センチと離れていない。もうすこし両手を伸ばしていれば、その把手に指が達したはずだった。

把手をジッと見つめる。

胸のなかで何かが急速に膨張していくのを感じる。何かが？　希望が。いや、希望と呼ぶには、これはあまりに切実で生々しい。ほとんど恐怖に似ている。

——ここを出られる。わたしは自由になれるのだ。

喘ぐような思いでそう考える。

そう考える一方で、そんなはずはない、そんなに簡単にここを出られるはずがない、頭の片隅でそう囁いている声もある。

出られる。いや、出られない……その二つの声が頭のなかでこだましている。希望と失望がグルグルと死に物狂いに追っかけっこをしている。どちらが鬼でどちらが逃げているのか？　ただもう息苦しい。追いつめられ切羽つまった思いにかられる。

「…………」

扉のまえに立ち、懐中電灯を持ちかえ、把手を摑む。

そのとき——

どこか記憶の果てに奇妙な呪文めいた声がとどろくのを感じた。何かを思いだしたのだ。

が、声は聞こえるとほぼ同時に、かすれて消えたのだった。

青色青光《しゃうしきしゃうくわう》　黄色黄光《わうしきわうくわう》　赤色赤光《しゃくしきしゃくくわう》　白色白光《びゃくしきびゃくくわう》　微妙香潔《みめうこうけつ》

青い色、青い光。黄色、黄色い光……呪文が頭をかすめると同時に、その漢字まで があ りありと浮かんだ。これもどこかで聞いた呪文らしい。なにかのお経だろうか。

その色の羅列がフッとまた夢の記憶を連想させる。

――弘法大師のマンダラが残されているという寺にアジサイの花が濡れていた。どうしてわたしはあんなにあの人の微笑みを恐れたのだろう？

が、夢の思いは、一瞬、陽炎《かげろう》のようにたゆたっただけで、記憶にとどまることなく、はかなく消えてしまう。あとにはただ哀しみに似た思いだけが残される。

把手を下に引いた。

ガシャン、と思いがけず大きな音がした。

なにかが（錠が？）外れたのか。大きく息をのんで、その息をゆっくり吐く。把手を下にしたまま、扉を引いた。

思いのほか軽い。引くにつれて、扉は徐々に開いていく。徐々に、徐々に――

開いた。

しかし開かなかった。

その扉の向こうにあるのはただ合金製の壁なのだ。こんなことがあるだろうか。扉を開けるとそこに壁がある。どこにも通じていない扉！　彼女は呆然とした。これではまるで人を愚弄《ぐろう》し、さいなむために、扉がつけられているようなものではないか。その壁を押した。もちろん、びくともするものではない。どんなに押しても人は壁を動かすことなどできない。

悲しむことさえしない。絶望すらすでにほど遠い。あまりのことに感情が磨耗してしまったかのようだ。

ぼんやりと壁を見た。そして思った。

――どうしてわたしは発狂しないんだろう？

鈍い、しびれたような意識のなかで、ただそのことだけを訝しんでいた。

どうして自分は発狂しないのか。発狂しないかぎり、あがきつづけるしかない。そのことが疎《うと》ましい。罠にかかったウサギのように（どんなに血まみれになろうと）あがいてもがきつづけるしかないのだ。生きているというのはつまりはそういうことではないか。

「………………」

彼女は懐中電灯を床に置こうとした。両手を空けて、そのうえでもう一度、渾身《こんしん》の力をふるってこの壁を押してみよう、と考えたのだ。

慎重にふるまったつもりだった。が、どうしてか、懐中電灯を床に落としてしまった。

懐中電灯の明かりが風車のように闇を転がった。それを拾おうとし、反射的に身をかがめ

て──

そしてふいに彼女は体が石のように重く沈んでいくのを覚えたのだ。一瞬、アイスクリームが頭をかすめた。どうしてアイスクリームのことなど考えたのかよくわからない。体は闇のなかを沈んでいき、どんどん沈んでいき、意識がぷっつりと途切れる……

……………

11

この日は土曜日だった。

その午後──

調布から京王線に乗り「京王多摩センター」駅で降りた。

駅前からバスに乗る。乗って二十分、しだいに街並みはまばらになり、やがて多摩丘陵のみどりがバスの窓を覆うようになる。

そして「聖バード病院前」で降りる。

聖バード病院は円形五階建て、正面からあおぐと、一本の巨大な円柱のように見える。

グラスウォールの壁面は、のっぺりと銀色に無機的で、多摩の空と雑木林をうつし、ただ虚ろに明るい。

聖バード病院の前面、両側面に、凹形に駐車場があり、そのエントランスを挟んで、雑木林があるのだった。

楢《なら》や櫟《くぬぎ》、欅《けやき》、それに銀杏《いちょう》などの木々が密生していて、秋のこの季節、それが見わたすかぎり見事な黄色に染まっていた。秋の陽光を撥《は》ね、雑木林は豪奢にきらめいて、それがこの聖バード病院をふしぎに孤立した、なにか異界の建物めいて見せているのだ。

聖バード病院を異次元の建物めいて見せているもうひとつの理由に、その正面にかかっている丸時計が挙げられるかもしれない。

どうやら、最近、聖バード病院では火災があったらしい。人間の背丈ほどもあるその丸時計は、その縁が無残に焦げていて、しかも長針がないのだ。

これでどんな時間を刻むというのか、残された短針だけが回っているのだが、それはこの世には属さない、どこか別の世界の〝時間〟を指しているのだろう。

「…………」

刈谷作弥《かりやさくや》はしばらくぼんやりとその丸時計を見つめていた。

夕暮れというにはまだ早い。三時をまわったばかりだというのに、雑木林の木々を黄金《きん》色に染めている陽光は、全体にボウと霞《かすみ》がかかったように赫《あか》らんで、すでに夕暮れの印象が濃い。長針のない（狂った）時計が示すのにふさわしく、なにか〝時間〟のピントが外れたようなのを感じさせた。

ひとつには、雑木林の上空をカラスの群れが舞っていることが、夕暮れの印象をことさらに強めているのかもしれない。

カラスは空を飛びかいながら、たがいにクワア、クワア、と嗄《しゃが》れて淋しげな鳴き声を交わしているのだ。

いや、その鳴き声を淋しげに感じるのは、刈谷が知人の見舞いに病院を訪れるのを負担に感じているからかもしれない。

入院しているのは敬愛している職場の先輩で、その病状はかなり重いと聞いている。刈谷はまだ若く、相手の病状が重いことを知りながら、無責任な気休めを口にできるほど世馴れてはいない。どんな顔をして病人に接すればいいか、そのことを考えただけで、気持ちが暗くふさぐのだった。

本音をいえば面会などしたくはない。なまじ相手が敬愛している先輩だけに、どんな顔をしたらいいのかわからない。相手の顔を見るのがつらさに、これまで一度も見舞いにきたことがないのだ。

刈谷が聖バード病院のまえに立ちつくしているのは、じつは壊れた時計などどうでもよく、なかなか病人に会う気持ちの踏ん切りがつかずにいるからかもしれない。

しかし、いつまでも、ここでこうして立ちつくしているわけにはいかない。引き返すわけにもいかない。病人のほうからぜひ会いたいという連絡があったのだ。怖《お》じ気《け》をふるって帰るようなことをすれば、あとで後悔することになるだろう。

――行くか。

自分をはげまして踏み出そうとした。

そのときふいに風が吹いた。

黄色い絨毯を剥がすように、おびただしい木の葉が舞いあがり、刈谷のうえに降りそそいだ。

風を避けて、雑木林のほうに顔をそむけ、ふと、その男の姿に気がついたのだ。

男、というより、少年と呼んだほうがいいだろう。

十八歳ぐらい、せいぜい十九、どうかすると十七ぐらいの少年が、病院横の駐車場から出てくると、そそくさと雑木林のほうに入っていったのだ。

散策をするような雑木林ではないし、その少年の様子にはなんとはなしに人目をはばかるような雰囲気が感じられた。

「………」

刈谷は眉をひそめた。

べつだん、どうということはない、放っておけばいい……そうは思ったが、そうできずに少年のあとをつけることになったのは、職業柄というものだろう。

不審な人間を見ると放ってはおけない。猟犬のようにあとを追わずにいられない。

それが刑事というものなのだ。

風が吹いている。

木々がざわめいて黄金《きん》色の翳《かげ》が波うつ。落ち葉が音をたてて激しく降りかかる。その風にあおられたように、カラスが舞い降りては、飛びたっていく。クワア、クワア、と嗄れた鳴き声をかわしていた。

そんな雑木林のなかにその少年は急ぎ足で踏み込んでいった。

木々がとぎれたところがある。

空き地というほどの広さはないが、やや地面が盛りあがっていて、落ち葉の吹き溜まりのようになっている。

少年はそこにうずくまると両手で落ち葉を掻きわけ始めた。

落ち葉を掻きわけて地面を露出させる。

キョロキョロとまわりを見わたし、一本の枯れ枝を拾う。

今度はその枝を使って地面を掘り始める。

雑木林の地面は腐葉土でやわらかい。枯れ枝でも難なく掘ることができるらしい。

思いどおりの深さに掘ったのか、少年は立ちあがると、ジーンズの膝をはたいた。

そして、こちらに向かって歩いてきた。

刈谷はあわてて木の背後に回り込んだ。

幸い、少年は刈谷の姿には気がつかなかったようだ。弾むような軽快な足どりで通りすぎていった。

「………」

刈谷は息をのんだ。

美しいのだ。

こんなに美しい少年はこれまで見たことがない。目もとの涼しい、繊細な顔だちをしていた。睫毛《まつげ》が長い。きめの細かい肌に大理石のように冷やかな光沢があった。どちらかというと小柄なほうだろうが、その均整のとれた、しなやかな肢体は、それをすこしも感じさせない。

ガラス細工のようにはかなげな美貌だ。それでいて、どこかすさんだ翳のようなものがあり、弱々しさを感じさせないのだ。

少年は、刈谷の隠れている木を通りすぎると、すぐに足をとめた。

そこに一本の木がある。

その枝の一本に異様なものがぶらさがっていた。

カラスだ。

死んだカラスが針金に首をくくられぶら下がっているのだ。その黒い羽に光沢の残っているところを見ると、まだ死んで間がないらしい。

少年はその針金の輪からカラスの首を外した。そしてニコリと笑った。あどけないといっていい笑いだった。どうしてだろう。それなのに、その笑いを盗み見た刈谷は、なにか悪寒のようなものが体を走り抜けるのを覚えたのだった。

12

少年は死んだカラスを右手に提《さ》げながら穴のほうに戻っていく。ふたたび穴のわきにひざまずくと、その穴にカラスの死骸を入れ、そのうえに土をかけ始めた。土をかけ、さらに木の葉をかぶせ、掌で軽くたたくようにし地面をならした。

そして、少年はこうつぶやいたのだ。

「こんご、たいぞうにする……」

なにぶんにも離れたところであり、しかも少年は小声でつぶやいたから、はっきりと聞きとることができなかった。

が、刈谷の耳には、たしかにそう聞こえたのだ。今後、たいぞうにする。たいぞう、とは何のことなのか？　退蔵、だろうか。だとしたら死蔵とおなじ意味で、今後、カラスを使わないでしまっておく、ということになるが、こんな少年が退蔵などという古めかしい言葉を知っているものなのか。

——どういうことなんだろう？

刈谷は首をかしげた。

もちろんカラスを殺し、そのカラスを穴に埋めたところで犯罪にはならない。いってみれば刑事の出る幕ではないのだ。が、刑事としてではなく、ひとりの人間として、どうして少年がそんなことをするのか、そのことに興味を覚えずにはいられない。

「…………」

刈谷は思いきって木のかげから出た。少年のほうに向かって歩んでいった。

風が吹いた。雑木林にひとしきり落ち葉が舞う。葉裏がひるがえり、きらきらと日の光を撥ねた。一瞬、光の風が吹きすぎたかのようだ。

少年は目を細めるようにし舞いしきる落ち葉を見あげた。

そして、その視線をおろし、近づいてくる刈谷の姿に気がついた。

べつだん驚いたり悪びれたりした様子はない。うっとりと（薔薇のように、といえば大げさにすぎるだろうか。それも病んだ薔薇のように、だ）微笑んだ。その美しい顔に舞いしきる落ち葉の光がちらちらと映えていた。

やあ、と刈谷は少年に声をかけた。

「こんにちは」

少年はこっくりと頭を下げ、刈谷が自分のまえに立つのを待って、この雑木林はね、といった。

「この雑木林は去年までは秋になるとそれは見事に紅葉したんだそうです。ところが、今年は、見てのとおり、ほとんど黄色一色になっちゃった。たった一年で、木の種類が変わるわけないのに。おかしなこともあるもんだって、みんな不思議がってるんです」

屈託のない、明るい声だった。

屈託がなさすぎて刈谷にはかえってそれが不自然なものに感じられた。犯行を否認している被疑者がよくこんな口調をする。

「ほう、そうなんだ。ぼくは植物にくわしくはないが、そういうこともあるのかな」

刈谷はあらためて周囲を見まわしたが、本気で雑木林に関心を持ったわけではない。木々が紅葉しようが黄色く変わろうがそんなことはどうでもいい。

「ぼくに絵心があれば、この雑木林を絵に描くんですけどね――」

少年はそういい、やや口調を変えて、

「病院にどなたかお見舞いにいらしたんですか」

人なつっこいというより、むしろ馴れなれしい。

ああ、と刈谷はうなずいて、

「よけいなことかもしれないけど、こんなところで何をしてるんだい？　どうして死んだカラスを地面に埋めたりするんですか」

そう尋ねた。

さりげなく穏やかな口調で話すようにつとめた。自分が刑事であることを忘れようとしている。刑事には、不審尋問をする権限はあるが、死んだカラスを地面に埋めるのは不審な行為ではあっても犯罪ではない。あくまでも好奇心を満足させる程度にとどめ、相手に尋問されていると意識させてはならない。

「地球を――」

と少年はいった。

「ぐるりと動かしているんです」

「…………」

刈谷はあっけにとられた。

自分に都合の悪い質問をされたとき人間はあれこれ答えをはぐらかそうとする。急に尿意をもよおした、眠り込んでしまった、昔のことで忘れてしまった……苦しまぎれにいろんなことをいう。が、こんな突拍子もないことを答える人間はいない。地球をぐるりと動かしている？　これが所轄の取調室であれば、机をたたいて、ふざけるな、と一喝してやるところだ。

――とぼけた野郎だ。

さすがに刈谷は不快感を抑えることができなかった。その感情が知らずに顔に出てしまったらしい。

「あ、ごめんなさい。べつにふざけるつもりはなかったんだけど――」

少年はそんな刈谷の気持ちを敏感に察したようだ。どんな素性の、どんな境遇の少年なのか、年齢に似あわず、人の顔色を見るのにたけている。一転して迎合するような口調に

なって、

「カラスが増えすぎてしまったんですよ。病院からは残飯が大量に出るからなあ。そのせいかもしれない。カラスというのはけっこう利口で獰猛《どうもう》ですからね。いろいろ困ることが出てきた。洗濯物を盗まれるとか、タマネギやジャガイモの袋を破られるとかね。病院のほうでも困っちゃったんです。すこしカラスにおとなしくしてもらう必要が出てきた。それでこんなことをしたんですよ」

「殺して地面に埋めるのがカラスを撃退するのに役にたつのかな？」

「やだな、土に埋めたのはたんなる後始末ですよ。そんなの決まってるじゃないですか。カラスの飛びそうなところに針金で輪っかを作ってぶらさげておくんです。そんなふうにすると、カラスが勝手に首を突っ込んで死んでくれるんですよね。それをそのままぶらさげておく。いってみれば案山子《かかし》がわりなんですけどね」

「案山子がわり――」

　刈谷は顔をしかめずにいられない。枝から針金でぶらさがっていたカラスの無残な姿が脳裏に残っている。

「すこし残酷な気がするけどな」

「それはそうなんですけどね。そんなこといってられないんですよ。残酷だとかそうでないとか、そんなことにかまっちゃいられない。病院側はほんと困っちゃってるんだから。それに看護婦なんかも本気で怖がってるからなあ」

「怖がる？　どうしてカラスなんか怖がるんだろう」

「噂、あるから」

「噂？」

「うん、あるんです」

「どんな噂だろう」

「そんなこと話してもいいのかな。噂は噂だからなあ。あんまり無責任なこと話せないしなあ――」

少年は迷ったようだ。いや、迷っているように見せて、そのじつ、思わせぶりに刈谷の気を引いていた。少年の刈谷を見る目には、なにか無意識の媚態めいたものさえ感じられるようだ。この少年は初対面の人間と話すのにも恋人同士のようなかけひきを弄《ろう》せずにはいられないらしい。

――どんな素性の、どんな境遇の少年なのだろう？

刈谷はあらためてそのことを疑問に感じた。

が、もちろん、そんなことを口にだすようなことはしない。ただ黙って少年の顔を見つめているだけだ。

　こういう相手は無理強いさえしなければいずれ自分のほうからしゃべってくれる。本心は話したくてムズムズしているのだ。こういう相手には忍耐だけがものをいう。何度も被疑者を取り調べた経験から、刈谷はそのことを十分によく承知していた。

「ま、いいか。そんな勿体《もったい》ぶるような噂でもないし――」

　案の定、少年は自分のほうからそう口を切ると、

「この病院には妙な噂があるんです。人が死ぬと、その夜、決まって雑木林から大きな黒い鳥が飛んでくるという噂なんですけどね。実際にその鳥を見たという人間も何人かいるんですよ」

「大きな黒い鳥？」

　刈谷は眉をひそめて、

「それはカラスじゃないのか」

「さあ、何なんでしょうかね？　たまたま病院で人が死んだ夜に、カラスが飛んでいるのを見ることが重なって、それでそんな噂になった……ぼくなんかはそう思うんですけどね。なかには面白半分に、それはハルピュイアなのだ、という人もいるんですよ」

「ハルピュイア？」

「ギリシア神話に出てくる妖鳥のことなんですけどね。長い爪を持って、青白い女の顔をした、胸の悪くなるような鳥だということです。いつもがつがつと飢えている。人が死んだ夜にそいつが病院に飛んでくるというんですよ。そして予言をする。ギリシア神話のなかでもハルピュイアは予言をするらしいんですけどね」

「まさか――」

刈谷は笑いだした。

「そんな話を信じる奴はいないだろう」

「そうでもないんですよ。看護婦のなかにはなかば本気で信じている人もいるらしい。そんなことから夜勤をいやがる看護婦もいるんです。それで」

少年はカラスを埋めた穴のほうにヒョイと顎をしゃくると、

「ぼくもあんなことをしたんです。カラスの数が減れば、そんな変な噂もなくなるんじゃないかと思って――」

「きみは病院の関係者なのか」

ええ、まあ、そんなところです、と少年はあいまいにうなずいて、きびすを返し、立ち去ろうとした。

「そのハルピュイアの予言とかだが――」

刈谷は少年の背に声をかけた。

「誰かそれを聞いた人はいるのか」

そのときのことだ。雑木林に木擦れの音を鳴らし、また風が吹き抜けていったのだ。これまでになく強い風だった。

木々から葉が吹き飛んで、それが地表から舞いあがる木の葉とあいまって、おびただしい枯れ葉が黄色い渦を巻くようにして視界をさえぎった。

その渦を巻く落ち葉のかたまりの向こうから嘲《あざけ》るような少年の声が聞こえてきた。

「まだまだ人が死ぬ！　これからも次々に人が死んでいく！　なんでもそんな予言だそうですよ」

そして――

その風がやんで、落ち葉が地に舞いおりたときには、もう少年の姿は消えていた。見わたすかぎり、雑木林のどこにも少年の姿は見えないのだった……

13

刈谷の名前を聞いて、

「かりやさくや――」

受付の看護婦は吹き出しそうな表情になった。

人によっては自分の名前が滑稽《こっけい》に聞こえることは知っている。子供のころにはそれでずいぶんからかわれた。

子供時代には、名前のことでからんでくる悪ガキを片っ端から殴りつけて黙らせたものだが、いまは大人になったし、まさか初対面の看護婦を殴りつけるわけにはいかない。やむをえず、こんなときにはこう説明することにしている。

「親父が短歌をやってたもんで、韻《いん》をふむのが好きだったんですよ――」

そんな事実はない。自分の名前のことを話題にされるのが嫌さにつく嘘なのだった。父親は郷里で健在だが、短歌など目にしたこともない。刈谷作弥、と韻をふんだのはたんなる偶然であって、（無神経だとは思うが）べつだん作為があってつけた名前ではないらしい。短歌をやっているのは先輩の狭更奏一《さこうそういち》だった。

その狭更奏一の病室を看護婦から教えられた。

狭更奏一はおなじS警察署の刑事課に勤務している。四十六歳で警部補は昇進が遅いが、刑事課の強行担当として、ずっと捜査の第一線で活躍してきて、昇進試験を受ける暇がなかったらしい。刑事になるために生まれてきたような人なのだ。

刈谷は三十一歳で、巡査部長の昇進試験に合格したばかり。S署の刑事課・強行犯担当に配属されて四年になるが、その間《かん》、どんなに狭更の世話になったかは言葉につくせないほどだ。刑事魂を一からたたき込まれたといっていい。

刈谷は、刑事としても、ひとりの人間としても、狭更のことを尊敬していた。

その狭更が聞き込みで歩いている途中に血を吐いて倒れた。すぐに病院に運び込まれたが、一日、入院しただけで、翌日にはもう仕事をしていた。それが一月《ひとつき》ほどまえのことである。

そのころ狭更は、ちょっと面倒な盗難暴行事件の捜査にたずさわっていて、連日、都内を歩きまわっていた。どうやら過労がたたったらしい。

課長も休養を勧めたし、刈谷も無理をしないほうがいい、と口を酸っぱくしていったのだが、狭更はがんとして聞き入れようとしなかった。

そのときに狭更がいった言葉はいまも刈谷の記憶に残っている。

――冗談じゃないぜ。こんなときに入院なんかしてられるかよ。自分の体のことは自分がいちばんよく知っている。入院の必要なんかないよ。おれは刑事だぜ。捜査をしてて死ねるんなら本望だよ。

そう突っぱねられたのでは後輩の刈谷は何もいうことができない。せめて聞き込みの手伝いなりとできればよかったのだが、所轄の刑事はひとりで何件もの事件をかかえているのがつねで、自分の仕事を片づけるので手一杯なのだ。

狭更は聞き込みに歩くのと同時に、都内の質屋をまわって、贓品《ぞうひん》捜査をつづけた。その結果、世田谷の質屋から盗品が出てきて、有力な被疑者を絞り込むことができた。その被疑者に任意出頭を求め、容疑をかためて、裁判所に逮捕状を請求した。

ようやく、そこまでこぎつけて一安心したのかもしれない。刑事課でまた吐血した。

それが二週間ほどまえのことで、ふたたび入院し、今度はもう出てくることができなかった。

見舞いに行った課長が、

――過労が重なって胃に潰瘍ができているというんだけどね。医者ははっきりいおうとはしないんだが、それがどうも悪質な潰瘍らしいんだよな。

深刻な顔をしてそういった。

刈谷もすぐに見舞いに行くべきだった。

狭更は仕事に熱心なあまり、四十六歳になるまでついに結婚せず、家族がない。

せめて刈谷が見舞いに行ってやり、その無聊《ぶりょう》をなぐさめてやり、必要な身の回りのものをそろえてやるべきだった。

が、そのころ、オヤジ狩りと称して、中学生、高校生が集団で暴行を働く事件があいついで、その捜査に忙殺されていた。

そうこうしているうちに、狭更が洗面器に二杯ほども吐血して、重態におちいったという話を聞いた。さいわい、なんとか容体は持ちなおしたようだが、一時は緊急病棟に収容されたというから、かなり危険な状態ではあったのだろう。

そんな話を聞いて、狭更の病《やまい》にやつれた顔を見るのがつらさに、見舞いに行きそびれているうちに、とうとう狭更のほうから会いたいという連絡があったのだ。

狭更は三階の四人部屋にいるという。

病室のドアは開いていた。

入ろうとしたとき病室のなかから声が聞こえてきた。


ひた赤し煉瓦の壁はひた赤し女刺し男に物いひ居れば

狭更の声だった。短歌を詠んでいるらしいが、その声はしゃがれて、なにか呪文めいて聞こえた。

「狭更さん、刈谷です――」

そう声をかけて病室に入った。

「よう」

狭更がベッドに上半身を起こした。

ほかの患者は検査にでも行っているのか病室にはいない。

なにを話していいのかわからないまま、

「いまの歌は狭更さんの自作ですか」

刈谷がそう尋ねると、

「冗談じゃない。なんでおれがこんな歌をつくれるものか。教養のないことをいうなよ。斎藤茂吉の歌だよ」

狭更は苦笑した。

「ははあ、なるほど、茂吉ですか」

一応、そう感心してみせたが、刈谷は歌人には何の関心もない。斎藤茂吉のことも名前だけは聞いているが、どんな歌を詠んだのか知らない。

「これ、課のみんなから——」

お見舞いの果物を置いて、元気そうじゃないですか、といった。

「見え透いたことをいうじゃないか。なんでこの顔が元気そうなものか」

狭更は苦笑し、ツルンと自分の顔を撫でおろした。

「………」

刈谷はとっさには返事ができなかった。

たしかに元気そうではない。それどころか、やつれにやつれている。以前から痩せて、顔色の悪い人ではあったが、いまはほとんど骨と皮だけになっているといっていい。痛ましいほど頬骨や喉仏が突き出していて、その顔が土気色になっていた。目が黄色く濁っていた。

もっともその眼光のするどさだけは以前のままだ。気迫だけは衰えていないらしい。この目に見据えられると犯罪者たちは震えあがったものだ。

なまじ眼光のするどさだけが残っていることが、かえって狭更のやつれようをきわだたせているようで、その顔を正視するのがつらかった。

刈谷は狭更から目をそらし、ふとベッドのうえの壁に妙なものが貼ってあるのに気がついた。

薄いワラ半紙のような紙に、稚拙な筆で、輪円が記され、その中央、東西南北に、それぞれ光背を負った如来像が描かれている。古いのだけはそうとう古いものらしく彩色が褪《あ》せかけていた。

刈谷はこういうものにくわしくはないが、たしか曼陀羅《マンダラ》というのではなかったか。

刈谷の視線に気がついたらしく、狭更はそれにちらりと目を向けると、

「ああ、これは何でもない。付添いの婆さんを頼んでいるんだが、その婆さんがくれたものなんだよ。なんでも大日如来のお慈悲にすがればどんな難病もたちどころに治るんだぞうだ——」

つまらなそうにいった。

狭更は人並み以上に正義感にとんだ人物ではあるが、およそ信仰心には縁がない。優れた刑事であろうとすればどこまでも現実主義をつらぬくのを要求される。神頼みで犯罪者を捕らえることはできないのだ。現実主義者にならざるをえない。

狭更は優れた刑事であり、徹底してリアリストだ。そんな狭更が付添いの婦人に曼陀羅をもらってどんな顔をしたか。さぞかし閉口したにちがいない。曼陀羅など壁に貼りたくなかったろうが、それでも貼らないわけにはいかなかったのだろう。家族のいない狭更は、付添いの婦人に頼らざるをえず、その心証を害するわけにはいかない。

ある意味では、壁に貼られた曼陀羅は、狭更がどんなに孤独な入院暮らしを強いられているか、そのあかしともいえそうだった。

刑事という仕事は矛盾をはらんでいる。職務に熱心であればあるほど、昇進試験の勉強

をすることができず、出世に乗り遅れてしまうのだ。鬼刑事、名刑事とうたわれても、現場に執着する刑事は、ついにむくわれることがない。

刈谷もやはり独身だ。狭更を刑事として尊敬していて、自分もいずれ狭更のようになりたいと考えている（もっとも、そう考える一方で、ああなってはおしまいだ、と思うこともあるのだが）。いずれにせよ、狭更のいまの孤独は、刈谷の明日の境遇かもしれないのだった。

「申し訳ありません。もっと早くにうかがえればよかったのですが――」

刈谷は心底からそうわびた。

「申し訳ないことなんかないさ。所轄の刑事はみんな忙しい。病院に来てくれというほうがわがままなんだ。おれもそのことは十分に承知しているつもりなんだが――」

狭更は何かためらったようだが、意を決したように、

「それでもどうしてもきみに頼みたいことがあった。きみ以外にこんなことを頼める人間はいない。それでわざわざ足を運んでもらった。病人のわがままだとあきらめて聞いてもらえればありがたいんだが」

「どんなことでしょう？　ぼくにできることだったら何でもやらせてもらいますが」

刈谷の声に力がこもった。

狭更は自制心にとんだ男だ。ときには強引な捜査におよぶこともあるが、私生活ではきびしく自分を律して、およそ人にものを頼むなどということはしない。そんな狭更がここまでいうのはよほどのことにちがいない。

——これまで見舞いにもこなかった罪滅ぼしだ。

狭更のためにできるかぎりのことはしてやろう、と刈谷は決心していた。

「これが何とも妙な話なんだがね。いや、じつに妙な話なんだが——」

狭更は臆したように目を伏せた。狭更がこんな表情をするのはめずらしい。そして、思いきったように、その顔をあげると、きみは、といった。

「女をどう思う?」

「は?」

「いや、きみは女をどう思う?」

「…………」

こんな突飛な質問にどう答えればいいのだろう?　刈谷はまじまじと狭更の顔を見つめた。

「だから、こいつは妙なことなんだ。妙なことだというのはわかっているんだ。おれがきみに聞きたいのは——」

狭更の顔に一種異様としかいいようのない表情が浮かんでいた。何かにとり憑《つ》かれているような、それでいてぼんやりと放心しているような、なんとも形容しようのない表情なのだ。その憔悴して、不精髭のめだつ顔に、目だけが白っぽく底光りしていた。

「女を天使だと思うかそれとも悪魔だと思うかということなんだけどね」

14

狭更奏一が聖バード病院に入院して六日めの深夜のことである。

洗面器二杯にもおよぶ大量の血を吐いて失神した。

あとから聞かされた話では、そのときの狭更はかなり危険な状態だったらしい。

狭更はすぐに緊急病棟《HCU》に運ばれた。

狭更の血圧は下がり、その呼吸も浅くなっていた。

これもあとから聞いた話だが、担当の医師や看護婦たちは懸命に心肺蘇生術《CPR》をほどこしたらしい。

狭更の気管にチューブを入れて、人工呼吸器《レスピレーター》を装着した。そして心臓《ヘルツ》マッサージをつづけた。

が、狭更の体温は下がっていくばかりで、その浅い呼吸も、ヒィーヒィー、という、いわゆる下顎呼吸に変わっていた。

頭上のモニターには血圧と心電図の波形が映しだされている。心電図の波形は弱いし、血圧にいたってはほとんど測定できないほどだった。

一、二、三、四……と、自分でかけ声をかけながら心臓マッサージをつづけている医師に、

「先生、どうします？　もっと昇圧剤を投与しますか」

看護婦のひとりが尋ねる。

医師はちらりとモニターを見て、いや、もういいだろう、と首を振った。すぐに心臓マッサージをやめると、狭更の手首をとり、つづいてその胸に聴診器を当てた。

「もう脈拍もはかれないし、心音もほとんど聞きとれない……」

そして、そうつぶやいた。

狭更はそれを見ながら、

——ああ、もう駄目だな。おれもいよいよ臨終というわけか。

そう思っている。

どんな人間にも〝死〟はただ一度きりのものだが、医師や看護婦にとって人が死ぬのを

看とるのはいわば日常茶飯事だ。せんじつめれば要するに仕事の一環にすぎない。

人は〝死〟というものを、ついドラマチックに想像しがちだが、現実の病院では、医師や看護婦たちは人が死んでいくのにいちいち興奮などはしていられない。

医師が狭更の瞳孔を観察しながら、

「この患者の身内は呼んであるのか」

看護婦に聞いた。

「この方は独身なんです。身内の方はいらっしゃらないみたいです」

看護婦が答える。

「なんだ、そうか。仕様がないな。家族が臨死現場にいてくれないと死亡宣言がやりにくいんだけどな。ま、いいか。いないものは仕方ないもんな。それじゃ、これぐらいで死んだことにしようか。そろそろ人工呼吸器《レスピレーター》を外したほうがいいんじゃないかな――」

医師の態度は冷静というより事務的といったほうがいい。何の感情もまじえずに淡々と話している。

それを見ながら、

――死んだことにしようか、とは何だ。もう少し親身になったらどうなんだ。死んでいく人間の身にもなってみろ。

さすがに狭更は憮然とせざるをえなかったのだが、そのときになって初めて、自分がどうしてこんな情景を見ることができるのか、その異常さに気がついたのだ。

——待てよ。おれはあそこで死にかけているはずじゃないか。死にかけて意識がないはずじゃないか。それなのにどうして病室の様子を見ることができるんだ？

あらためて狭更は自分の姿を見つめた。

たしかに自分は緊急病棟のベッドに横たわっている。脈拍数は二十を切り、心臓もただ機械的に動いているだけだ。ほとんど死んでいる。すでに看護婦たちは狭更を死んだ人間と見なし、そのあとの処置にとりかかっている。人工呼吸器を取って、各種のチューブをとり外している。医師はさっさと出ていってしまった。

狭更はその一部始終を天井のあたりから見つめているのだ。

が、どうしてそんなことが可能なのか。目は狭更の肉体の一部だ。その肉体はほぼ生命が尽きて、ベッドに横たわっている。つまり狭更にはもう目はない。すでに目がないのにどうして見ることができるのか。

そもそも視覚だけが、緊急病棟の天井のあたりにふわふわと漂っていること自体、腑に落ちない。いや、見ていると意識している自分もいるのだから、それを視覚だけと考えるのは誤りかもしれない（考える？　脳はここにはない。あそこにある。それなのに何がここで考えているというのか?)。死んだ自分はベッドに仰臥している。それなのに、それとはべつに、見て考えてそれを意識している自分がいるのだ。ここにいるおれは何なのだ？

——魂！

狭更は愕然とした。

もともと狭更は骨の髄までの現実主義者で魂の存在などこれっぽっちも信じていない。死んでしまえば人間はそれっきりで、なにも残らないと思っていた。

そんな狭更が皮肉にも魂となってこの世とあの世の境界を漂っているのだ。その皮肉さに笑いだしたいところだが、あいにく魂には口がない。笑おうにも笑えないのだ。

自分が魂と化していることに愕然とはしたが、そのあとのことは不思議にすんなりと気持ちの底におさまった。

——これは臨死体験だ。

何の違和感もなしに、そのことに気がついた。

死にのぞんで、魂が体から抜けだし、自分の遺体を見おろしている、という話はよく聞くことがある。

魂はやがて天井をすり抜けて、トンネルのような暗いところを通り、花と光にあふれたあの世に達するのだという。いや、臨死体験を語る者は、結局は生還するのだから、あの世に達するまえに誰かに呼び戻されるか、そうでなければ三途《さんず》の川を渡るまえに追い返されることになる……

——だが、おれはそうはならないだろう。

深い諦念とともにそう思った。

狭更には死にのぞんで呼び戻してくれるような親しい人間はいない。そもそも狭更が死んだところで心の底から悲しんでくれるような人間はひとりもいないのだ。それどころか、これまで狭更が監獄に送り込んだ悪党たちは手を打って喜ぶだろう。

——おれはこのまま死んでいくのだ。

そう思うと同時にフッと体が（体が？）軽くなるように感じた。煩悩が消えたのか。なにか清々《すがすが》しささえ覚えた。

魂にも重さがあるのだろうか。軽くなるのを感じたとたん、ふわり、と天井に昇るのを覚えた。それにつれて視野が変わる。

緊急病棟《HCU》にはおびただしいME器材が設置されている。そんなふうにして天井から見下ろすと、壁を伝う桟《さん》の上側にたばねたコードを這わせてあるのが見える。そのコードの皮膜の一部が裂けて電線が剝き出しになっていた。

——危ないな。これじゃ漏電しかねないじゃないか。

狭更は憮然とした。

が、これは狭更がまだ完全に煩悩から脱していないということだろう。刑事根性が垢《あか》のようにこびりついて残っているのだ。これから昇天しようとする人間がなにも漏電の心配までしなくてもいい。漏電を起こし、よしんば火事になったところで、死んでしまった人間にはもう何をどうすることもできない。

狭更はなにもかも忘れて、そのまま昇天していこうとした。

そのときのことだ。女のこうつぶやく声が聞こえてきたのだった。

「あなたも見えない部屋に入れてあげればよかったのかもしれない。そうすればもう少し長生きできたかもしれないのに——」

見えない部屋？　その言葉の不思議さに狭更はあらためて下を見た。

いつのまにか緊急病棟には看護婦がひとりだけ残っていた。おそらく遺体の処理をするためにひとり残ったのだろう。

見覚えのある看護婦だった。

狭更の病室を担当している看護婦ではないから、名前までは知らない。

が、当直当番でもあるのか、何日かおきに、夜間、狭更の世話をしてくれた。

狭更は自分のことをけっしてわがままな患者だなどとは思っていない。それどころか、どちらかというと辛抱強いほうだろう、と思っている。めったなことでは看護婦の手をわずらわすようなことはしない。

しかし、どんなに勁い人間であっても、いや、自分は勁いと自負している人間であればあるほど、わずらったときの心細さと孤独感には耐えがたいものがある。

狭更もまたそうだった。

深夜、眠れぬままに天井を見ていると、ひたひたと孤独な思いが胸に満ちてくるのを覚える。人の温もりがたまらなく恋しくなる。その孤独に耐えきれずに、たいした用事もないのに、ついナースセンターにつながるボタンを押してしまう。そんなことが何度かあった。

そんなとき、この若く、愛らしく、献身的な看護婦は、いやな顔ひとつせずに、病室に駆けつけてくれた。どんな些細《ささい》な、取るにたらない用事を頼んでも、ただの一度として苦い顔を見せたことがない。いつでも優しく微笑んで対応してくれた。

——どうしてこの子はこんなにも優しく献身的に尽くしてくれるのか。

狭更は感謝するのを通りこして、むしろ、そのことに驚いていた。人は、いや、女性とは、こんなにも無私に優しくなれるものなのか。女は天使なのか。

彼女の看護を受け、その優しさ、愛らしさに接することは、狭更にとって、ほとんど奇跡に触れるような驚異だった。

——女は天使なのか。

彼女に接して、狭更は初めて自分がついに結婚しなかったのを悔やむ思いになった。依《い》怙地《こじ》なあまり（あるいは臆病なあまり）、ただの一度として恋愛らしい恋愛をしたことがないのを悲しむ思いになった。

自分の人生はあまりにも殺伐としすぎていたのではないだろうか。そう思った。女、という泉を汲むこともせず、その優しさに触れることもなしに生きてきたあれが、ほんとうに人生の名に値するものだったろうか……

もちろん、いまさら何をどう悔やんだところで遅すぎるというものだ。いや、そうではないだろう。遅すぎたのを悔やむより、むしろ、かろうじて間にあったことを喜ぶべきではないか。

人生の終わりにさしかかって、優しく、愛らしい娘の看護を受けることができた。そんな思いがけない幸運のおかげで、この世には天使のような女が存在する、ということを知ったのだ。いわば、人生の美しさ、その喜びに触れることができた。それすら知らなければ、ついに狭更の人生は孤独にひからびたままで終わったことだろう。

彼女を知ったことで、狭更の人生がどんなに美しく豊穣なものになったか、はかりしれないものがある。その意味で、この若く、愛らしく、献身的な看護婦にはどんなに感謝してもしきれない。

狭更は彼女に感謝したが、あえてその名を聞こうとはしなかった。狭更の意識のなかでは、彼女はたんにひとりの看護婦というにとどまらず、女という性が持つ、すべて良きもの、その美徳を、聖性をあらわす、いわば女性そのもののように感じられたのだ。

いま――

魂と化して、昇天していこうとしている狭更は、愛らしい看護婦に向かって、できるかぎりの感謝と祝福を送ろうとしていた。

が、そのときのことだ。

その看護婦がゆっくりと顔をあげるとニヤリと笑ったのだ。

――患者が死んだというのに何を笑うことがあるのだろう？

狭更はいぶかしんだが、そんな疑問は彼女の笑顔を見たとたんに凍りついてしまったのだ。

その笑い！

どうしたら生身の人間がそんなふうにして笑うことができるのか？　それはこの世のあ

りとあらゆる悪意と憎悪を凝結させたような笑いだったのだ。邪悪でいやらしい翳が彼女の顔をありありと隈どっていた。

彼女はひとり、死人に付き添いながら、いつまでもニヤニヤと笑いつづけていた。

なまじ、彼女の顔だちが愛らしいだけに、その恐ろしい笑いとのギャップは、ほとんどグロテスクなまでに感じられるほどだった。

天使の笑いではない。天使は絶対にこんなふうには笑わない。天使どころか、これは——悪魔の笑いだったのだ。

15

「おれは蘇生したよ。一度はたしかに死んだはずなのに、脈拍が戻って、心臓の鼓動が戻ったんだ。医師は、自分の心臓マッサージがきいたからだと考えたらしいが、おれ自身はそうは考えていない。いや、そうでないことを知っているんだ。おれはあのままでは死ぬに死にきれなかった。死ぬわけにはいかなかった。だから死にきれずにこの世に舞い戻ってきたんだ。心臓マッサージがきいたからではない——」

狭更は話し終えた。ホッ、とため息をついて、その目を苦しげに閉じた。その無残なほど痩せこけた頬に、ありありと憔悴の翳がにじんでいた。

「…………」

刈谷はあっけにとられている。

臨死体験のことは、以前、テレビのドキュメンタリーで見たことがある。いったんは死んだと見なされた人間が、その後、蘇生し、死んでいたときの体験を証言する……たしかに、その番組のなかで何人かの人間が、死んだと見なされた直後、魂がふわふわと天井にただよって、自分の遺体を見た、と証言していた。

そのドキュメンタリーを見たとき、

——そんなこともあるのかな。

刈谷はそう思いはしたが、それを全面的に信じる気にはなれなかった。かといって、べつだん積極的に否定するほどの根拠があるわけでもない。要するに半信半疑であり、通り一遍の関心しか持てなかった。

そんな刈谷だから、狭更が臨死体験のことを話すのを聞いても、ただ、とまどいを覚えるだけだった。どう判断していいのかわからない。

これが狭更から聞いたのでなければ、人を馬鹿にするのかと怒るか、適当に聞き流して相手にしないところだ。

が、狭更はおよそ迷信家ではないし、夢を現実と取りちがえるほど浅はかな人間でもない。むしろ頑迷なぐらいの現実主義者といっていい人物なのだ。つまり——どう判断していいのかわからない。

とまどっている刈谷を見て、

「これがずいぶん馬鹿げた話に聞こえるのはわかっているよ。おれ自身が、あまりに突拍子もない話なんで面食らっているぐらいだからな。だけど、どんなに突拍子もない話でも事実は事実なんだ。誇張も嘘もない。信じられないだろうが、こいつはほんとうの話なんだよ」

狭更が疲れた声でそういった。

「夢か幻覚——」

刈谷は聞かずにはいられなかった。

「ということはありませんか」

ほかならない狭更の話だ。信じないわけにはいかない。しかし信じられない。

「おれが第一に考えたこともそのことだ。あれは夢か幻覚ではなかったか？　だから、回復したあとで、そのときの緊急病棟の様子を聞いてみた。そのとおりだった。おれが天井から見たとおりのことが進行していた。おれはあのとき完全に意識を失っていたんだぜ。緊急病棟で何が起こっていたかわかるはずがないんだ」

「………………」

「そこできみに頼みたいことがある。きみが忙しいのは十分にわかっている。おれとしては心苦しいんだが、こんなことを頼めるのはきみぐらいしかいないんだ」

「どんなことでしょう?」

「あの看護婦に会ってもらいたい。そして、どうして、あのときにあんなふうに笑ったのか、それを聞きだしてもらいたいんだ」

「……いや、それは——」

「やってもらえないだろうか」

「やらないことはありません。ですが、どうしてご自分でなさらないのですか? べつだん、それほど聞きにくいことだとも思いませんが——」

「聞こうにも聞けないんだ。あれ以来、その看護婦がいないんだよ」

「いない?」

「さっきもいったようにおれはあの看護婦の名前を知らない。あの夜以来、一度もその看護婦が顔を見せないんで、べつの看護婦に彼女のことを聞いてみたんだ。ところが、だれのことだかわからない、というんだな。おれは知らなかったが、こうした病院では看護婦の入れ替わりが激しいらしい。辞める看護婦もいれば、新しく入ってくる看護婦もいる。それで、おれのいっている看護婦がだれのことだかわからないというんだ」

「ほかの人にも聞いてみましたか」

「ああ、何人かに当たってみた。だが、だれに聞いても要領を得ないんだ。こんなことが信じられるか。どうしてもその看護婦がだれだかわからないんだよ――」

狭更の表情が歪んだ。その目に烈《はげ》しく狂おしい光がみなぎった。このことで狭更がどんなに懊悩《おうのう》しているか、それをものがたる暗い光だった。

「もちろん、おれの体が健康であれば、こんなことを人に頼んだりはしない。が、いまのおれは満足に歩くこともできない体だ。動こうにも動けない。自分で調べることができないんだ」

「わかりました。やらせてもらいます」

ようやく理解できる話になったようだ。ほかならない狭更のためだし、こんな調査ならお手の物だ。ものの二、三時間も当たれば、その看護婦の名前を突きとめることができるはずだった。

が、狭更の依頼に応じるまえに、ひとつだけ確かめておきたいことがあった。

「その看護婦がだれかを突きとめるのはやらせてもらいますが、どうして狭更さんはそんなにも彼女の笑いのことを気になさるんですか？　ぼくにはそのことがよくわからないんですが――」

一瞬、狭更は沈黙し、そして刈谷の目をひたと覗き込むようにして、こういった。

「おれは胃癌だよ。潰瘍なんかじゃない。それもどうやら末期の癌らしい。もう手遅れなんだ。いや――」

刈谷が口を開こうとするのを手をあげて制して、

「それはいい。どうせ人間はいずれは死んでいくんだ。それはいいんだ。どうってことはない。いまさら慰めてもらうことはない。ただ、あの看護婦がどうして、あんなときに、あんなふうにして笑ったのか、それを突きとめないうちは、おれは死ぬに死にきれない気持ちなんだよ」

「…………」

「おれは刑事だ。犯罪者を捕らえるために人生を費やしてきた。そのことが、いくらかなりと世の中をよくする、とそう信じていたからこそ、刑事という仕事をやってこられたんだ。どこか一点、人間という生き物を信じていた。そうでなければ刑事なんて仕事はやってられない。きみもそうだろう。第一線で働いている刑事はみんなそうだ」

「…………」

「あの看護婦は天使なのか悪魔なのか。そもそも女は天使なのか悪魔なのか？　なあ、刑事だったらそのことを知りたいとは思わないか。女が天使であるか悪魔であるか？　それを知るのは、刑事として生きてきたおれの人生に意味があったのか、それともたんなる徒労にすぎなかったのか、それを知ることでもあるんじゃないか」

16

狭更の病室を出た。

べつに意味もなしに、ぼんやりと廊下を見わたす。すでに夕暮れだ。たそがれの青ざめた日の光が、廊下の蛍光灯の光に滲んで、水のようにたゆたっていた。そういえば、誰もいないこの廊下は、遠い昔に水底に沈んだようにも見えるではないか。

打ちのめされた思いがしていた。頭の芯に鈍い痛みがあり、それがズキンズキンと脈うっていた。

――おれは胃癌だよ。潰瘍なんかじゃない。それもどうやら末期の癌らしい。もう手遅れなんだ……

狭更が胃癌だということに驚いたのではない。吐血し、潰瘍だということで入院し、さらに重態におちいったという話を聞けば、どんな鈍い人間でも癌ではないかと疑う。そのことは予想していた。

刑事という仕事は過酷な重労働だ。いつもストレスにさらされている。癌の罹病率は高いのではないか。

狭更が胃癌だと聞かされてもいまさら驚いたりはしない。そんなことで打ちのめされたのではない。そうではなく、末期癌を宣告された狭更が、この期《ご》におよんで、刑事という仕事に疑問を持ち始めたらしいことにショックを受けたのだ。

頭の芯で鈍い痛みが脈うっている。そのズキンズキンという脈動にあわせて狭更の声が聞こえていた。

――あの看護婦は天使なのか悪魔なのか。そもそも女は天使なのか悪魔なのか？

狭更の声は暗く悲痛だった。とり憑かれた人間の狂おしい響きがあった。

――それを知るのは、刑事として生きてきたおれの人生に意味があったのか、それともたんなる徒労にすぎなかったのか、それを知ることでもあるんじゃないか。

どんなに優秀な刑事でも、いや、優秀であればあるほど、自分の仕事をむなしく徒労に感じることはある。人は愚かしく貪欲で残酷だ。犯罪が尽きることはない。犯罪者を追うのは賽《さい》の河原の小石を積みあげる作業に似ている。ときに、ため息を洩らすほどの虚しさを覚えるのは当然だ。

が、それでも刑事が刑事という仕事をつづけられるのは（狭更がいったように）どこか心の底で一点、人間という生き物を信じているからではないか。そうでなければ、どんなに犯罪者を追ったところで、それはしょせん徒労でしかないだろう。そして、人は徒労を徒労と知りながら、それをつづけることはできないのだ。

いま、狭更は人生の終わりを迎えて、ほんとうに人間が信じられる生き物であるかどうか、そのことに重大な疑問を持っている。

自分の人生に意味があったのか、それともついに徒労でしかなかったのか、そのことを知りたいと痛切に思っているのだ。

そして、その意味で、

――看護婦は天使なのか悪魔なのか？

狭更のその疑問はそのまま刈谷の疑問でもあるのだ。

あるいは、その疑問自体が愚かしいともいえるかもしれない。

もちろん、どんな人間も天使であり悪魔でありうる。どんなに善良な人間もときに魔がさして悪事を働くことがある。どんなに悪い人間もときに思いがけないほどの優しさを見せることがある。そんなことは刑事であれば誰でも知っていることだ。が、狭更が知りたいのはそんなことではない。もっと根源的なことなのだ。人間という生き物は、そのぎりぎり根源的な本質において、性善であるのか、それとも性悪であるのか? いま、狭更は死にのぞんで、その根源的な疑問にかられて懊悩しているのだった。

——女は天使なのか悪魔なのか?

つまりは、そういうことだ。

刈谷は気をとりなおし、

——仕事にとりかかろう。

自分をはげました。

まず、狭更が危篤におちいったとき、緊急病棟にいた看護婦の名前を突きとめなければならない。いまは、それ以外のことを考えるのは余計なことだろう。

刈谷はナースセンターに向かった。

ナースセンターには看護婦の業務記録が残されているはずだ。その記録を見れば、当夜、緊急病棟で働いていた看護婦の名前など、たやすく突きとめられるのではないか。

17

ナースセンターは狭更の病室とおなじ三階にある。

二十畳ぐらいの細長い部屋だ。そこに何人もの看護婦がいて、お茶を飲んだり、忙しげに動きまわったりしている。ひっきりなしにブザーが鳴っているのは、病室の患者が呼んでいるのだろう。

刈谷がそのまえに立ったとき、看護婦がひとり、ワゴン車を押して、ナースセンターから出てきた。

その看護婦に声をかけ、十月二十七日の夜（というのはつまり、狭更奏一が危篤になった夜のことだが）に、救急病棟を担当していた夜勤看護婦たちの名前を知るにはどうしたらいいか、と聞いてみた。

「わかりません」

看護婦の返事はじつにそっけないものだった。

それだけ答えて立ち去ろうとするのを、

「あ、まだ、お聞きしたいことがあるんですが――」

刈谷はすかさず引きとめた。

「どんなことでしょう?」

看護婦は渋い顔をして振り返った。よほど仕事が忙しいらしい。それを中断されるのが迷惑なのだろう。

「わからないというのは何がわからないんですか」

刈谷は現職の刑事なのだ。相手の渋面ぐらいのことで退散したりはしない。

「その夜の看護婦の名前がわからないというんですか。それとも、看護婦の名前を知るにはどうしたらいいかがわからない、というんですか」

「看護婦の名前がわからないんです。そんなの無理だわ。二十七日なんてもう十日もまえのことでしょう。この病院の看護婦は昼夜三交代制で、何チームもあって、しかも一チームが三人から五人もいるんですよ。いまはどこの病院でもそうだけど、聖バード病院も看護婦の入れ替わりが激しいんです。そのうえ、いつも人手不足で、ほかの病院から臨時に応援を頼むこともあります。そんな二十七日の夜に、緊急病棟で誰と誰とが夜勤してたかなんてもう覚えてる人はいないわ」

「覚えている人はいなくても業務記録かなんかはあるんじゃないんですか。その記録を見ればわかりませんか」

「あなたは――」

ふいに看護婦が切り返してきた。

「誰なんですか」

「……………」

とっさに返事につまった。刑事の身分を明かせばいいようなものだが、これは私的な調査で公用ではない。下手に刑事を名乗ればかえって話が面倒になるような気がする。

が、べつだん看護婦は本気で刈谷の身分を聞いたわけではないようだ。すぐに、そんなことはどうでもいいと思いなおしたらしく、ないんです、とこれもそっけなく答えた。

「ない？　何がないんですか」

刈谷は面食らった。

「業務記録がないんです」

「そんな馬鹿な。これだけの病院で記録がないなんて――」

「あったんだけど、なくなってしまったんです」

「……………」

「昨日《きのう》、病院で火事があったんです。火事そのものは大したことのないボヤだったんですけど――」

看護婦はそこでちょっと言いよどんだ。

火事そのものは大したことはないが、何だというのだろう？　その口調から、なにか故意にいわなかったことがあるのではないか、という印象を受けた。

もちろん、いくら刈谷が刑事であっても、被疑者でもない看護婦を相手にして、なにを隠しているのかなどと問いつめるわけにはいかない。そんな権利はない。

「火事……」

刈谷はただ呆然とつぶやくだけだ。

聖バード病院の正面にかけられている丸い大時計の縁が焦げていたのを思いだした。火事があったとは思ったが、まさか、それが昨日のことだとは思いもしなかった。

「火はすぐに消したんですけど、たまたま間の悪いことに――」

すぐに看護婦は言葉をつづけた。

「そのとき、ちょうど書庫に移動させるというんで、病院の記録とかを廊下に出してあったんです。それに消火器の泡がかかって、ビショビショになっちゃって、それでほとんど処分することになったんです。もちろん、現在、入院している患者さんのカルテなんかは捨てたりしませんけど、必要のない過去の記録なんかはみんな処分したはずです」

「すると看護婦の業務記録なんかも？」

「ええ、処分したはずです。必要ありませんから――」

「そうですか」

　さすがに刈谷は落胆の色を隠せなかった。

　業務記録を当たれば、二十七日当夜の看護婦の名前などかんたんに突きとめられる、とたかをくっていた。が、その肝心の業務記録が処分されている以上、ことはそんなにたやすくは進まないかもしれない。

「お役にたてず申し訳ありません」

　看護婦はあまり申し訳なさそうな顔もせずに、そう頭を下げると、その場を離れようとした。

「あ、すいません。もうひとつお聞きしたいことがあるんですが――」

「…………」

　けげんそうな顔で振り返る看護婦に、

「この病院のどこかに見えない部屋というのがあると聞いたんですが、それがどこだかご存知ありませんか」

「…………」

　看護婦はしばらく刈谷の顔をまじまじと見つめていた。

そして、

「〝見えない部屋〟とかは知りませんけど、精神科がどこにあるのかだったら教えてさしあげられると思いますわ」

そう痛烈な言葉を残し、その場をさっさと立ち去っていった。

刈谷は憮然とした。

狭更は、いや、狭更の魂は、緊急病棟の天井のあたりをふわふわと浮遊しているときに、――あなたも見えない部屋に入れてあげればよかったのかもしれない。そうすればもう少し長生きできたかもしれないのに――

名前もわからない（そして、いま、狭更が痛切に名前を知りたいと願っている）看護婦がそうつぶやくのを聞いたという。

刈谷はふとそのことを思いだしたのだ。

そして、もしかしたら聖バード病院の看護婦たちのあいだで〝見えない部屋〟と称されている場所があるのではないか、とそう考えたのだが……

どうやら、さっきの看護婦は、それを自分のことを馬鹿にした言葉だと受けとったらしい。自分があまり丁重に応対しなかった、そのしっぺ返しだと思ったかもしれない。

もっとも、あの看護婦でなくても、どこかに〝見えない部屋〟がないか、などと聞かれれば、そんなふうに誤解するのが当然かもしれない。

――〝見えない部屋〟、か。

刈谷はあらためてその言葉の奇妙さを思わずにはいられなかった。

18

たしかに、業務記録が処分されたということを聞いて落胆はしたが、いつまでも気を落としたままではいられなかった。

刑事という職業は無駄骨を折ることで給料をもらっているようなものだ。期待していた聞き込みが当て外れだったり、真犯人《ホンボシ》間違いなしと信じていた人間に確かなアリバイがあったり、などということはしょっちゅうだった。そんなことでいつまでも落胆しているようではいい刑事とはいえない。

刈谷は必ずしも有能な刑事とはいえないかもしれないが、少なくとも有能な刑事たらんと心がけてはいる。有能な刑事は一度や二度の挫折でくじけたりはしない。

すぐに気をとりなおすと、

――よし、緊急病棟に行ってみよう。

そう決めた。

尊敬している先輩だからというので狭更の言葉を鵜呑《うの》みにしてしまった。が、考えてみれば、それがどんな人間の証言であっても、ろくに裏づけもとらないまま、その証言を全面的に信じるのは、刑事たるもの、決してしてはならないことなのだ。必ずしも嘘を疑うからばかりではなく、どんな人間にも誤解や勘違いということがありうるからだ。

救急病棟がどこにあるのかはわからない。が、ナースセンターの看護婦たちにそれを聞くのははばかられた。看護婦たちは忙しい。どうせ何を聞いたところで、まともに相手はしてくれないだろう。もう懲りごりだ。

一階の待合室に病院の案内図が掲示されていたのを思いだした。

階段に向かった。

廊下でひとりの老婆とすれちがった。

いや、よく見れば老婆というほどの歳ではない。まだ六十そこそこだろう。疲れきった顔をしているので老婆に見えた。割烹着を着て、畳んだシーツを何枚もかさねて両手に持っている。

――狭更さんの付添いの女性ではないか。

ふと、そう思い、声をかけてみた。

案の定、狭更の世話をしてくれている人だった。名前を飯田静女《いいだしずめ》という。

刈谷は自分が狭更の後輩であることを名乗って、

「狭更さんがお世話になります。これから、ぼくもできるだけ病院に顔を出すようにはしたいと思いますが、なにしろ家族のいない方なんで、なにかとご面倒をおかけすることになると思います。どうかよろしくお願いします。あの、これ、少なくて何なんですが、お世話になるお礼に――」

すばやく一万円札を渡した。

これで次の給料日まで不自由することになるが、やむをえない、これまで見舞いにも来なかった罪滅ぼしだ。それにこの付添婦からはいろいろと情報を提供してもらうことになるかもしれない。その先行投資だという思いもある。

それまで、どちらかというと仏頂面《ぶっちょうづら》だった静女が、急に愛想よくなった。

「ごていねいに恐れいります。いえ、わたしのほうこそ何かといたらないことが多いと思いますけど。まあね、狭更さんは辛抱強い、おとなしい患者さんなんで、いいたいことがあっても黙ってたりするから、わたしのほうもできるだけ、そこを察してさしあげるようにはしてるんですけど。なかなかねえ、いたらないことが多くて。どこの病院でもそうですけど、ここの看護婦さんたちも忙しいから、それに何といっても若い方が多いから、なかなかそこまでは、ねえ、だから患者さんの気持ちを察してあげるのがわたしの仕事だと思っているんですよ。わたしには孫娘がいるんですけど、うちの孫娘なんかもね、お婆さんは気配りがいいから付添婦の仕事にはぴったりだね、なんていうんですよ——」

ぺらぺらとひとりで喋りまくって、ふいにその声をひそめると、

「狭更さんは大丈夫ですよ。すぐによくなりますって。大日如来の曼陀羅をさしあげたんですけどね。壁に貼ってあるのをごらんになったでしょう？　あれは胎蔵《たいぞう》曼陀羅なんですけどね。金剛界曼陀羅もいいけど、阿弥陀《あみだ》さまがいらっしゃらないから。胎蔵曼陀羅ではね。中央におわすのが大日如来、西に阿弥陀如来、東に宝幢《ほうどう》如来、北に天鼓雷音《てんくらいおん》如来、南に開敷華《かいふけ》王如来……なにしろ、ありがたい如来さまが五身もおわすんですからね。それはもうご利益《りやく》がないはずはありませんよ。まあね、お医者さんや看護婦さんは、わたしの曼陀羅を見ると、迷信だなんていって、罰当たりに顔をしかめたりするんですけどね。そんなことというなら自分たちで患者さんを治してみればいい。狭更さんが危篤になったときだってね、医者も看護婦もろくに何にもできなかったそうなんですよ。そのとき緊急病棟で同室していた患者さんがいうことだから間違いないですよ。ろくに治療の腕もないくせに、いうことだけは一人前なんですからねえ——」

このままにしておくと、いつまでもひとりで喋っていそうで、静女の言葉の隙間をかろうじて縫うようにし、

「狭更さんが危篤になったとき、緊急病棟にはほかに患者さんがいらしたんですか」

刈谷は強引に質問を押し込んだ。

静女はちょっと虚をつかれたように、キョトンとし、え、ええ、とうなずいた。

「修善寺の字を書いて、修善豊隆《しゅぜんとよたか》という患者さんなんですけどね。なんでもまだ十六歳になったばかりというんですけどね。お気の毒ですよ。いえ、わたしは修善さんにも曼陀羅をさしあげようと思ったんですが——」

「その修善豊隆さんはまだ緊急病棟に入っていらっしゃるんですか」

「いえ、いまは401号室に入っています。個室なんですよ。わたしは十六歳の子供に個室なんか贅沢だと思う——」

「すいません。緊急病棟がどこにあるかを教えていただけませんか」

刈谷は質問を畳みかけて相手に喋らせないようにしている。静女のらちもない饒舌《じょうぜつ》を日が落ちるまで聞いてはいられないのだ。

さすがに憮然として静女は緊急病棟の場所を教えてくれた。

「ありがとうございました。狭更さんのことはくれぐれもよろしくお願いします」

刈谷は礼をいって静女と別れた。

念のために〝見えない部屋〟のことも聞いておこうか、と考えたが、いや、やめておいたほうが無難だ、と思いなおした。下手に〝見えない部屋〟のことなど聞こうものなら、やれ、大日如来がどうだの、阿弥陀如来がどうだのと、またとんでもない長広舌《ちょうこうぜつ》を聞かされるはめになりかねない。

19

緊急病棟は四階にあると聞いた。

それまで二階や三階では、廊下などを歩いている入院患者の姿がめだったのだが、四階にあがると急に人の姿が少なくなった。

たまに歩いているのは白衣を着た医師か看護婦ばかりだ。

階段に四階の案内図が掲示されていた。

四階には、緊急病棟《HCU》があり、数室の手術室があり、そのほかに無菌室、血液検査室、ME器材室などもあるらしい。

要するに四階はこの聖バード病院の中枢に当たるということだろう。

病室も何室かあるにはあるが、重症患者の個室ばかりで、ここには廊下を散策するような軽症の患者はいないということか。

もう面会時間は終わっているし、四階には外来患者が迷い込むようなこともない。それで人気《ひとけ》が少ないのかとも思ったが、どうもそればかりでもないらしい。

階段をあがると右手に二基エレベーターがあり、その先にナースセンターがある（この病院では各階にナースセンターがあるらしい）。通りすがりに、開いているドアからなかを覗き込んでみた。すると、看護婦がたったひとり、退屈げに机のまえにすわって、なにかスナックをつまんでいるのだ。三階の、ひっきりなしにブザーが鳴って、見るからに忙しげなナースセンターとは大違いだ。

――どうして同じ病院のナースセンターで三階と四階とではこうも違うのか。どうして四階はこんなに淋しいのか。

刈谷はそのことを疑問に思わざるをえなかった。

ナースセンターを通りすぎると、そこはちょっとしたラウンジになっていて、長椅子などが置かれてある。その右手突き当たりに、両開きのドアがあって、そのうえに『緊急病棟・無菌室＝関係のない者の立入禁止』と表示されている。

もちろん、刈谷はそんなことで怯《ひる》んだりはしない。この世に現職の刑事を怯ませるようなものはあまりない。

そこを入った。

すると、そこは思いがけない荒れようだった。廊下が一面に濡れているのだ。壁のそこかしこに貼られた掲示なども破れたり剝がれかかったりしていた。いたるところにガーゼだの紙屑だのが散乱している。無残といっていい荒れようなのだ――要するに一言でいえば災害のあとだ。

入ってすぐ左手、廊下に面して両開きのドアがあり、そこに『緊急病棟』の表示があった。

緊急病棟に面した廊下のあたりがとりわけ荒れていた。廊下はほとんど水びたしといっていい状態だし、そのドアが無残に焦げているのだ。

刈谷はドアに向かった。

なにか試験管のようなものを踏んだらしく、靴の底からガラスの砕ける音がした。

――ひどい荒れようだ。

顔をしかめざるをえない。

緊急病棟を覗き込んだ。

明かりがともっていない。暗い。

大部屋だが、マットのないベッドが並んでいるだけで、医療機器などもなく、ただがらんとしていた。その床もやはり濡れていて、ガーゼや紙屑が散乱している。

入り口から正面に当たる壁や床が焦げていた。窓ガラスも割れていて、そこに板が打ちつけられてあった。

その板の隙間から日の光が洩れていて（といっても夕暮れのとぼしい光だが）、それでかろうじて緊急病棟の様子を見ることができるのだ。

――火事になったのは緊急病棟なのか。

なかに入った。

窓から洩れる光だけでは足元が不安だ。いたるところに水たまりがあるし、何といってもここは病院なのだ、注射器の針のようなものが落ちていないともかぎらない。

さっきの、何かを踏んだ、ガラスの砕けるような音が、いまも耳の底にこびりついて残っている。あれが注射器の針か、メスでもあったら、たやすく靴の底などつらぬいたのではないか。それを思うと気味が悪い。

「…………」

刈谷はいつもペンライトを携帯している。いわば刑事の心得だ。そのペンライトで足元を照らした。そして慎重に歩を進める。

あの無愛想な看護婦は、大した火事ではない、といった。

たしかに大した火事ではない。ほとんど延焼させずに消しとめたらしい。

が、どうやらスプリンクラーが作動したらしいのと、消火器の薬剤を噴射させたらしいのとで、焼け跡が惨憺《さんたん》たる状態になっている。

そこかしこに水たまりができて、ものが散乱し、得体の知れない薬品臭がたちこめている。四階に人の姿がないのも当然だ。これではとうてい病院として機能しない。ほとんど廃墟といってもいいぐらいなのだ。

どんなに慎重に歩いても、水たまりに踏み込んでしまうし、なにかを踏んでしまう。気味の悪いことおびただしい。神経質に右に左にペンライトを動かしながら歩いた。

ふと、そのペンライトの明かりがなにかをとらえた。あらためて、それを照らした。

「…………」

刈谷の表情がゆるんだ。

べつだん、どうということのないものだ。

一冊の文庫本なのだ。

表紙のほうをうえに向け、ページを開いて落ちていた。水に濡れてふやけてしまっている。それでも、かろうじて表紙カバーが残っていて、その絵を見ることができた。

ペンライトの明かりのなか、豊かな翼を背負った女性の姿が浮かんでいる。天使だろうか？　いや、そうともかぎらない……文庫本を拾いあげ、その表紙をあらためて見つめた。乳房があるように見える。だから女性かと思ったのだが、両腕を曲げて胸を隠しているために、それが乳房であるかどうかさだかではない。それに、ごく曖昧《あいまい》にではあるが、ペニスが描かれているようにも見えるのだ。だとすると男か。それともこれはいわゆる両性具有《アンドロギュヌス》なのか。

アンドロギュヌス。天使には性というものがないのかもしれない。いや、そもそもこれを天使といい切ってもいいのだろうか？　カバーは埃《ほこり》で汚れ、アンドロギュヌスの姿は陰惨に黒い。そのために天使ではなく悪魔のようにも見えないことはないのだった。

——女は天使なのか悪魔なのか。

ふと狭更の声が頭のなかをかすめるのを覚えた。

「…………」

一瞬、刈谷はぼんやりとしたようだ。フッと意識がどこか遠くにさまよい出すようなのを感じていた。

聖バード病院を最初に見、長針のない時計を見たときの、あの感覚がなまなましく蘇ってくるのを覚えた。これはどこか異次元の建物であり、その時計もこの世のものとは異なる〝時間〟を指しているのではないか、というあの異様な感覚だ。

しかし、もちろん、その文庫は異次元の本なんかではない。

ブルフィンチ原作、野上彌生子訳――岩波文庫の『ギリシア・ローマ神話』なのだ。

ぼんやりとした。

その声は聞こえていたのだ。かすかに聞こえていた。意識の縁に引っかかっていた。が、聞きながら聞いていなかった。誰かがすすり泣いている。ただ、ぼんやりとそう感じていた。

――誰かがすすり泣いている！

ふいに意識の深部にその事実が切り込んできた。いきなり頭を蹴りつけられたような衝撃だった。すすり泣きの声が聞こえてくることと、その声を聞きながら自分がぼんやりしていたことの両方に、愕然とした。全身に冷たい汗が噴きだした。

「………」

刈谷はとっさに体をひねった。声が聞こえるほうにペンライトを向けた。靴の底でジャリジャリと何かが砕ける音がした。

20

ペンライトの明かりのなかに異形のものが浮かんだ。

初老の男だ。五十代なかば、小柄で、貧相に痩せている。壁際の床にペタンとすわり込んでいた。尻が濡れるだろうに、そんなことはかまわないらしい。

それを異形のものと呼んだのは、その顔のことがあるからだ。

実際、明かりのなかに、その顔を見たとたん、刈谷はギクリと怯んで、一瞬、腰が引けるのを覚えた。

すすり泣いている男の顔がまだらに染まっているのだ。顔に白粉《おしろい》をはたいていた。ほおに頬紅をさしていた。その白粉と頬紅が涙に溶けて流れているのだ。皺《しわ》だらけのまだらな顔に（染めているのだろう）髪の毛と口髭が異様なほど黒々としている。滑稽というより、いっそ無残だった。

——ゲイの人だろうか。

一瞬、そう思った。

が、そうではないだろう。刈谷は所轄署で風紀係を担当したことがある。その関係でゲイ関係のクラブやバーに出入りしたことも何度かある。それで知ったのだがゲイと呼ばれる人たちは総じて趣味がいい。その装いは洗練されておしゃれだ。こんな妖怪めいたメイクをしている人間はひとりもいない。

要するに若作りということか。この人物は若さに執着しているのだ。どうもそういうことらしい。白粉をはたいて、頬紅を入れて、懸命に老いを拒否している。が、本人の意図はどうあれ、その精一杯のメイクは、老いを隠蔽するどころか、その逆に老いをきわだたせている。無残でグロテスクな若さのカリカチュアにしかなっていないのだ。

――異形のもの。

刈谷がそう感じたのは、たんにその人物が化粧をしているからではない。若さに対するその凄まじいまでの執着が、人間ばなれして感じられたからだ。浅ましく、醜悪で、悲惨だ。ほとんど怪物めいていた。

「…………」

刈谷はあっけにとられてその人物を見つめていた。

奇妙なのは、その人物のほうもすすり泣きながら、まじまじと刈谷を見返していることだ。アイシャドウを塗ったその細い目で、刈谷を見つめながら、シクシクと泣いているのだった。

ときおり顔に当てているのは、ハンカチかと思ったが、どうもそうではないらしい。看護婦の白衣だった。

なにか背筋を悪寒のようなものが走り抜けるのを覚えた。

――フェティシズムか。

反射的にそう思った。

この世には、若い女性の下着に性欲をそそられる男もいれば、看護婦の制服に性欲をそそられる男もいる。この人物もそうした男のひとりなのか。変態とはいえないだろうが（風紀係をしているときに性欲には異常も正常もないということを学んだ）、まったくの正常ともいえない。刈谷自身はどうしてもこの種の男には嫌悪感を抱いてしまうのだ。

「あんたは――」

ついに刈谷は聞いた。

「誰なんだ？」

が、その異形の男は逆にこう聞き返してきたのだ。

「あんたこそ誰なんだ？　どうしてこんなところにいるんだ？」

耳ざわりにかすれた声だった。しかし、刈谷に咎《とが》められて、怯んでいる声ではない。

「…………」

むしろ刈谷のほうが返事に窮した。

考えてみれば、緊急病棟にむだんで忍び込んでいるのは刈谷のほうなのだ。犯罪捜査にかかわっていないときの刑事はあくまでも一私人にすぎない。人を咎めだてする立場にはない。

ペンライトの明かりからスッと男の姿がそれた。消えた。水たまりを踏む音が聞こえた。それが遠ざかっていく。あわててライトを左右に振ってみたが、もう男の姿をとらえることはできない。背後からドアの開閉する音が聞こえてきた。

急いでドアのほうにライトを向けた。

が、ペンライトの光はとぼしく、ドアまで届かない。いずれにせよ、あの異形の男はもうそこにはいない。どこかに消えてしまったのだ。そこには、ただ、窓ガラスに残照が赤くにじんでいるだけだった。

男は逃げていったのだ。いや、逃げていった、というのはいいすぎで、たんに見知らぬ人間に咎められ、不愉快になって立ち去っただけだろう。

——おれは何をやってるんだろう?

刈谷はため息をついた。どうして、あの男の姿を見て、自分があんなに動揺したのか、それがいぶかしい。

男が化粧しているからといって、それを禁じる法律などないのだ。どんなにそれがグロテスクであろうと、よしんば看護婦の白衣に頰ずりしていようと、そんなことで人を逮捕することはできない。そんな罪状で逮捕状を請求しようものなら、裁判所はそれを却下するのはもちろん、逆に刈谷の罷免を要求してくるはずだ。

刈谷は何となく精神のバランスを崩しているようだ。どこか平常心を欠いている。べつだん殺人犯を追っているわけではないのだ。たんに狭更（あるいは狭更の魂）が見た看護婦を探そうとしているだけのことで、どうしてこんなに過敏に神経質になっているのか、それがわからない。

いや、じつのところ、わからなくはないのだ。わかっている。

――この聖バード病院のせいだ。

この聖バード病院にはどこかいびつなものが感じられる。この病院は、なにか目に見えない暗部のようなものを秘めていて、その底のほうで異次元世界と通じているような奇妙な印象がある。

長針のない時計、カラスをくびり殺して埋めている少年、人が死んだ夜に飛んでくるというハルピュイア、刑事が臨死体験で見た天使とも悪魔ともつかない看護婦、そして〝見えない部屋〟……なにか、この病院の玄関をくぐったとたん、この世の正常なことわりが通用しなくなったかのようだ。歪んでしまった。

しかし――

刈谷はあくまでも現職の刑事なのだ。目に見えるものしか信じない。手に触れられるものしか受け入れない。それ以外のものはこの世に存在しないも同じだ。

気をとりなおして、天井のあたりをペンライトで照らした。

狭更の話を信じるなら、狭更の肉体を離れた魂は、天井のそのあたりをふわふわと漂っていたということになる。

ペンライトを口にくわえ、両手でベッドを押した。幸いベッドには車輪がついている。スムーズに動いた。壁際までベッドを押していき、それを今度はやや苦労しながら、引っくり返してたてかけた。脚立にしてはいささか不安定だが、なんとかベッドの縁によじ登り、壁に両手をついて体を支えながら、上半身を伸びあがらせた。

刈谷は百八十二センチの長身だ。グラグラと不安定なベッドの縁を踏みしめて、体を伸びあがらせると、かろうじて天井の桟のうえに頭を出すことができる。ペンライトで桟を照らしだした。桟の上縁には電線のコードが束になって張りめぐらされている。

そのコードの束をペンライトで追った。

コードの皮膜が破れていた。電線が剝き出しになっていた。

狭更の魂はそれを見て、

――危ないな。これじゃ漏電しかねないじゃないか。

そう思ったという。

狭更は緊急病棟ではベッドに仰臥していたはずだ。いや、よしんば緊急病棟を歩きまわり、天井を見あげたとしても、その桟に這わせてある電線コードを見ることはできない。ましてやコードの皮膜が破れていることなど絶対に知りようのないことなのだ。

「…………」

刈谷の顔が引きしまった。

たんなる状況証拠にすぎない。よしんば法廷に持ちだしたとしても、証拠として取りあげられるかどうかも疑問だ。それはそうではあるのだが――

心証としては、狭更の証言の信憑性が十分に確認されたことになるだろう。狭更は嘘をついていない。たしかに臨死体験をしていると見なしてもいいのではないか。

臨死体験をし、魂と化して、はるか天井付近をただよった。そして（名前もわからない）看護婦の、どう判断していいのかわからない、なんとも奇妙な笑いを目撃しているのだ！

21

ふいに灯がともった。

背後からこうこうと明かりが射して刈谷の影を壁に落とした。

「そこで何をしてるんですか！」

女の声が聞こえてきた。威嚇するような大声だ。

――ワッ。

刈谷は驚いた。ベッドの縁を踏んでいる足に反射的に力がこもった。ベッドがぐらりと揺れる。そのうえで前後に体を泳がせた。ベッドが壁から倒れ、刈谷自身も危うく転びそうになる。飛んだ。たたらを踏んで、かろうじて転倒をまぬがれる。ただし靴はビショ濡れだ。

丸井の月賦でようやく買った靴だ。まだ支払いが六カ月も残っている。

情けない思いで靴を見て、

「………」

ため息をついた。そして、その目を声のしたほうに向ける。

入り口にひとりの看護婦が立っていた。いや、印象としては、立ちはだかっている、といったほうがいい。両手を腰に当て、やや足をひろげるようにし、刈谷のことを睨《にら》みつけているのだ。

「そこで何をしてるんですか。こちらにいらっしゃい」

猛々《たけだけ》しい声でそういった。

「…………」

腰が引けた。しかし逃げだすわけにもいかない。恐るおそる近づいていった。

痩せて、長身の女だ。鋭角的な顔だちに、髪をひっつめにしている。四十代の前半というところか。若いときにはそれなりに美人だったろう。が、いまはその鋭さだけを残し、美しさよりも、厳しさを印象づけている。なにか氷のような印象だ。

近づいてみて意外だったのだが、どうやら彼女は香水をつけているらしい。ぷんぷんと匂った。

意外、というのは、看護婦は仕事中には香水をつけないものだと思っていたし、そうでなくても彼女はおよそ香水をつけるようなタイプには見えなかったからだ。

「こんなところで何をしてるんですか。ここは緊急病棟で部外者は立入禁止になっているんですよ」

最初から喧嘩腰なのだ。そのつけつけとした口調には閉口せざるをえない。

「むだんで入って申し訳ありません。じつは私、S署の刑事課に勤務している刈谷という者です」

この際、やむをえない。警察手帳を出すことにした。

「ちょっと調べることがありまして、それでお邪魔したわけなんですが」

「警察の方……」

彼女は虚をつかれたようだ。その顔がわずかに白っぽくなった。

――変だな。

刈谷は彼女の反応に疑問を持った。

どんなことを調べているのか、と聞かれたら、どう答えようか迷っていた。たんに私用で動いている、ということを知られたらまずいな、とそのことを心配していた。が、彼女はそんなことは聞こうともしなかった。なにか警察に捜査されるのが当然のような反応なのだ。そういえば、火事のことを話した看護婦も、なにか持ってまわったような、妙に含みのある話し方をしたように感じた。この病院の人間はだれもかれもが何か隠し事をしているかのような印象を与えるのだ。

そこは刈谷も現役の刑事だ。

——何かある。

敏感にそのことを察した。

もっとも、いまはそれが何であるかはわからない。署のほうにも聖バード病院に関して事件の報告は入っていない。この程度の火事であれば、放火の疑いでもないかぎり、消防署の管轄で、事件とはいえない。それとも放火の疑いがあるのだろうか？　いまは何ともいえない。ここは相手の様子を見ながら、慎重に話を進めて、何があったのかを探るしかないだろう。

「失礼ですが——」

刈谷は話を切りだした。

「あなたは緊急病棟を担当なさっている看護婦さんでしょうか」

「管理婦長をしています。厨子礼子《ずしれいこ》といいます——」

「ずしれいこさん……」

看護婦の制服の胸には名札がつけられている。それを見て、どんな字を書くのか確かめてから、

「申し訳ありません。私は病院の職名にうといものですから、管理婦長というのはどんなお仕事なんでしょう？」

「主に、どの看護婦がどの患者さんを担当するのかを決めたり、就業時間の分配などの仕事をしています」

「ということは看護婦さんの最高責任者ということでしょうか」

「ええ、まあ……」

「聖バード病院には看護婦さんは何人ぐらいいらっしゃるものですか」

「チーフナースが六人、看護婦が六十人ぐらいでしょうか」

「あなたはその最高責任者をなさっている。お偉いんですね」

「そんなことはありません」

厨子礼子の表情は硬かった。

「そういう立場の方なら都合がいい。ちょっと教えていただきたいんですが、十月二十七日の夜、緊急病棟を担当なさっていた看護婦さんたちのお名前を聞かせていただけないでしょうか」

「そんなことをお知りになってどうなさるんですか」

「いえ、ちょっと捜査の参考までにお聞きするだけのことです。大したことではありません」

刈谷は厨子礼子の質問をそらした。

言外に含みをもたせたが、実のところ、ほんとうに大したことではないのだ。捜査の参考などというのもおこがましい。

このあたり刈谷は綱渡りをするような心境になっている。どんな捜査の、どんな参考にするのか、と問い返されれば、その返事に窮することだろう。

こんなふうに話したらどうか？　先輩の刑事（じつは癌で入院している狭更奏一さんのことなんですがね）が、二十七日の夜、いわゆる臨死体験をした。魂になって自分の体から抜けだし、ふわふわと緊急病棟の天井のあたりを漂っているとき、ある看護婦がニヤリと笑うのを見た。狭更の目にはその笑いがなんとも不気味で不可解なものに見えたらしい。それ以来、どうしてその看護婦がそんなふうに笑ったのか（女は天使なのか悪魔なのか？）、それが気になってならないという。それで後輩の私がその看護婦が誰なのかを突きとめることになったわけです。狭更さんはあんなふうで動くに動けないですからね。いえ、べつだん看護婦を突きとめて、それでどうこうしようというつもりはありません。べつだん緊急病棟でニヤリと笑うのは犯罪ではありませんからね。はっはっは。ただ、どうしてそんなふうに笑ったのか、それを聞きだせばいいだけのことなんですよ。

まさか！　とんでもない。そんな突拍子もないことを話せば、こちらの正気が疑われるだけのことだ。一も二もなく病院を追い出されることになる。ここは、捜査の参考までに、と曖昧にぼかしておくほうが利口というものだろう。

厨子礼子は、お気の毒ですが、といい、

「記録が失われてしまいました。どうにも調べようがありません」

「記録が失われたというのは火事のせいでしょうか?」

刈谷は両手をわずかに上げ、緊急病棟をさし示した。

「はい」

「しかし、あなたは看護婦の責任者をなさっているんでしょう。一年も二年の昔のことだというのならともかく、この十月二十七日のことがわからないとも思えないのですが」

「さきほども申しあげたように聖バード病院には六十名もの看護婦がいます。そのほか準看護婦もいますし、人手が足りないときには、ほかの病院から応援も頼みます。失礼ですが、あなたは病院の看護婦がどんな仕事だかおわかりになっていらっしゃらないのです。何チームかで三交代制で働いて、しかも毎日、毎日、そのメンバーがめまぐるしく入れ替わります。記録でも残っていればともかく、そうでないかぎり、とてもそんな先月のことなどわかりっこありません」

「…………」

「もし、ご不審なようでしたら、どうぞチーフナースにでも看護婦にでもお聞きになったらいかがですか。おそらく答えはおなじだと思いますけど」

「はあ、ご迷惑でしょうが、そうさせていただくつもりです——」

刈谷は厨子礼子の言葉に逆らわずに、

「じつは、ついさっき、ここで五十がらみの男の人を見ました。何といいますか、それが化粧をしている人なんです。看護婦の制服に頰ずりをして泣いていた。その人が誰だか心当たりはありませんか」

「………」

厨子礼子はちょっと首をかしげただけでその人物に心当たりがあるともないともいわなかった。知らないのかもしれないし、知っていてもいわないつもりなのかもしれない。

忌まいましい。これがほんとうに事件の捜査をしているのであれば参考人として署まで連行するところだ。が、いまはどんなに非協力的であっても、そのことを咎めだてするわけにはいかない。

「恐縮ですが、もうひとつだけお聞きしたいことがあります。あなたが——」

「あのう、申し訳ありません。救急病棟がごらんのような状態で、後始末をしたり、患者さんたちを他の病棟に移したりで、てんてこまいしているんです。これ以上、なにかお聞きになりたいことがおありでしたら、できれば後にでもしていただければ——」

「もうひとつだけお聞きしたいのですが」

刈谷はかまわず言葉をつづけ、

「あなたがおつけになっている香水は何という香水なんですか」

「………」

厨子礼子はあっけにとられたようだ。しばらく、まじまじと刈谷のことを見つめていたが、

「バレンシャーガです。ありふれた香水ですわ。看護婦は就業中に香水をつけてはならないという暗黙の決まりのようなものはあります。もちろん、そのことは知っています。ですが、私は患者さんに不快感を与えないかぎり、香水をつけるのを悪いことだとは思っていません。むしろ看護作業にゆとりとうるおいをもたらすものだと思っているのです。申し訳ありません。忙しいのでこれで失礼します——」

一気にそう投げ出すようにいい、身をひるがえして、出ていった。香水のことなど聞かれてからかわれたのだとそう思ったのかもしれない。その後ろ姿は憤然として肩を怒らせていた。

「………」

刈谷はため息をついた。

香水のことを聞いたのは、べつだん、からかうつもりだったのではない。刈谷はそれほど人が悪くはない。ただ、何とはなしに気になって、それで香水のことを聞いたのだ。刑事という仕事は、どんなにつまらないことに思えても、気にかかることは明らかにしておいたほうがいい。その刑事の経験則にのっとって聞いただけのことだった。

〝見えない部屋〟のことを聞くのを忘れたのを思いだした。が、おそらく、〝見えない部屋〟のことなど聞かないでよかったのだ。そんなことを聞こうものなら、あの厨子管理婦長殿のことだ、どんなに荒れ狂うかわかったものではない。

22

修善豊隆は四階の重症患者用の個室に入っているのだという。

十六歳の少年だ。その若さでどんな難病にとり憑かれているのだろう?

本音をいえば修善豊隆の病室を訪れるのは気が重かった。十六歳の重病の少年に面会するのをためらわない人間はいないだろう。どんな顔をして会ったらいいのかわからない。もちろん変に同情するのは禁物だろうし、かといって病気などしていないかのように明るくふるまうのも不自然だ。どんな顔をしたらいいのか?

会わずに済ませられるようなら、できればそうしたい。が、二十七日当夜、その修善豊隆という少年は、緊急病棟で狭更と同室していたのだという。もしかしたら、そこにいた看護婦たちの名前を知っているかもしれないのだ。会わずに済ますわけにはいかない。それに……

――修善豊隆は雑木林にいたあの少年と同一人物ではないのか？

そんな思いもある。

雑木林にいたあの少年は、とても十六歳には見えなかったが、実際の歳よりませて見えるということもある。同一人物であるのかないのか、そのことを確かめずに帰ることはできない。

緊急病棟を出ると、そこにちょっとしたラウンジがある。長椅子やテーブルがあり、テレビが置かれている。いつもは患者たちの憩いの場になっているのだろうが、火事があったいまは、そこに人の姿はない。そのラウンジの奥に両開きのドアがあり、そこを抜けると、右手に重症患者用の病室がふたつ並んでいる。その手前の４０１号室が修善豊隆の部屋なのだった。

刈谷がラウンジのドアを開けたとき、ちょうど飯田静女が４０１号室から出てきたところだった。静女はお盆にコップをのせて運んでいた。

インフレだ。すでに一万円札の霊験《れいげん》は消えてしまっていた。静女は刈谷の顔を見ても愛想笑いひとつしなかった。ただ仏頂面でコクンとうなずいただけだった。

「ああ、さきほどはどうも――」

刈谷のほうは愛想がいい。静女はこの病院ではめずらしい情報提供者なのだ。そのご機嫌を損なわないように努めなければならない。

「飯田さんは修善さんの世話もなさっているんですね」

「ええ、そうなんですけどね。だから、こんなものを運んだりもしてるんですけどね」

静女はお盆のコップをあごでしゃくるようにした。その顔に嫌悪感がにじんでいる。コップのなかには、なにか白く濁った水のようなものが半分ほど入っていた。

「こんな妙なものを飲むより、大日如来様のお慈悲にすがるほうが、どれだけましだかわからない。世間の人間はそこの理屈がわからないんですからね。罰当たりに、迷信だ、迷信だ、とすぐに決めつけるんだから。いえね、わたしの孫娘なんかもね――」

「それは何ですか？」

刈谷はあわてて静女の言葉をさえぎった。また前回のような調子で曼陀羅の如来のことをまくしたてられたのではたまらない。

「べつに何というほどのものではないですよ。ただ水にミルクを混ぜただけのものなんですけどね」

「水にミルクを？」

「ねえ、おかしなもんでしょう。こんなものいくら飲んだって病気がよくなる道理がないんだから――」

静女はブツブツいいながらラウンジのほうに出ていった。

刈谷は苦笑し、静女の姿を見送ってから、４０１号室のドアをノックした。

「どうぞ」

すぐに声が返ってきた。

軽やかな、むしろ弾んでいるといっていい声だった。そのことが意外だ。刈谷は病人の暗い声を予想していた。

部屋に入った。

最初に目に入ってきたのはドアの正面にかかっている絵だった。

一瞬、その絵に見入っていた。

骨組みだけの立方体が描かれている。その立方体のそれぞれの面に対角線のように補強がわたされている。その補強をくぐり抜けるようにし、ふたつのリボンが入っていて、そのリボンのうえにはボタンのような突起が並んでいる。奇妙なのは、目で追っていくうちに、そのボタンのような突起が凸面から凹面に変化していくことだ。

抽象画と考えればいいのだろうか。それともある種のだまし絵なのか。

その奇妙な絵の横に、なにか図表のようなものが貼られている。何重にもなった同心円のなかに、数字とアルファベットが細かく記入された、そんな図表だ。

机のうえには、筆、絵の具、パレット、鉛筆、スケッチブックなどが置かれ、イーゼルが壁にたてかけられている。窓の下には何冊もの画集が整然と並べられていた。

要するに、病室というより、画学生の部屋のような印象だ。

「その絵はエッシャーの『立方体とマジック・リボン』という絵です。もちろん画集からとった複製ですけどね――」

ベッドのなかで上半身を起こしている少年が明るい声をかけてきた。

「もうひとつの図は、色度をはかるための図表で『マンセル表色系の等明度断面』と呼ばれているものなんですよ。刈谷刑事さん――」

23

すでに夕方も六時だ。

少年のベッドは、ドアから見て正面左側の壁に寄せ、ヘッドボードを向こう側にして置かれている。正面の壁右手に、エッシャーの『立方体とマジック・リボン』、それに『マンセル表色系の等明度断面』なるものが貼られ、窓を挟んで、少年のベッドが置かれてあるわけだ。

その窓からのぞむ空は、高みにわずかに光を残し、黒く波うつ雲を赤い稜線できざんでいる。雲にはほころびがあり、そこから一本の光の矢《や》が、あかあかと地上をつらぬいている。

それが刈谷の目には、血に濡れた長い（天地をつらぬくほど長い）人指し指が、地上の一点をさし示しているかのようにも見えたことだった。

人指し指はなにを示しているのか？

聖バード病院の、人が死んだ夜にはハルピュイアが飛んでくるという病院の、天使とも悪魔ともつかない看護婦が人知れず笑うという病院の、その黒々と秘められた異次元の亀裂をさし示しているのではないか。

そして地上はただ暗いばかりなのだ……

もちろん、妄想にすぎない。すべてはたわいもない妄想だ。

一瞬、あられもない妄想に、狂おしく変貌した世界は、しかし、あらためて見てみれば、

立方体とマジック・リボン

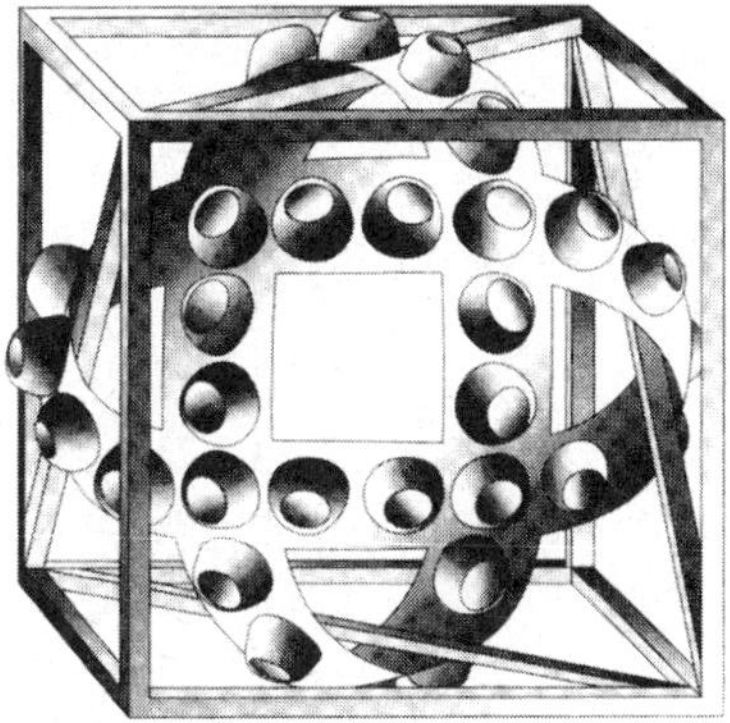

マンセル表色系の等明度断面

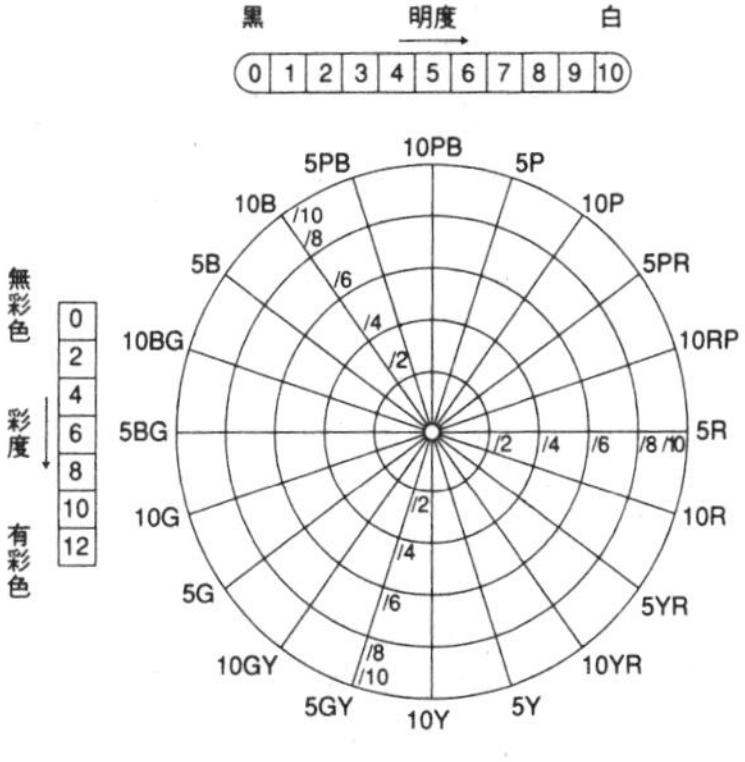

窓の外に何の変哲もない夕暮れの風景を平々凡々と覗かせているだけなのだった。

刑事という仕事はつねに現実的であることを強いられる職業だ。それが一瞬にもせよ、こんな妄想にかられたのは、それだけ少年が刈谷の名を呼んだことに衝撃を覚えたからにほかならない。

修善豊隆は刈谷が雑木林で会ったあの少年ではなかった。いま初めて会う少年だ。

——それなのにどうしておれの名を知っているのか？

緊急病棟で会った厨子礼子がいちはやく少年に刈谷の名を告げたのだろうか。いや、そんなはずはない。刈谷は自分の目で、緊急病棟を出た厨子礼子が、ラウンジと反対側に向かうのを見ている。第一、厨子礼子がこの401号室に来たのなら、どこかで刈谷に出くわしているはずではないか。

「きみは——」

刈谷の声はかすれていた。

「どうしてぼくの名を知っているのだ？」

「だって、ぼくは緊急病棟で狭更さんと一緒にいたんですよ。狭更さんからいつも刈谷さんの名を聞いていたんですよ」

修善豊隆の声は屈託がなかった。ほとんど無邪気といっていい声だった。

「なるほど、たしかに狭更さんはぼくのことを話題にすることもあったかもしれない。何といっても先輩と後輩だからな――」

　刈谷は納得できなかった。

「だけど、どうして一目見ただけで、ぼくがその刈谷だということがわかったんだ？　ぼくはそんなに特徴のある容姿はしてないはずなんだけどな」

「狭更さんは刑事は靴を履きつぶすのが仕事のようなものだってそう教えてくれたんですよ。聞き込みで一日に何キロも何十キロも歩くことがある。そう教えてくれた。刈谷さんは優秀な刑事で、優秀な刑事は靴の踵《かかと》をすり減らさないように、自分でも気がつかないうちに、爪先立ちのようにして、前のめりに歩く癖がついている。あなたは前のめりに歩いていて、しかも狭更さんが教えてくれたように背が高い。かんたんな推理ですよ」

「…………」

　刈谷はまじまじと豊隆を見つめた。その推理力に感嘆していた。自分が前のめりに歩いているかどうかは意識していない。が、本人も意識していないその些細な癖を、一瞬のうちに見てとる能力は凡庸なものではない。これは大変な少年だ。

「なんだかつまらないことをいってしまいましたね。申し訳ありません。どうかすわってください――」

豊隆ははにかんだようにいった。

「狭更さんの容体はどうですか？　一時はずいぶん悪いようで心配してたんですけど」

「心配はいらない。だいぶいいようだ」

刈谷は勧められるままに椅子に腰をおろした。狭更の容体がだいぶいい、というのは嘘で、どうせそんな嘘をついてもこの少年には通用しない、と思うと気が引けた。

「そうですか」

が、豊隆は素直にうなずいて、

「羨《うらや》ましいな。ぼくのほうはあまりいいとはいえないから」

「そんなことはないんじゃないか。そんなに顔色が悪いようには見えないよ」

「逆らうつもりはないけど、顔色が悪くないはずないですよ。だって、いま、ぼくの赤血球は二百万個ぐらいしかないんだから。知ってます？　ふつう人間の赤血球は一マイクロリットルあたり五百万個ぐらいはあるんですよ。赤血球には血色素《ヘモグロビン》が含まれている。だから血は赤い。その赤血球が少ないから、ぼくの顔色はこんなに白いんですよ」

「…………」

「そのかわり白血病細胞が多い。それが造血機能を損なっている。骨髄での赤血球の生産が損なわれ、赤血球が減少する。白血病細胞の多い血はほんとうに白いんですよ。血を採取して、ガラス板にうすく広げてみると、ほんとうに血のまわりが白い――」

「………」

「あ、だけど、ぼくは白血病じゃないんですよ。急性白血病だったら、こんなにのんびりしてはいられないし、慢性白血病でもないらしい。便宜上、白血病細胞とは呼んでいますけどね。ぼくのそれは、ふつうの白血病細胞とはまるっきり異なった、じつに奇妙な形態をしているんだそうです。南九州のほうに、血液中にふつうの白血病細胞と異なる細胞が出現する、風土的な白血病があるらしいんですけど、それとも違うらしい。要するにぼくは白血病じゃない。何だかわけのわからない病気なんだそうです。お医者さんは、なにかの感染症じゃないか、というんですけどね」

「………」

刈谷はただ沈黙している。

不用意に、顔色が悪くない、などと気休めめいたことをいったのを後悔していた。考えてみれば、修善豊隆は重症患者用病室に入っているのだ。どんなに明るく、健康そうに見えても、その外見どおりのはずはない。健康な人間は自分でもそうとは意識せずに病人を傷つけてしまうことがある。

が、豊隆の気持ちを傷つけたと感じたのは、やはり健康な人間の病人に対する不遜な思い過ごしであったようだ。豊隆は聡明な少年で、事実を事実として受け入れるだけの勇気をあわせ持っていた。

フッと豊隆はまた、あのはにかんだような笑いを見せて、

「ごめんなさい。病人は自分の病気のことが最大のお気に入りの話題なんです。自分がいつも病気のことを考えているから、つい人もそうだって錯覚してしまう。ぼくは白血病ではないけど、基本的には白血病そのままの治療をすればいいんです。その意味で治療法のわからない病気じゃない。だから、そんなに心配はいらないんです」

「そうか、そんなに心配はいらないのか。それはよかった——」

刈谷はすっかりこの少年に感心していた。

この修善豊隆という少年には好意を持たざるをえない。自分が難病をわずらったことでこれっぽっちも運命を怨《うら》んでいない。それどころか、うかつに病気の話をしてしまったことで、刈谷に気持ちの負担をかけてしまったのを感じ、逆にそのことを慰めようとしている。たんに聡明なだけではなく、人の気持ちをおもいやるだけの優しさをあわせ持っているのだ。

「どんな治療をするんだい？」

と刈谷は聞いた。

「だから基本的には白血病の治療とおなじです。骨髄を移植するんです」

「ほう、しかし、それは――」

たいへんな治療じゃないか、という言葉をかろうじて呑み込んだ。不用意なことを口にしてはならない。

これだけ聡明な少年だ。刈谷が何をいいかけたのかわからないはずはないが、そのことには気がつかないふりをしていた。何でもないふうを装って、

「でも心配はいらないんです。この病院の先生たちはそうした治療に慣れているから。明日には骨髄移植の準備のために無菌室に入ることになっているんです。ほんとうはもっとまえに入るはずだったんだけど、アクシデントがあって、骨髄移植が日延べになってしまったんです。無菌室に入るのは何でもないけど、絵の道具を持ち込めないのだけがかなわないな。ぼく、いつも何かを描いていないと退屈してしまうんですよ」

「きみは絵が好きなんだね」

刈谷は病室を見まわした。

「絵というか、色彩とか、光と影とか、そんなものが好きなんです。子供のころからずっと好きでした。ほら、あそこに鏡がかかっているでしょう――」

豊隆は顎をしゃくるようにしてドアのほうを示した。

刈谷はドアのほうを振り返った。

ドアの横に大きな鏡がかかっている。その鏡に例の『マンセル表色系の等明度断面』という円形図がきれいに映っていた。少年はベッドに横たわりながら、それを見ることができるわけだ。

「あれはマンセル色相環というんです。マンセルというのは人の名前で、アメリカの美術教育家です。もちろん、もうとっくに死んだ人ですけどね。マンセル色相環は、色を表すのに便利な図表で、日本でも工業規格として採用されているんです。日本で販売されている『標準色票』もマンセル色相環に準拠しているんですよ。まず基本となる赤、黄、緑、青、紫の五色相を円周上に等間隔に配して、それを色相記号、R、Y、G、B、Pで表すんです。そして、それぞれの真ん中に二次色として、橙、黄緑、青緑、青紫、赤紫を置いて、これもYR、GY、BG、PB、RPの色相記号で表すんです。この計十色をさらにそれぞれ十等色する。つまり色相が百分割されるわけですね。このマンセル色相環で便利なのはそれぞれの色の補色が一目でわかることです。つまり一八〇度の位置関係にある色はそれぞれがそれぞれの補色だとほぼそう考えていいんですよ——こんな話、退屈ですか」

「いや、そんなことはない。おもしろいよ——」

本音だった。若い、十六歳の少年がなにかに熱中して話しているのは、見ていて気持ちのいいものだった。

「そうですか。それならいいんですけど」

豊隆は嬉しそうにうなずいて、

「それからこのエッシャーの『立方体とマジック・リボン』なんですけどね。リボンのうえに並んでいるボタンが、それを目で追っているうちに、突出していたはずのものがいつのまにか窪みに変わってしまう。この作品はエッシャーのだまし絵のなかでは、あまり人に知られていないものですけど、光と影のトリックということでいえば、これは非常に成功した作品なんじゃないかと思います。同じものが光と影の違いによってまったく異なったものに見えるんです」

豊隆の話は非常に示唆にとんでいた。刈谷はここで狭更の臨死体験を思いださずにはいられなかった。おなじ女が天使にも悪魔にも見える……ただし、これはだまし絵の話ではない。狭更が現実に（現実に？）体験したことなのだ。

きみは、と刈谷はいった。

「ほんとうに絵が好きなんだね」

「どうなのかなあ？　絵が好きなのかどうかはわかりません。ただ、さっきもいったように、ぼくは色彩とか、光と影とかが、小さいときから大好きなんですよ。いまのぼくは、とても疲れやすいし、すぐに熱を出す。だから無理なんですけど、手術がうまくいって健康になったら、美大を志したいとそう考えているんですよ」

「うまくいくといいね」

刈谷は心からそういった。

ええ、と豊隆はうなずいて、

「手術はいいんですけどね。そのまえにしばらく無菌室で暮らさなければならないのが嫌なんですよ。絵の道具は持ち込めないし、それに何となく気味も悪いですしね」

「気味が悪いということはないだろう。無菌室というからには滅菌処理された部屋なんだろう。気味が悪いどころか清潔そのものじゃないか」

「あれ、知らないんですか?」

豊隆は意外そうな表情になり、刈谷の顔を見た。

「刈谷さんはてっきりそのことで聖バード病院に来たんだと思ってたんだけど」

「知らないって何を?」

刈谷は目を瞬《しばたた》かせた。

「そうなんだ。刈谷さんはそのことで聖バード病院に来たんじゃないんだ」

「どういうことなんだかわからないんだけどな。そのことって何のことなんだ？」

「もう一月ぐらいまえのことになるんですけどね。クモ膜下出血で入院していた患者さんが無菌室で首を吊って自殺したんですよ。ぼくは、刈谷さんはてっきりその調査で、聖バード病院にやってきたんだとそう思い込んでいたんだけどな――」

24

刈谷は緊張した。

何かがカチリと頭のなかで嚙みあうのを感じていた。

これまで、この病院にはなにか秘密が隠されていると感じながら、それが何であるのかわからずに、どうにももどかしいものを覚えていた。

が、ここにきて、どうやら、その何かがようやく見えてきたようだ。無菌室で患者が首を吊って自殺したという。それではこれがそうなのか？

しかし――

あらためて考えてみれば、こうした大きな病院では、重症患者が自殺をするのはありがちなことではないだろうか。

あまり世間に表沙汰にされることではないが、病院内での自殺、あるいは自殺未遂の件数はけっして少なくはない。それがなんらかの治療ミスか、それこそ患者を虐待した事実でもないかぎり、病院側がそのことで管理責任を問われる（これにしてもまれなことだが）ことはあっても、刑事責任を問われることはまずない。

――何だ、そんなことだったのか。

刈谷は自分がやや拍子抜けするのを覚えていた。

自殺者が出れば、病院側がそのことをできるだけ隠そうとするのは当然のことだ。たしかにそのこと自体は道義的には問題を残すかもしれない。が、だからといって、強行犯担当の刑事がその調査にしゃしゃり出ていいというものではないだろう。刑事には道義を裁く権限など与えられていないのだ。

「いや――」

と刈谷は首を振った。

「ぼくはそんなことは知らなかった。ぼくはそんなことで聖バード病院を訪ねてきたわけじゃない」

「でも、ただ狭更さんのお見舞いに来ただけでもありませんよね。それだけのことなら、こんなふうにして、ぼくの病室に来るはずがない」

「きみにはかなわないな。美大に行くより警察学校に行ったほうがいいんじゃないか。きみなら、ぼくなんかよりよっぽど優秀な刑事になれる」

刈谷は苦笑し、じつは十月二十七日の夜に緊急病棟で働いていた看護婦を探しているんだ、と打ちあけた。もちろん、どうしてその看護婦を見つけなければならないか、そのくわしい事情を話すのは省いて（狭更の臨死体験のことなど誰にも話せない）、ただちょっと必要があって、とだけ説明しておいた。

「きみも、当時、緊急病棟に入っていたそうじゃないか。もしかしたら看護婦のことで覚えていることがあるんじゃないかと思って、それで迷惑を承知でこんなふうにお邪魔したんだけどね」

「どうせ退屈しているんです。迷惑だなんてことは全然ありません。ただ看護婦さんたちはメンバーがめまぐるしく入れ替わるんです。二十七日の夜といわれても、そのときに誰と誰が緊急病棟を担当していたか、そんなことを覚えている人はいませんよ」

「みんなそういうんだけどな。きみもそうか。きみは記憶力がよさそうだけどな」

「覚えていません」

「そうか。そうだろうな」

刈谷は渋い表情になった。

修善豊隆はそんな刈谷の様子を見かねたのか、

「業務記録かなんか残っていないんですか。そんなものが残っていれば看護婦の名前なんかもすぐにわかるんじゃないんですか」

「それが運の悪いことに、昨日《きのう》の火事で記録が焼けてしまったらしいんだよ。どうにもならない」

「ああ、昨日の火事――」

豊隆はうなずいた。

「きみは大丈夫だったのか。大変だったんじゃないのか」

「いえ、そんな大した火事じゃなかったみたいですから。ぼくはただ火事だということを聞いただけで、病室から避難もしませんでした。四階でも、緊急病棟とか、一般病室の患者なんかは避難したみたいですけど――」

そこまで話し、ふいに豊隆はその視線を空の一点にすえた。そして、二十七日、と口のなかでつぶやいた。

「どうしたんだ？　なにか気がついたことでもあるのか」

刈谷がけげんな思いで尋ねると、豊隆はその視線を刈谷に戻して、もしかしたら、といった。

「もしかしたら二十七日の夜、看護婦の誰と誰が緊急病棟を担当していたか、それを突きとめる方法があるかもしれませんよ」

25

「それは、きみ――」

刈谷はあらためて豊隆の顔を見た。ほんとうか、という言葉が口のなかでかすれた。刑事の習性で、つい相手の言葉を疑ってしまうのが癖になっている。が、被疑者でもない人間の言葉を疑うのは非礼だろう。そんなことを口にしてはならない。

しかし、豊隆は賢明な少年だ。刈谷が口にしなかった言葉を敏感に察したらしい。

「ええ、ほんとうです」

と、うなずいて、

「ちょっと曖昧な話ではあるんですけどね。その可能性はあると思いますよ」

「それはどんな方法だろう?」

「はっきりしたことじゃないから、そんなに期待されても困るんですけど――」

「いや、どんなことでもいい。なにかいい方法があったら教えてもらいたいんだ」

刈谷としては興奮せざるをえない。

これまで聖バード病院の誰に聞いても、二十七日の夜、緊急病棟で働いていた看護婦たちの名前を知る方法はない、という返事しか返ってこなかった。

これが何らかの刑事事件であれば、強引に捜査を進めることもできるのだが、狭更の個人的な依頼を果たすだけのために、警察権を乱用するわけにはいかない。看護婦の名前はわからない、といわれれば、そのままおとなしく引き下がるしかないのだった。

――これはもしかしたら、うまくいかないかもしれないな。

そんなふうに弱気に感じ始めていた矢先だけに、豊隆の言葉には期待を寄せずにはいられない。

「さっき、一月ほどまえに、クモ膜下出血の患者さんが無菌室で首を吊って自殺したといいましたよね――」

豊隆は慎重に言葉を選んでいる。

「うん」

「その事件が起こったのは、ぼくが無菌室に入ることになっていた前々日のことなんです。結局、その騒ぎのおかげで、無菌室に入るのは延期になってしまったんですけど。それでよく覚えているんですが、クモ膜下出血の患者さんが自殺したのは土曜日の夜のことでした。もちろん週は違うけど、狭更さんが危篤になった二十七日も、やっぱり土曜日ですよね？」

「………」

「おなじ土曜日の夜だったら当直のお医者さんもおなじだったかもしれません。首吊り自殺はショッキングな事件だったから、ぼくもその夜の当直医の名前は覚えています。二十七日の夜にもそのお医者さんが当直していたのだとしたら――」

「そうか――」

刈谷はうめくようにいった。

「その当直医に尋ねれば、二十七日の夜、緊急病棟で働いていた看護婦の名前もわかるかもしれない」

その夜の当直医に尋ねれば、一緒に働いていた看護婦の名前もわかる……どうしてこんな簡単なことに気がつかなかったのか。盲点というのもおろかしい。たんに刈谷がうかつだったのだ。

「ええ、その可能性はあります」

豊隆は青白い頬に微笑をきざんで、

「でも、あの夜、その当直医が緊急病棟も担当していたかどうかまではわかりませんよ。

あの夜、狭更さんは危篤状態だったから、昼間の担当医がそのまま緊急病棟に入っていたかもしれない。残念ながら、といってはおかしいけど、その可能性はあります」

「…………」

「だとしたら、やっぱり二十七日の夜、看護婦の誰とだれとが緊急病棟を担当していたのかはわからないかもしれない。これは、特にこの聖バード病院にかぎったことなのかもしれないんですけどね。ここの医者はふしぎなぐらい一緒に働いている看護婦のことを記憶していないんですよね。ぼくなんかにいわせれば、医師に特権階級意識があるとしか思えないなあ。看護婦のことはべつの階級に属する人間だとでも思ってるんじゃないかな。まあ、そんな意地のわるい見方をしなくても、看護婦は、毎日、めまぐるしく入れ替わるからとても覚えきれない、ということもあるんでしょうけどね」

「…………」

「ほかもみんなそうかもしれないけど、この聖バード病院では、当直医にはほかの病院からのアルバイトを頼んでいます。アルバイトの当直医は、毎日、聖バード病院で働いているわけではないから、かえって看護婦のことを覚えている、ということもあるんじゃないでしょうか。名前まではどうかわからないけど、少なくともその看護婦たちがどんな容貌のどんな年齢だったか、ぐらいは覚えているんじゃないかな」

「そういえば――」

　刈谷は興奮を抑えきれなかった。

「今日も土曜日じゃないか」

「ええ。アルバイトの当直医は夕方の六時ぐらいには病院に入ります。今日ももう来ているんじゃないかと思いますよ。たしか篠塚《しのづか》先生といったんじゃなかったかな？　篠塚先生に二十七日のことを聞いてみたらどうですか。案外、なにか看護婦のことがわかるかもしれませんよ」

「ああ、そうしよう。どこに行けばアルバイトの当直医には会えるんだろう」

「聖バード病院ではアルバイト当直医には医局を使わせないらしいんです。さっきもいったけどこの聖バード病院は妙に階級意識が強いみたいだ。滑稽なんですけどね。一階に当直室があります。当直医はそこにいるんじゃないかと思います。ひどい場所ですよ。なにしろ隣りが霊安室なんですから」

「一階の当直室……」

「ええ、ぼくが案内できればいいんですけど、ぼくは歩いてはいけないことになっているんです。ちょっと歩くとすぐに熱が出ちゃう。だらしないんだよなあ。いつも安静にしていなければならない。お役にたてなくて申し訳ないんですけど――」

「とんでもない。役にたたないなんてそんなことがあるものか。きみのおかげでずいぶん助かったよ」

いつわらざる実感だ。

この修善豊隆という少年には心底から感嘆させられる。この若さで、病名も特定できない奇病にとり憑かれて、長期の入院を強いられている。その不遇が（いや、この少年はそれを不遇だなどとは思っていないだろう。そんなことを思うにはあまりに聡明すぎる）、豊隆にその歳に似つかわしくない知恵と洞察力をもたらしたらしい。十六歳という年齢を考えればほとんど奇跡といっていい。

ふと、この少年なら、と思った。この少年なら〝見えない部屋〟についても何かわかるのではないか？

「妙なことを聞くみたいだけど――」

刈谷はややためらいながらいった。

「ある人がこの聖バード病院には〝見えない部屋〟があるとそういったらしいんだ。ぼくには何のことだかわからないんだが、きみはその〝見えない部屋〟とかに関して、なにか心当たりはないだろうか」

「〝見えない部屋〟？」

豊隆もさすがにその突飛な言葉には驚いたらしい。眉をひそめて刈谷を見つめた。そしてぼんやりと口のなかで繰り返した。

「〝見えない部屋〟……」

26

そのときドアの外から声が聞こえてきた。

「――――」

女の声だった。しきりに誰かを叱りつけているらしい。猛々しい声だった。その声には聞き覚えがある。管理婦長の厨子礼子の声なのだ。

「…………」

刈谷は反射的に腰を浮かしそうになった。顔をしかめている。どうもあの婦長だけは苦手なのだ。

厨子礼子の声がひときわ高くなる。わめきつづけた。

刈谷の耳に、勝手に注射なんかされては困るのよ、彼女がそうわめいているのが、ドア越しにはっきり聞こえた。

そのわめき声に閉口したのか、誰かがその場を立ち去るような気配が感じられた。

そして——

一瞬、間を置いて、厨子礼子が病室に入ってきた。まだ怒りがおさまらないらしい。その顔が紅潮していた。

「豊隆くん、何度いったらわかるの？　あの付添いのお婆さんは近づけないほうがいいとあれほどいったでしょう。何かというと大日如来がどうの阿弥陀如来がどうのと迷信もいいかげんにして欲しいわ。あんな婆さんを近づけたら治る病気も治らない——」

一気にまくしたてて、そのとき初めて、刈谷がそこにいるのに気がついたらしい。その眉がきりりと吊りあがった。その怒りの矛先《ほこさき》を一転して刈谷に向けてきた。

「あなた、まだ、いたんですか。いい加減にしてください。豊隆くんは病人なんですよ。疲れさせて病気を重くしたらどう責任をとってくれるんですか。刑事だか何だか知らないけどそんな権利はないでしょう。第一、豊隆くんはこの病室から一歩も外に出られないんですよ。なにを聞いても無駄なことぐらいわかりそうなもんじゃないですか！」

「いや、いま失礼しようとしていたところなんです。すぐに退散します。いますぐ退散します——」

刈谷はおろおろとした。

どうも刈谷にはこの管理婦長は天敵のような存在らしい。顔をあわせたとたん反射的に逃げ腰になってしまう。だらしないといわれればそれまでだが、とにかくかなわないという思いが先にたってしまうのだ。一刻もはやく逃げだしたい。

このときも刈谷は椅子から飛び上がって（ネコに出くわしたネズミのように）しゃにむにドアに突進した。

あまり急いだために、その肘《ひじ》を厨子礼子の腕にぶつけてしまった。厨子礼子はなにか書類の束のようなものを持っていたのだが、それが床に落ちて散乱した。厨子礼子の顔がますます怒りでこわばった。

いつもの刈谷なら、失礼をわびて、書類を拾うところだが、とてもそんな心の余裕はない。ただもう一刻もはやく逃げだしたい一念なのだ。

「どうも失礼しました――」

そうわめいて病室を飛びだした。

ドアを閉めるとき、一瞬、修善豊隆の笑いを噛みころしているような表情が、ちらりと見えた。

後ろ手にドアを閉めて、かろうじて自制心をとり戻した。さすがに廊下を駆けだすことまではしない。ろくに出てもいない額の汗をぬぐって、フーッ、と吐息をついた。廊下を歩きだしながら、いくらなんでも醜態だったな、と反省し、苦笑いした。

「………」

が、すぐにその顔を引きしめる。

これまで何人もの人間と話をしたが、その収穫は皆無だったといっていい。それが修善豊隆と話をして、ようやく前途に光明のようなものが見えた気がする。どうにか手がかりらしいものを摑んだ。

――アルバイト当直医の篠塚か。

当直室は一階にあるという。

刈谷はエレベーターに向かった。

当直室のドアをたたいた。

返事がない。

「篠塚先生――」

呼んだが、やはり返事はない。

こころみにノブをひねってみた。鍵はかけられていない。ドアは開いた。

覗いた。

誰もいない。

六畳ぐらいの狭い部屋だ。ベッド、机、テレビ、電話、黒板、それに洗面台、ほかには何もない。ベッドのうえにマンガが何冊か放り出されているのが妙にわびしい印象だった。壁の貼り紙に、当直開始時刻に遅れてはならない、申し送りはきちんとすること、などの注意事項が列挙され、その末尾に病院長の名前が記されてあった。

なるほど、たしかに修善豊隆がいったように、この病院でのアルバイト当直医の待遇はあまりいいとはいえないようだ。

窓の外は暗い。ほとんど雑木林にさえぎられているらしい。

風が吹き始めたようだ。窓を覆う暗闇がわさわさと揺れているのが感じられる。あれは多摩丘陵のどのあたりになるのだろう。遠く、梢《こずえ》ごしに見える街の灯が、淋しげに瞬いていた。

ふと、人が死んだ夜には、なにか黒くて大きな鳥が病院に飛んでくるのだ、という噂を思い出した。黒くて大きな鳥――ハルピュイアが。一月ほどまえにクモ膜下出血の患者が首を吊って自殺したのだという。その夜にも、やはりハルピュイアはこの雑木林で羽ばたいたのだろうか？　そんならちもないことを思った。

誰もいない部屋にいつまで立ちつくしていたところで仕方がない。

――診察にでも行ったんだろう。

いったん当直室を出た。

当直室の隣りは霊安室なのだという。霊安室を覗いてみる気になったのは、ほんの好奇心からのことにほかならない。

覗いてみてよかったのだ。

奥に霊壇をしつらえた、白い、十畳ほどの部屋に、ひとりの男がぼんやりとたたずんでいた。

二十代後半ぐらいか。ぼさぼさの髪に、不精髭がめだつ。白いトレパンに白衣をボタンをかけずに引っかけていた。知的といっていい顔だちをしていたが、いまはただそこには放心したような表情だけが浮かんでいる。

「…………」

霊安室を覗き込んだ刈谷と、しばらく、たがいの目を見つめあっていた。

刈谷のほうから、すぐに声をかければよかったのだろうが、何とはなしにそのタイミングを逸した感じだった。

どうも妙だ。なにをこの人物はこんなにぼんやりしているのだろう？　刈谷が誰かとも、何の用か、とも聞こうとしない。なにか心ここにあらず、といった印象なのだ。

あのう、と刈谷は声をかけた。

「篠塚先生でしょうか」

男はやはりかすみがかかったような表情でうなずいて、変なんだよ、とボソリとつぶやいた。

「え？」

刈谷は男の顔を見た。

「霊安室から」

男——篠塚の声は弛緩していた。

「死体が消えてしまったんだよ」

27

篠塚《しのづか》嬰児《えいじ》は何度も聖バード病院のアルバイト当直医をやめようとそう考えた。

ここでのアルバイトはあまりにもいろんなことがありすぎる。

とりわけ、あの夜、クモ膜下出血で入院していた患者が無菌室で死体で発見されてからというもの、このアルバイトをやめよう、いや、やめなければならないのだ、という思いはほとんど偏執的なまでに脳裏にこびりついて離れなかった。

あの夜のことはいまも思いだす。

若い看護婦が泣きそうな顔で、

「わたし、見たんです。ほんとうに見たんです。今夜、裏の雑木林で、なにか黒いものが枝から枝に飛んでいくのをほんとうに見たんですよ！」

そう訴えたときには、篠塚も胃の底に冷たいしこりのようなものが氷結するのを覚えた。

人間はその大脳旧皮質に超自然現象に怯える愚かしい原始人の魂をたくわえている。それはほとんど人間という存在の基幹をなしていて、ほんとうのことをいえば、この世に迷信家でない人間などいない。どんなに最新医学の知識を学んでも、その迷信家の本性をうち消すことはできないのだ。

――この病院では人が死んだ夜にはハルピュイアが飛んでくるという。

篠塚にしても、そんなバカな、と理性では否定しながら、意識の奥底ではそれを否定しきれずにいた。

しかし――

若い看護婦のいまにも泣きだしそうな顔を見て、かろうじて理性の縁に踏みとどまることができた。ひとつには、若い看護婦の怯えた顔がひどく愚かしいものに見え、あの子なら、こんなときにもこんな顔はしないだろう、とそう思ったこともある。そう、あの子なら……が、篠塚は彼女の名前さえはっきりとは知らずにいるのだった。

冷静になることだ、とそう思う。冷静になって、人の死んだ夜にはハルピュイアが飛んでくる、などという迷妄にまどわされないようにすることだ。

あらためて遺体の様子を見る。

遺体の喉から斜め上方に二重にロープが食い込んでいて、しかも、その結び目は頸部後ろにある。遺体の状況は明らかに自殺を示しているし、チアノーゼや、眼瞼眼球血膜の溢血点からも、これが縊死であることは間違いないだろう。

が、この患者は意識がなかった。誰かが自殺を偽装し、これを殺害するのはいともたやすいことなのだ。

なにより無菌室のドアの隙間がすべて外からガムテープで密閉されていたことを忘れてはならない。この患者が自殺したのであれば、自分が無菌室のなかに入って、それをあらためて外側から密閉するなどということができるはずがない。そもそも自殺する人間にそんなことをする必要はないだろう。

アルバイト当直医には（その病院に重症の患者《クランケ》がそれほど多くいなければの話だが）時間がふんだんにある。その退屈をまぎらわすためにミステリーなんかを読んだりすることもある。

題名も、その筋書きもよくは覚えていないのだが、たしかディクスン・カーのミステリーに、これとよく似た設定の作品があったのではないか。

ドアの隙間が内側から完全にガムテープで密閉されている……そんな密室で殺人事件が起こる話だった。あれは、殺人者がドアの外側から掃除機かなんかを使って、隙間のガムテープを貼りなおす、というトリックが使われていたような気がする。

しかし、ここで死んでいる患者は、もともと緊急病棟に収容されていた人間で、外部からこの無菌室に（この患者は意識を失って自力では動けなかった。誰かに運ばれてとしか考えられないのだが）入ったことは間違いないことなのだ。ガムテープが引き裂かれていたところで、誰も不審には思わないし、むしろそれが当然なはずなのに、ガムテープは外側からドアの隙間に貼られてあった。

これに何の意味があるのだろう？　これでは他殺を自殺に見せかけるどころか、むしろ他殺を強調しているようなものではないか。殺人者がいるのだとしたら、その殺人者は好んで不自然な状況をつくりあげた、としか思えない。そもそも、ほかにも人を殺すのにふさわしい場所はいくらもあるだろうに、どうして緊急病棟から連れだして、こんな無菌室などでそれを実行しなければならなかったのか？　何の意味もなさないのだ。

それに、これが他殺だとして――どうして、今夜にも死亡するだろう重症患者を、わざわざ殺す必要があったのか、ということがわからない。誰かが手をくだすまでもなく、遅かれ早かれ、この患者は死んでいたはずなのだ。

これがハリウッド映画なら、この患者はなにか重要な秘密を握っていて、誰かそれが洩れるのを恐れた人間があえて手を下した、というストーリーも（陳腐ではあるが）考えられないではないだろう。

が、あいにく、この患者は小さな金物店を経営しているだけの人物で、殺されなければならないような秘密を握っていた、とはとても思えないのだ。

――いずれにしろ、これは警察に通報しなければならないだろうな。

篠塚はそう考えたのだが……

そのとき、ふいに無菌室に厨子礼子が姿を現したのだった。

これが聖バード病院の管理婦長であることは、アルバイトを申し込みに来たときに、病院長から紹介されて知っている。

厨子礼子はジッと死んだ患者を見つめていたが、篠塚先生、と声をかけてきた。

「主治医の先生からの申し送りのなかに、その患者さんの死亡診断書は入っていたんですか？」

「ええ、それはもちろん――」

篠塚はとまどいながらもうなずいた。

重症患者については、主治医からアルバイト当直医への申し送りとして、日時だけを空白に残した死亡診断書を渡されるのが決まりになっている。その患者が夜間に死んだときのための準備である。

「だったら、その死亡診断書に、患者さんが死んだ日時と、先生の名前を記入して、わたしのもとに提出してください。経過などの記入に関しては、主治医の先生にやっていただきますから、どうか先生は心配なさらないでください」

「いや、しかし、これは――」

「お願いします」

厨子礼子は篠塚の抗議など受けつけようとはしなかった。もともと、ぺーぺーのアルバイト当直医など問題にしていないのだ。きっぱりと無視して、背中を向けた。そして、さっさと無菌室を出ていった。

――そういうことか。

篠塚は憮然とした。

じつのところ、病院で患者が自殺した場合、それを病死と片づける例は、そんなにめずらしいことではない。いうまでもなく自殺は変死あつかいにされるし、変死ともなれば、いろいろと面倒なことも少なくない。だから病死ということにする。遺族の気持ちをおもんぱかって、というのがその表向きの理由だが、病院側の不祥事を隠蔽する意味もあるようだ。そもそも死亡診断書を書くのが、病院の医師なのだから、こういうことも可能になるのである。

が、篠塚としては、今回のこのことに関しては、たんなる病死として処理されることに納得できなかった。自殺を病死として片づけるのならともかく、これには他殺の疑いもあるのだ。病死として処理するのには問題がありすぎるのではないか。

――こんな病院のアルバイト、明日にでもやめてやろうか。

このときにも篠塚はそんなことを思ったのである。が、やめようとして、ついにやめる決心がつかないこともわかっていた。

いうまでもなく、それは、いまも篠塚があの子のことを忘れかねているからである。

あの子のことを――

「ぼくはあの子の名前をはっきりとは知らない。新枝彌撒子《にひえみさこ》か、藤井葉月《ふじいはづき》……そのどちらかだと思う。そして刑事さん、彌撒子か、葉月、そのどちらかの女が、あなたの探している看護婦でもあるはずなんですよ」

と篠塚は刈谷にそういうのだった。

28

刈谷はつぶやいた。

「新枝彌撒子……藤井葉月……」

刑事という職業を長くやっていると、その人間の名をつぶやいただけで、それが（容疑者であれ、重要な証人であれ）自分の求めている人間であるのが直観的にわかる、そんなことがまれにあるものだ。

このときの刈谷がそうだった。

新枝彌撒子、藤井葉月——このふたりの名を口にしただけで、錯綜しているジグソーパズルの中心に、ピースの一片がぴたりと塡《は》まったような、そんな疼《うず》くようなある種の興奮を覚えた。

このどちらかの女が、狭更が臨死体験の最中《さなか》に見たというあの看護婦であることは間違いない、というふしぎな確信めいたものを感じた。

——女は天使なのか悪魔なのか？

しかし、どちらの女の名がより彼女であるのか、残念ながら、そこまではわからない。刈谷は刑事であって占い師ではないのだ。

「ぼくにはあなたのいっていることがわからないな。もう少しよくわかるように説明してくれませんか」

刈谷は、おそらく自分より二、三歳、年下であろう青年に向かってそういった。

当直室、だ。

風はいよいよ強くなったらしく、暗い窓をカタカタと鳴らしていた。

篠塚はうなずいた。その顔は懊悩にやつれている。が、その目だけは、何かにとり憑かれたような、異様にぎらぎらとした光を放っていた。恋、にとり憑かれた若者の顔だ。

「あれは」

と篠塚はいった。

「ぼくが聖バード病院でアルバイトを始めた直後のことでした。そう、いまから二月ほどまえのことです」

あれは二カ月まえの土曜日のことだ。

篠塚が聖バード病院で当直のアルバイトを始めて、その夜が二回めだった。

すでに篠塚は聖バード病院でのアルバイトを後悔し始めていた。

それというのも、その夜は、終末期《エンドステージ》にある重症患者がふたりもいたからだった。

医局の黒板に残された主治医の「重症患者リスト」には、それぞれの患者の欄に（家族の希望により、挿管でお見送りを）、（静かにお見送りを）と記されてあった。

ひとりは危篤におちいったら、挿管だけして、ほかの心肺蘇生術《CPR》をほどこしてはならない、という指示であり、もうひとりの患者にいたっては、気管内にチューブを入れる必要もなければ人工呼吸器《レスピレーター》を装着する必要もない、要するに何もするな、という指示なのである。

主治医としては当直医の手間を省いてやろうという親切心からだろう。この二人の患者に関しては、死亡診断書に必要な内容をすべて記入し、それをカルテに挟んで残しておいてくれた。

篠塚は、いや、アルバイト当直医は例外なくそうなのだが、自分が夜間の当直をしているときに患者が死亡するのを嫌う。

医師として患者を死なせるのを嫌うからではない。夜中にたたき起こされて、病室に駆けつけるのが面倒だからだ。いや、たんに面倒というにとどまらず、睡眠不足になれば、翌日の仕事にさしつかえることになる。通常、アルバイト当直医は、昼間は、他の病院で勤務しているものなのだ。

当直医のアルバイト料は五万円――朝までぐっすり眠っても、夜中にたたき起こされ臨終に立ち会っても、これは変わらない。だとしたら、朝までゆっくり眠っていたい、と考えるのが人情だろう。

が、その夜、篠塚は二度までもたたき起こされ、ふたりの患者の臨終に立ち会うことになった。

ふたりの患者を見送ったときにはすでに朝の四時をまわっていた。

当直室に戻ったときには心身ともに消耗しきっていた。一時間でも二時間でも眠っておかなければ、とは思うのだが、あまりにも疲れすぎたために、かえって神経が冴えて、眠気を覚えない。

暗い窓の外を見つめ、ぼんやりとタバコをくゆらしながら、

――これじゃ体がもたない。こんな病院のアルバイトはやめたほうがいいな。

そんなことを考えていた。

そのときのことだった。

ふいに背後でドアの開閉する音が聞こえてきたのだ。それと同時に当直室の明かりがフッと消えた。

「…………」

驚いて振り返る篠塚に、

「なにも聞かないで、先生。お願いだから、黙ってわたしの好きにさせて――」

そう闇のなかから若い女の囁く声が聞こえてきた。

その声には聞き覚えがあった。臨終に立ち会った看護婦の声だ。が、看護婦はふたりいて、そのどちらの声かはわからなかった。

ふたりとも若く美しかった。容姿もそうだが、その名前も美しかった。そうでなければ篠塚がふたりの名前を記憶にとどめることはなかったろう。ふたりとも胸に名札をつけていた。ひとりは新枝彌撒子、もうひとりは藤井葉月。もちろん、ふたりとも、その夜、初めて一緒に仕事をした看護婦だった。

「…………」

篠塚は闇のなかに視線を凝らした。

そこに女の影がぼんやりけぶっているのは見える。が、やはり、その容姿をはっきり見さだめることはできない。ただ、若い女の甘やかな体臭がほのかに鼻をついた。

「きみは新枝さん？　それとも藤井さんだろうか？」

篠塚は聞いた。

女は答えようとしなかった。かすかに衣擦《きぬず》れの音が聞こえた。篠塚は息をのんだ。女は白衣を床に脱いだのだ。そのことだけはわかった。ふいに体をぶつけるようにして抱きついてきた。

篠塚はその体を受けとめた。二、三歩、よろよろと後ずさった。女の体は軽かった。その重さによろめいたのではなく、女がぶつけてきた思いの激しさによろめいたのだ。よろめいて、しかしぐいと抱きしめた。気がついたときには唇を重ねていた。

甘く、熱く、やわらかく、そしてなにより切ない接吻《くちづけ》だった。

この唇をむさぼらずにはいられない。この女を愛さずにはいられない。

女が体をぐいぐいと押しつけてきた。その意味に気がついて、篠塚は女の体を抱いたまま、ベッドに倒れ込んだ。女は篠塚の体にのしかかるようにし、その白衣のボタンを引きちぎった。そしてズボンの下に指を滑り込ませてきた。きみ、いいのか、と篠塚はあえぎながらいった。お願い、なにもいわないで、と女はいった。ふたりは激しく愛しあった

……

「終わると彼女は何もいわずに当直室を出ていきました。やはり部屋は暗いままで、ぼくはついに彼女が新枝彌撒子か、藤井葉月なのかわからないままでした。こんな馬鹿な話はない。ぼくはいまだに彼女がどちらなのかわからないんです。それなのに——」

篠塚はその顔を両手に埋めた。そして、呻《うめ》くようにこういうのだった。

「ぼくは彼女のことが忘れられない。名前も顔もわからない女のことを愛してしまっているんですよ」

29

篠塚は両手に顔を埋めたまま、しばらくジッとしていた。

そんな篠塚を刈谷はただ見つめて待っている。風の音を聞いていた。話をうながす必要はない。どうせ篠塚はすべてを打ちあける気になっていた。

刈谷の感覚からいえば、

――いくら記録が焼失したにしても、そこで働いていた看護婦たちの名前がわからなくなる、などということがあるだろうか？

そのことが納得できない。

一緒に働いている仲間たちではないか。いくら看護婦の入れ替わりが激しいからといって、誰かが彼女たちのことを覚えていないのは不自然ではないか。誰の記憶にも残っていないなどということはありえない。

やがて顔をあげ、失礼しました、とつぶやいた篠塚に、刈谷はその疑問を問いただしてみた。

が——

篠塚の説明によれば、それは決してありえないことではない、という。いや、それどころか、聖バード病院のような大きな病院では、むしろ、そうならないほうが不自然なのだという。

聖バード病院では、患者二・五人に対して看護婦ひとりという、いわゆる特二類の基準看護をとっている。八時間三交代勤務の正看護婦だけでは、とてもこの基準を満たすことはできず、やむをえず大量にパートタイムの準看護婦を採用することになる。

パートタイムの準看護婦は、それこそ週単位で、めまぐるしく入れ替わるし、月に七、八回の深夜勤務だけという者も少なくないらしい。

おそらく、篠塚が二度めのアルバイト当直をした夜に、患者たちの臨終に立ち会ったふたりの看護婦も、そうした準看護婦だったのだろう。

その後、篠塚が、あのふたりの看護婦に再会することはなかった。ということは、つまり、ふたりのうちのひとり、彼女に再会することもなかったということだ。

アルバイト当直医に、パートタイムの準看護婦……それぞれ異なる軌道を持つ三つの衛星が、あの夜にかぎって、たまたま接近遭遇し、そしてまたはるかに遠のいていったということか。

新枝彌撒子に、藤井葉月。名前だけはわかっていて、その顔の記憶はない。懸命に記憶をたどれば、ふたりの女の顔がぼんやり思いだされるのだが、どちらが彌撒子で、どちらが葉月なのか、それを確かめるよすがはない。いや、何といっても、あのときには篠塚は患者の臨終に立ち会っていて、どんなに看護婦が美貌であろうと、それを意識にとどめている余裕などあろうはずがなかった。

そして、ふたりの女のうちのどちらか、当直室で激しく愛しあった彼女は、そのときに顔を確かめることさえしなかったのだ。

あれは一夜かぎりの愛。夜明けの夢のようにはかないが、それだけにめくるめく官能にいろどられた愛——そう考えて忘れるほうがいいのかもしれない。

事実、篠塚は忘れようと努めたのだ。

じつのところ、医師にとって、看護婦と結婚するのは、いろんな意味で好ましいこととはいえない。医師からばかりでなく、看護婦からも疎外されることになりかねない。端的にそれからの仕事に支障をきたすのだ。

そんなこともあって、看護婦と関係する医師は多いが、それが結婚にまでたどりつくのは、きわめてまれなことだった。その意味では、医師と看護婦との愛はすべて一夜かぎりの愛といえないこともない……

そんなふうに考えて彼女のことは忘れようとした。

が、忘れられない。どうして、あの夜、彼女はあんなふうにして、おれにセックスを求めたのか。まさか一目惚《ひとめぼ》れされたと考えるほど自惚《うぬぼ》れは強くない。それとも、セックスには愛がともなうものだと考えるのは男のいい気な幻想にすぎないのか。たんにあの女は、あの夜、ふたりの患者が死亡したことに神経が消耗し、それをいやすために（誰でもいい）男の体を求めたのか。

——どうでもいいことじゃないか。

そう自分にいい聞かせようとする。

篠塚にも将来の夢があり、当然、それにともなう打算もある。その夢を思い、打算を働かせれば、看護婦と関係を持ち、そして愛するのはけっして利口なことではない。そんなのは自明のことだ。

忘れられない。しかし忘れたほうがいいことなのだ。

そんな迷いもあって、あの夜の彼女が新枝彌撒子なのか、藤井葉月なのか、なかなか、それを自分から積極的に調べることに踏み切れなかった……

「それでも聖バード病院でアルバイト当直をつづけているかぎり、いつかは彼女に会えるはずだ、ぼくはそう思っていました。彼女に会ってもそれが彼女だとはわからないかもしれない。でも絶対に会えるはずだと思っていた。新枝彌撒子か、藤井葉月か。クモ膜下出血の患者《クランケ》が妙な死に方をしたときには、そのふたりはいませんでした。でも皮肉なものですね。毎週、かならず土曜日にはバイト当直をすることにしているのに、二十七日にはどうしても外せない用があって、翌日の日曜日にバイトを替えてもらったんです。二十八日の日曜日に、当直に来て、いつものように申し送り事項を受け取りました。すると、その申し送り事項に、前夜、緊急病棟を担当していたのが、新枝彌撒子と藤井葉月のふたりだったことが記されていたんですよ。ぼくは愕然としました。そう、二十七日、狭更奏一さんが危篤になった夜のことです。ぼくには、どうして刑事さんが、二十七日の夜に緊急病棟を担当していた看護婦たちを探しているのか、その理由はわかりません。わかりませんが、それが新枝彌撒子、藤井葉月のふたりであることは間違いないと思います。さっきもいったように、ぼくはたまたまバイトを休んだために、ふたりの看護婦に会えなかったことに愕然とし、その不運を嘆きもしました。それで、そのときの当直婦長に、このふたりが次に聖バード病院で働く予定になっているのはいつのことか、それを聞いてみたんです。そのときには、過去の記録も、向こう一月間の看護婦の就労予定表もありましたからね。

ぼくの聞いたことは簡単にわかりましたよ。ふたりが働くのは昨日になっていたんです。そこでぼくは先週の土曜日を休んで、そのかわりに今週の金曜日と土曜日をバイト当直に充《あ》てることにしました。仕方ありません。どうしても彼女に会いたいという思いを抑えきれなくなってしまったんです。ところが、昨夜、とんでもないことになってしまったんです――」

緊急病棟《HCU》が火事になってしまった。そして新枝彌撒子が焼死してしまったのだ。

30

昨夜のことだ。

いつものように篠塚は午後の六時に聖バード病院に入った。そして、これもいつものように、居残り当番の常勤医、当直婦長から申し送りを受け、院内ポケットベルと当直日誌を渡された。

が、いつもだったら、夕食を終えてから回診《ラウンド》ということになるのだが、この日はたてつづけにポケットベルが鳴り、外来患者の診療をすることになった。

この日、聖バード病院は地域の救急当番に指定されていたわけでもないのだが、時間外の外来患者はじつに十数人にも達し、（なにしろ夜間、病院には当直医ひとりしかいないのだから）篠塚は十一時過ぎまでその診察に追われることになった。

外来患者の診察を終え、ようやく回診《ラウンド》に出たときには、もう十二時をまわっていた。

もっとも、こんな時間だ。ほとんどの患者は眠っているだろう。

もちろん修善豊隆や、狭更奏一など、重症の患者もいるにはいるが、今夜にも死亡《ステルベン》の心配をしなければならないほど急を要する患者はひとりもいない。各階のナースセンターに顔を出し、当直看護婦から患者の状態を聞いて、X線フィルムや心電図などのデータをチェックするにとどめ、当直診察は省略することにした。

本音をいえば、ナースセンターに顔を出せば、新枝彌撒子や藤井葉月に（ということはつまり彼女に、だ）会えるのではないか、と期待したのだが、どのナースセンターにも彼女たちはいなかった。

どうやら、ふたりの看護婦は緊急病棟《HCU》のほうにつめているらしい。ナースセンターの看護婦が同行しようというのを断り、回診と称して緊急病棟に向かったのも、彼女たちに一刻も早く会いたいという思いからだった……

「ぼくは今度こそあの人に会えると思っていました。あの夜、たしかにぼくは彼女の顔を見なかった。しかし、実際に、新枝彌撒子、藤井葉月のふたりに会えば、どちらがあのときの彼女だったか、すぐにわかるはずだと信じていた。だって、人を好きになるというのはそういうことでしょう？　ぼくはそのことを信じていた。だけど――」

篠塚の顔が苦悩にゆがんだ。この若い医師を純情と呼ぶのは疑問がある。むしろ妄執にとり憑かれたと考えるべきではないか。そのゆがんだ顔は端的に醜かった。

「そこにあいつがまたやって来たんですよ」

「あいつ？」

「ハルピュイアです。あいつがまたやってきた――」

「…………」

刈谷はまじまじと相手の顔を見つめた。篠塚の正気を疑わずにはいられない。

「そうなんです。刑事さんはそのことを信じないでしょう。ぼくだって信じないのが当然だと思います。でも、刑事さん、ハルピュイアが病院にやってきたのは誓ってほんとうのことなんです！」

……昨夜。

篠塚はエレベーターで四階にあがった。そして緊急病棟に向かう。

四階には緊急病棟があり、無菌室があり、手術室があり、重症患者用の個室がある。いわば聖バード病院の中枢でもあるのだが、いまは無菌室は使われておらず、緊急病棟の患者もほとんど移動させられたらしい。

十二時過ぎという時刻でもあり、四階には人の姿はなかった。

書庫室の入れ替えをするというので、フロッピーディスクのケースや、ハードコピーをつめたダンボール箱などが廊下のそこかしこに積みあげられている。

緊急病棟に入る手前の廊下にさしかかったときのことだ。

ふと篠塚は妙なものを見つけたのだ。

床にそれは落ちていた。

蛍光灯の青白い光のなかにどんよりと黄色くよどんで広がっていた。

篠塚は床のうえにかがみ込んで、

——何だろう?

それを見つめた。

すぐに何なのかわかった。ピクン、と額の静脈が引きつるのを覚えた。

それは——卵黄だったのだ。

大量の卵の黄身が床につぶれて広がっているのだ。大量の? いや、もしかしたら、これはただ一個の卵の黄身ではないか。そんなふうにも感じた。だとしたら、これはよほど大きな鳥の卵にちがいない。こんなにも大きな鳥がこのあたりのどこに生息しているというのだろう？　そもそもこんなに大きな鳥が存在するものだろうか。

――ハルピュイア！

なにか不吉な予感のようなものが胸をかすめるのを感じた。いや、かすめたのではない。がしっ、と篠塚の魂をとらえたのだ。ハルピュイアの長く曲がった不潔な鉤爪で。

篠塚は緊急病棟に走った。

――新枝彌撒子、藤井葉月。

胸のなかでふたりの名を叫んでいた。不吉な予感がちりちりと胸を焦がしていた。

緊急病棟に飛び込んだ。

血走った目で見まわした。

緊急病棟には幾つもの病室があるが、オープンフロア形式になっていて、それぞれの部屋はガラスで仕切られている。つまり緊急病棟の入り口に立てば、すべてを見通すことができるのだ。

救急車で運ばれたという重症者はいちばん手前の病室に収容されている。それ以外の病室はすべて空いている。緊急病棟の患者はほとんど機械のなかに埋もれているといっても過言ではない。テレビモニターや自動血圧計、点滴などが（合わせ鏡を見るように）延々と奥までつらなっていた。

その奥のほうに、ちらり、と看護婦の動くのが見えた。

入り口からはその容姿までは見てとることはできない。もっとも、よしんば容姿をはっきり見ることができたとしても、それが新枝彌撒子であるか、藤井葉月であるか、篠塚にそれがわかるはずはないのだが。

しかし、それでも、

——彼女だ。

篠塚は一途にそう信じた。

違うかもしれない。もうひとりかもしれない（もうひとりはどちら？ 新枝彌撒子？ それとも藤井葉月？）。が、それでもやはり彼女かもしれないではないか。その可能性はある。

あのときの熱い女の吐息がありありと耳に蘇る。なにも聞かないで、先生。お願いだから、黙ってわたしの好きにさせて——。堰《せき》を切ったように、ふいに胸に切ないものがあふれてくるのを覚えた。喉から声が洩れた。ほとんど慟哭《どうこく》に似ていた。

「…………」

急いで奥に向かった。

ハルピュイアが羽ばたいた。

ふいに、ぐわっ、と音をたてて火球が膨らんだのだ。炎が舞いあがった。信じられないほどに恐ろしいまでに真っ赤だ。床が燃えあがり、ベッドが燃えあがり、女が燃えあがった。女は凄まじい絶叫を張りあげた。炎に包まれてくるくると舞った。その髪の毛が花火のように火花を散らした。脂がジュージューと音をたてて爆《は》ぜていた。女はすぐに倒れて動かなくなった。倒れてもやはりその体は燃えていた。

篠塚はなにか叫んだようだ。そんな気がする。なにを叫んだのか。女の名のはずはない。女の名は知らない。なにを叫んだのかも覚えていないし、そのときに自分がどう動いたのかも覚えていない。すべては夢のなかだ。覚えているのはただ燃えあがる炎の赤い色だけだった。

気がついたときには女の体を炎のなかから引きずり出していた。女は全身に火傷を負っていた。顔も、いや、性別さえさだかでないほど、消し炭のように真っ黒に焦げ、その露出した肉にリンパ液がなまなましく濡れていた。髪の毛だけがまだ燃えていた。その髪の毛に燃える火を、掌ではたいて懸命に消そうとしていたのは、あとから考えると、よほど篠塚の精神状態が異常だったのだろう。

もちろん女は死んでいた。一瞬のうちにこれほどの火傷を負ったのでは、どんな人間も死んでしまう。助かるはずがない。

すでにスプリンクラーが作動していた。非常ベルが狂ったように鳴り響いていた。が、そのときの篠塚は、そんなことはすこしも意識していなかった。緊急病棟のほかの患者を助けることも忘れていた。

奇妙なことに女の白衣の胸の部分だけが焼け残っているのだ。名札は焦げてさえいなかった。(新枝彌撒子)名札にはそう記されてあった。これは彼女なのか、それとももうひとりなのか? 髪の毛の火を消しながらただそれだけをしきりに考えていた。

いや、そうではない。ほかにも考えたことがある。こんなことも考えた。

——妙だな。炎はなにもないところから燃えあがったように見えたな……

31

「新枝彌撒子《にひえみさこ》が死んだ……」

刈谷は呆然とつぶやいた。

新枝彌撒子にしろ、藤井葉月にしろ、篠塚から名前だけを聞いていて、現実には一度も会ったことのない女だ。それなのに、そのうちのひとりが死んだと聞いて、こんなにも強いショックを受けるのが、自分でも意外なほどだ。

それだけ篠塚が話した彼女の存在が謎めいて魅力的だったからか。それもあるだろうが、そればかりではない。いまのところ、狭更が緊急病棟で見たという看護婦は、このふたりのうちのどちらかである可能性が高い。もし、その看護婦が新枝彌撒子だったとしたら、どうして緊急病棟であんなふうにして笑ったのか、それを突きとめる機会は永遠に失われたことになる。

刈谷がショックを受けて当然だった。

ショックを受けて呆然とした。そのためにしばらくそのことに気がつかなかった。気がついて、愕然とした。あらためて篠塚の顔を見つめた。

「きみはさっき霊安室から遺体が消えたといったっけな。それは、つまり――」

篠塚は放心したような目を向け、ええ、とやるせない表情でうなずいた。

「新枝彌撒子の遺体のことです」

「消えたというのはどういうことだ？　この病院はどうなっているんだ？」

「病院では、ふつう遺体を運び出すのは、指定の葬儀業者の仕事になっているんです。もちろん指定の葬儀業者といえども、勝手に遺体を運搬車にのせることはできず、身内の許可をとらなければなりません。ただ、看護婦たちの履歴書が焼失してしまったんで、新枝彌撒子という看護婦がどんな経歴の、どこに住んでいる人なのか、それがわからない。ど

うにもならなかった。ひどい話ですが、大病院でのパートタイムの準看というのは、どこ

でもそんなものです。つまり連絡すべき身内がわからない——」

「…………」

「なにしろ深夜のことなので、当直婦長にしても、これにどう対処したらいいのかわから

なかったらしい。ぼくはたんなるアルバイトで何の権限もない。それでとにかく霊安室に

遺体を安置し、翌日、病院長なり管理婦長なりに善後策をこうじてもらったらどうか、と

いうことになったんです。朝になって、ほかの看護婦たちが顔をそろえれば、そのなかに

は新枝彌撒子と個人的なつきあいをしている者もいるかもしれない。そうなれば連絡先も

わかることですしね。火事があったことは、その夜のうちに当直婦長が病院長に電話を入

れています。ただ、火事そのものは消えているし、夜も遅いし、いまから病院長が駆けつ

けてきてもどうにもならない、という話になったようです。病院長には、朝一番にやって

きてもらって、善後策をこうじてもらう、ということになったらしい」

「…………」

「ぼくはぼくで昼間はべつの病院の勤務があります。どんなに新枝彌撒子のことで悩んで

苦しんでいるにしろ、そちらのほうの勤務を休むわけにはいきません。こんなぼくでも何

人か担当している患者さんはいるわけですからね。その人たちを放ってはおけない。それ

に死んだ新枝彌撒子がかならずしも彼女だと決まったわけではない。彼女は藤井葉月のほうかもしれない。悲しむのは早すぎる。そう自分にいい聞かせて、聖バード病院を後にしたのですが、今夜、バイト当直に戻ってきてみると――」

「遺体が消えていた？」

「ええ」

「あなたはこれはどういうことだと思いますか」

「さあ、わかりません」

「もうひとりの藤井葉月さんという人はどうなさったんですか。新枝彌撒子さんと一緒に緊急病棟で働いていたはずじゃなかったんですか」

「それもわからないんです。ぼくもあの後でさんざん病院のなかを探しまわったんですが、どこにも藤井葉月という看護婦はいなかった。そんなはずはないんですがね。当直婦長に聞いても首をかしげるだけだった。どちらにしろ、ぼくは彼女を失ってしまったわけですよ。新枝彌撒子は死んでしまったし、藤井葉月は消えてしまった――」

篠塚は顔を伏せた。そして爪を噛みはじめる。昨夜からの一連の体験を考えれば、無理もないことかもしれないが、この若い医師はぎりぎり限界のストレスにさいなまれているようだ。その爪を噛んでいるしぐさがひどく小児的にも神経症的にも感じられる。

「…………」

刈谷はため息をついて腕を組んだ。

常識的に考えれば、新枝彌撒子は身元がわかって、病院指定の葬儀業者が運び去った、ということになるだろう。ただ、そのことをどう確認したらいいか。

すでに夜の九時をまわっていて、病院には当直の看護婦たちしか残っていない。ふつうの病院であれば、看護婦が死んだということになれば、その遺体がどうなったか、同僚の看護婦たちが知らないわけがない。が、この聖バード病院にかぎっては、世間の常識などというものは通用しそうになく、よしんば当直の看護婦たちに聞いたところで（もちろん聞かずには済まさないが）、とうてい、まともな答えが返ってくるとは思えないのだ。

——まったく妙な病院だよ。ここは。

聖バード病院の火事のことは所轄署に報告が入っていない。そもそも、そのことにしてからが異常なことだった。もちろん、それが不審火でなければ、警察がいちいち調査に出てくる必要はないが、この火事では少なくともひとりの人間が死んでいるのだ。どうして消防署は所轄署に連絡してこなかったのだろう？

——待てよ。もしかしたら消防署にも通報していないのじゃないか。

刈谷は眉をひそめた。

火がすぐに消えてしまった場合、あとのわずらわしさを嫌って、消防署に通報しない例は少なくない。病院という施設はとりわけ防災、防火の徹底を要求される。聖バード病院としては、すぐに消えた火事のことを、わざわざ消防署に通報することはない、とそう判断したのかもしれない。

が、現に、その火事で、人がひとり死んでいることを考えれば、これは重大な背徳行為であるだろう。破廉恥《はれんち》でさえある。それもこれも病院の評判にはかえられないということか。

これも死亡診断書をどうにでも処理できる病院ならではのことだ。おそらく法律違反でさえない。この地区には東京二十三区のような監察医制度がない。よしんば、それが変死であろうと、一般臨床医が外見から確認するだけでその死因を決定することが認められているのだ。

しかし——

刈谷は納得できない。

篠塚の話を聞くかぎりでは、新枝彌撒子の死因が重度の火傷であることは間違いないだろう。

が、出火の状況には不審な点があり、いまのところ、その原因は誰にもわかっていないらしい。篠塚はなにもないところから火が出たように見えた、といった。これはどういうことだろう？　新枝彌撒子の遺体を解剖すれば、火事の原因を突きとめるのに役だつかもしれない。それなのに火災の原因も究明せず、犠牲者の行政解剖もしないというのでは、無警察状態もいいところではないか。そんなことを認めるわけにはいかない。

が、行政解剖を申請しようにも、新枝彌撒子の遺体がすでに火葬に処せられているのではどうすることもできない。新枝彌撒子の遺体がいまどこにあるのか（火葬にされていないのを望むばかりだ）、それを早急に突きとめなければならないだろう。

刈谷はそこまで考えて、ふと妙な疑問を覚えた。こんな疑問だ。

——ほんとうに死んだのは新枝彌撒子なのだろうか？

白衣の名札には「新枝彌撒子」と記されてあったという。が、死体は全身が黒焦げになっていて、その容姿から（病院の誰ともなじみがないパートタイムの準看護婦であればなおさらのこと）たしかに本人だと確認されたわけではない。名札などたやすく交換できるではないか。藤井葉月は病院のどこにもいなかったという。もしかして死んだのは新枝彌撒子ではなく……

——いや。

と刈谷は頭のなかでかぶりを振った。

いまはそこまで考える必要はない。そこまで考えるのは早すぎる。そこまで考えたのではいたずらに頭を混乱させるだけだ。

その疑問を頭のなかから追い払い、

「どうもこの病院では妙なことばかりが起きるなあ。ハルピュイアが飛んでくるだの、〝見えない部屋〟があるだの、なんだかこちらの頭まで変になりそうだよ――」

「〝見えない部屋〟？」

篠塚がけげんそうな顔をした。

「いや、じつはね。ある看護婦が、この病院には〝見えない部屋〟がある、というようなことをつぶやいたというんですよ。ある人が聞いたといってるんだが。そんなものありっこないのに――」

刈谷はそこでふいに口を閉ざした。そして、ジッと篠塚の顔を見つめた。

それというのも、篠塚の顔に奇妙な表情が浮かんでいることに気がついたからだ。

奇妙な表情、としかいいようがない。宙の一点に視線をすえ、なにか遠くに思いをはせているような、そんな表情なのだ。

「どうかしたんですか」

刈谷は慎重に聞いた。

「〝見えない部屋〟……」

篠塚はぼんやりした声でつぶやいた。

「もしかしたらあそこかもしれない」

32

刈谷はうかつだった。どうして、そのことに気がつかなかったのか。

これまで何人もの人間に話を聞いて、しばしば書庫室という言葉が出てきた。そもそも緊急病棟にいた看護婦の名前がわからないのも、書庫室に移動させるために書類やフロッピーを廊下に出しっぱなしにしておいて、それが燃えてしまったからに他ならない。

これまで、どうして刈谷は、その書庫室を〝見えない部屋〟に結びつけて考えようとしなかったのか。それがうかつだというのだ。

書庫室は新設されたばかりなのだという。まだ本格的には使用されていない。

四階、北側の奥まったところにある。北階段をあがって、すぐ右手に短い通路があり、その突き当たりが書庫室の扉になる。そのあたりは、いわば病院の楽屋にあたり、「輸送車の待機場所」とか、「更衣室」とか、一般の人がめったに出入りしないところになっているのだ。

その意味で書庫室はあってない場所といえるかもしれない。だから見えない部屋だというのは牽強付《けんきょうふ》会《かい》にすぎるだろうか。

ただ、わからないのは、魂（？）と化した狭更が、

――あなたも見えない部屋に入れてあげればよかったのかもしれない。そうすればもう少し長生きできたかもしれないのに――

問題の看護婦がそうつぶやくのを聞いているということだ。

この言葉と書庫室とがどうにも結びつかない。書庫室に入れたからといってその人間が長生きするというものではないだろう。

が、いまはとりあえず、そのことは考えないことにした。どうせ、この事件（もう事件といいきってしまってもいいだろう。事故にせよ、自殺、他殺にせよ、この聖バード病院ではすでにふたりの人間が変死しているのだから）はグロテスクに謎めいたことばかりなのだ。その謎の一つひとつに引っかかっていたのでは一歩も先に進めない。

篠塚に案内されて、刈谷はその書庫室のまえに立った。

「へえ、これがそうなんですか」

思わずそう声をあげた。

書庫室というからもう少し違ったものを想像していた。が、これは書庫室というより、ほとんど金庫だ。

扉にダイヤルがついている。そのダイヤルを回し、数字を合わせながら、

「ええ、そうなんです。二時間もの耐火性能を持っているんですよ。この扉は全面に特殊防御材を装塡しています。クマヒラアロイというんですけどね。なんでも酸素アセチレンガスでも焼け切れないということです。パネルの厚さは十センチもあって、厚さ三十センチの鉄筋コンクリートに相当する強度を誇っているそうです——」

篠塚は得々と話している。こういうことが好きらしい。悩ましげに彼女のことを話していたときとは別人のように明るい声になっていた。

「あなたはバイトの当直医なんでしょう？　どうして、あなたが、この書庫室の扉を開けるナンバーを知っているんですか。それとも医師は全員がナンバーを教えてもらえるんですか」

「べつだん教えてはくれませんけどね。隠してもいないようですよ。事務室に尋ねれば誰にでも教えてくれるんじゃないかな。ぼくもそうやって聞いたんです。だって、ここに納められる予定になっていたのは、書類とか、医学の参考文献とか、電子メモリーとかそん

なものばかりですからね。べつだん貴金属とか現金とかを入れるわけじゃない。聖バード病院にとっては重要でも、ほかの人間には何の意味もなさないものばかりですよ」

扉ハンドルの横の壁に、なにかリモコンのようなものが塡め込まれていた。どうやら開閉式になっているらしい小さい丸い穴のようなものがあって、その下に赤いボタンがついている。

それは何なのか、と聞いてみた。

篠塚はちらりとそれに目をやり、ああ、とうなずいて、

「あれは何でもありません。非常換気装置です」

「非常換気装置？」

「ええ、万が一、書庫室のなかに人がとじこめられたときのために取り付けられているんですよ。あれを作動させると、毎分、千三百リットルの空気を送り込んでやることができるそうですよ」

「篠塚さんはずいぶん詳しいんですね」

刈谷は感心した。

「これを造っているときに作業の人にカタログをもらったんですよ。こういうの読むのが好きなんです。ケーキの作り方とかね」

篠塚は笑い、ハンドルをひねった。ハンドルは、カシャン、と軽快な音をたて半回転した。扉が動いた。

「開きましたよ。さあ、〝見えない部屋〟にようこそ」

篠塚はスイング式の扉を開いた。

33

刈谷は書庫室のなかを覗き込んだ。

書庫室のなかは暗い。

開いた扉から、通路の明かりが射し込んでいるのだが、その明かりはただ入り口のあたりをかろうじて照らしているだけだ。

暗闇の密度が異様に濃い、とでもいえばいいのだろうか。そこだけ異質な空間が亀裂を覗かせているように、書庫室は陰々と闇をのんで深い。明かりが射さないから暗い、というのではなく、何かそこに闇そのものが黒々とわだかまっている感じなのだ。

その闇そのものが、一瞬、生きて息づいているかのように感じたのは、われながら奇妙な感覚だった。闇がぞよっとうごめいた。その貪欲に深い顎《あぎと》を開いて、（誰の耳にも聞こえない）嘲笑の声を張りあげ、刈谷の顔に悪意と凶念を吐きかけてくるのだ。
ハ、ハ、ハルピュイア？
「…………」

頭のなかでなにかが、ぐらり、とよろめくのを感じた。めまいにみまわれ、うなじの毛が逆だつような気分を覚えた。

それは最初に聖バード病院を見たときの印象に似ているようだった。自分はなにか異質なものに触れようとしているのだ、というあの戦慄、ここから先は異次元の領域なのだということあの感覚だ。

しかし——

篠塚にはそんな感覚はさらさらないようだ。扉の横に無造作に手を伸ばし、明かりのスイッチを入れた。

明かりがともった。闇が吹き払われた。

もちろん、そこには何もない。何もあるはずがない。

明かりがともると同時に、あざ笑う闇のハルピュイアは、はるか（もし、ほんとうにそんなものがあるとしての話だが）異次元の果てにしりぞいていった。

刈谷は目を瞬《しばたた》かせた。

そして、その目をあらためて書庫室に向ける。

耐火パネルの壁が明かりに映えてきらめいていた。合金の無機的なきらめきだ。床も天井もおなじ素材らしい。実用本位の素っ気ない造りだった。そんなに広くはない。

床にレールが何本か敷かれていた。天井にはビデオ・カメラがセットされている。入り口から向かって左の隅に、人間の背丈よりやや低いぐらいの扉があり、そこにもハンドルが取りつけられてあった。

「間口二・七メートル、奥行き三・六メートル、高さは二・四四メートルだったかな。ということは、ええと、一階部分の有効面積が十平方メートル弱というところですか。パネルの厚さは十センチ、一平方メートル当たりの重量が二百八十キロ、というんだから大変なものですよ。カタログには、二時間の耐火性能がある、と書いてありました。これだけのものを組み立てるのに、わずか十日ぐらいしかかからないんですからねえ。かなわないですよ」

「あのレールは？」

「ああ、あれは移動棚のために敷かれているレールです。いまはまだ本棚は入っていないけど、それを移動させるためのレールなんですよ。ハンドルスタックというらしいんですけどね。本棚についているハンドルを回すと、あのレールのうえを本棚が移動する、というわけです。いつもは幾つもの本棚をくっつけて置いておけるわけです。ハンドルスタックにすると収容キャパがぜんぜん違う。女の人でも軽々と動かすことができるらしいですよ」

「まだ、そのハンドルスタックですか、それは搬入されていないわけですね」

「これからなんじゃないかな。箱ができあがってから、まだようやく二週間ですからね。これからおいおい仕上げていくんじゃないですか。それでも天井裏にはもう幾つかハンドルスタックが入れられているみたいですけどね」

「天井裏？」

刈谷は篠塚の顔を見つめた。

「この書庫室には天井裏があるんですか」

「ええ、病院の建物からいえば五階部分にあたるのかな。天井の低い、窓のない、ふつうでいえばデッドスペースなんですけどね。そこも書庫として使うらしい」

「あれがそうですか」

刈谷は顎をしゃくって、書庫室の奥、左隅にある扉を示した。

「ええ、あれがそうです」

篠塚はうなずいた。

「いずれは天井裏をオートリバースにする予定らしいんですけどね。いまのところは、まだその設備ができあがっていない」

「オートリバース？」

「ああ、要するに自動格納システムです。重要書類や磁気テープなんかを、いっさい人間の手をわずらわせずに、コンピュータ制御で検索して取り出す装置なんだそうです。これもカタログで読んだことなんですけどね。あの扉はそのときのためのいわばエレベーターのドアなんですよ。もっとも、オートリバースになるのは、まだ先のことらしく、いまは天井裏にはハンドドルスタックが運びあげられているんですけどね」

「天井裏は見ることができるんですか」

「もちろん、できるでしょう。しばらくはまだ、ふつうの書庫室として使うらしいですからね。ああ——」

篠塚はふいに声をあげて、

「そうか。天井裏が〝見えない部屋〟じゃないかというんですね。ぼくは書庫室のことばかり考えていて、天井裏のことを考えていなかった。なるほど、たしかに天井裏のほうが〝見えない部屋〟というのにはふさわしいかもしれない」

「…………」

刈谷は黙ってうなずいた。そして書庫室のなかに踏み込んでいった。奥の扉のまえに立った。

そのハンドルに触れようとして、ふと、そこになにか赤いしみのようなものがついているのに気がついた。

腰をかがめて、ハンドルに目を近づける。

赤いエナメルのようなものだ。乾いて光沢を放っていた。

――マニキュアじゃないか。

軽い興奮を覚えた。誰かが、ビンゴ！　と頭のなかで叫んだ。

ここにマニキュアが残っているということは、最近、だれか女がこのハンドルに触れたということを意味している。まさか書庫室を組み立てた作業員たちがマニキュアをつけていたとは思えないし、第一、これがそれほど以前のことであれば、エナメルは剝がれ落ちているのではないか。

だれか女が？　それは誰か？

藤井葉月、ではないか。

火災のあった昨夜、藤井葉月は（新枝彌撒子と一緒に）緊急病棟で当直看護業務をしていたという。それなのに、どうやら火災以降、藤井葉月（と思われる看護師）の姿を見かけた者は誰もいないらしいのだ。もちろん、火事におびえたのか、それとも他になにか理由があったのか、病院から立ち去ったということも考えられる。

そうも考えられるが、こうも考えられるのではないか。

もしかしたら、自分の意思でか、それとも誰かにかどわかされてか、藤井葉月はこの書庫室の天井裏にいるのではないか。

——藤井葉月か、それとも新枝彌撒子が……

刈谷は唇を噛んだ。

ようやく狭更の依頼を果たせるときがきたのかもしれない。ここに、狭更が緊急病棟で見たというあの看護婦がひそんでいるなら、どうしてあんなふうにして笑ったのか、そのわけを問いただすことができる。

——女は天使なのか悪魔なのか？

ハンドルをつかんだ。

そして、そのハンドルを、ぐい、とひねった。

34

扉を開けるとそこにも壁があった。

一瞬、肩すかしをくったような、愚弄されたような思いにかられたが、壁にふさがれた扉などがあろうはずがない。壁かと思ったのは、三段に引出しの塡まった、スチール製のファイルキャビネットだった。

「おかしいな。どうしてこんなものが下りているんだろう?」

篠塚が背後から覗き込んで、けげんそうにいった。

「これがさっきお話ししたオートリバースですよ。天井裏のキャビネットを自動的に下まで運んでくる装置です。もっとも、まだ操作盤も、自動検索装置もセットされていないから、自動的にというわけにはいかない。誰かがキャビネットを積み込んでエレベーターを動かしたとしか思えない。だれがそんなことをしたのかな」

「だれかが書類か何かを見る必要があったんじゃないんですか」

「そんなはずはありません。だって――」

篠塚は背後から手を伸ばすと、引出しを順々に開けていって、ね、と刈谷に同意を求めた。

どの引出しも空っぽなのだった。

なるほど、たしかにこれでは、だれかが書類を検索するために、ファイルキャビネットを下ろしたとは考えられない。

「…………」

刈谷は首をひねったが、いまはそんなことを詮索している余裕はない。キャビネットを外に引き出した。

そこにぽっかり空間が開いた。

篠塚はエレベーターといったが、むしろ昇降リフトと呼んだほうがいい。底板だけのリフトだった。人間が乗るためのものではないからこれで十分なのだろう。

刈谷はなかに入り、うえを見た。

天井に四角い穴が開いている。そこが天井裏らしい。穴は暗い。当然のことながら天井裏には明かりがともっていないようだ。

リフトは人間がようやく肩を入れられるぐらいのスペースしかない。閉所恐怖症なら平静ではいられない狭さだ。

すぐ横の壁に赤いボタンがあった。

オートリバースとして使うのではなく、人間がリフトに乗るときには、このボタンを押すのだろう。

「天井裏に明かりはあるんですか」

「ええ、あるはずですよ」

その返事を聞いてボタンを押した。

リフトが上がり、とまった。

ペンライトをともした。

すぐに明かりのスイッチはわかった。

スイッチを入れた。

下階よりはやや天井が低い。一方の壁に寄せてファイルキャビネットが並んでいる。もう一方の壁には、大きな本棚が、その前面をまえの本棚の背にくっつけるようにして、びっしりと置かれてあった。最前列の本棚にファイルケースが色分けされ隙間なく並べられている。床にレールがあり、本棚の側面にハンドルがついているところを見ると、これもすべて移動棚《ハンドルスタック》らしい。

　移動棚は幅、高さともに二メートル、奥行きは六十センチというところか。これだけの大きさのものが、背を壁に寄せてではなく、横向きに置かれているのだから、ほとんど天井裏を占拠しているといっていい。もう一方の壁に並んだファイルキャビネットとの間隔は、ほんの一メートルほどしかない。オートリバースが完成すれば、収納物の検索や入出庫に人手をわずらわす必要はなくなるという。つまり、この天井裏に人間が入る必要はないわけで、これだけの間隔があれば十分なのにちがいない。

「…………」

刈谷は失望を覚えた。

この天井裏に誰もいないのは一目瞭然だった。ファイルキャビネットと本棚とのあいだに人間ひとり歩くのがやっとのような通路があいているだけなのだ。女が身をひそめるような場所はどこにもない。

——〝見えない部屋〟か……

どうやら、ここはそうではないらしい。いや、病院のどこにもそんな場所はないのかもしれない。

その看護婦はそんなことはいわなかったのか、あるいはいったとしてもべつのことで、狭更の聞きまちがいだったということも考えられる。

臨死体験の最中《さなか》にある人間が聞きまちがいなどするだろうか？　緊急病棟の天井のあたりを漂っていたのが、ほんとうに狭更の魂だったとして、そもそも耳のない〝魂〟が聞きまちがうなどということがありうるのか？

そんな疑問もないではないが、これは臨死体験のない刈谷がどんなに想像をたくましくしたところで、わかるはずのないことだった。

明かりを消して、天井裏のリフトのボタンを押した。

「どうでした？」

下におりるなり、待ちかねたように篠塚が聞いてきた。

「…………」

それにはただ首を振って、ファイルキャビネットをリフトに戻し、扉を閉めた。

「そうですか、やっぱり誰もいませんでしたか——」

篠塚の顔には失望の色がありありとにじんでいた。

どうやら、その落胆の大きさは刈谷の比ではないらしい。

それも当然かもしれない。この若い医師は、彼のいういわゆる彼女にとり憑かれているのだ。どうか死んだ新枝彌撒子ではなく、藤井葉月が彼女であって欲しい、と祈るような思いで願っている。ひそかに書庫室の天井に藤井葉月がひそんでいることでも念じていたのにちがいない。

「どうも無駄骨を折らせて申し訳ありませんでした——」

刈谷は詫びて、篠塚をうながし、書庫室を出た。

篠塚が書庫室の扉を閉め、ダイヤルを適当にまわして、鍵をかける。

そして刈谷のほうを振り向いたのだが、その顔には何かすがるような表情が浮かんでいたのだ。

それがどんなに、あるかなしかの希望であろうと、そこに一縷《いちる》の希望が残っているかぎり、望みをつながずにはいられない人間の顔だ。つまり、絶望の淵に、喫水線すれすれまでさらされている人間の顔なのだった。

「そうだ。もうひとつありましたよ。〝見えない部屋〟が——」

篠塚は熱に浮かされたような声でそうつぶやいた。

「時計台ですよ。ぼくもまだ行ったことはありませんが、この病院には時計台の小部屋があるんですよ！」

35

大時計は聖バード病院の正面にかかっていて、その時計台には、どこか緊急病棟のわきの階段から登るのだという。

篠塚はこれまで一度も時計台には登ったことがなく、その階段がどこにあるのか、はっきりわからないらしい。

ラウンジに刈谷を残し、

「ちょっとここで待っててください。階段を探してきます」

篠塚は立ち去ろうとした。

「ぼくにはありがたいことですけど、こんなことしててもいいのですか。当直の仕事にさしつかえるんじゃないですか」

刈谷は心配せずにはいられなかった。

「大丈夫です。なにか用があれば院内ポケットベルが鳴るはずですから。それに——」

篠塚の顔がわずかに歪んだ。醜悪といってもいい表情になった。

「こんなことでもしていないとやりきれないんですよ。彼女が死んでしまったかもしれない、と思うと、どうにも居ても立ってもいられないんですよ」

「…………」

なにか、ひどく無残なものを見てしまったかのように感じ、刈谷は篠塚の顔を正視できなかった。とっさに返す言葉を思いつかない。ここで安易な慰めの言葉をかけるのはかえって残酷なだけだろう。

篠塚は立ち去った。

刈谷はひとり残された。

まえにも感じたことだが、いくら夜とはいっても、この四階で、これほどまでに人の姿を見かけないのは、ほとんど不自然なほどだった。なにか映画のセットか、それこそ廃墟にでもとり残されたような、白々とした非現実感を覚えるのだ。ただもう肌寒い。

昨夜の火災のために、四階の入院患者は（重症患者用個室にいる修善豊隆を除いて）全員ほかの病棟に移されているのだという。人の姿を見かけないのも不思議はないかもしれない。が、それにしても、ナースセンターにまで誰もいないのは、不用心を通りこして、なにか陰険な作為のようなものさえ感じられはしないか。

――なにがあってもこの病院に入院するのだけはご免こうむりたいな。

刈谷はそう思う。

ひとり、とり残された所在なさに、あらためて緊急病棟《HCU》でも覗いてみようか、と思いたった。

さっきは、明かりのスイッチがどこにあるかもわからなかったし、管理婦長に途中でじゃまされて、思うように緊急病棟を見ることもできなかった。

本音をいえば、こうこうと明かりがともっているだけの、人気《ひとけ》のないラウンジに、ひとりたたずんでいる寂寞《せきばく》感に耐えられなかったのかもしれない。

緊急病棟に向かった。

そのドアを開けて、明かりのスイッチを入れた。

「………」

焼け跡だ。壁や天井は焼け落ちてはいないが、無残に煤《すす》けている。割れた窓ガラスには板が打ちつけられ、いたるところに放水のあとが残っていた。自動血圧計や心電図モニターなどの機器は、あらかた運びだしたということだが、配線はそのままになっているのではないか。漏電が心配される。点滴スタンドまでは運び出す余裕がなかったらしい。そこかしこに荒れ地の電柱のように放置されていた。そう、要するに焼け跡なのだ。

篠塚の話によれば、緊急病棟の奥から出火したらしい。なんでも何もないところから火が噴きだしたように見えたという。漏電だろうか。よくわからない。消防署に連絡していないとしたら、永遠に出火の原因がわかることはないだろう。

刈谷は火が出たとおぼしき場所まで入っていった。

そのあたりはひときわ無残な状態になっている。高熱のために壁材が剝がれ落ちてしまっていた。昨夜の今日で清掃をする時間がなかったのだろう。スプリンクラーの水に、焼け焦げた残骸が漬かって、ほとんど泥濘《でいねい》のようになっているのだ。

その泥のなかに様々なものが放置され、なかば沈んでいた。手袋、ガウン、鉗子《かんし》、ガラスのかけら、聴診器、小さなバネ、金属のお盆、ハサミ、絆創膏《ばんそうこう》……見ているだけで何とはなしにため息が洩れそうになった。病院とはこんなにも大量に細々《こまごま》したものが必要なところなのか。

これまで刈谷は何度か放火事件の現場検証をしたことがある。現場に到着して、まず捜査員がやらなければならないのは、事件に対する「読み」だ。これは、被害者と個人的につながりのある「識鑑」のある犯行か、現場周辺にくわしい「土地鑑」のある犯行か、あるいはたんなる流しの犯行にすぎないのか、それを読むわけだ。それが終われば、周辺を左、あるいは右回りに移動し、現場を詳細に観察し、犯人の侵入・逃走経路を割り出す。そのうえでようやく、犯人とおなじ侵入経路をたどって、現場に踏み込んで、検証を開始することになる。

が、緊急病棟のこの火災は、事故とも放火とも判断のしようがないうえに、何もないところから出火した、というのでは、どうにもとらえどころがない。

刈谷はけっして自分を無能な刑事だとは思っていないが、この火災ばかりは、ちょっと手のつけようのない感じなのだ。

——まず新枝彌撒子の遺体がどこにあるのか、それを確認することだ。検視をしてみないことにはどうにもならない。

そうも思うのだが、この地区には監察医制度がないことを考えると、その気持ちも萎えるのを覚える。病院で人が死んで、すでに医師が死亡診断書を書きおえているのだとすると、それをくつがえすのは難しいかもしれない。

が、それでもやはり刈谷が刑事であることに変わりはない。いわば刑事は猟犬だ。きな臭いものには鼻を突っ込まずにはいられない。どんなに些細《ささい》で、無駄なことに思えても、自分の目で確かめ、納得しなければ気が済まないのだ。

——緊急病棟から運びだされた器材を見ておいたほうがいい。

ふと、そう思いたった。

それが何の役にたつのか、どうしてそんなことをする必要があるのか、それは刈谷自身にもわからないことだ。刑事の直観というほど大げさなものではない。たんに思いたったことはやっておかなければ気がすまない刑事の習性のようなものだった。

——どこに運ばれたんだろう？

刈谷は記憶力がいい。

四階の階段に貼られていた「聖バード病院4F案内図」を思い浮かべた。

たしか四階の東端に「ME器材室」というところがあったはずだ。あそこに病院の器材が置かれているのではないか。緊急病棟からそんなに離れてはいない。あそこだったら篠塚が声を出して、刈谷の名を呼べば、聞こえるだろう。

刈谷は緊急病棟を出た。

視界の隅を、ちらり、と何かがかすめたように感じた。そちらに顔を向けたが、もうそこには誰もいない。ラウンジから重症患者用個室にかけて、ただ蛍光灯の明かりが冷たくともっているだけだ。

頭のなかで自分が見たと思った人影を反芻《はんすう》してみた。看護婦のようだった。病院に看護婦がいるのは何のふしぎもないが、その看護婦は刈谷の姿を見て、身を隠したような印象があった。むろん刈谷の思いすごしかもしれないが、なにか気持ちの底に引っかかるものを覚えた。

「………」

刈谷は首を振った。

たんに神経過敏になっているから、そんなふうに感じるのだろう。聖バード病院の看護婦が刈谷のことを見張らなければならない理由はない。

しかし――

「ME器材室」に向かった。

四階は、重症患者用個室、無菌室、緊急病棟などを中央にまとめ、それを一般病棟と分けている。緊急病棟を出ると、すぐに一般病棟と分かつ両開きのドアがあり、それを抜けると、もうそこに「ＭＥ器材室」があるのだった。

鍵がかかっているのではないか、と思ったが、そんなことはなかった。すぐにドアは開いた。

「ＭＥ器材室」を覗き込んで、すぐに刈谷は自分が無意味なことをしているのに気がついた。

そこに並んでいるのは、いずれも治療装置なのだろうが、どれが何に使う装置なのか、素人にはかいもく見当もつかない。ましてや、どの装置が緊急病棟《HCU》から運ばれてきたものなのか、そんなことがわかるはずはないのだ。

「…………」

刈谷は苦笑するしかなかった。

篠塚の刈谷を呼ぶ声が聞こえてきた。刈谷は返事をした。

「やあ、ここにいらしたんですか」

篠塚がドアから顔を覗かせた。

ああ、と刈谷はうなずいて、

「ここにはずいぶんいろんな装置がそろっているんだね」

「それは、まあ、これだけの大病院ですからね。エコー、ソノップ、ルビーレーザー、マイクロターゼ……一応、必要なものはみんなそろってはいますよ。ただ、そろっているだけという感はありますけどね」

篠塚は気のない返事をして、

「それより時計台に上がる階段がわかりましたよ。行きますか」

「ああ、行こう」

刈谷は「ME器材室」を出ると、篠塚と一緒に緊急病棟のほうに向かった。

そのときにはもう「ME器材室」のことなどすっかり忘れていた。

ほんとうは忘れてはならなかったのだ。

じつは、このとき刈谷は、(無意識のうちに)この事件の全体をつらぬく重要な秘密の一端に接していたのだが、自分ではそのことに気がついてもいなかった。

36

ラウンジを抜けて、緊急病棟のわきの通路を南に向かう。すると通路の端に、狭い登り階段がついている。これが時計台に通じる階段なのだという。

急な階段だった。ふたり肩を並べるともう窮屈だ。ひとりずつ登っていかなければならない。

照明といえば裸電球があるだけだ。そのぼんやりと黄色い明かりが、コンクリートを打ちっぱなしにした階段に、わびしい影をちらつかせていた。

実際には、刈谷にはそんな経験はないが、なにか僻地《へきち》の灯台の階段を登っていくかのようだった。

思いのほか段数が多い。途中に一坪ほどの踊り場がある。その壁側は大きな窓になっている。磨《すり》ガラスが塡め込まれ、暗い夜を霧のようにけぶらせていた。

階段を登りつめて、ドアを開けると、そこが時計台の小部屋だった。

もっとも時計台の小部屋といっても三畳あるかないかの広さだ。小部屋の名にも値《あたい》しないかもしれない。むしろ大時計の配線をするための小スペースと呼んだほうがいいだろう。

「あれ、こんなものがある。付添いの婆さんのやったことだな――」

篠塚が素《す》っ頓狂《とんきょう》な声をあげた。

壁の一隅に、狭更の病室にあったのとおなじ、曼陀羅図が貼ってあるのだ。

一大円形が描かれ、その中央に大日如来が座し、それぞれ東西南北に四身の如来像が座している。その円形のなかには、仏具や仏壇のようなものが幾何学的に排列され、その外には奇妙に赤い髷括《まげくく》りのようなものがついた樹木や、紫雲、青雲、白雲などが極彩色《ごくさいしき》にたなびいていた。

たしかにそれを貼ったのは付添婦の飯田静女だろう。そんなことをしそうなのは彼女ぐらいしかいない。こんな、ほとんど人の来ない時計台にまで登ってきて、そこに曼陀羅を貼りつける。正直、なにか老婆の妄執のようなものがひしひしと感じられ、あまり気持ちのいいものではない。

「…………」

刈谷は顔をしかめた。

が、いまはそんな曼陀羅などにかまっているときではない。老婆の妄執に気を奪われているときではない。

正面の壁に覗き窓がある。ようやく顔を出せるぐらいの窓だ。

そこを開けて顔を出すと右手に大時計がある。

大時計の縁が焦げていたのも当然で、すぐ斜め下に緊急病棟の大窓がある。出火した場所は、ほとんどその窓に接するあたりだと思われる。大時計は窓を破って燃えあがる炎にさらされたはずなのだ。

「…………」

刈谷は覗き窓から顔を出して、大時計と、緊急病棟の窓を交互に見た。

ことのほか風が強い。深い闇の底で雑木林が唸《うな》りをあげて波うっていた。凶暴な獣が群れをなして咆哮しているかのようだ。闇のなかを木の葉がしきりにかすめて舞った。

「どうですか――」

篠塚が背後から声をかけてきた。

「ここもある意味では〝見えない部屋〟だとは思いませんか」

「そうですね……」

刈谷は返事を濁した。

勘に触れるものがない。なにか、ぴったりとこないのだ。ここはまずあの看護婦がつぶやいたという〝見えない部屋〟ではないだろう。こんなことで確信というのはおかしいかもしれない。が、この時計台が〝見えない部屋〟ではないことに確信めいたものを覚えていた。

書庫室ではない。時計台でもない。――あなたも見えない部屋に入れてあげればよかったのかもしれない……狭更が緊急病棟で見た看護婦（新枝彌撒子なのか、藤井葉月なのか）はそうつぶやいたという。その〝見えない部屋〟はどこなのか。そもそもそんなものがこの聖バード病院にほんとうに存在するのか。

刈谷はあらためて大時計を見た。

大時計はその下端に照明をともしている。ぼんやりと仄青《ほのあお》い光に照らされ、なにか異形の月が浮かんでいるようにも見えるのだ。そこにあるのは短針だけだ。どうしてか？

刈谷の顔に痛いほど風が冷たい。まるで無数の針に刺されてでもいるかのようだ。その冷たい風のなかをふいに何かがくるくると舞いながら飛んできた。刈谷の顔をサッとかすめて闇のなかに消えた。刈谷は思わず声をあげて覗き窓から顔を引っ込めていた。

篠塚は驚いたらしい。

「どうかしたんですか」

その声が不安げだった。

いや、と刈谷はかぶりを振って、顔を掌でこすり、

「なんでもないよ」

とつぶやいた。

そう、なんでもない。飛んできたのは木の葉だろう。それを、ハルピュイアの翼に触れたのではないか、と、一瞬、そう思っただけなのだ。ただ、それだけのことなのだ……

37

刈谷は篠塚を振り返り、

「あの時計はいつからあんななんですか」

「あんなとは？」

篠塚はいぶかしげな顔をした。

「時計に長針がない。どうして長針がないんですか」

「長針がない？　どういうことですか」

「知らないんですか」

「さあ、ぼくには何のことだか――」

「自分で見てみればいい」

刈谷は覗き窓からしりぞいて、篠塚をうながした。

篠塚は不審な顔をしたまま、覗き窓から顔を出した。そして、ほんとうだ、どうしたんだろう、と素っ頓狂な声をあげた。

「いつからあんなふうになっているのかご存知ありませんか」

刈谷は質問を繰り返した。

「さあ、ぼくは毎日、病院に来てるわけではないし、これまでほとんど時計なんか気にかけたこともなかったから」

篠塚は首をひねって、

「ただ、あんなふうになったのは、ここ一日二日のことだと思いますよ。そんなに前からのことではない。いくら、ぼくがバイトの当直医だって、大時計の長針がなくなれば、誰かがそのことをおもしろがって話してくれるはずですから——」

「ここ一日二日……」

「ええ、そう思います」

篠塚はうなずいて、ふいに電気にでも撃たれたように、その体をピクンと震わせた。あっ、と小さな声で叫んだ。なにか思いを凝らすように、ジッと宙の一点を見つめた。そして、もしかしたら、とそう口のなかでつぶやいた。

「まさか、そんなことが……でも、そう、もしかしたら、い、い、もしかしたら——」

その声がしだいに興奮して熱をおびてきた。刈谷がそこにいることなど忘れてしまったかのようだ。自分の思念に熱中し、うわ言のように口走るその言葉が、ほとんど支離滅裂だった。

「どうかしたんですか」

刈谷としては眉をひそめざるをえない。

彼女に一途にとり憑かれていることからもわかるように、この若い医師にはどこかしらエキセントリックなところがある。そのことは十分に承知しているつもりだが、それにしても今回のこれはやや度を越しすぎているようだ。

篠塚は刈谷に視線を戻した。熱にうるんだような目になっていた。刑事さんは、とうわずった声で聞いてきた。

「緊急病棟をごらんになりましたか」

「見ましたが、それが何か？」

「それでなにか変わったものに気がつきませんでしたか」

「変わったもの？　卵の黄身のことでしょうか」

篠塚は、昨夜、緊急病棟の廊下で大量の卵黄を見たという。ハルピュイアの卵ではないか？　篠塚はそう思ったというのだが、これはあまりに荒唐無稽にすぎて、それを聞く者を閉口させずにはおかない。——刈谷は卵黄の話は聞き流し、ほとんど気にもとめていなかったのだが。

「いや、卵のこともそうですが、ほかに何か変わったものに気づきませんでしたか」

「いや、べつだん、なにも気がつきませんでしたが」

「そうですか。いや、そうでしょうね。刑事さんは医者でもなければ看護婦でもないんだから——」

「………」

「いや、もしかしたら、たんにぼくの思い過ごしかもしれません。そうかもしれない。そうでないかもしれない——」

篠塚は勝手にひとりで飲み込み顔にうなずいて、

「確かめたいことがあるんです。申し訳ありませんが、すぐに戻ってきますから、ここでちょっと待っててくれませんか」

「どういうことですか」

「すぐです。すぐに戻ってきます」

「篠塚さん——」

刈谷はあわてて呼びとめようとしたが、そのときにはもう篠塚は身をひるがえし、時計台を飛びだしていった。

閉まるドア越しに、

「ケ、ケーキ！」

篠塚が興奮してそう叫ぶのが聞こえた。

刈谷は自分の耳を疑った。

――ケーキ？

あの食べるケーキのことだろうか。そうだろう。その他にその音《おん》に該当するものを思いつかない。

どうして篠塚はそんなことを叫んだのか。長針のない時計とケーキとがどんな関係があるのだろう。まさか急にケーキが食べたくなって飛びだしていったというわけでもあるまいに。ケーキ？　なんの意味もなさない言葉ではないか。

「待てよ――」

ふと、なにか思い出しそうになったことがあった。最近、どこかでケーキのことを聞いたことがあるような気がする。懸命に記憶を振りしぼって思い出そうとした。

――駄目だ。

思い出せない。刈谷はぐったりと体の力を抜いた。つい喉元まで出かかっている感じはあるのだが、どうしてもそれを思い出せないのだ。

「ケーキ……」

刈谷は呆然とつぶやいた。

38

強い風が吹きなぐる。雑木林がドッとどよめくのが嵐に荒れる海のようだ。そのことがなおさら孤島の灯台の連想を誘う。ハルピュイアを呼ぶ灯台だ。

暗い虚空をおびただしい木の葉が舞う。そのなかを何かがかすめて飛んでいく。黒く、まがまがしいなにかだ。闇のなかを翔《と》んで、するどく、おぞましい啼き声をあげる。いや、これもやはり風の吹きすさぶ音なのか?

「…………」

一瞬の幻想だ。刈谷は顔をしかめた。どうもこの聖バード病院には妄想をあられもなくかきたてられる。なにか、とめどもなく精神の平衡を狂わせるようなところがある。

ふいに、大きな音がして、刈谷はギクリと立ちすくんだ。なんでもないことだ。驚くほどのことではない。ただ、覗き窓の戸がバタンバタンと音をたてて翼のように羽ばたいているだけだ。あわてて戸を閉めた。

そして、見るとはなしに、ぼんやりと曼陀羅を見る。

この曼陀羅には飯田静女の狂気が脳溢血の血のしこりのように凝縮している。どんな妄執にとり憑かれ、あの老婆は狭更の病室に曼陀羅を貼り、時計台に曼陀羅を貼ったのか。たんに迷信ぶかい、という一言だけでは片づけられない、なにか底知れない狂気めいたものが感じられるようではないか。

もっとも——

狭更の病室に貼られている曼陀羅と、時計台に貼られているこの曼陀羅とでは、なにかが微妙に異なっているようにも見える。どこが異なっているのか？　中央に座している大日如来は変わらない。だとすると、東西南北にそれぞれ座している如来像が違うのかもしれない。

「…………」

刈谷はしばらく曼陀羅を見つめていたが、やがてため息をついて、目をそらした。もともと刈谷は曼陀羅については、まったく何も知らないのだ。どんなに視線を凝らしたところで、ふたつの曼陀羅の違いなどわかろうはずがない。

篠塚はすぐに戻るといったが、時計台を出ていってから、もう優に十分あまりが過ぎている。

椅子ひとつない狭い小部屋だ。腰をおろすことさえできないのだ。その所在なさは他にたとえようもない。ただ、ため息をついているほかはない。

もう十一時を過ぎている。

が、刈谷としては、まだ十一時か、というのが正直な実感だ。聖バード病院を訪れてから、じつにいろんな人に会い、いろんなことが起こったような気がする。その目まぐるしさは頭がくらくらするほどだ。それなのに（やはり聖バード病院を流れる時間は外界とは異なっているのか）まだ今日という一日は終わってさえいないのだ。

——なんて一日だろう。

ふいに耐えがたいほどの疲労を覚えた。

しかし、すわろうにも、ここには椅子さえない。やむをえず、床に腰をおろし、壁に背中をもたせかけた。

尻ポケットになにか硬いものが当たった。腰を浮かし、それをポケットから引きだした。緊急病棟で拾った『ギリシア・ローマ神話』だ。そんなものを拾ったことをすっかり忘れていた。

拾ったときには気がつかなかったが、本にはなにか栞《しおり》のようなものが挟まれていた。

そのページを開いてみた。

栞ではない。

なにか手帳の一ページを破りとったような紙片だ。

そこにはこんなものが描かれてあった（273ページの図を参照）。

何の意味もなさない走り書きのようにも見える。が、ここは病院なのだ。脳波といわれれば脳波のようにも見えるし、心電図といわれれば心電図のようにも見える。

——何だろう？

刈谷は首をひねった。

が、曼陀羅とおなじことで、その基本知識に欠ける人間には、どんなものを見ても、それが何を意味するのかわかるはずがない。アルファベットを知らない人間が英文を読もうとするようなもので、しょせんは徒労でしかないのだ。

——あとで篠塚に見せて聞いてみよう。

紙片をていねいに畳んで、それを財布におさめた。

そして、あらためて本に視線を落とす。

三十二ページ、三十三ページ……ギリシア神話のごく初めのほうらしい。プロメテウスが女神アテナの助けを借りて、天上に昇り、太陽の二輪車の火を自分の炬火《たいまつ》に移し取って、それを地上に持ち帰ったという話が載っていた。

これまでギリシア神話など一度もまともに読んだことのない刈谷だが、プロメテウスが神から火を盗んで、それを人間界に持ち帰った、という話ぐらいは知っている。

が、このとき刈谷の関心を引いたのは、プロメテウスの話ではなく、それにつづいて記されているこの一文だった。

女はまだ造られていませんでした。

いつも意識の隅に、狭更奏一が問いかけた、女は天使なのか悪魔なのか、という疑問がわだかまっている。おそらく、そのせいで、この一文が（もちろん実際にはそんなことはないのだが）ゴシック書体で印刷されているかのように、目のなかに黒々と飛び込んできたのだろう。

訳者はそれから先をこんなふうに訳している。

おかしな話ですが、ゼウスが初めて女というものを造って、プロメテウス兄弟と人間に贈ったということになっています。それは、プロメテウス兄弟が天の火を盗んだから、また人間はその火をもらったから、いずれもその罪を罰するために、女を贈物にされたのであります。初めて造られた女はパンドラと名づけられました。

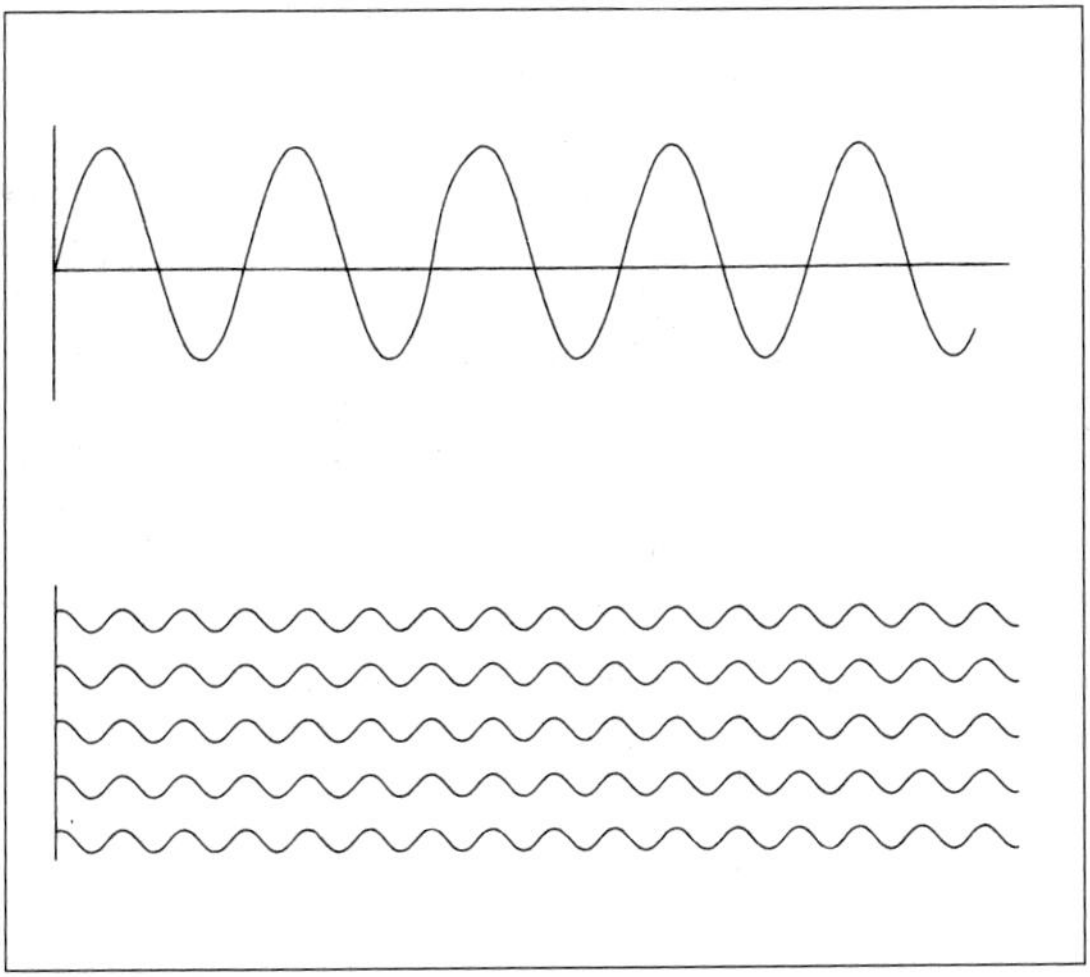

女は人間に対する罰として造られた！　刈谷は軽い衝撃を覚えた。ここに、女は天使なのか悪魔なのか、という問いに対するひとつの答えがある。

もちろん神話は神話だ。なにも真剣に受けとめる必要はないかもしれない。

が、そんなことをいえば、女は天使なのか悪魔なのか、という問いそのものが、異次元に属した疑問とはいえないか。そもそも狭更の臨死体験にしてからが、とても現実のことは思えない。

――パンドラ。

これも聞いたことがある。いや、おそらく誰しも聞いたことがあるだろう。子供のころに〝パンドラの箱〟という話を絵本かなにかで読んだことがある。

はっきりとは覚えていないが、たしかパンドラという美しい女が、封印されていた箱を開けたために、嫉妬、怨恨、復讐、ありとあらゆる禍《わざわい》の群れが世界に解き放たれたのだという物語ではなかったか。

その絵本の最後の一節だけはいまもはっきり記憶に焼きつけられて残っている。

箱のなかに最後に残されていたのは希望だったのです。ですから、人間はどんなにつらく悲しいめにあっても、希望を捨てることなくがんばることができるのです。

パ、ン、ド、ラ、の、箱、――どうしてか、それが刈谷の頭のなかで、あの冷たい合金に覆われた書庫室に重なって意識されたことだった。あの書庫室のなかに何かが封印され何かが解き放たれた。そんな妄想めいた思いが脳裏をかすめた。

――おれは何を考えているのだ？

刈谷は呆然とした。

根拠のあることではない。というより、それは妄想にしても、あまりに愚かしい妄想だった。そんなことがあるはずがない。現実に、あの書庫室には何もなかったではないか。空っぽだったのだ。嫉妬も怨恨も復讐もなく、もちろん希望さえなかった！

「…………」

いずれにせよ、この本に記されているギリシア神話は、刈谷が漠然と思い込んでいたものとはだいぶ違うようだ。初めて造られた女がパンドラであり、しかもそのパンドラは神から人間に与えられた罰だった、などという話はこれまで聞いたこともない。

がぜん、パンドラについて興味がわいてくるのを覚えた。

当然、刈谷はその先を読もうとはしたのだ。が、残念ながら、刈谷は現職の刑事であり、そんなゆとりは与えられなかった。

刑事は人が殺されたときにギリシア神話など読んではいられない。

39

ふいに声が聞こえた。

それがドアの外から聞こえ、しかも篠塚の声であることに気がつき、刈谷は本から目をあげた。

そして、次の瞬間、刈谷は弾《はじ》かれたように立ちあがり、ドアに突進したのだ。

声が悲鳴にかわっていた。助けを呼ぶ死に物狂いの悲鳴だった。

階段の、最上段に立った刈谷の目に飛び込んできたのは——下の踊り場で、篠塚が誰かと激しく揉みあっている光景だった。

誰かと？ 裸電球の明かりはとぼしい。その姿をはっきり見さだめることはできなかった。ただ、ちらり、と白衣がひるがえるのだけが見えた。看護婦か？

ふたりは、狭い踊り場で、肩を壁にぶつけあうようにして争っていた。ダンスを踊るように、たがいに体を密着させて、くるり、くるり、と回転していた。

どちらかというと篠塚のほうが不利な態勢らしい。それは一方的に篠塚が悲鳴をあげていることからもわかる。

が、もちろん、そのときの刈谷に状況を悠長に見さだめている余裕はなかった。それどころではない。おい、何をしてる、やめないか、と叫んで、一気に階段を駆けおりようとした。ふたりのあいだに飛び込んでいこうとした。

しかし――

次の瞬間、篠塚は相手に両手で突きとばされて、悲鳴をあげながら、背中からガラス窓に突っ込んでいったのだ。

篠塚の体が桟をへし折って、ガラスを粉々に砕いた。ガラスの破片が投網《とあみ》をうつように闇に広がった。一瞬、篠塚の姿が虚空に凍りついて闇に浮かんだように見えた。救いを求め両手を刈谷に伸ばしていた。泣きそうな顔をしていた。その恐怖に歪んだ形相がはっきりと刈谷の脳裏に焼きつけられて残った。そして消えた。悲鳴を残し落ちていった。

「篠塚さん！」

刈谷は叫んだ。

数段を一気に飛びおりて、割れた窓から下を覗き込んだ。

刈谷の姿は見えない。いや、なにも見えない。暗い下界にただ風がびょうびょうと吹き荒れているだけだ。ハルピュイアが狂おしい声で鳴いている……

気がついたときには相手の姿は階段から消えていた。すばやく逃げたのだ。踊り場の窓から吹き込んでくる風に階段上がり口のドアが音をたてて開閉していた。

追う気にはなれなかった。追っても無駄だとわかっていた。それよりも、万に一つ、篠塚が死んでいないのを願って、地上に駆けつけるべきだった。

刈谷は走った。

走りながら、あれは看護婦だったのか、とそう自問していた。自問するその声は、しかし頭のなかで自然に、あれは新枝彌撒子だったのか、それとも藤井葉月なのか、という問いに変わっていた。

新枝彌撒子は焼け死んだはずだ。いや、焼け死んだのは、新枝彌撒子の名札をつけた女にすぎない。もしかして死んだのは藤井葉月かもしれない。だとすると、いまのあれは新枝彌撒子なのだろうか。いや、そんなふうに考えるのはうがちすぎで、やはり焼け死んだのは新枝彌撒子、と単純に考えるべきではないのか。だとするとあれは藤井葉月なのだろうか。しかし……

おなじことの繰り返しがメリーゴーラウンドのように頭のなかで回転していた。

刈谷は四階から一階に一気に駆け抜けた。

外に飛びだした。

激しい風が吹き荒れていた。闇が地上に見えない渦をえがいていた。地軸をどよもし、雑木林を波うたせ、狂おしいばかりに落ち葉を舞わせているのだ。

そんな激しい風のなか刈谷は篠塚の姿を探した。

が――

こんなことがあるだろうか。どこにも篠塚の姿がないのだ。狼狽して周囲を見わたした。

やはり、ない。

――そんな馬鹿な！

反射的に頭上を振り仰いだ。

そこには時計台がある。

だとすると、どうしても篠塚はこのあたりで倒れていなければならないはずだ。

なにより、靴の下でジャリジャリと鳴っているガラスの破片が、このあたりが現場の真下であることを示している。

篠塚はここにいなければならない。しかし、いない。

「…………」

刈谷は呆然と立ちすくんだ。

そのとき、数十メートルさきの闇のなかに懐中電灯の明かりがポッンとともっているのに気がついた。明かりは強い風にちらちらとかすれて揺れていた。

その明かりに向かって走った。

そこに立っていたのは意外なことに管理婦長の厨子礼子だった。

彼女は放心したように、地上のそれに明かりを向けて、立ちすくんでいた。

それ、——篠塚の死体に。

篠塚が死んでいることは間違いない。その頭が砕けて、脳漿《のうしょう》が血ににじんで地面を濡らしていた。どうやら脳の一部が露出しているらしい。上半身がつぶれて真っ赤に染まっていた。

「わたし、なにか、ドンと大きな音がしたんで……それで外に出てみたら……そしたら、そしたら……」

さすがに冷静な厨子礼子も動揺の色を隠しきれずにいた。その手に持っている懐中電灯が小刻みに揺れていた。

が、そのときの刈谷は厨子礼子の言葉などろくに聞いてもいなかった。すばやく彼女の体に視線を走らせ、どこも血で汚れてなどいないことを確かめた。厨子礼子は死体を動かしてはいない。だとすると、どういうことになるのか？　瀕死の篠塚が地面を這って移動したとも考えられない。瀕死もなにも篠塚が即死であることは間違いないのだ。即死した人間が地を這うことはできない。だとすると、どういうことになるのか？

　この地上に重力があるかぎり、すべてのものは垂直に落ちなければならない。どんなものもこの物理法則からはまぬがれない。篠塚の落下点は時計台の下あたりでなければならないはずなのだ。

　それなのに、どうして篠塚の死体は、そこであるはずの落下点から、数十メートルも移動してしまっているのか？　まるで篠塚の体は風に吹かれて闇のなかをムササビのように滑空したかのようではないか。

　闇のなかを滑空したか。そうでなければ――

刈谷はふいに膝が震えるのを覚えた。震えてついにとまらない。

そうでなければ、なにか大きな鳥のようなものが、そのするどい鉤爪で、落ちていく篠塚の体を空中でひっさらったか、だ。

　なにか大きな鳥のようなものが……

　刈谷はその鳥の名を知っていたが、それを認めるのが恐ろしさに、ついにその名を胸のなかでとなえようとはしなかった。

死んだのは誰？

パンドラは天上でつくられ、彼女を完全にするためにすべての神々がみんな何かをあたえました。アプロディテは美を、ヘルメスは勧誘を、アポロンは音楽を、といったように。こうしていろんな物がそろった上で、パンドラは地上に下されて、エピメテウスにあたえられました……エピメテウスの家には一つの瓶《かめ》がありました。その瓶の中にはある毒物が入っていました。パンドラはその瓶の中が何であるかを知りたくなりました。

40

…………

……夢には反復作用があるのだろうか。

人はおなじ夢を何度も見る。みぎわに波はよせては返すが、そのあとの砂にはなにも残さない。どうせ覚めれば消えてしまう夢なのに――

ああ、この夢はまえにも見た、とそう思いながら、わたしはおなじ夢を見ている。

どことも知れぬ（弘法大師がお残しになった曼陀羅があるという）寺の、アジサイがしとどに雨に濡れる参道を、ひとり歩いているのだ。いや、ひとり歩いていると思いたいのだが、実際には、同行者がいるらしく、赤い花は忌み花よ、不吉な花だわ、という呪文めいた言葉を聞かされている。

――赤い花なんかみんな根こそぎにしてしまえばいいんだわ……

わたしはその同行者が誰かを知らない。いや、心の底では、たしかに知っているはずだという確信があるのだが、それを自分で認めるのが恐ろしい。どうやら、わたしは同行者の名を知らないほうがいいらしいのだ。

同行者はわたしの先に立って雨に濡れた参道を歩いている。当然、わたしからその顔は見えないはずなのに、(夢とはなんてふしぎなものだろう)わたしは彼女が微笑んでいるのを知っている。そして、わたしはその微笑みが恐ろしくてならないのだった。

それなのに――

その人は足をとめる。ゆっくり、ゆっくりと振り返ろうとする。その人が振り返ればわたしはいやでもその微笑みを見ずにはいられない。それが耐えられないほど恐ろしい。わたしは彼女から逃げようとする。いやいやをするように首を振って、両手を顔のまえにかざし、参道をあとずさる。が、どんなものも彼女の振り返ろうとする意思を思いとどまらせることはできない。

彼女は振り返るだろう。そして雨がそぼ降るなか花のように微笑むだろう。わたしはその恐ろしい微笑みを見ずにはいられないだろう。でも……

どうして、わたしはこんなにも彼女の微笑みを恐れているのか?

ついに彼女は振り返る。振り返ったその瞬間、(夢独特の)ストップモーションが作用して、その微笑みがわたしの意識に焼きつけられる。いや、そうではない。そのときにはわたしは悲鳴をあげていて、その悲鳴が夢から現実をつらぬいて、わたしを一気に覚醒へと導いた。わたしが彼女の微笑みを見ることはない。

あとになって思えば、自分が自分の悲鳴で目覚めたことがわかる。が、夢から現実に翔んだそのときのわたしは、たしかになにかがわたしの体をひっさらって、〝現実〟へと運んでくれたのを意識していた。

そしてそのとき、そのなにかとはなにか、と自問し、それに答えて、不空成就如来が、という言葉が脳裏をかすめたような気がする。

大日如来は、雨降りにご機嫌を損じ、しばしご他行になられ、いまは不空成就如来がそのお留守をあずかっておいでだ、と聞いている。不空成就如来はよくおはげみで、善男善女の苦難をけっしてお見逃しにならない。さすがは弘法大師がお持ち帰りになった曼陀羅だけのことはある……そんな愚にもつかないことを考えた。

愚にもつかないこと、といえば、そのとき、ひとりの愚かしい老婆がちらりと意識の果てをかすめたような気もするのだがどうだろう。

夢から現実に戻るみぎわに、その老婆のとなえる呪文が、青色《しゃうしき》青光《しゃうくわう》黄色《わうしき》黄光《わうくわう》赤色《しゃくしき》赤光《しゃくくわう》白色《びゃくしき》白光《びゃくくわう》と響いて、それがしだいに地をどよもして——

わたしの悲鳴に重なった。呪文と悲鳴は渾然とひとつに溶け込んで、凝縮され、その底に結晶のようにひとつの歌を残した。こんな歌だ。

鴉らは我は眠りて居たるらむ狂人の自殺果てにけるはや

斎藤茂吉の歌だということはすぐにわかった。以前に患者さんから聞いたことがある。どうして夢の覚めぎわにこんな歌を思いだしたのだろう？　それもわからず、また歌の意味もよくわからないまま、ただその何とはなしに不吉な響きだけが耳の底に残って（そして、このすべてはほんの一瞬、悲鳴をあげたあいだに起こったことであり）――気がついたときにはまた彼女は、どことも知れない部屋の、その床に倒れているのだった……

41

夢から覚めた。

最初に感じたのは寒さだ。それも骨を噛まれるような痛烈な寒さ！　思わず、うめき声をあげて、体を縮める。両腕を体にまわし、両膝を胸に引きよせ、あああ、と悲痛な声をあげながら胎児の姿勢をとる。自分の体に潜り込もうとする。

どうしてこんなに寒いんだろう？　彼女は思う。なんて寒いの。寒い。そして嘔吐感がある。気分は最低だ。それなのに、あくびが洩れた。それもどこか神経の糸が一本ゆるんでしまったかのようにつづけざまに洩れるのだ。

そうやってジッと体を縮めているうちに、しだいに悪寒も嘔吐感もおさまってくる。あくびももう出ない。けっして気分がおさまったというわけではない。とんでもない。ただ、いくらか人間らしい気分になったというだけのことだ。

それでもすぐに起きあがる気にはなれなかった。自分の体温をかき抱《いだ》くようにして、そのままの姿勢で、しばらくそこに横たわっていた。悪寒は消えた。どうしてあんなに寒かったのだろう？

――血圧が降下しているからだ。

そう思い、そしてそんなことがわかるのも自分が看護婦だからだ、とあらためてそう思う。

どうして血圧が降下しているのか？　頭のなかでぼんやりと自分に問いかけ、それは麻酔ショックからではないか、ふいにそのことに思いあたって愕然とした。

――麻酔、ショック！

弾かれたようにはね起きた。

めた。

が、まだ立ちあがることはできない。上半身を起こし、両膝を折って、その足を斜めに投げだしている。そんな姿勢で、やはり両腕を体にまわしたまま、呆然と宙の一点を見つめた。

——わたしは失神していたのだ。

まず、そのことを自分に確認する。

そして、どれぐらいの時間、気を失っていたのだろう、と考える。わからない。

手首を見たが腕時計はない。自分に腕時計をはめる習慣があったかどうかも覚えていない。もっとも、腕時計があったところで、いつ気を失ったのか、その時刻がわからなければ、どれほどの時間がたったのか計りようがないわけだが。

人間は、空腹感から、あるいは喉の渇きから、およその時間の経過を計ることができる。が、あまりに異様な状況に置かれているためか、空腹感はなく、喉の渇きさえほとんど覚えないのだ。

どれだけの時間、気を失っていたのか、それを知るのはあきらめざるをえない。彼女にはそんなことより先に、突きとめなければならないことがある。

——わたしはどうしてあんなふうにして失神していたんだろう？

そう自問し、意識を失うまえのことを懸命に思いだそうとする。

答えを求めて、彼女の視線が部屋のなかをさまよう。そして、その視線は部屋の隅にある小さな扉のうえにとまる。あんな部屋の隅のほうに扉があるなんて（しかもあんなに小さいなんて）不自然ではないか。

反射的に振り返る。

するとそこにも扉がある。こちらは隅にある扉よりかなり大きい。その合金製の扉はいかにも冷やかで重そうだ。扉のわきの壁にテレビのリモコンほどの大きさのパネルボックスのようなものがある。それが何であるかはわからない。

「…………」

彼女は眉のあいだに皺《しわ》を寄せて懸命に記憶をたどろうとしている。

麻酔ショックの症状はたんに血圧降下ばかりではない。脳の酸素欠乏を引き起こすこともある。どうもそんな酸素欠乏があるらしい。思考力が減退していた。思いだそうとするとこめかみがきりきりと痛んだ。

が——

しだいに霧が吹き払われ、その彼方の風景がぼんやりと浮かんでくるように、徐々に失神した前後の記憶がよみがえってくる。

そうだ、と彼女はひとりごちる。あの小さい扉だ。あれを開けると、そこに壁があったのだ。いや、いまとなっては、あれが壁だったかどうか確信はない。なにしろ懐中電灯のとぼしい明かりで見ただけなのだ。壁のように見えたが実はそうではなかったのかもしれない。

わたしは、と彼女は思う。そのことを確かめようとし、懐中電灯を床に置いた。そしたら懐中電灯が床に転がって、わたしはそれを慌てて拾おうとし……気を失った。

ふいに彼女は声をあげた。驚いて立ちあがった。気を失ったことを思い出してそれで驚いたのではない。どうして、いまさらそんなことで驚いたりするものか。

そうではなく、いま初めて、部屋に明かりがともっていることに気がついて、そのことに驚いたのだった。

42

天井を見る。

蛍光灯がともっている。

その明かりが耐火パネルの壁と床に（冷たい水の底に沈んだ火のように）青白く映えていた。

そして天井の隅にはビデオ・カメラがセットされている。その青緑色のレンズが冷えびえと彼女のことを凝視していた。

彼女は狂ったように部屋を見まわす。

狭い部屋だ。間口三メートル弱、奥行きは三・五メートルぐらい、高さは二・五メートルというところだろう。こんなにも狭い部屋の、暗闇のなかで、彼女はあれほどまでに苦しんであがいていたのか。

これは何に使うものなのか、（暗いときにはそんなものがあるのに気づかなかったのだが）床のうえに、何本かのレールが敷かれている。

そして懐中電灯、エンゼルセットのクッキーの缶——

驚きに凍りついて、凝縮された感情が、撓《たわ》んだバネが弾けるように、急速に膨れあがるのを覚えた。白熱した炎がふいに体のなかに噴きあがる。めらめらと燃えあがり、爆発し、解き放たれた。

彼女は扉に飛びついた。

レバーを引いて、扉を引いた。が、開かない。ああっ、と悲痛な声が洩れる。ああ、ああ、ああっ！　何度も把手を引いたが、扉はびくともしない。もちろん鍵がかかっているのだ。

あきらめきれずに、拳で扉を連打した。手の皮がすりむけるのもかまわずに必死に拳をたたきつける。ガン、ガン、ガン、ガン。鳥が羽ばたくように金属音が狭い部屋に響きわたる。響いて、響いて、そしてそれが頭のなかにこだまを返す。グアアアラ、ヴァ、ン、ァ、ン！ついに拳から血が噴きだす。が、まったく痛みは感じない。体のなかにたぎるアドレナリンが痛みを感じさせない。

扉の横にパネルボックスがある。「非常換気装置」の表示。丸い通話口があり、フリーと、通話のふたつのボタン、その下に「換気」と記されたダイヤルがある。

その通話のボタンを押し、通話口に口を寄せ、助けて、と叫んだ。

「とじこめられているんです。だれか助けてください。だれかいませんか。助けて、だれか助けて！」

必死に叫ぶ。

叫ぶだけではたりずに、また拳を扉に打ちつけ始める。拳から血が噴きだす。その血が耐火パネルを汚す。助けて、助けて、だれか助けて、と喉がかすれるまで叫ぶ。自分では気がついていないが彼女は泣きじゃくっている。泣きじゃくり、扉をたたきつけ、そして必死に叫んでいる。

「助けて、お願い、ああ、お願いだからだれか助けて！」

ふいに喉に傷が裂けるような痛みが走る。彼女は咳《せ》き込んだ。咳き込んで、もう叫ぶことはできないが、それでも拳を打ちつけるのをやめることはできない。が、しだいに力は弱まっていき、ゆっくりとなり、ついには拳をひらいて、掌でパンと打ちつける。力が尽きたのだ。

掌を扉に打ちつけたその姿勢のまま、ひたいを耐火パネルにつけ、ジッとうなだれている。興奮して火照《ほて》ったひたいに金属の感触がひんやりと心地いい。こめかみがズキンズキンと脈打っている。その脈動が、自分の叫んだ声の余韻と、どこか遠くの一点で溶け込んで、しだいにおさまっていくのを感じていた。

「…………」

ゆっくりと顔をあげる。深呼吸をした。

興奮しても何もならない、と自分にいい聞かせる。いたずらに体力を消耗させ、死期を早めるだけのことだ……そう自分にいい聞かせるのだが、それが妙に冷静なのが、かえってきわだって異常なものを感じさせる。わたしはこんなに冷静なはずはないのに、とそのことに不安さえ覚える。

非常換気装置の換気ダイヤルを回す。そして待つ。なにも起こらない。下端に換気孔があるのだが、そこからはそよとも空気が吹き込んでこない。

――何だ、そういうことか。

要するにこの非常換気装置は機能していないのだ。電源が入っていないのか、それともコードでも切断されているのか。これではどんなに通話ボタンを押して叫んだところでその声が外に聞こえるわけがない。

——何だ、そういうことなんだ。わたしってバカみたい。

クスクスと笑いそうになる。ふいにその笑いが引きつる。顔がこわばる。なんだってこんなときに笑うのよ。なんでこんなときに笑えるわけ？　彼女は自問する。その自問に胸の底がひんやりと冷たくなるのを覚える。もちろん、いまは笑うべきときではない。こんなときに笑う人間はとうていまともとはいえない。

しっかりしなければいけない。彼女は今度こそ本気で自分にいい聞かせる。気を確かに持つことだ。そうでないと、この（どこにあるとも知れない）冷たい部屋のなかで、わたしは発狂し、ひとり死んでいくことになるだろう。そうなりたくなければしっかりすることだ。そう、わたしはしっかりしなければいけない。

——わたしはどうしてあんなふうにして失神していたのだろう？

その疑問があらためて湧いてくる。

が、すでに「非常換気装置」に顔を寄せたときに、その答えはわかっていたのだ。

「非常換気装置」の換気口にバニラ・エッセンスのにおいがする。そのにおいがアイスクリームを連想させた。そのことが何が起こったかをはっきり示している。

ふつう麻酔をほどこすときには、経口的にか、経鼻的にか、気管内チューブを気管に挿入し、麻酔薬を吸入させる。が、理解力のない小児にかぎっていえば、まずマスクをかぶせ吸入麻酔をほどこし、そのうえで気管確保をし、気管内麻酔にとりかかる。そのときにバニラ・エッセンスを使うことが多い。

つまり誰かがこの「非常換気装置」の換気口から麻酔ガスを吹き込んだのだ。「非常換気装置」に記された説明によれば、この装置は毎分千三百リットルもの空気を送り込むことが可能なのだという。そうであれば麻酔ガスを送り込むことだってできるはずではないか。

——わたしは誰？

彼女は考える。どんなに考えても思いだすことができない。自分が誰で、どんな経歴を積んできたのか、すべては曖昧模糊《あいまいもこ》とした霧のなかに閉ざされてしまっている。

そして、この思いだせない、というそのこと自体が、麻酔薬が使われたのを間接的に証明しているように思われるのだ。

麻酔ショックの症状には、血圧降下ばかりではなく、脳の酸素欠乏もある。これがひどい場合には、呼吸停止、意識消失にまでいたる、いわゆる脊椎麻酔ショックを引き起こすことになる。おそらく、わたしは、と彼女は考える。最初は脊椎麻酔か腰椎麻酔をほどこされたのにちがいない。これまで、そんな症例は経験したことはないが（経験？　やはり、わたしは看護婦なのだ。そのことに間違いはない）、わたしは軽度の麻酔ショックを引き起こし、脳の酸素欠乏におちいった。それが部分的な記憶障害を引き起こしたのではないだろうか。麻酔ショックにそんな症例があるなどとは聞いたことがないが、そんなことがあっても不思議はないような気がする。そうだ、そんなふうに考えれば、すべては説明がつく……

——すべては説明がつく？

彼女は自分のあまりに楽観的なことに痙攣するような笑いを洩らす。

とんでもない。それでは何ひとつ説明されたことにならない。誰が、なんの目的で、そんなことをしなければならないのか？　なにより肝心のそのことがわかっていないではないか。誰が、なんのために、わたしをこんな目にあわせるのか。わたしがその人に（こんな目にあわされなければならない）なにをしたというのだろう？

——その人に。

彼女は胸のなかでつぶやく。

これまで思ってもいなかったことだ。しかし、このとき初めて、自分の敵がそのまがまがしい影を現したのだ。この扉の向こうのどこかに、彼女をこんな目にあわせて嘲笑している人間がいるのだった。

それは誰か？

43

それが誰かはわからない。

が、〝敵〟はいるのだ。

どこかに——

たしかにいる。

気がついたときには、自分が誰かという記憶さえ失った状態で、暗闇のなかに放りだされていた。しかも、その暗闇がどこか、ということさえわからなかったのだ。

ひとりの人間として、およそ、これほど過酷で不条理な体験は考えられない。とてもこれが現実のこととは思えないほどだ。狂おしい絶望感の底に投げ込まれ、あがき、もだえ苦しんだのも当然のことだろう。

これまで彼女は自分をなにか見えない力に翻弄《ほんろう》されているかのように感じていた。見えない力、そう、きわめつきの悲運に翻弄されていると感じていた。

人間は運命には逆らえない……彼女はどこかでそう思い、なかば自分の悲運を受け入れようとしていた。

が、おぼろげながら〝敵〟の姿が見えてきたことで、いくらか事情が変わってきたようだ。それがどんなに狡猾《こうかつ》で非情な相手であろうと、人間が相手であるかぎりは、それに抗して戦うのは可能なのではないか。

暗闇のなかを這いずりまわるようにして、ようやく明かりのスイッチを捜し出し、そのスイッチの電源が切られているのを知ったときの、あのショックは忘れられない。

その電気がいまは接続されている。

電気を接続するのはこの部屋の外からでもできるだろう。

が、あの小さな扉はたしかに開けたはずなのだ。それがいま閉まっているのはどうしたことか？

その誰かが、彼女が昏睡したのを見はからって、この部屋に入ってきたとしか考えられない。どうしてそんなことをする必要があったのか。その人物は彼女をもてあそんで楽しんでもいるのだろうか。

そいつは、この部屋に入ってきて、気を失っている彼女の姿を覗き込んで、せせら笑ったかもしれない。もうこの女は自分の思うがままだ、とそう考えて、にんまりとほくそえんだのではないか。

そのことを思うと、

——許せない。

涙がにじむような、いいしれぬ悔しさと屈辱感を覚える。

——わたしをこんなひどい目にあわせた人間には絶対に償いをさせてやる。

彼女のなかにようやく怒りが燃えあがろうとしていた。怒りはいいかえれば生きたいという意思そのものにほかならなかった。

天井のビデオ・カメラを見る。

一瞬、その誰かが自分のことをビデオ・カメラで監視しているのではないか、とそう思ったのだ。

が、どうやら、これは彼女の考えすぎだったようだ。そのビデオ・カメラには電源が入っていない。レンズは深い緑色に沈んだままだった。

「…………」

ビデオ・カメラを見るのをやめて、小さな扉のほうに向かう。

——わたしは、と彼女は思う。失神する直前にあの扉を開けた。そこには壁があった。

いや、あれは懐中電灯のとぼしい明かりだからそう見えただけのことかもしれない。扉を開けてそこが壁だなんてそんな馬鹿な話はない。あのとき、わたしはもっとそのことを確かめようとした。が、そのとたんに、ふいに意識がかすれ、気を失ってしまったのだ。

気を失う寸前、バニラのにおいがしたのを覚えている。あのときに（そのことを考えると怒りがふつふつと湧いてくるのを覚えるのだが）「非常換気装置」から麻酔ガスが吹き込まれたのに間違いない。

小さい扉のハンドルを引いた。が、扉は開かない。

「………………」

眉をひそめて扉を見る。

どうして、まえには開いて、いまは開かないのだろう？　彼女が気を失っているあいだに入ってきたその誰かがこの扉に鍵をかけたのだろうか。いや、そんなはずはない。この扉には鍵があるようには見えない。ただハンドルがついているだけだ。

——なにかが扉に引っかかっているのかもしれない。

こころみに扉の継ぎ目に指を這わせてみる。が、そんなことで、どうして扉が開かないのかわかるはずはない。これを開けるにはなにか道具が要るだろう。

——そうだ、エンゼルセットがあった。

エンゼルセットのなかに、メスとかハサミとか、そんなような何か扉をこじ開けるのに使えるものが入っているかもしれない。

彼女はエンゼルセットのまえに腰をおろした。クッキー缶の蓋を開け、そのなかを掻きまわしてみる。白の四角布、脱脂綿、割り箸、長綿棒、包帯、ヘアブラシ、T字帯、口紅、パウダー、くし……ふと、缶のなかを掻きまわしている彼女の指がとまった。

そして、ゆっくりとそれをつまみあげる。ほかの雑物の底にまぎれて、これまで、そこにそんなものがあることに気がつかなかった。

「………」

彼女の顔色は変わっていた。

それは——プラスチックケースにパンチされた身分証明書だったのだ。

新枝彌撒子、という若い女性の身分証明書だった。

S看護学校の二年生、二十二歳。身分証明書には備考欄があり、そこに准看護婦の資格を持っていることが記されていた。

どうやら、この女性は、正看護婦の資格をとるために看護学校に通いながら、かたわら准看護婦として働いてもいるらしい。

身分証明書には写真も貼られている。

はにかんだように笑っている。意志的な顔だちをした、いかにも清潔そうな印象の、美しい女性だった。

その写真を見ながら、無意識のうちに自分の顔を指でなぞっている。そして、なかば呆然としながら、胸のなかでつぶやいた。わたしはこの写真の女性に似ているのではないか。似ているような気がする……

もしかしたら、と彼女は思う。わたしが新枝彌撒子？

44

——わたしは新枝彌撒子。

そう胸のなかでつぶやいてみる。

重くよどんだ沼に石を投げ込んでみる。石を投げ込んで沼がどう動くのか、それを見ようとする。動かない。沼はどんよりとよどんだままだ。何度も石を投げ込んだ。

——わたしは新枝彌撒子、わたしは新枝彌撒子、新枝彌撒子、新枝彌撒子、わたしは新枝彌撒子……

なにか記憶がうごめくのを感じる。うごめいて、ほとんど懐かしいといってもいい感情が湧きだしてくるのを覚えた。

ふいに新枝彌撒子という名前が胸にぴったりと塡まるのを感じた。もう自分にはこれ以外の名は考えられないほどだ。

――わたしはS看護学校で正看護婦の勉強をしている二年生……

歓喜の念があふれだしてきた。あふれて、とどまることがない。

――わたしは準看の新枝彌撒子なのだ。

なにかを思いだしたというのではない。なにも思いださない。S看護学校がどんな学校で、自分がそこで正看護婦になるためのどんな勉強をしていたか、何ひとつとして思いだせない。新枝彌撒子がどこの、どんな家族に生まれ、そこでどんなふうに育ったのか、それもやはりわからないままだ。

しかし――

新枝彌撒子という名前には、たしかに記憶を喚起させる響きがある。懐かしいのだ。自分のなかに強烈に呼応するものがあるのを覚える。

――おそらく……

と彼女は思う。わたしの記憶喪失は一時的なものであるはずだ。これが、脳の酸素欠乏によるものだとしたら、この症状はそんなに長くはつづかない。自分の体のことは自分がいちばんよくわかる。麻酔ショックがあったとしても、それはごく軽微なものであって、いずれは回復する。そして回復してみれば、どうして自分があんなことを思いだせなかったか、それをいぶかしく感じるにちがいない。これはその程度の記憶喪失なのだ。自分の名前がわかったことは記憶を喚起するいわば呼び水になるはずだ。

——すべてはうまくいく。

そんな予感めいたものがあった。

「わたしは新枝彌撒子——」

もう一度、今度は声にだしてつぶやいてみる。

それだけで体のなかに力があふれてくるのを感じる。それはほとんど、希望、と呼んでもいいものだった。

彼女——彌撒子は、自分の顔に指を這わせる。指先で顔の輪郭をなぞる。そして、クッキー缶の蓋をとって、それに自分の顔を映しだそうとする。が、クッキー缶の蓋には、ただぼんやりと白い顔が浮かぶだけで、どんな顔だちをしているのかまではわからない。

身分証明書の写真を未練げに見て、

——鏡があればいいのに。

そう思う。

――ここに鏡があればわたしが新枝彌撒子であることがもっとはっきりするのに。が、それが何だというのだろう。鏡がないのは残念だが、それでも彌撒子が彌撒子であることに変わりはないのだ。

時間をかけることだ。時間さえかければいずれはすべてを思いだす。いや、そうではない。彌撒子はふいにあることに気がついて愕然とする。とんでもない。時間をかけてはいられない、いられないのだ。

この部屋には「非常換気装置」がある。もちろん事故にそなえてのものだろう。どんな事故か？　誰かがあやまって閉じ込められるという事故だ。そのときに窒息しないために「非常換気装置」が備えつけられているのにちがいない。そうではないか。

いま、その「非常換気装置」は電源が切られている。一分間に千三百リットルの空気を吹き込むこともできないし、「換気」のボタンを押しても換気口は作動しない。

――わたしは窒息してしまう！

彌撒子は頭のなかですばやく記憶をめぐらせた。

たしか、人間の正常呼吸数は一分間に十二回から十六回ぐらいだったはずだ。だけど、わたしはいま興奮している。どんなに落ちつこうと努めても、やや呼吸が速くなるのはまぬがれない。二十四回以上？　いや、そんなにはならない。それでは異常な頻呼吸だ。わたしはそんなには興奮していない。何もあえいでいるわけではないのだ。せいぜい十八回から二十回というところではないか。

一回の呼吸量はどれぐらいか？　もちろん個人差はあるが、安静時でおよそ五百ミリリットル前後だったように記憶している（記憶している？　自分のことはほとんど何も覚えていないというのに、こんな細かい数値を覚えているのがいぶかしい。わたしはよほど優秀な準看だったのだろう）。が、ここで問題となるのは呼吸量ではない。どれだけCO_2が増えていくかというそのことなのだ。

呼吸をすると、その吸気中のO_2が血液中に拡散し、そのかわりに血液中のCO_2が呼気中に拡散する。たしか、吸気中のCO_2は〇・〇三パーセントぐらい、それが呼気中のCO_2になると四パーセント弱ぐらいになるのではなかったか。つまり一回の呼吸で確実にCO_2が増えていくことになる。

――この部屋は……この部屋の広さは……

彌撒子はあわただしく部屋を見まわす。その目が血走っていた。

正確に測ることはできない。が、目測したかぎりでは、間口三メートル弱、奥行き三・五メートル、高さは二・五メートルぐらいだろう。容積は二十五立方メートル強というところではないか。

電卓でもなければ正確な時間を割り出すことはできない。しかし、これだけは確かなことだ。「非常換気装置」が作動せずに、このまま閉じ込められていれば、おそらく彌撒子は二十四時間を待たずに窒息死することになるはずだった……

45

——二十四時間!

彌撒子は自分の時間のあまりにかぎられていることに呆然とした。

もっとも、彌撒子の呼吸に関する知識は、あくまでも看護婦として知っていなければならない範囲にかぎられている。ひとりの人間が、二十五立方メートルの空気を消費し、窒息死するまでに、どれほどの時間を要するものか、そんな計算法を正確に知っているわけではない。

それに——

彌撒子が気を失っているあいだに誰かが部屋に入っている。そのことは開けっぱなしになっていなければならないはずの小さな扉が閉まっていることからも明らかだ。

そのとき扉が開けられ、どれぐらいの量の空気が換気されたか、それは想像することもできない。それに、彌撒子は二度にわたって失神しているのだが、どれぐらいの時間、意識を失っていたかがわからない。そして、それがわからないかぎり、正確な酸素の残存量を測ることなどできっこないのだ。

その意味で、二十四時間、というのは、概算と呼ぶにも当たらないかもしれない。ほとんど直観と呼んだほうがいいだろう。

冷静に考えれば、そうだ。

が、いま、彌撒子のおかれているこんな状況で、冷静に物事を考えることのできる人間などいない。二十四時間！　それで自分は窒息死するかもしれない、と思えば、どんな人間も冷静でなどいられない。ただやみくもな恐怖にかられるだけだろう。

彌撒子もそうだった。

――わたしには時間がないのだ。

急がなければわたしは死んでしまう。そんな死刑囚めいた強迫観念にさいなまれるのを覚えた。わたしは急がなければならないのだ。彌撒子は自分を追いたてた。

――どうすればいいのか。わたしは何をしたらいいのだろう。

エンゼルセットの箱をしゃにむに掻きまわした。そして、底のほうから、四角布にくるまれた一本のメスを見つけた。

これで小さな扉をこじ開けることができないか。

どうして、そんなに小さな扉にこだわるのか、自分でもそのことがよくわからない。ただ、扉を開けてそこが壁だった、ということが妙に気持ちのうえで引っかかるのだ。そんなはずはない、あそこには何かがあるのだ、とそう思う。その扉がいまは開かないことが気になってならない。

落胆したときの大きさを予想して、あまり考えないようにはしている。が、もしかしたら、あの小さな扉の向こうには出口が通じているのではないか、とひそかにそう考えてもいるのだ。

大きい扉は、見るからにずっしりと重そうで頑丈そうだが、小さな扉のほうはそれほどでもない。耐火パネルの扉が頑丈そうであることに変わりはないが、いくらかその造りに安易なところがある。どうやら耐火パネルを組み立てて、扉をはめ込んだだけのことらしい。

扉のハンドルを引けば、薄いメスの先端ぐらいなら、なんとかその錠口にさし入れることができる。ハンドルをガチャガチャ鳴らしながら、メスの先端を上下させた。

そして、あらためてハンドルを引くと、今度は難なく扉が開いた。やはりハンドルのピンか何かが引っかかっていただけらしい。

扉の向こうには何もなかった。もちろん壁もない。人ひとりがようやく入れるぐらいの縦穴があるだけだ。鋼の底板がある。

——エレベーターだ。

そう直観した。

もっとも人を乗せるためのものではないらしい。底板だけがあって壁がないのだ。荷物を上げ下ろしするためのリフトだろう。

穴に首を突っ込んで仰ぎ見た。

頭上に(といってもほんの三メートルたらずの高さだが)四角い穴が開いていた。そこから蛍光灯の青白い光が洩れている。

そこに出口があるかもしれない、と彌撒子はそう思った。出口がないにしてもなにかがある。なにもないにしても、この扉を開けておけば、それだけ容積が増え、空気の残存量が増えることになる。

彌撒子は底板のうえに乗った。

すぐ横の壁にボタンがある。これがリフトのボタンなのだろう。

ボタンを押した。

リフトは動かない。

かった。

二度、三度と押した。

やはりリフトは動かない。

どうやら「非常換気装置」がそうであるように、このリフトの電源も切られているらしかった。

46

べつだん失望はしなかった。いまの彌撒子はもうそれぐらいのことでたやすく失望したりはしない。そんなことで失望するにはあまりに状況が悪すぎる。

「…………」

仰いだ。

そこまでほんの三メートル足らずだ。

ほとんどためらわなかった。ためらっている余裕などないのだ。

両腕を伸ばし、しっかりと壁を支えた。そして、わたしはサンタクロースだ、と自分にいい聞かせた。子供にプレゼントを残し煙突を登っていくサンタクロースなのだ。縦穴は狭い。その狭い縦穴に片足をかけ、両腕に力をこめると、もう一方の足も引きあげた。その足を壁にかける。両足で体を支え、左腕をいっぱいに伸ばし、突っぱるようにした。右肩を壁に密着させ、そのまま右腕を壁にずらして、あげる。右手を壁にしっかりと固定して、そのまま右肩をずりあげるようにし、体を引きあげる。右足をすばやく壁から離し、また一歩、縦穴をよじ登る。肩の筋肉がひきつるのを覚えた。電気に撃たれたような痛みが走る。顔をしかめたが、いまはそんなことにかまってはいられない。今度は右腕をいっぱいに伸ばし、左肩を壁にくっつけると、おなじ動きを繰りかえした。ホー、ホー、よい子たち、いま、サンタのおじさんが行くからね。

二度、バランスを崩して、縦穴をずり落ちかけた。が、なんとか落ちずに、登りつづけた。肩の皮がすりむけたようだ。ひりひりと痛んだ。歯を食いしばった。穴の縁に手がかかったときには、喜びのあまり、ほとんど泣きだしそうになった。

もちろん、泣いてなどいられない。メイクが落ちるからではない。そもそもメイクなんかしていない。そうではなく、泣けば呼吸の頻度が増して、それだけ酸素の消費量が増えるからだ。

ようやく穴のうえに体を引きあげた。息が切れている。ほとんどその場にへたり込んでしまいそうになったほどだ。

天井が低い。一瞥《いちべつ》しただけでこれが天井裏のたぐいであることがわかった。もちろん、どこにも出口などはない。そんなに期待していたわけではないが、それでもやはり、そのことに失望させられた。

一方の壁にファイルキャビネットがあり、狭い通路をはさむようにして、大きい本棚がこちら向きになって、幾つもならんでいる。その本棚を見て、下階《した》のレールが何のために敷かれているのかがわかった。どうやら本棚はレールのうえを移動するようにできているらしい。とすると下階《した》の部屋もいずれは書庫室に使われることになるのだろうか。

蛍光灯はひとつあるだけだ。本棚が高いために、どうしても明かりの届かないところができる。そうした本棚のかげに、なにかの影がけぶるようにある。それが何であるのか、はっきりとはわからない。ただ、奇妙に陰々として、暗く、そこにひっそりと横たわっているのだ。

「…………」

彌撒子はそれをジッと凝視した。

見てはならないものを見ている。そんな気がした。見てはならないものなのに目をそむけることができない……なにか体の底から冷たく湿ったものがそくそくと這いあがってくるようなのを覚えた。寒いとも思えないのに体が震えるのだ。

それが何であるか確かめなければならない。確かめずにはいられない。そんな強迫観念めいた思いにとらわれた。そのくせ、それを見るのが恐ろしくてならないのだ。いったん、それを見てしまえば、なにか取り返しのつかないことになるのではないか。そんな予感があった。

――引き返したほうがいい。

何度もそう思った。引き返さなければならない！　自分をそう叱りさえした。あれが何であろうとどうでもいいことではないか。ここには出口はない。そのことさえ確認できればあとのことはもうどうでもいい。

しかし――

それを見ずにはいられない。どんなに言葉を弄しても、しょせん自分をいつわることはできそうにない。それが何であるのか確かめずにはいられないのだ。そんなことはすでにわかっていることだった。

運命、という言葉が頭をかすめた。運命に導かれて、それに近づいていった。膝が震えて、歯の根がガチガチと鳴っていた。それでもそれを見ずにはいられない。

なぜなら、と彌撒子は思う。これはわたしの運命なのだから、運命は誰にも避けられないものだから。

それにはシーツがかかっていた。シーツはわずかに盛りあがり、なだらかな曲線をなして、その裾を床に広げていた。ところどころに焦げあとがついていた。

シーツをつかんだ。

――そんな馬鹿なことはやめなさい！

誰かが頭の隅でそう叫んでいた。

やめない。

ふいに虚空のどこかをまがまがしい鳥の影がよぎったように感じた。その翼が狂おしく羽ばたいて、サッ、と体をかすめていったように感じた。

一気にシーツを剝いだ。

47

妖鳥が羽ばたいたように――

シーツが波うった。ふわりと広がる。蛍光灯の青ざめた色に染まった。影が瞬《またた》いた。光がちらついた。

黒いものがあらわになった。その黒いものには手があり、足があった。顔まであった。あったがない。すべてが焼け焦げてほとんど炭化していた。水分が蒸発し体が縮んでいた。

両肘をぎゅっと曲げ、その手を（鳥の鉤爪のように）曲げているのはそのためか。

死んでいた。死んで真っ黒に焦げていた。

悲鳴がほとばしった。

悲鳴は天井裏にこだました。耐火パネルに反響しヒステリックな笑い声のように聞こえた。ヒーヒャーホーホッホッホー、い、い、い、い、い、い！

投げたシーツがゆっくりと落ちてきた。青ざめた翳《かげ》が落ちてきた。そして体にからみついた。なにか〝死〟そのものにからみつかれたように感じた。これはあの焼け焦げた死体をくるんでいたシーツなのだ。その恐ろしさ、おぞましさは、他にたとえようもない。また悲鳴をあげた。

「いやだーっ、いやーっ」

悲鳴をあげ、シーツから逃れようと必死にもがいた。立ちあがった。走っていた。ファイルキャビネットに体をぶつけ、本棚に体をぶつけ、ビリヤードの球のように何度も弾かれた。それでもシーツは（未練がましい別れた恋人のように）どこまでも彌撒子を追って体にからみついてきた。

彌撒子は半狂乱になっていた。悲鳴をあげて両腕を振りまわした。足をもつれさせてくるくると回った。シーツがふわふわと舞った。〝死〟とたわむれてダンスを踊っていた。

パートナーが低い声で囁きかけてきた。たしかにこう囁いたのが聞こえた。いずれはきみはぼくのものになる。人間はみんないずれはぼくのものになるんだよ。それまでは、さあ、愛しい人よ、せめてダンスを踊りつづけよう……

彌撒子はかすれた笑い声をあげた。ほとんど神経の糸が切れかかっていた。が、そのときには足を踏み外していた。

縦穴に落ちた。縦穴が狭いのと、シーツに体をくるまれていたのが幸いした、ワインの瓶にコルクの栓を落とすようなものだ。つまりながら落ちていった。彌撒子は悲鳴をあげていた。あるいは笑っていた。自分でもどちらだかわからなかった。

底に落ちてからも笑い悲鳴をあげていた。しだいにそれがすすり泣きに変わっていった。泣いているうちに気持ちがおさまってくるのを感じていた。馬鹿ね、こんなふうに泣くなんて、空気をそれだけ早く消耗してしまうじゃない。そう思いながら、やはり泣きつづけていた。

シーツは穴の縁に引っかかり、うえに残されていた。もう〝死〟をパートナーにしてダンスを踊る必要はないのだ。そのことが彌撒子の気持ちをしずめてくれた。たかぶった気持ちも徐々におさまり、やがて泣きたい気持ちもおさまった。

あの黒焦げの死体のことを思いだした。ゾッと総毛だつのを覚えた。あれとおなじ空間に身を置いていることに耐えられなかった。這うようにし、穴から出て、扉を閉めた。ちらり、と空気のことが頭をかすめたが、いまはとりあえず空気の残存量のことなど考えないことにした。

扉のハンドルに手をかけたまま、床にうずくまり、うなだれていた。とうてい立ちあがる気力がない。しばらくは、ハーッハーッ、という自分の荒い息だけを聞いていた。全身にすり傷を負っていた。が、たいした怪我はしていないようだ。いずれにしろ痛みはほとんど感じなかった。

「…………」

ゆっくりと顔をあげた。

なにか忘れていることがある。そんな気がした。なにを忘れているんだろう？　ぼんやりと虚ろな視線を宙に向けた。しきりにそれを思いだそうとした。

しかし――

思いだすのはあの黒焦げ死体のことばかりなのだ。

思いだしたくはない。が、どうしても思いだしてしまう。

髪の毛がちぢれていた。その先端が褐色に変色していた。髪の毛は焦げるとあんな色に変わるのだろうか。焦げてちぢれた髪がべったりと頰から頸《くび》にへばりついていた。髪の毛が火を防いでくれたのか。その部分は焦げていなかった。もっと悪い。生焼けになり、皮膚がべろんとめくれ、赤い筋肉繊維が剝き出しになっていた。めくれた皮膚と、筋肉繊維の腱が、糸玉のようにからまってもつれ、上唇まで垂れ下がっていた。上唇はあるが下唇はない。どくろのように歯が剝き出しになっていた。顎から喉にかけてはリンパ液に濡れていた。消し炭に水をかけたようになっていた。リンパ液は肩から胸にもにじんで……

「………」

そこまで思いだして、ふいに彌撒子はカッと目を見開いた。

——そうだ。胸、だ。

胸に名札がついていた。悲鳴をあげて逃げようとしたときに、それをちらりと見た。あのときには自分が名札を見たことさえ、ほとんど気づいていなかった。それどころではなかったのだ。が、そのことが記憶の隅に引っかかって離れなかった。離れないのが当然だった。その名札にはこう名前が記されてあったのだ。

新枝彌撒子

あの人が新枝彌撒子なのだろうか。わたしではないのか。新枝彌撒子はすでに死んでいる。あそこで黒焦げになっている。するとわたしは誰なんだろう?

「…………」

彌撒子は——いや、彼女はすでに自分が彌撒子であるという確信を失っている。彼女は、ただ放心して、虚ろな目を宙に向けていた。

彼女は一度ならず二度までも自分を失ったのだ。放心するのが当然だった。ふたたび無名の荒野に追放され、ひとり、その地をさすらわなければならない……その空虚な孤独感が以前にも増して荒涼と胸を締めつけてきた。

——どうしてわたしは気が狂わないんだろう?

放心し、ぼんやりとそのことをいぶかしんだ。

48

そのときのことだ。

ふと掌になにか微妙な感覚がよみがえるのを覚えたのだ。冷たい金属の感触。フッとよみがえり、そしてすぐに消えた。

記憶の淵に風が吹いた。サアッとさざ波がたつ。そのさざ波に目を向けたときには、もうそれはしずまっている。あとにはただ余韻だけが残る。

　余韻は、読経の声だった。男とも女ともつかない誰かが低い声でお経をとなえている。又《う》舎利弗《しゃりほつ》極楽国土《ごくらくこくど》有《う》七宝《しっぽう》池《ち》八功徳《はっくどく》……その読経の声が記憶の地平にかすれて消えていった。おそらく患者さんが死んだのではないか。それで病院の誰かがお経を読んで送ってさしあげているのではないか。

「………」

　彼女はもどかしい思いにとらわれた。わたしは、と彼女は思う。何を思いだそうとしているのか？　つい喉元まで出かかっているのにそれが出てこない。喉を掻きむしってでも引っぱりだしたいほどだった。

　たしかに脳の酸素欠乏は、記憶喪失という障害をもたらしはしたが、どうやらそれは一時的なものであるらしい。時間がたつにつれ、しだいに記憶がよみがえってくる予感があるのだが、どうにもそれがちぐはぐなのだ。肝心なことは何ひとつ思いださないのに、こんな読経の声などという、何でもないことにかぎって思いだす。

　――何でもないこと？　ほんとうにそうだろうか。

　彼女は自分の掌を見つめた。あの感触が何であったかを思いだそうとした。

が、ここでもやはり思いだすのは、黒焦げ死体のことだ。いや、そうではない。彼女の顔がこわばった。息をのんだ。死体のまえに看護婦が立っている。ふいにその情景が頭をよぎったのだ。

看護婦は背中を向けている。その顔を見ることはできない。ただ、その白衣からそれが看護婦であるらしいことがわかるだけだ。お経をとなえているのは彼女だった。青色《しゃうしき》青《しゃう》光《くわう》黄色《わうしき》黄《わう》光《くわう》 赤色《しゃくしき》赤《しゃく》 光《くわう》 白色《びゃくしき》白《びゃく》光《くわう》……看護婦はお経をつぶやきながら微笑んでいた。どうして背中を向けているのに微笑んでいるのがわかるのか？ わからないはずなのに、わかるのだ。微笑みながら死体の炭化した皮膚の切れっ端をハサミで（ああ、冷たい金属の感触！）切りとっていた……

黒焦げ死体の皮膚をハサミで切りそろえていること自体はなんの不思議もないことだった。（お別れはお済みでしょうか。患者さんの体をきれいにさせていただきますので、しばらく外でお待ちください）患者が死んだときに、その体をきれいに拭いて、喉や鼻孔に詰め物をし、肛門や膣に綿を挿入してやるのも、また看護婦の仕事だからだ。

焼死体の皮膚がびらびらにめくれていれば、それをハサミで刈りそろえてやるぐらいのことはする。

看護婦によってはそのときにお経を読むぐらいのことはするだろう。そのこと自体はなんの不思議もない。が、微笑みながら患者の遺体をきれいにする看護婦はいない。そんな看護婦はどこにもいない。いや、それよりも何よりも不思議なのは――

どうしてわたしはその看護婦が微笑んでいるのがそんなに怖いのだろう、というそのことだった。

その看護婦が怖いのではない。その看護婦が微笑んでいるのが怖いのだ。

どうしてか？

49

しかし――

そのとき彼女の頭をよぎったのはそれだけなのだ。もどかしいことに、ほかには何も思いだせない。

前後の脈絡などまるでない。映画のフラッシュバックのようにその情景だけが鮮やかに頭をかすめたのだ。かすめて、消えた。その看護婦が誰で、そこがどこなのか、何ひとつわからないのだった。

――夢のように。

彼女はピクンと体を痙攣させた。

夢のように……意識の底に沈んでいた夢の記憶が香りたつように浮かんできた。どこともしれない寺の参道を、だれともわからない女と一緒に歩いているあの夢。そぼ降る雨に寺の境内は灰色にけぶっている。その雨に、紫や黄色のアジサイがたわわに、しかしはかなげに揺れていた。

どうして、と彼女は思う。赤いアジサイがないのか、わたしにはそれが不思議でならなかった。それは（はるかな夢の果てから女が答える）あなたが赤い花が嫌いだからでしょう。そうなんですか、とわたしは首をかしげる。わたしは赤い花が嫌いなんですか？　赤い花は忌み花よ。女は断定する。不吉な花だわ……

赤い花は不吉な花？　確かにそうかもしれないが、わたしが恐ろしかったのは赤い花なんかではない。そんなものは何でもないことだ。わたしがほんとうに恐ろしかったのはあの女の微笑みなのだった。

あの女は微笑んでいた。背中を向けていたのにわたしにはそれがわかった。その（まだ見てもいない）微笑みのことを思いだすと、じわっと炙《あぶ》られるように、恐怖が胸に染みだしてくるのを覚えた。

どうしてこんなに恐ろしいのか。どうしてこんなに恐ろしいのか！

その夢が、看護婦が死体をきれいにしているその情景から喚起されたものであることは明らかだ。現実にもわたしはその看護婦が微笑んでいるのを見るのが恐ろしかった。どうしてなのか？

こうしてはいられない。ふいに焦燥感につきあげられるのを覚える。身を焼かれるような激しい焦燥感だ。こうしてはいられない、わたしはこんなことをしてはいられない。

夢の記憶にうながされたように彼女は立ちあがった。顔がこわばっている。よろよろと歩いた。懐中電灯を拾い、ビデオ・カメラの下に立った。明かりをともし、それをビデオ・カメラのレンズに向けた。暗闇にネコの虹彩がともるように懐中電灯の明かりのなかに緑色のレンズが浮かんだ。

爪先立ちで伸びあがるようにし、ビデオ・カメラのレンズを覗き込もうとする。懐中電灯でレンズを照らせばそこに自分の顔が映らないものかとそう考えたのだ。

無理な話だ。映るはずがない。無理なことだと知りながら、自分でも愚かしいことをしていると承知しながら、彼女はビデオ・カメラのレンズになんとか自分の顔を映そうとせずにはいられない。なんとしても自分が誰なのかを知りたいのだ。

あの死体は胸に「新枝彌撒子」の名札をつけていた。が、顔は焼けただれ、写真と同一人物であるかどうか、その識別はできない。もしかしたら名札だけが新枝彌撒子なのかもしれない。そうでないとは誰にもいいきれないだろう。

わたしが、と彼女は思う。新枝彌撒子である可能性がすべてなくなってしまったわけではない。わたしはまだ新枝彌撒子なのかもしれない。ほんのわずかだ。わずかではあるが、その可能性は残っている。

どうやら懐中電灯の電池が尽きかけているらしい。明かりが点滅し始めた。明かりが消えると懐中電灯を振る。明かりが灯るとそれをレンズに向ける。消えると懐中電灯を振る……なにかにとり憑かれたようにそれを繰り返している。

なにかに？　いや、彼女がとり憑かれているのはこれだけだ。わたしは誰？　死んだのは誰？　わたしは誰？　死んだのは誰？　ただ、これだけなのだった。

50

ついに電池が尽きた。

どんなに懐中電灯を振ってももう明かりがともることはない。

が、あきらめきれない。まるでレンズに明かりを向けることだけが、唯一の希望であるように、懐中電灯を振ってはスイッチを入れるのを繰り返す。操り人形《マリオネット》のように偏執的で機械的な動きだった。懐中電灯を振る。スイッチを入れる。が、どんなに繰り返しても、ついに懐中電灯がともることはない。マリオネットの糸が切れた。

「――――」

彼女は叫んだ。声をかぎりに絶叫した。ほとんど悲鳴のようだ。なにか意味のないことをわめきながら懐中電灯を投げつけた。

ガ、シ、ャ、ン！

懐中電灯は耐火パネルの壁に音をたてて跳ね返った。

銀色の光が、キラリ、ときらめいた。また記憶がよみがえって頭をかすめる。床に落ちて跳ね返る（現実の）懐中電灯に、記憶のなかに跳ね返るハサミが重なった。

あのとき看護婦は手を滑らせてハサミを落とした。ハサミは床に落ち音をたてて跳ね返った。その眩《まばゆ》い銀色のきらめき。ハサミは床に跳ね返って、スローモーション映像のようにゆっくり、ゆっくりと落ちていき、記憶の底に沈んでいった。

が――

彼女の意識に鮮烈に焼きつけられたのは、看護婦がハサミを床に落としたのを思いだしたそのことではない。ハサミの握りに赤いテープが巻きつけられていた。そのことがほかの何にも増して、くっきりと意識に焼きつけられたのだ。

あれは、と彼女は思った。ああ、何てことだろう、あのハサミは！　反射的に走りだそうとした。足がもつれて転倒した。自分が転んだことさえ意識していない。床を這ったことにも気がついていない。震える指でエンゼルセットの缶を掻きまわした。

あった。ハサミだ。赤いテープが握りに巻きつけられたハサミ。看護婦が床に落としたあのハサミに間違いない。

――ここにあのハサミがあるということは……そう、ということは……

頭のなかをなにかがめぐっているのを感じていた。赤いなにか、だ。ハサミの握りに巻きつけられたテープのようにも思えたし、忌み花だという赤いアジサイの花のようにも思えた。その赤いなにかはしだいに速度を増し、渦巻きのように激しく奔騰しながら、すべてを巻き込んで、ぐるぐると回転する。

テープでもないしアジサイの花でもない、彼女はぼんやりとそう思う。これはわたしの血の色なんだわ。そうよ、わたしの血があまりの恐ろしさに回転してるのよ。

あのハサミがここにある。ということはあの看護婦はわたしだということにならないかしら？　どうして振り返りもしないのにあの看護婦が微笑んでいるのがわかるのか。どうしてあの看護婦は死体をきれいにしながら微笑んでいるのか。そして、どうしてわたしはこんなにもその微笑みを恐ろしいものに感じるのか……すべての疑問はひとつの答えに収斂《しゅうれん》される。

それはあの看護婦がわたしだから。微笑んでいるのは、その遺体の人を死んでよかった、と喜んでいるから。その微笑みを見るのが怖いのは、あの人を殺して喜んでいるのがほかならないわたしだ、ということを自分自身で認めるのがいやだから。

「なあんだ、かんたんなことじゃない。わたしってバカみたい。こんなかんたんなことなのに、さんざん悩んだりしてさ。なあんだ、かんたんなことなんだ——」

彼女はクスクスと笑う。

幻想のなかで——死体の処理をしている看護婦がゆっくりと振り返る。彼女は自分の顔を知らない。でも、それが自分の顔だということはわかる。看護婦はやはり微笑んでいる。もう恐ろしくはない。恐ろしくても我慢できる。そこで微笑んでいるのは自分なのだ。どうして我慢できないわけがあるだろう？　やっとわかったのね、と看護婦がいう。うん、わかったよ、と彼女はいう。こんなにかんたんなことだったんだね、本当にかんたんなことだったんだ、クスクス笑う。看護婦が微笑む。そのふたつの笑いがひとつに重なる。

「なあんだ、こんなかんたんなことだったんだ、なあんだ……」

クスクス笑いがしだいに高まっていく。高まり、高まって、ついにヒステリックなまでになる。もうクスクス笑いではない。悲鳴なのだ。彼女は両手で顔を覆うと、天井を仰いで、悲鳴をあげる。いつまでも、いつまでも悲鳴をあげつづける。しかし、その悲鳴を聞く者は誰もいない。

ひとりもいない……


…………

51

あいかわらず風が強い。

風のおめきが空をかすめ、地を這い、轟々ととどろいていた。雑木林の木々が暗い空を掃くように荒れ狂い、おびただしい木の葉を舞いあげている。

この強風のなかでの現場検証は困難をきわめた。

この風では、毛髪や、繊維などの遺留物を発見するのはむずかしい。よしんば血痕や足跡などが残されていたとしても、その土砂が飛ばされてしまうだろう。

これでは署員の代行検視もできない。やむをえず遺体はすぐに現場から運びだされることになった。

刈谷の強い希望で、篠塚の遺体は聖バード病院ではなく、ほかの病院に搬送されることになった。

　聖バード病院では、すでにふたりの人間が変死しているのだが、いずれもうやむやにされてしまっている。今回は、篠塚が殺されたのがはっきりしているのだから、まさか聖バード病院でも勝手に死亡診断書を書くわけにはいかないだろうが、万が一ということがある。ほかの病院に運んだほうが賢明というものだ。

　明日には裁判所から「鑑定処分許可書」を取って、篠塚の遺体は司法解剖に処されることになるだろう。

　遺体が運び去られたあと、所轄署の刈谷の同僚たちも、鑑識課員たちも、もう何もすることがなかった。というより、実際の話、この強風のなかでは何をどうすることもできなかったのだ。

「この風じゃどうにもならないよ――」

　鑑識課員が閉口したようにいった。

「とりあえず今夜は現場保存に努めるということで、明日にでもあらためて現場検証にとりかかるしかないいな」

「そうでしょうね」

　刈谷も同意するしかない。

もっとも現場保存に努めるといってもこの強風では限界がある。ほとんどの痕跡は今夜のうちに飛ばされてしまうだろう。顎紐《あごひも》をかけていなければ警察官の制帽すら飛ばされかねないほどなのだ。

が、刑事課の同僚たちも、鑑識課員たちも、そのことをそれほど憂慮はしていないようだった。

どうやら彼らはこれを殺人事件としてはきわめて単純な事件だと考えているらしい。要するに、看護婦が（おそらくは情痴のもつれから）若い医師を突き落として殺した――ただそれだけの事件だとたかをくくっているふしがある。そして、ただそれだけの事件であれば、篠塚の病院での交友関係を探れば、たやすく被疑者を割り出すことができるはずなのだ。確かにこんなに単純な事件はない。

ましてや殺人の目撃者が自分たちの同僚であるのだから、これは単純なだけではなく、便利な事件でもあるわけだ。

これがどの程度の事件に見られているかは本庁捜査一課が出動してこないことからも明らかだろう。本庁主導で所轄署に捜査本部を設置するほどの重大事件とは見られていないわけだ。

もちろん刈谷にしても、

——篠塚が落ちたところと、その遺体が発見されたところとが、何十メートルか外れているのが、どうにも腑におちないんですけどね。

そんないい方で、同僚たちの注意をうながすようには努めたのだが、だれも本気でそれに関心を払う人間はいないようだ。

被害者が墜落してから自分で移動したのではないか（実際には篠塚はほとんど即死しているのだが）、という者もいたし、なにかの錯覚ではないか、とあっさりと片づける者もいた。

刑事たちの誰ひとりとして不可能犯罪などということはこれっぽっちも考えていないらしい。

もちろん、そのことで刈谷に同僚たちを責めるつもりはない。どんなときにもリアリストであることを要求されるのが刑事という職業なのだ。想像力過剰は刑事にとって欠点にこそなれ長所にはならない。同僚たちが事件を現実的にとらえるのは当然だし、おそらく刈谷も彼らの立場にたてば、おなじように考えるにちがいないのだ。

いや、刑事であろうがなかろうが、

——落ちていく篠塚をハルピュイアが空中で引っさらったのではないか。

などという話を聞こうものなら、ひとりの例外もなしに、悪い冗談だと笑いだすに決まっている。下手をすれば、刈谷は休職を命ぜられることにもなりかねない。もちろん刈谷にしても本気でそんなことを信じているわけではない。ただ、篠塚の死体が数十メートルも移動したことをどう考えたらいいのかわからず、同僚たちがそのことに重きを置いていないらしいのが、何とはなしに不満に感じられるのだ。

が——

どんなに刈谷が不満に感じようと、また墜落現場のずれを不審に思おうと、現実に、この強風では現場検証を進めることなどできっこない。

今夜のところは、管理婦長の厨子礼子に遺体を発見したときの事情を聞いたぐらいで、すべては明日からということにし、ほかの当直看護婦たちからは名前と連絡先を聞いただけにとどめた。

病院長の自宅にも連絡したが、まだ帰宅していないという。

要するに刑事課の係官たちとしても今夜は何をどうすることもできないわけだ。

まずは鑑識のワゴン車が、つづいて所轄署のパトカーが引きあげていった。

刈谷は憮然としてそれを見送っている。

憮然とはしているが——

頭のどこかで、これは警察の通常の捜査が通用するような事件ではない、とそんなことを思ってもいた。刑事課の強行犯担当や、鑑識課がどんなに動いたところで、この事件を解決することはできないだろう。

刈谷にしても刑事課の一員だ。けっして刑事課の捜査能力をあなどっているわけではない。そうではなく、これは警察捜査の常識が通用するような事件ではない、そんなふうに感じるのだ。これはなにか、警察がいつも手がけている事件とは、ぜんぜん違うところのある事件ではないだろうか。

――これは人間の事件ではない。ハルピュイアの事件なのだ……

刈谷は胸のなかでつぶやいた。

皮肉なことに、警察が引きあげてしまったそのころになって、ようやく風もおさまってきたようだ。

風がやんでしまうと、にわかに静寂がしんとみなぎって、闇が黒々と自分のうえにのしかかってくるのが意識された。

そんな暗闇のなか、刈谷はひとりとり残され、いつまでも現場にたたずんでいるのだった……

52

そうではない。

刈谷はひとりではなかった。

「帰らないんですか」

そう声をかけてきた男がいる。

城所《じょうしょ》という名の刑事だ。管轄の交番勤務をへて、半年ほどまえに刑事を拝命し、刑事課に配属されてきたばかりの、もっとも若い同僚だった。

「帰るさ。きみは帰らないのか」

刈谷は城所の顔を見た。

「署のほうに帰ります。ぼくは今日は当直なんですよ。じつは、ちょっと先輩に頼みたいことがあるんですけど――」

「頼み？　どんなことだろう」

「これなんですけど、主任に渡してもらえませんか――」

城所は手に持っていた紙包みを差し出した。そんなに大きな包みではない。なにかチョコレートかクッキーの缶のようなものだ。きれいに包装されていた。

「狭更さんにお見舞いか」

「まあ、そんなようなものです――」

城所はなにか曖昧な表情になって、

「ぼくがじかに渡せれば、それが一番いいんでしょうけど、もうこんな時間で、主任はとっくに休んでいるでしょうから」

「おれが預かったところで――」

刈谷はちらりと腕時計を見た。すでに十二時をとっくに過ぎている。

「狭更さんが寝ていることに変わりはないだろう。どうせ今夜は渡せない。お見舞いだったら、明日にでも出直して、自分で渡したらどうなんだ？」

「そうできればいいんですけどね。この機会を逃したら、いつ出直せるかわかったものじゃないんですよ。なにしろ、ひでえ忙しさだから――」

城所はいつになく強引だった。

もっとも城所の気持ちもわからないではない。所轄署勤務の刑事の忙しさときたら、お話にもならないぐらいで、確かにこんなことでもなければ、入院した先輩に見舞いの品も渡せない。

「それだったら当直の看護婦にでも預けておいたらどうなんだ。おれが預かるのはいっこうにかまわないが、忙しいのはご同様で、おれもいつまた狭更さんに会えるのかわからない。責任が持てないよ」

「そうですね――」

城所は浮かない顔をしたが、すぐにうなずいて、

「わかりました。そうします」

城所は、刑事課・強行犯担当に配属されたばかりで、狭更を非常に尊敬している。刑事としての狭更を尊敬しているのは、刈谷もおなじだが、城所の狭更に対する尊敬の念はとてもその比ではなく、ほとんど崇拝しているといってもいいほどだ。

それだけに見舞いの品を看護婦に預けるのは抵抗があったのだろうが、刈谷としても無責任に安うけあいはできない。

むしろ刈谷のほうで城所に頼みたいことがあった。

「きみは今夜は当直だといったな」

「はい」

「それじゃちょっと頼みたいことがあるんだが――」

刈谷は手帳を取り出すと、それに新枝彌撒子、藤井葉月の名を書き、そのページを破っ

て、城所に渡した。

「署に帰ったら、なにか、このふたりの女性の記録が残っていないか、それを調べてくれないか。おそらく年齢は二十代の前半だと思う。ふたりとも準看護婦だと思うんだが、これはあまりはっきりしない。交通違反でも何でもいい。どんな些細な記録でもいいから調べてもらいたいんだ」

「この女たちがどうかしたんですか」

「それがわからない。どうかしたのかどうかもわからないんだよ」

「住所とか電話番号なんかは？」

「それもわからないんだ。明日は日曜日でどうしようもないけどな。週があけたら、このふたりの女が在校していないか、都内の看護学校に片っ端から問いあわせてみるつもりだよ」

「…………」

「もしかしたら新枝彌撒子のほうは事故死の届けが出ているかもしれない。聖バード病院で届けを出していればの話だが――」

「…………」

「くわしい話はあらためてする。おれもいまは五里霧中というところなんだ。おれにもよくわからない話なんだよ」

「なんだか曖昧な話ですね」

城所は要領をえない顔をしたが、わかりました、とうなずいた。さすがにこんなところは若いといっても現役の刑事だ。

「署に戻ったらすぐに調べてみます」

「何時《いつ》でもいい。なにかわかったらおれのポケットベルに連絡してくれ。おりかえし電話を入れるから――」

「先輩は」

城所はけげんそうな表情になった。

「寝ないんですか」

「………」

刈谷はそれには返事をしなかった。

いまはまだ寝る気にはなれない。ハルピュイアの悪夢を見そうで、とても眠る気にはなれないのだが……そんなことを後輩の城所に打ちあけるわけにはいかなかった。

53

城所は受付の看護婦に紙包みを託すと、

「それじゃ署に戻ります」

すぐに病院を出ていった。

ああ、と刈谷は返事をして、そのまま四階に向かう。

受付の看護婦も刈谷の身分がわかっているので咎めだてしようとはしない。ただ、ほかの警察関係者はみんな帰ったというのに、この人ひとりだけ何をうろうろ居残っているんだろう、とそのことを不審に感じてはいるらしい。

もっとも、そのことを不審に感じているのはその看護婦だけではない。刈谷自身にしてからが、

――どうしておれは帰ろうとしないんだろう？

とそのことがいぶかしい。

刑事課の同僚たちも鑑識の係官たちも全員が引きあげていった。刈谷ひとりが残らなければならない理由は何もない。

現場検証は明日ということになった。関係者からの聞き込みなどはその後からということになるだろう。要するに、今夜は聖バード病院に残ったところで何もやることがないのだ。

現に刈谷にしても、これから何をどうしたらいいか、その当てなどまるでない。それなのに帰る気になれないのだ。どうしてか？　つまりはこの事件にとり憑かれてしまったのだ。刑事の執念など、われながらあまりゾッとしないのだが、どうもそういうことであるらしい。

狭更奏一がその奇妙な臨死体験から、女は天使なのか悪魔なのか、という奇妙な疑問にとり憑かれてしまったように、刈谷はこの事件そのものにとり憑かれてしまった、ということなのだろう。

刑事の心得として、現場百ぺん、などとよくいわれる。優秀な刑事をこころざすのであれば、何度でも、繰り返し犯行現場に足を運ばなければならないということだ。

が、刈谷は優秀な刑事とはいえないし、ましてや現場百ぺんなどという殊勝な気持ちから、四階に戻ろうとしているわけではない。たんに戻らずにいられないから戻るだけのことだ。

——いや、そうとばかりもいえない。

　刈谷は胸のなかでかぶりを振った。

　同僚たちの誰ひとりとして、被害者が突き落とされるのを目撃しながら、みすみす犯人をとり逃がしてしまったことで、刈谷を責めようとはしない。むしろ、とっさのことでやむをえなかったのだろう、と同情的に考えてくれているらしい。

　あの場合、犯人を追うより、篠塚の生死を確かめるほうが先決だった。たしかに、やむをえないことではあったのだ、と刈谷自身もそう思う。

　が、それでも、すぐ指呼《しこ》の間にいながら、犯人をとり逃がしてしまった、という屈辱感は大きい。現役の刑事としてはこれはどうにも弁解のしようのない不手際というべきだろう。

　なにより残念なのは、あのとき篠塚が、どうして大時計に長針がないのか、その理由に気がついたらしいことだ。

　あのとき、

　――緊急病棟で何か変わったものに気がつかなかったか？

　篠塚はそう尋ねてきた。

　火災が発生する直前に、篠塚は、緊急病棟の廊下で大量の卵黄がこぼれているのを見たという。一瞬、ハルピュイアの卵かと思ったというのだが、それを聞いた刈谷はもちろんのこと、篠塚自身も本気でそんなことを信じていたわけではないだろう。

変わったものといえば、卵黄などその最たるものといえそうだが、刈谷はそんなものは見ていないし、どうもあのとき篠塚は卵黄を指して変わったものといったわけではないらしい。

緊急病棟にどんな変わったものがあるのか？　篠塚が見ているのであれば、当然、刈谷もそれを見ているはずだ。が、残念ながら、刈谷にはそれが何であるかがわからない。

もうひとつ、篠塚が時計台を飛びだすときに叫んだ、ケーキ、という言葉のことも気にかかる。ケーキが何だというのだろう？　それもかいもく見当がつかない。なにかそれ以前にも、ケーキに関して耳にしたことがあるような気がするのだが、（喉まで出かかっている感じなのに）それも思いだすことができないのだ。

要するに、篠塚が死んでしまったために、すべては謎に包まれたままになってしまったわけだ。変わったもの、というのが何であるかもわからなければ、ケーキが何を意味していたかもわからない。つまるところ、どうして大時計の長針がないのか、その謎も解けずじまいなのだった。

みすみす犯人をとり逃がしてしまったのも残念だが、

——ちくしょう。

それ以上に篠塚を死なせてしまったことが悔やまれる。

その悔しさがあるかぎり、刈谷は自分のアパートに戻って寝る気にはなれない。なにもやるべきことはない、とはわかっていても、聖バード病院の四階に戻らずにはいられないのだった。

54

四階に行くまえに念のために狭更の病室を覗いてみた。万が一、狭更がまだ起きているようであれば、城所刑事が見舞いの品を持ってきたことを告げて喜ばせてやろうと思ったのだ。

が、当然のことながら、狭更の病室は明かりが消えていた。病人がこんな時間まで起きているはずがない。

刈谷は四階に上がった。

エレベーターの横の通路を折れて、そこから無菌室のまえを通り、緊急病棟のほうに向かう。

緊急病棟に入ろうとしたときだった。

視界の隅を、ちらり、となにか白いものがかすめるのが見えた。ひとりの看護婦がラウンジから出てくると、刈谷に背を向け、西のほうに立ち去っていくのだ。

その姿に見覚えがあるような気がした。時計台の階段で篠塚を突き落としたあの看護婦ではないか。

——まさか！

さすがに、そんなはずはない、と否定する気持ちのほうが強かった。ほんの数時間まえに人を殺したばかりの女が、警察が引きあげたからといって、のこのこと現場付近に舞い戻ってくるはずがない。たしかに、犯人はかならず犯行現場に戻ってくる、とはよくいわれることではあるが、それは少なくとも数日おいての話だろう。普通の犯人なら、こんな短時間に現場に戻ってくるはずがないのだった。

しかし——

蛍光灯に青白く染まって、かすんだその後ろ姿は、たしかにあの看護婦を彷彿《ほうふつ》とさせるところがある。

ここが病院でなければ、刈谷は大声を張りあげ、全速力で看護婦を追っていたのにちがいない。が、ここは病院であるし、しかも重症患者用個室が近いとあっては、そんな不作法な騒ぎを起こすわけにはいかない。

「…………」

刈谷はひっそりと看護婦を追った。

看護婦は両開きのドアを開けて、緊急病棟から出ていった。

刈谷はやや足を速めた。

が、刈谷が緊急病棟を出たときには、もうどこにも看護婦の姿はなかった。

べつだん不審というほどのことではない。階段を下りたのかもしれないし、ぐるりと無菌室を回り込んで、ナースセンターに向かったのかもしれない。

もともと白衣を着た若い看護婦は遠目にはみんな似て見えるのではないか。あの看護婦が現場に舞い戻ってきた、とそう考えるほうが不自然なことなのだ。

が、そこに妙なものが落ちているのに気がついて、

「…………」

刈谷は眉をひそめた。

拾いあげる。

どうしてここにこんなものが落ちているのか？

それは――カラスの羽根なのだった。

ふと、聖バード病院を訪れたとき、まえの雑木林にカラスを埋めていた妙な少年がいた

のを思いだした。美しいが、どこかいびつなところを感じさせる少年だった。そういえば、あれ以降、あの少年の姿をどこでも見かけていないが、そもそもあの少年は何者だったのか？

——あの少年はカラスの群れを追い払うために死んだカラスを吊るして案山子がわりにしていたとそういっていた。看護婦たちのなかにはカラスを怖がる者がいるから、と。つまり、あの少年は病院の関係者というわけだろう。それなのにどうしてあれから一度もあの少年の姿を見かけないのだろう……なにか刈谷は自分がとんでもない忘れ物をしていたような気がした。もっとも早くに思いださなければならなかったのに、思いだすのを怠っていた……そんな得体の知れない自責の念にかられた。

あらためて周囲を見まわした。

ここは四階のもっとも西端に当たる。すぐ目のまえに「血液検査室」と表示されたドアがある。ドアには、すりガラスの窓があったが、もちろんその窓は暗い。

念のために、ノブをひねってみたが、鍵がかかっているらしく、ドアは開こうとはしない。

てこなかった……

ドアに耳を寄せて、なかの様子をうかがってみたが、部屋からはコトリとも音が聞こえ

55

ナースセンターを覗いてみた。

看護婦はひとりもいない。ナースセンターの明かりは消えていた。

聖バード病院では各階にナースセンターが設けられている。当直の看護婦はほかの階のナースセンターにいるのだろう。

——いまの看護婦もほかの階のナースセンターに行ったのだろうか。

緊急病棟で見かけた看護婦の姿を思いだそうと努めた。

いつも後ろ姿ばかりだったから、どんな容姿の看護婦だったか、はっきりと指摘することはできない。蛍光灯の明かりのなかをちらりと青い影のようにかすめた。なにか幻のようにはかない印象しか残していないのだ。

時計台のあの看護婦に似ているように感じたが、遠目に見れば、制服を着た看護婦はみんな似ていて当然だから、いまとなっては自信がない。

常識的に考えれば、つい数時間まえに人を殺したばかりの女が、現場付近をうろついているはずはないのだが、この事件にかぎっては世間の常識などというものは通用しないように思えた。なにが起こっても不思議はないし、なにが起こらなくても不思議はないような気がする……

引っかかるのはカラスの羽根だ。

どうしてこんなものが「血液検査室」のまえに落ちていたのか。ただ、たんに偶然に落ちていただけなら何の問題もない。が、前後の事情から、さっきの看護婦が落としていったもののように思われる。それも故意に落としていったように思われるのだ。

——考えすぎだろうか？

そうかもしれない。

もしかして、この聖バード病院には、なにか毒気のようなものが瀰漫《びまん》していて、それにあてられたのではないか。ここでは何でもないことがすべて謎めいて意味ありげなものに感じられるのだ。なにもカラスの羽根のことなど気に病む必要はないのかもしれない。しかし……

どんなに気にすることはない、と自分にいい聞かせても、胸にわだかまる暗雲はいっこうに晴れようとはしないのだった。

緊急病棟に戻った。

重症患者用個室にさしかかったときに、その一室のドアがすこし開いて、明かりが洩れているのに気がついた。

修善豊隆の部屋だ。

——まだ起きているんだろうか？

まだ起きているのなら、修善豊隆の話を聞いてみたい気がする。あの少年の洞察力と直観、それに推理力は、じつに称賛にあたいする。こんなふうに混迷しているときに、その話を聞くのは、大いに助けになるはずだった。

が、いくらなんでも、人の部屋を訪ねるのには時間が遅すぎるのではないか。すでに深夜の一時を過ぎている。ましてや相手は病人なのだ。そのことを考えれば、あまりに非常識というものだろう。

そうは思ったが、刈谷はその場を立ち去りかねていた。それというのも、なにか泥濘に足をとられ身動きがとれないような、のっぴきならない精神状態に陥っていたからにほかならない。混乱しきっているのだ。

刈谷はためらったが、そのためらいを見透かしたように、

「お入りください、刈谷さん。かまいませんよ。ぼくはまだ起きていますから——」

部屋のなかからそう修善豊隆の声が聞こえてきたのだ。

「…………」

刈谷は唖然《あぜん》とせざるをえない。

どうして自分がここにたたずんでいるのがわかったのか、いまさらながらに修善豊隆という少年の不思議さには驚かされる。

が、そんなことより、いまは豊隆と話をしたい、という気持ちのほうが強い。

豊隆から声をかけられたことに、なかば救われたような思いになりながら、病室に足を踏み入れた……

56

修善豊隆はベッドのうえに半身を起こしていた。

「大変な騒ぎだったようですね」

豊隆は刈谷をいたわるようにいった。

「刈谷さんは忙しいんでしょうね。引きとめたりしてご迷惑じゃありませんか」

「迷惑なんかじゃないさ。たいして忙しくもない。きみと話ができるのはいつでも大歓迎だ。それより、どうして病室の外にいるのがぼくだとわかったんだ？　たいした推理力じゃないか。やっぱり靴音かなんかで判断したのかい」

「…………」

豊隆はそれには答えようとはせず、ただはにかんだように笑っただけだった。

刈谷はそんな豊隆を感嘆する思いで見つめていた。

その肌がほんのり血の色が透けて見えるほどに白い。長い患いで、さすがにやつれているが、不思議に弱々しさは感じさせない。病《やまい》はこの少年に、なにか独特の透明感のようなものをもたらし、それが鋭敏な知性を（一点の曇りもない鏡がすべてを正確に映しだすように）なおさら鋭く研ぎすましているらしい。

「明日から無菌室に入ることになっているんです。それで興奮したらしく、なかなか眠れずにいたんです。刈谷さんが通りかかってくれたんでよかった。退屈でこまっていたところなんです」

「ああ、そうだっけね——」

刈谷は椅子に腰をおろした。

「明日から無菌室に入るんだったね」

「ええ、無菌室に入ると、面会できる人もかぎられますからね。自由に人と話ができるのも今夜までなんですよ」

「そうか――」

大変だな、という言葉をあわてて胸のなかに呑み込んだ。

豊隆は、血液中に異常細胞が増殖しつづけていながら白血病ではない、という原因不明の難病にとりつかれている。無菌室に入るのは、もちろん骨髄移植手術の準備のためで、それが大変なことであるのは、あらためて刈谷が指摘するまでもなく、本人がいちばんよく承知していることだろう。

医者でもなければ身内でもない第三者がよけいな口をきくべきではない。

それにしても明日から手術の準備に入るというのに、見たところ家族がつきそっている様子もない。こんなに明るく、屈託のない豊隆だが、実際にはかなり淋しい境遇なのかもしれない。

が、それもまた刈谷などが口に出すべきことではなかった。

豊隆はとても十六歳とは思えないほど細やかな神経を持っている。このときも刈谷が自分の病気に気をつかって当惑しているのを敏感に察したらしい。

「看護婦さんから聞いたんですが、なんでも当直の先生が時計台から墜落したんだそうですね」

そんなふうにさりげなく話題を移した。

「どうしてそんなことになったんですか。事故ですか」

「いや、それはまあ、これから調べるところなんだけどね――」

いくら相手が豊隆であろうと、これは答えるのには抵抗がある。捜査の内容を関係者以外の人間に洩らしてはならない、というのが刑事の鉄則なのだ。

もっとも賢明な豊隆のことだ。そんなことはすぐに見抜いたらしい。刈谷を見つめながら、わずかに唇に笑いをきざんだ。

「…………」

そのなにもかも見透かしているような視線に、刈谷は（現役の刑事らしくもなく）妙にどぎまぎとし、何とはなしにカラスの羽根を指でもてあそんだ。

豊隆はそのカラスの羽根をけげんそうに見て、

「どうしたんですか、それ」

と聞いてきた。

「あ、ああ、これか。拾ったんだよ」

「拾った？　どこでですか」

「血液検査室というのがあるだろう。あのまえの廊下でなんだけどね。ついさっき拾ったばかりなんだ」

「おかしいな」

豊隆は笑った。この少年らしくない悪戯《いたずら》っぽい笑いだった。

「なにが？」

「答えになってませんよ」

「……………」

「血液検査室のまえの廊下でカラスの羽根を拾った。それはそうかもしれないけど、ふつう、そんなものが落ちてたって誰も拾いませんよ。カラスの羽根を拾ったんだとしたら、なにか、それを拾わなければならない特別な事情のある場所だと思うじゃないですか。血液検査室のまえの廊下で拾った、というんじゃ答えになっていない」

「……………」

そのとおりだ、と刈谷もそのことを認めざるをえない。たしかに答えになっていない。豊隆は非常に鋭敏で、この少年を相手に話をするには、よほど慎重に言葉を選ばなければならない。

さっきもいったように、と豊隆は笑いを噛み殺したような口調で言葉をつづけて、

「ぼくは、明日から無菌室に入ることになっているんです。無菌室に入ったら、移植手術

の当日まで、一歩も外に出られません」

「うん」

「その間《かん》、無菌室担当以外の看護婦に会うことはないだろうし、ぼくには面会に来てくれるような身内もいない──」

「きみは」

刈谷は眉をひそめた。

「何がいいたいんだ？」

「つまり、ここで刈谷さんからなにか聞いてはならない話を聞いたとしても、ぼくがそれをほかの人に洩らす可能性はほとんどゼロに近いということです。無菌室には電話もありませんしね」

「…………」

「たんなる好奇心から聞いているんじゃないんです。いや、それもあるかもしれないけど、少なくともそればっかりじゃない──」

豊隆は急に真顔になると、

「ぼくはこのベッドから動けません。車椅子で移動することはできますが、それも誰かに押してもらわないと無理なんです。いまのぼくには自分で車椅子を動かせるほどの体力は残されていない。すぐに疲れてしまうんですよ」

「…………」

「ぼくは身動きのできない病人です。でも何かをしたいんですよ。なにか自分が生きているというあかしが欲しい。刈谷さんはしきりに病院を動きまわって、いろんな人からいろんなことを聞いていた。そして、その夜に、当直の先生が時計台から墜落して死んだという。これは誰が考えたって、なにかが病院で起こっているんだな、ってわかりますよ。それも何か異常なことが起こっているらしい。そうでしょう？」

「…………」

「ぼくは動けない。でも頭だけは働かすことができる。ぼくはこうしてベッドに縛りつけられながら一日中なにかを考えている。目に入るものといえば、窓に見える空、雑木林、鏡に映るマンセル色相環、エッシャーの『立方体とマジック・リボン』、それに白い壁だけです。でも、ぼくは考える。考えずにはいられない。いまのぼくには、考えることだけが自分が生きている唯一のあかしなんです。刈谷さん、お願いです。どうかぼくにも手伝わせてください」

「きみの気持ちはわからないでもない。いや、非常によくわかる。しかし――」

「ベッド・ディテクティブという言葉をご存知ですか。探偵がベッドから一歩も離れずに事件を解決する。ミステリーの名探偵のようにはいかないけど、ぼくもベッド・ディテクティブをやってみたいんです。できると思うんです」

「現実の事件は小説のようなわけにはいかないよ。そんなに単純なものじゃない」

そういいながら刈谷は自分を偽っているような罪悪感をかすかに覚えた。これが現実の事件といえるだろうか。これはとうてい警察の通常の捜査が通用するような事件ではない――ついさっき刈谷自身がそう感じたばかりではないか。この事件は単純ではない。確かにそれはそうだ。が、だからといって複雑だというのでもなく、この事件はたんに独特なのだ。あまりに独特すぎて警察の手に余る。

「だって刈谷さんは、ぼくの推理力を誉めてくれたばかりじゃありませんか」

「それはそうだ。ぼくはきみの推理力、というか洞察力をまれに見るものだとそう思っている。だけど、豊隆くん、現実の事件というのはね、そんな――」

刈谷さん、と豊隆はいつになく強い口調でそれをさえぎり、

「なんだったらぼくの推理力をテストしてくれませんか」

「え？」

刈谷は豊隆の顔を見た。

「刈谷さんがいっていた〝見えない部屋〟のことなんですけどね――」

豊隆は刈谷の顔を見返した。微笑し、その目がきらめいていた。そして、自信に満ちた口調で、ゆっくりとこういったのだ。

「ぼくはそれがどういうものでどこにあるかわかったような気がするんですよ」

57

「なんだって」

刈谷は思わず立ちあがっていた。

その膝からカラスの羽根が落ちた。カラスの羽根は、ふわふわ、と宙にクエスチョン・マークをえがきながら、ゆっくりと床に舞い落ちた。

それを反射的に拾いあげながら、

「〝見えない部屋〟とは何なんだ？　どこにあるんだ？」

急《せ》き込むようにして聞いた。

「刈谷さんは看護婦が〝見えない部屋〟という言葉をつぶやいたとそういいましたね。看護婦にとって〝見えない部屋〟とはどこに当たるだろう？　ぼくはそのことを考えたんですよ。そして、わかりました。わかったような気がするんですよ」

「…………」

「ぼくは入院した当初、なんらかの感染症だと診断されました。血液のなかに異常細胞が増殖する感染症……肝炎ウイルスに感染したのか、それともＨＩＶか？　結局、どちらでもないことがわかって、原因不明の感染症ということになったんですけどね。ご存知だと思いますけど、ぼくは最初、緊急病棟《HCU》に入れられたんです。なんらかの感染症が疑われる以上、ほかの患者に感染しないように気をつけなければなりません。いまはどうもほかの患者に感染しそうにない、ということがはっきりわかって、こうしていられるんですけどね。当初、緊急病棟に入れられたときはそうじゃなかった。病院側ではぼくの病気がほかの患者に感染するのを予防しなければならなかったんです」

「…………」

「もちろん無菌室に入れば問題はないわけですけどね。無菌室を準備するには時間がかかるし、最初のうちは、ぼくがそこまでの態勢を必要とする患者かどうかわからなかった。いったん無菌室に入ってしまうと、いろいろ制約もあるし、検査ひとつするのにも何かと面倒なことが多い。できれば緊急病棟に入れたままで感染防止の措置をとりたい。それにはどうすればいいか」

「…………」

刈谷はあっけにとられている。

豊隆の、この突然の饒舌が、どこにどう帰着しておさまるのか、見当もつかない。刈谷が聞きたいのは、豊隆の病気のことではなく、〝見えない部屋〟のことなのだが。

「どうやって緊急病棟に入れたままで感染防止の措置をとればいいか？　ベッドの間隔を広くする。床に物を置かないようにする。頻繁に掃除する。患者の血液や分泌物には絶対に触れないようにする……そうした配慮はもちろんですが、とてもそれぐらいのことでは追いつかない。どうすればいいか？　要するに緊急病棟のなかに個室をつくってやればいいわけです」

「緊急病棟に個室を……」

「そうです。もっともカーテンを引いて、入り口に粘着マットや除菌マットを敷いたぐらいではどうにもならない。そんなことでは他の患者への感染を防ぐことはできない。大切なのは空気の流れをコントロールすることなんです。清潔な区域から、汚染された区域に一方的に、空気が流れるようにしてやればいいわけです。そうすれば他の患者への感染を防いでやることができる。緊急病棟のなかにそうした区域を設ければいいわけです」

「……………」

「つまり、ぼくが緊急病棟で収容されたのはそういうところだったんです。カーテンでくぎって、そこだけ空調を調節し、ほかのところより気圧を下げるようにされていた。減圧されていたんです。そうしてやれば、ぼくのところに他から空気が流れ込むことはあっても、ぼくのところから他に空気が流れだすことはありませんからね。感染を予防するのにこんないい方法はない」

刈谷はそのときになって初めて、豊隆がなにをいわんとしているのか、そのことに気がついたのだった。あっ、と思わず声をあげていた。

そうなんです、と豊隆はうなずいて、

「誰の目にも見えない。だけどそのとき入れ子のように、緊急病棟のなかには、たしかにもうひとつ部屋があったんですよ。そこにはたしかに〝見えない部屋〟があったんです」

「…………」

刈谷は身をひるがえそうとした。緊急病棟を確認してみようとそう思ったのだ。が、それをすかさず、駄目ですよ、と豊隆が制したのだった。

「緊急病棟は焼けてしまった。〝見えない部屋〟も消えてしまった。いまさら見にいってももう遅いですよ。もう〝見えない部屋〟はどこにもありません」

「ううむ――」

思わず刈谷は唸り声をあげた。一瞬、その場に立ちすくんで、むなしく拳を握りしめたが、これは豊隆の言葉が正しいことを認めざるをえない。〝見えない部屋〟は消えてしまった。いまさら見にいっても遅いのだ。椅子に力なく腰を落とすと、もう一度、ううむ、と唸り声をあげた。どんなに唸っても唸りたりない気がする。

――妙な事件だ……

あらためてそのことを痛感させられた。

豊隆のいうように、〝見えない部屋〟とはつまり緊急病棟のなかでの減圧された区域のことだとしたら、それはもともとそこにあってない部屋だといえるだろう。最初から存在してもいない部屋が火災で消えてしまう、などとそんな不条理なことがあっていいものか。そうでなくても、この事件には全体に、どこかグロテスクでつじつまのあわないところが感じられるのだ。そもそも最初から現実の条理など逸して、異次元の論理につらぬかれ進行しているような、そんな悪夢めいたところがあるのだった。

こんな妙な事件だ。そもそも最初から存在してもいないはずの部屋が、火事で消えてしまう、などということがあったとしても不思議はないかもしれない。この現実ではいざしらず、異次元世界ではそれは十分にありうることなのだろう。

――それに……

考えてみれば〝見えない部屋〟がこの事件のどこにどう関係しているのかそれもよくわ

からないことなのだ。

狭更奏一が臨死体験中に見たという看護婦は、あなたも見えない部屋に入れてあげればよかったのかもしれない、とそうつぶやいたという。ただそれだけが、わずかに、どこかに〝見えない部屋〟があるという根拠になっているにすぎないのだ。

とりあえず狭更の臨死体験を現実のこととして動いてはいるが、もしそれがたんなる幻想にすぎなかったのだとしたら、そもそも〝見えない部屋〟を探すという行為そのものが無意味なことになってしまう（もっとも、それがたんなる幻想なのだとしたら、どうして下からは見えないはずの天井の桟を這っている電線の皮膜が破れているのがわかったのか、という謎が残ることにはなるのだが）。そうであれば豊隆が指摘した〝見えない部屋〟はただのこじつけということになってしまうだろう。

ただ――

刈谷も豊隆の推理がきわだって鋭いことだけは認めなければならない。いや、たんに鋭いというにとどまらず、そこにはなにか天才的なひらめきさえ感じられるようだ。自分でもいうように、豊隆は動くことができず、ただ考えることしかできない。それがこの少年に人並みはずれた（というか、ほとんど人間離れした）推理力と洞察力をもたらしているらしい。もともとの天分もあり、その考えをぎりぎりまで凝縮させ、一点を追いつめていくのに長《た》けているのだ。

「ぼくの推理力はどうですか。テストには合格点を取りましたか？」

豊隆は熱意をこめてそういい、

「もし合格だと思われるなら、刈谷さん、どうか、ぼくにベッド・ディテクティブの真似事をさせてください。ぼくに事件の一部始終を話してくれませんか。お力になれるかどうかわかりませんが、手伝いたいんです。手伝わせてください。お願いします」

「………」

刈谷は迷った。

いや、実際には、たんに自分自身に迷っているふりをして見せただけなのかもしれない。そんな自分に対して欺瞞《ぎまん》と矛盾めいたものを覚えずにはいられない。

もちろん、捜査中の事件の内容を部外者に洩らしてはいけない、という刑事の鉄則は護《まも》られるべきではある。

が、それも事件によりけりで、従来の捜査が通用しないこんな事件では、多少、異例な手段をとるのもやむをえないこととして許されるのではないか。

そもそも刈谷がこの病室に入ってきたのは、豊隆の明敏な頭脳を当てにしてのことではなかったか。混乱してもつれた事件をわずかなりとも解いてもらえないものか、とそう期待してのことだったのだ。

「わかった。すべてを聞いてもらうことにしよう。賢明なきみのことだ。もちろん、そんなことはわかっているだろうが、これからぼくが話すことは絶対に他の人に洩らしてもらってはこまる――」

刈谷はそう前置きし、

「ぼくが聖バード病院に来たのは、たんに狭更さんの見舞いに来ただけじゃないんだ。いや、ぼくとしては狭更さんの見舞いに来たつもりだったんだが、狭更さんには他にぼくに期待することがあった。これが何ともじつに奇妙な話なんだが……」

58

すべてを話し終えるのに三十分以上もかかった。

自分が被疑者になって、取調室で調書をとられているつもりで話した。どんなに些細で、つまらなく思えることでも、何ひとつ省かないように努めた。

事件の捜査というものは、思いもよらないことから、解決の糸口がつかめ、進展するものなのだから――刈谷は経験からそのことをよく承知していた。

もっとも、なにしろ相手は十六歳の少年なのだ。すべてを話すといってもそこにはおのずから限界がある。話せることと話せないことがあるのはやむをえない。

たとえば、篠塚が当直の看護婦の誰かと関係を持ったなどということは話せるはずがない。そういうところは適当にぼかして話をするしかなかったのだが……

「…………」

刈谷の話が終わっても、豊隆はしばらく黙り込んでいた。ベッドのうえで上半身を起こして、わずかにうつむくようにし、ジッと目を閉じている。おそらく豊隆は何かを懸命に考えているのだ。その血の気の失せた顔は、ひたいにきりきりと静脈をきざんで、恐ろしいほどの精神の集中を示していた。

刈谷は豊隆の考えがまとまるのを待っていた。

豊隆の背後に窓がある。

その窓を見ていた。

その窓からは、闇の底に黒々とわだかまる地上と、それよりさらに黒い空をのぞむことができた。

——こんなに暗い空は生まれてこのかた見たことがない。

刈谷は本気でそう思った。

すでに地上では風はやんでいる。が、上空ではまだ強い風が吹いているらしい。黒い雲が次から次に吹きちぎれるようにして奔《はし》っていた。

ときおり秋の月が雲間に顔を覗かせるのだが、その冴えざえと冷たい光が、不気味なほどはっきりとクレーターの翳《かげ》を刻んでいた。

刈谷の精神状態がやや異常に傾いているからそんなふうに感じるのか。そのクレーターの翳が骸骨《がいこつ》の貌《かお》を連想させる。どくろは月のなかで歯を剝きだすようにして笑っていた。

そして奇妙なことに、そんなふうに月が輝いているというのに、やはり窓からのぞむ空は黒々と闇に塗りつぶされた印象をもたらしているのだった……

やがて、豊隆は顔をあげると、なにか熱にうるんだような目を向けて、

「新枝彌撒子……藤井葉月……」

そう口のなかでつぶやいた。

「そうだ。新枝彌撒子に、藤井葉月——篠塚先生の話から察するに、どうもこのふたりのうち、どちらかが狭吏さんが見たという看護婦であるらしい。新枝彌撒子は昨夜の火事で焼け死んだことになっている。が、それは制服の名札から判断されただけのことであって、実際に、死んだのが新枝彌撒子だと確認されたわけではない」

刈谷は勢い込んでいった。

豊隆が口をきいたことに何かしらホッとするものを覚えていた。この少年は遥か遠い地に旅だって、その地に長くとどまり、いまようやくここに戻ってきた。どうしてかそんな印象を受けていた。

「そして、その看護婦さんの遺体は、いま、どこにあるのかわからない。そういうことなんですね？」

豊隆の表情は内省的だ。刈谷に向かって話しているというより、そうやって一語一語口にだすことで、なにかを自分に確かめているように感じられた。

「ああ、管理婦長の厨子さんも知らないし、ほかの当直看護婦に聞いても、誰ひとり知らないんだよ。婦長から聞いて、聖バード病院に出入りしている葬儀業者に電話を入れてみたのだが、留守番電話になっていた。なにしろ、こんな真夜中のことだからね。当然といえば当然のことだよ。明日になるのを待つしかないだろう」

「それで刈谷さんはどうなんですか。篠塚先生を突き落としたのは、やっぱり、そのふたりの看護婦のうちの、どちらかがやったのだと思いますか」

「何ともいえないな。刑事としては恥ずかしい話だが、とっさのことで、その看護婦の姿をろくに覚えていないんだよ。階段の明かりが十分でなかったこともあるしね。太ってはいなかったと思うが、痩せていたかどうかと聞かれると、それもはっきりしない」

「カラスの羽根を落とした看護婦のことはどうですか。篠塚先生を殺した看護婦と似ていましたか」

「そっちのほうはもっとはっきりしない。あんな事件のあとだから、謎めいて見えただけのことかもしれないしね。たんにナースセンターの看護婦が巡回をしていただけのことかもしれない。何ともいえない。ほんとうにその看護婦がカラスの羽根を落としたかどうかもわからないんだ」

「でも、どうしてカラスの羽根なんでしょうか。話を聞くかぎりでは、その看護婦はカラスの羽根を故意に落としていったとしか思えない。どうしてそんなことをしたのか？　刈谷さんが聖バード病院に来たときに見たというその少年は何者なんでしょう？　カラスの死骸を枝に吊るしてそれでカラスの群れを追っ払うなんていかにも嘘くさいですよ。そんなの信じられないな」

「しかし、そうじゃないとしたら、どうしてカラスの死骸を枝に吊るしたりしていたんだろう？」

「べつにカラスの死骸を枝に吊るしていたわけじゃないと思いますね。そのカラスはまだ死んでから間がないように見えませんでしたか？」

「ああ、そのようだったな——」

刈谷は面食らった。

「それが何か？」

「カラスの死骸を案山子がわりに使うんだったら、そんなにすぐには枝から下ろさないんじゃないですか。それじゃ案山子がわりにならない。カラスを案山子がわりにしたというのは、刈谷さんに見られたので、とっさに思いついた口実にすぎないと思いますね。それはやっぱりカラスを捕らえるための罠だったんですよ。ぼくにはそうとしか思えない。カラスを捕らえたのは、なにもそれを吊るして案山子がわりにしようというのじゃない。その少年にとっては、じつは、そのあとのことが大切だったんじゃないでしょうか」

「そのあとのこと？」

「つまり、死んだカラスを地面に埋めることですよ。少年が雑木林に罠を仕掛けて、カラスを捕らえたのも、じつはそれがほんとうの目的だったんじゃないでしょうか」

「死んだカラスを地面に埋めることがほんとうの目的……」

刈谷は眉をひそめた。

なるほど、たしかにあのときの少年の姿を思いだせば、それがほんとうの目的だったように感じられないこともない。しかし、死んだカラスを地面に埋めることにどんな意味があるというのか？

――そういえば、あの少年はあのとき妙なことをいったっけな。あれは何といったんだっけな？

そうだ、と刈谷は思った。おれはあのとき少年にどうしてカラスを地面に埋めているのかと聞いた。すると少年は、地球をぐるりと動かしているんです、とそう答えた。あれはたんなるたわいもない冗談だったのか。それともなにか意味のあることだったのだろうか？

「こんご――」

刈谷は顔をあげて豊隆にいった。

「たいぞうにする」

え？　と豊隆はけげんそうな声をあげ、目を瞬《しばたた》かせた。

「すいません。なんていったんですか。よく聞きとれなかったんですが」

「いや、その少年はカラスを地面に埋めながら、なにかつぶやいていたんだ。おれにはそれがこう聞こえたんだよ。こんご、たいぞうにする――」

「こんご、たいぞうにする……」

豊隆は口のなかでくりかえした。呆然としていた。

しかし、それもつかのまのことだった。すぐに、その目に理解の色がきざし、強靭な光が宿った。その青白い顔にスッと血の気がさした。

一瞬、ほんの一瞬だが、豊隆の顔を、なにかにとり憑かれたような、狂おしい表情がよぎった。

――なにか気がついたことがあるのか。

刈谷は期待した。

が、つづいて豊隆が口にしたことは、刈谷が予想もしていなかったことだった。

「篠塚先生が時計台から落ちて空を飛んだとそういいましたね？」

「まさか、そんなことはいわない」

刈谷は苦笑せざるをえない。

「落ちた場所が何十メートルもずれていたとそういったんだ。落ちて、空を飛んだとはいわないが、そうとしか思えない状況だったことは間違いない。物理的にそんなことは絶対にありえないんだけどね」

「そのことなんですが――」

豊隆の目は奇妙な底光をおびていた。

「ちょっと思いついたことがあるんです。妙なことなんですけどね、そう、ちょっと思いついたことがあるんですよ」

59

「どんなことだろう？　なにを思いついたというんだ？」

刈谷は勢い込んで聞いた。

「いや、まだはっきりとお話しできることじゃありません。ほんの思いつきで、根拠となる材料も足りないし、もう少し考えをまとめたほうがいい――」

が、またしてもはぐらかされ、

「刈谷さん、さっき、ぼくの病室にいらしたとき、婦長の厨子さんが付添いの飯田さんにいったことを覚えていませんか」

「厨子さんが飯田さんに――」

刈谷は面食らった。

「いや、覚えていないが、何をいったんだっけ？」

「思いだしてみてください。もしかしたら、それが事件の謎を解く重要な鍵になるかもしれない。あくまでも、もしかしたら、ですよ。さっきもいったように、ほんの思いつきにすぎないんですから」

刈谷はそのときのことを思いだそうと努めてみた。つい昨日《きのう》の夕方のことなのに、もうずいぶん以前のことのように思える。短時間のうちにあまりにも多くのことが起こりすぎる。この聖バード病院では外界とは別種の時間が流れていて、まるでコンデンス・ミルクのように時間が濃縮されているかのようだ。

厨子礼子が、あまり飯田静女を近づけないほうがいい、と豊隆に注意したのは覚えている。大日如来がどうの曼陀羅がどうのと迷信深いのを嫌っていたのではないか。それを聞いて、管理婦長という立場はわかるが、すこし狭量すぎるのではないか、ふとそんなことを思ったものだった。

が、厨子礼子が飯田静女に何をいったというのだろう？　そもそも刈谷が病室にいたとき、このふたりは顔をあわせてはいないのではないか。

「…………」

――いや……

刈谷は眉をひそめた。

たしかに病室では顔をあわせていないが、ふたりが外の廊下で話すのを聞いた記憶がある。正確には厨子礼子が飯田静女を叱りつけている声を聞いた。あれは何といったのだったか？　そう、注射がどうのこうの、と聞いたような覚えがあるが、豊隆はそのことをいっているのか――それが事件の謎を解く重要な鍵になる？　どうしてか。

「覚えているような覚えていないような。よくわからないんだけどね」

刈谷はとうとう匙《さじ》を投げた。

「そうですか。いや、それならそれでいいです――」

しかし、豊隆にはそれ以上、そのことを説明するつもりはないようだった。自分でもいうように、はっきりしたことを話すのは、もう少し根拠となる材料をそろえ、考えをまとめてからのことにするつもりらしい。

「………」

刈谷は苦笑せざるをえない。

ベッド・ディテクティブを志願してくれたのはいいが、豊隆はシャーロック・ホームズのように勿体ぶって、いつのまにか刈谷にワトソンの損な役回りを押しつけてしまっている。

こんな場合だ。ワトソンにされるのはいっこうにかまわない。が、このワトソンは、ホームズがその気になって話しだすのを、いつまでも悠長に待ってはいられないのだ。

「そうだ、ちょっときみに見てもらいたいものがあるんだけどね――」

刈谷はズボンの尻ポケットから文庫を取りだした。緊急病棟で拾った『ギリシア・ローマ神話』だ。そして財布から、その『ギリシア・ローマ神話』に栞がわりに挟まれてあったあの紙片を抜き取った。

「この紙がこの本に挟んであった。この本は緊急病棟で拾ったものなんだけどね。事件には無関係かもしれないが、なにしろ落ちていた場所が場所だ。気にかかったんだよ。それで、この紙なんだけど、妙な模様みたいなものが描かれてある。ぼくにはこの模様が何だかわからない。きみだったらわかるんじゃないか」

「………………」

豊隆は刈谷の手のなかにある紙片を覗き込んだ。しばらく見つめていた。その眉のあいだに、この少年らしくもない、神経質そうな皺《しわ》をきざんだ。

「脳波にも見えるし、心電図のようにも見えますね。いや、これは心電図じゃないな。脳波だとしたら、きれいに波がそろっているから、デルタ波かもしれませんね――」

豊隆は顔をあげると、

「申し訳ありません。これだけではデータがあまりに少なすぎる。脳波のデルタ波だと思うんですけど、断言はできません」

「デルタ波というのはどんな脳波なんだ?」

「一般に、脳波は、神経活動が活発なほど速い波、活動が鈍いほどゆっくりした大きな波になります。デルタ波は二分の一ヘルツから三ヘルツの周波ですから、きわめてゆっくりした脳波ですよ。ほとんど神経が活動していないといっていいんじゃないかな」

「デルタ波か……」

刈谷は考え込んだが、むしろ、これは考えているふりをしているといったほうがいいだろう。刈谷に脳波の知識などあるはずがないのだ。

「それよりもその本のほうなんですけど。ちょっといいですか――」

豊隆は手を出して、刈谷の手から文庫をとった。表紙を見たり、裏表紙をひっくり返したり、ページをめくったり、ずいぶん丹念に見ている。たんなる好奇心にしてはやや丹念すぎるようだ。

「その本がどうかしたのか」

刈谷は聞いた。

「いや、この本に見覚えがあるんです。看護婦さんが緊急病棟でこれを読んでいるのを見たことがある、ああ――」

ふいに豊隆は声をあげると、刈谷の顔を見つめた。そして、あの看護婦さんの名前、とほとんど叫ぶようにいった。その目が興奮でギラギラと光っていた。

「『ギリシア・ローマ神話』なんて、看護婦さんが病院で読むのはめずらしいんで、どんな人なんだろうかと思って、それで胸の名札を見たんですよ」

「…………」

「どうして刈谷さんから話を聞いたときに思いださなかったんだろう? これでベッド・ディテクティブなんて大きなことをいうんだから恥ずかしいな」

豊隆は平手で自分の頭を殴りつけて、

「そうなんです。その看護婦さん、たしか藤井葉月、という名前でした!」

60

刈谷はつぶやいた。

「藤井葉月……」

藤井葉月——もうひとり、新枝彌撒子と一緒に、夜間のパートタイマーとして、緊急病棟を担当していたかもしれない、と見なされる準看護婦だ。つまり、狭更《さ》が臨死体験の最中《なか》に見たという、なんとも得体の知れない微笑を浮かべた、その当人かもしれないひとりなのだ。

刈谷は胸の奥にゆらりと動くものを覚えていた。ゆらりと動いて、そしていつまでも底深い余韻を残した。

——女は天使なのか悪魔なのか？……

その余韻は狭更の声に変わって、刈谷の胸に響いていた。

刈谷は目を狭《せば》めてジッと豊隆のことを見つめた。

「そういえば、あの看護婦さん、自分はいつも夜勤なんだってそういってました。休憩のときとか、夜勤があけたときに、近くのファミリー・レストランでコーヒーを飲むのを楽しみにしているんだって——」

豊隆はうつむいて、懸命に記憶を振りしぼろうとしているように、その額に手を当てていた。

「その店で高校のときの同級生とよく一緒になるんだっていってました。その同級生もこの近くの倉庫で夜勤で働いているんだそうです。いつもお仕着せの作業衣を着てくるんで一緒にすわるのがちょっぴり恥ずかしいと笑ってました。たまたま会うような口ぶりだったけど、ぼくはそうじゃないと思う。あれは時間をしめしあわせて会ってたんじゃないかな——」

「その同級生の名前とか、働いている会社の名とかは聞いていないかい？」

「そこまでは聞きませんでした——」

豊隆は残念そうに唇を噛んだが、すぐに微笑んで、

「『ライアベッド』というレストランなのに、夜勤のふたりが一緒にお茶を飲むなんて変なんだけどね、と笑ってました」

「………」

「『ライアベッド』というのは朝寝という意味なんですよ」

「その店はどこにあるんだ？」

「ぼくも入ったことはないですけど、なんでも病院を出た道路を、どこまでも東にまっすぐ行くんだそうです。十分ぐらい歩くと道路が二股に分かれている。その手前にあると聞いています」

「『ライアベッド』だな」

「ええ、『ライアベッド』です」

「わかった――」

刈谷は豊隆から本を受け取ってすぐに立ちあがった。

「悪いけど話のつづきはまた今度ということにしよう。ぼくはその店に行ってみる。もしかしたら藤井葉月のことが何かわかるかもしれない」

何か――せめて藤井葉月がいまも生きているのかどうかだけでもわからないものか。

刈谷の胸にしつこい宿痾《しゅくあ》のようにこびりついている疑問がある。ほんとうに死んだのは新枝彌撒子なのかという疑問だ。確認されたのは「新枝彌撒子」という名札だけで、しかも遺体はどこかに消えてしまっている。もしかしたら、焼死したのは同じ夜勤パートタイマーの藤井葉月なのではないか？　その疑問を拭《ぬぐ》い去ることができない。

——新枝彌撒子、藤井葉月……

という名前はわかっている。

が、わかっているのは名前だけで、このふたりの準看護婦は亡霊のように（もっとも、そのうちのひとりは死んでいるのだから、亡霊と呼ぶのもあながち的外れとはいえないかもしれないのだが）、その実像をいっこうにつかむことができないのだ。

亡霊のように、あるいは逃げ水のように、追えば追うほど、聖バード病院の迷路のなかを後ずさって消えていき、ついにこれまで、このふたりがどんな容貌をしているのかさえわからずじまいなのだ。

いま初めて、そのうちのひとり、藤井葉月が生身の体を持った女として、目のまえに現れようとしているのだ。

刈谷としては、ベッド・ディテクティブの豊隆を病室に置き去りにしてでも、そのファミリー・レストランに向かわざるをえない。

「ぼくのことはいいんです。そんなことより――」

豊隆は悔しそうに唇を噛んで、

「ベッド・ディテクティブ志願だなんて、さんざん大口をたたいて引きとめておきながら、何のお役にも立てなくて申し訳ありませんでした」

「そんなことあるもんか。きみはずいぶん役に立ってくれたよ。できれば、ぼくが病院に帰ってくるまでに、きみの推理をまとめておいてくれると助かる。ぜひともきみの推理を聞かせて欲しいんだ。ぼくはきみのベッド・ディテクティブぶりには大いに期待しているんだぜ」

刈谷は本心からそういった。けっしてお世辞ではなく、豊隆と話したおかげで、ぼんやりと、ほんとうにぼんやりとではあるが、事件の輪郭をいくらか見通せるようになったような気がする。

「…………」

豊隆がはにかんだように笑うのを残して、刈谷は病室を飛びだしていった。

61

聖バード病院は多摩丘陵のやや奥まったところにあり、雑木林をくぐるエントランスを介して、多摩新道に面している。

交通の便のいい地域とはいえない。

多摩新道は上下一車線ずつの狭い道路で、どちらかというと間道と呼んだほうがいいだろう。人家はまばらで、背広とかカー用品をあつかう郊外型の大型店舗がめだった。

その多摩新道を東に永山方面に向かって歩いた。

「…………」

ときおり膝から力が抜けるような感覚を覚えた。全身に脱力感がある。

すでに深夜三時を過ぎている。

昨日《きのう》の午後からずっと動きづめなのだから疲れるのも不思議はないかもしれない。

しかし疲れたとは思わない。

体力には自信がある。むしろ体力だけは自信があるというべきか。

「捜査本部」事件などに関わっているときには、徹夜はしょっちゅうのことだし、聞き込みで、連日、二十キロ以上も歩いたこともある。

それでも疲れたなどと感じたことはない。こんなふうに膝が萎えて、その場にへたり込んでしまいそうになったことなど一度もなかった。

——腹が減ったのだ……

考えてみれば、昨日の午後、昼食をとったきりで、それ以降、コーヒー一杯飲んでいないのだ。腹が減って当然だった。——

そうでなければ聖バード病院に瀰漫《びまん》している毒気とも瘴気《しょうき》ともつかないあの独特の雰囲気にあたったのか。

——おれは何をしてるんだ？

ふと、そう思う。

もともとは、狭更が臨死体験中に見たという、奇妙な笑いを浮かべた看護婦、を探しあてるだけのことであったはずなのだ。その看護婦を探しあてて、女は天使なのか悪魔なのか、という狭更の疑問に一応の答えを得られればそれでよかった。

ところが聖バード病院が多数のパートタイムの準看護婦を採用していて、しかもその記録が消失してしまっていることから話がおかしくなってしまった。

つまり、その看護婦が誰だかわからないのだ。

しかも、聖バード病院をうろつきまわっているうちに、この病院には妙な事件があいついでいることもわかった。

密室としては何の意味もなさない無菌室という密室で、自分では動くこともできない患者が自殺したのだという。

緊急病棟の何もないところから出火して、新枝彌撒子の名札をつけた焼死体が残された。出火するまえには、廊下に大量の卵が（ハルピュイアの卵？　まさか！）こぼれていたというし、肝心の焼死体も霊安室から消えてしまったらしい。

どうやら、その看護婦が、新枝彌撒子、藤井葉月というふたりの準看護婦のどちらからしい、とまではわかったが、死んだのがほんとうに新枝彌撒子であるかどうかはわからない。

当直アルバイトの篠塚に関係をせまった看護婦がいて、それも新枝彌撒子、藤井葉月のいずれかと思われるのだが、これもどちらかはわからない。

時計台には長針がない。

篠塚にはその理由がわかったらしいのだが、緊急病棟でなにか変なものを見なかったか、などと謎めいたことを聞いて、あげくのはてにはケーキと叫んで、時計台を飛び出していった。

そして正体不明の看護婦に（あれもまた新枝彌撒子か、藤井葉月のどちらかなのだろうか）時計台の階段から突き落とされて、しかも落ちた場所が何十メートルかずれていた。そのほかにも腑に落ちないこと、得体の知れない謎が（たとえば、いまだに身元のわからないあの少年はどうしてカラスの死体を地面に埋めていたのか、などということだ）それこそ数えきれないほどある。

どうしてこんな途方もない事件に首を突っ込むことになってしまったのか？　刈谷としては首をひねりたくなる。しかも、刑事課の同僚や鑑識の係官たちが仕事は明日からだと引きあげてしまったのに、どうして自分ひとり、こんな深夜にご苦労にもほっつき歩いているのか？　そのことを思うと、なおさら首をひねりたくなってしまうのだ。

が――

結局はすべての謎はひとつの大きな謎に収斂されてしまうような気がする。

要するに、

――女は天使なのか悪魔なのか？

という謎だ。

つまるところ、狭更がそうであるように、刈谷もその謎にとり憑かれてしまったのかもしれない。こんなふうに、深夜にひとり、多摩新道をほっつき歩いているのも、刈谷自身が何とかしてその謎を解きたい、と念じているからではないか……

多摩新道はあまり人に知られていない道路だが、そのわりには交通量が多い。深夜トラックの運転手たちがここを抜け道だと知っていて、さかんに利用するからである。

十分ほど歩くと、前方にファミリー・レストランの建物が見えてきた。その建物のすぐ先で道が二股に分かれ、信号がある。分岐しているもう一方の道路は、国道二十号線方面を東に向かっているらしい。

——あったあった……

そのことに意を強くして、刈谷は足を速めた。

「…………」

が、すぐにその足をとめた。けげんそうな顔になる。そしてジッと目を狭めてそのレストランを見つめた。

走り過ぎたトラックのヘッドライトが、レストランの看板をかすめたのだ。その一瞬の明かりのなかに、
Here! Lie（ここは、嘘）

という看板の文字が浮かんだのだった。

——Lie?　嘘？

そんなはずはない。この世に〝嘘〟などという名のレストランがあるはずはない。

トラックはたてつづけに走ってくる。つづいて走り過ぎていったトラックのヘッドライトが、

Here! Lieabed

という看板の文字をきざんだのを見て、安心して、またレストランに向かう。

が、これもまた、ひとつの啓示として胸にとどめておくべきではないか。刈谷はふとそんなことを思った。この事件では誰かが、あるいは全員が、嘘をついているのかもしれないのだから……

62

レストランに入った。

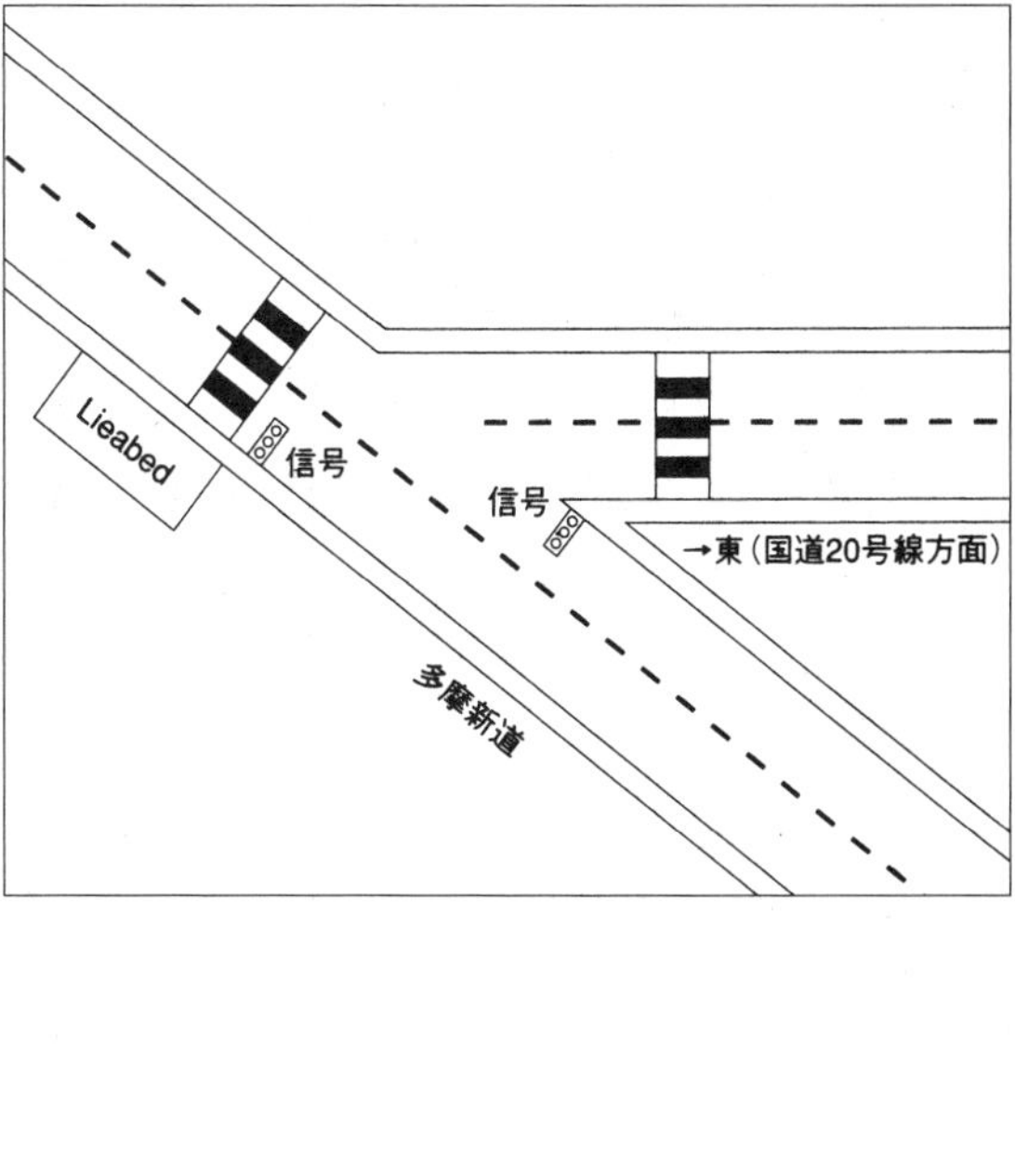
Lieabed
信号
信号
→東（国道20号線方面）
多摩新道

こんな時刻なのに、適当に座席は埋まっている。カップルが多い。

深夜のファミリー・レストランはどこも似たりよったりだ。明るいが、淋しい。軽やかだが、けだるい。テレビの深夜番組に似ている。笑い声だけはいたずらに高いが、その底にある倦怠感を隠し切ることができずにいる。

「………」

刈谷は店内を見まわした。ふと、その視線がとまった。そこに思いがけない人物がすわっていたのだ。ウエイトレスが近寄ってくるのを、手をあげて制して、その人物のところに歩んでいった。

そこにいるのは——飯田静女なのだ。

静女はひとりでぼんやりと座っていた。割烹着を着ていないその姿が、ひどく老いて、淋しげに見えた。

静女のもとに近づいていくと、彼女がなにか口のなかでブツブツとつぶやいているのが聞こえてきた。

「……赤珠《しゃくじゅ》碼碯《めなう》而《に》厳飾《ごんじき》之《し》池中《ちちゅう》蓮華《れんげ》大《だい》如《にょ》車輪《しゃりん》青色《しゃうしき》青光《しゃうくわう》黄色《わうしき》黄光《わうくわう》赤色《しゃくしき》赤光《しゃくくわう》白色《びゃくしき》白《びゃく》光《くわう》微妙《みめう》香潔《かうけつ》——」

なにかのお経のようだ。大日如来を信仰し、曼陀羅を拝んでいる静女のことだ。べつだんお経をとなえるのも不思議はない。

できれば熱心にお経をとなえている静女の邪魔はしたくない。が、お経をとなえ終わるのを待っていたら、いつのことになるかわかったものではない。

「飯田さん――」

刈谷は声をかけた。

「………」

静女はお経をとなえるのをやめると、刈谷のほうに顔を向けた。そのぼんやりと虚ろな視線は、刈谷が誰なのかわかったようではない。

なにか荒れ地を連想させるような表情だ。荒廃し、ただ空虚なのだ。静女には老いは何の知恵も徳ももたらさなかったらしい。彼女を見ていると老いるということの残酷さを痛感させられずにはいられない。

「遅いんですね。これからお帰りですか」

刈谷はおだやかに話しかけた。

「………」

「病院でお会いした者です。覚えていらっしゃいませんか」

「これですか――」

静女は虚ろな表情で、なにか歌うようにいった。

「これは『浄土三部経』のなかの『仏説阿弥陀経』というお経なんですよ」

「え？」

「このお経は極楽浄土がどんなにきれいでありがたいところかを教えてくださっているんです」

「…………」

「わたしも極楽浄土に行けるといいんですけどねえ。こればかりはわかりませんよ。わたしは何も悪いことはしてないけど、それでもわたしの人生にはいいことなんかこれっぽっちもなかったからねえ。どうしてこんなに人生って不公平なんでしょうねえ。悪いことしてないからって末路が恵まれるとはかぎりませんものねえ」

「…………」

どうやら飯田静女には認知症の症状があるらしい。いつもは正常にふるまっていても、なにかの拍子に、フッと精神が混乱におちいってしまう——祖父も一時的に認知症をわずらったことがあり、刈谷も老人のこうした症状には知識があった。

「はい、それはもう曼陀羅はありがたいものですよ。あなたなんかお若いから、ご存知ないでしょうけど、弘法大師様は『請来目録《しょうらいもくろく》』のなかで、真如は色を絶すれども色をもってすなわち悟る、そうおっしゃっています。真如というのは真理のことなんですってね。真理は色を絶したものであるけれど、色をもって悟ることができる……ありがたいお言葉じゃございませんか。わたしなど涙のこぼれる思いがします――」

刈谷は閉口し、そのおしゃべりをとめるために、あらためて、飯田さん、と名前を呼んだが、静女は見向きもしない。

管理婦長の厨子礼子が飯田静女にいった言葉に事件の謎を解く重要な鍵がある――豊隆が洩らしたその言葉が気になっている。ふたりのあいだにどんな会話がかわされたのか、それを飯田静女に聞こうと思ったのだが、とてもそれどころではないようだ。

「色を絶すれども色をもってすなわち悟る――青《しゃう》色《しき》青《しゃう》光《くわう》黄《わう》色《しき》黄《わう》光《くわう》赤《しゃく》色《しき》赤《しゃく》光《くわう》……わたしが『仏説阿弥陀経』を好きなのもここのところがあるからなんですよ――」

「飯田さん――」

刈谷は繰り返して名を呼んだ。今度はやや声に力をこめた。

もちろん大声をだしたわけではない。相手の意識を現実に戻さなければならないが、かといって老人をおびやかしてはならない。これがこうした老人を相手にするときの難しさなのだ。

「…………」

静女は目を瞬《しばたた》かせた。

「飯田さん、いまお帰りですか。ずいぶん遅いんですね」

静女はぼんやりと刈谷を見た。その目はしだいに焦点があってきた。けげんそうに眉をひそめながら、ええ、ええ、と何度もうなずいた。

「帰りが遅くなったときには孫娘が車で迎えに来てくれるものですから。孫が助けてくれるから働けるんですよ。そうでなければわたしのような年寄りがこんなに遅くまで働けるものですか」

そうボソボソと低い声でいい、思いだしたように腕時計を見て、

「あら、大変だ、もうこんな時間だ。外で待っていないと孫が怒るんですよ。いちいち車をとめなきゃいけないって。ああ、大変だ。もうこんな時間だ——」

「大丈夫ですか。なんなら外までお送りしましょうか」

「どなた様か存知あげませんが、ご親切にありがとうございます。でも、わたしは病人に付き添うのが仕事ですから。逆に誰かに付き添ってもらったんじゃ仕事になりませんから」

「…………」

静女は席を立ち、蹌踉《そうろう》とした足どりで、レジに向かった。

その後ろ姿を見送りながら、

「赤色赤光《しゃくしきしゃくくわう》……」

ふと「仏説阿弥陀経」とかの一節が口をついて出た。

なにかを思いだしそうになった。お経なんかには縁のないはずの刈谷が、これから何を思いだそうというのか？　自分でもたんなる気のせいではないかと思う。しかし、たしかになにか記憶の隅に引っかかるものがあるのだ。

——何だろう？

刈谷は眉をひそめて思いを凝らした。

しかし——

それは頭のなかでもやもやとうごめいただけで、ついにまとまった形をとることなしに、意識の底に沈んでいったのだった。

63

勢い込んで「ライアベッド」にやってきたが、考えてみると、ここでやるべきことは何もない。

藤井葉月は、休憩や、夜勤あけなどに、よくここで高校の同級生と落ち合って、一緒にお茶を飲んでいたという。その同級生の名前はわからない。近くの倉庫で働いているということだが、名前がわからないのでは、どうにもその同級生を探しようがない。せめて藤井葉月の写真なりと持っていれば、それを店のウエイトレスに見せて、なにか情報を得ることもできるのだが……

——おれは「ライアベッド」に何をしに来たのか？

そう自問すれば、空腹を癒しに来た、とでも答えるほかはない。

焼肉ライスに、野菜サラダを注文し、ふと思いついて、ミルクも頼んだ。

修善豊隆がミルクを入れた水とかを飲んでいたのを思いだしたのだ。こんな妙なものを飲むより大日如来の慈悲にすがったほうがどれだけましかわからない……飯田静女がそうぼやいていた。どれほど妙なものなのか自分でも試してみようとそう思った。

刈谷は刑事としては、ややひらめきに欠けるところがあり、けっして有能なほうではない。唯一、刈谷が刑事として、同僚にまさるところがあるとすれば、そのたくましい実証精神ではないか。刈谷はどんなことでも自分の目で見て、自分の足で確かめなければ満足しない。ミルクを入れた水を飲んでみようと思いたったのも、いわばその実証精神のあらわれだった。

もっとも、刈谷の意識のなかには、豊隆の知力をうらやむ気持ちがあり、あの少年と同じものを飲めばすこしは自分の頭も冴えてくれるのではないか、とそんなことをちらりと考えたのはいなめない。

食事を終えてから、コップの水にミルクを入れ、こころみに飲んでみたのだが――そのあまりの不味《まず》さに、危うく吐きだしそうになってしまった。

「………」

刈谷は顔をしかめ、まじまじとコップのなかを見つめた。

なるほど、これでは確かに、飯田静女がいったように、大日如来の慈悲にすがったほうがまだましかもしれない。嘔吐をもよおすような不味さなのだ。

――どうしてまた豊隆は、よりによってこんな不味いものを飲むのだろう？

刈谷は豊隆の味覚を疑問に思わざるをえなかった。

ふと刈谷は眉をひそめた。コップのなかをジッと見つめた。その顔になんともいえず奇妙な表情が浮かんできた。

――もしかしたら……

そのとき刈谷はそう思ったのだ。一瞬、頭のなかをよぎったことがあったのだ。

なにか、これまで頭のなかでもやもやしていたものが、ふいにひとつに凝固しかかるのを覚えた。

もう少しだった。もう少しで刈谷はこの事件の背景にひそんでいるあるものに気がついたはずだったのだ。

そして、そのことに気がつきさえすれば、この事件の真相に深く切り込んでいくことも不可能なことではなかったのだ。

が――

もしかしたら、何なのか、ついに刈谷の意識はそこに到達することがなかった。そのたくましい実証精神は、もう少しでそれに気がつくところまで接近したのだが、結局は、ひらめきのなさが災いし、ふたたびそれから遠ざかってしまった。

ひとつには、そのとき店に入ってきたひとりの若者に、刈谷の注意が引きつけられてしまったせいもある。

その若者は窓際の席に腰をおろした。

そんなに背の高いほうではない。が、たくましい体つきをしていた。頭を角刈りにしている。どちらかというと地味で目だたない若者といえるだろう。

いつもであれば刈谷にしてもその若者に注意を向けることなどなかったはずなのだ。

ただひとつ、その若者がグレイの作業衣を着ていたことが、刈谷の関心を引いたのだった。

たしか藤井葉月は、その同級生のことについて、いつもお仕着せの作業衣を着てくるので一緒にすわるのがちょっぴり恥ずかしい、と豊隆にそういったのではなかったか。

——これがその同級生ではないか。

刈谷は反射的にそう思った。

ほとんどためらわなかった。刈谷はこんなときに発揮される自分の勘を全面的に信じているのだ。

「…………」

すぐさま席を立った。

トイレに行くふうを装って、さりげなく若者の横を歩いた。そして若者の作業衣にすばやく視線を走らせる。作業衣の胸に「ハツマル倉庫」と黄色い縫い取りがされていた。間違いない。藤井葉月の同級生だ。

刈谷がまえの席にすわり込むのを見て、若者はあっけにとられた顔になった。すぐにその顔が紅潮し、若者はなにかわめきそうになった。

その機先を制するように、

「失礼ですが藤井葉月さんのお友達ではないでしょうか」

刈谷はすかさず聞いた。

若者はわめきかけたその口をあんぐりと開いた。その目をパチパチと瞬《しばた》かせる。

「どうなんでしょう。藤井葉月さんのお友達ではないですか」

刈谷は質問を繰り返した。

「そ、そうですけど――」

「お名前をお聞かせねがえますか」

「おれの名ですか」

「はい、もしさしつかえなければお聞かせください」

「片山成吉《かたやませいきち》――」

「かたやまのかたは片方の片ですか」

「はい」

「せいきちのせいは成立の成？」

「はい――いや、あの、これはどういうことなんですか。あんたは誰なんですか」

片山成吉と名乗った若者は、いかにもまじめそうなその顔に、ようやく戸惑いの色を浮かべた。

「ああ、どうも申し遅れました。わたしはこういう者です――」

刈谷は警察手帳を見せ、名刺を渡した。

「警察の人？」

「ええ」

「葉月に何かあったんですか」

片山は心配げな顔になった。

「おれ、ついさっき、葉月から電話をもらって、ここに来いといわれたばかりなんですけど――」

「藤井葉月さんから電話を――」

今度は刈谷がおどろく番だった。

藤井葉月がこの若者についさっき電話をした？　その話がほんとうだとしたら藤井葉月は生きていることになる。ということは、つまり緊急病棟で焼け死んだのは、やはり新枝彌撒子ということになるのだった。

64

「……葉月とは高校二年、三年のときの同級生です。彼女はかわいいから人気ありましたよ。だけど特別につきあっている奴はいなかったと思います。いまもそうだけど彼女、まじめだから。おれとつきあうようになったのも東京に出てきてからのことです。いや、これ、つきあってるといえるのかな？　わからないな。たまにこの店で会うだけで、ほかで会ったことないし。彼女のほうから一方的にこちらの会社に電話がかかってくるだけで、おれのほうから連絡したこともないですしね……。

連絡しようにもできないんですよ。おれ、彼女の電話番号教えてもらってないから。おかしいでしょう？　何度も教えてくれ、と頼んだんですけどね。とうとう教えてもらえなかった。病院には電話しないでくれ、といわれています。婦長が看護婦に私用の電話がかかってくるのを嫌うんだそうです。彼女、パートタイマーの準看で、病院ではすごく弱い立場にあるらしい。だけど、アパートの電話番号は教えてくれない、病院には電話をしないでくれ、というんじゃ、おれだって困るじゃないですか。

何度かそのことで喧嘩しましたよ。喧嘩といってもおれが一方的に怒るだけのことなんですけどね。本気でつきあうつもりがないんだったら、もうおれに電話をかけないでくれ、とそういってやったことがありました。おれのことを呼びださないでくれ、とそういってやったんです。おれだって困るじゃないですか。おれ、葉月のこと好きになっちゃうし、それなのにこちらが会いたいときには会えないし。こんなの何だかなま殺しみたいで、おれだって、ほんと、困るじゃないですか。

でも、そんなとき、彼女、ほんとに悲しそうな顔するんですよね。そんなことといわないでくれ、とそういうんです。このままでいいじゃないの、どうしてこのままじゃいけないの、とそういうんです。悲しそうな顔でそんなふうにいわれると、もうおれ、何もいえなかった。なんだか葉月のこと、いじめているような気持ちになっちゃって、もう何もいえなくなってしまう……

おれには葉月の気持ちがわからない。葉月はどうしておれと会うんだろう？　おれのことを嫌いではないと思うけど好きだとも思えない。それなのに、ときたま思いだしたように電話をかけてきて、おれを誘い出す。何度かもう会うのはやめようと思いましたよ。苦しいし、無意味ですからね。でも会わずにいられない。葉月はおれに残酷なことをしてるとは思わないんだろうか。それともこんなふうに思うのは自分の気持ちが狭いからなのか。おれには葉月の気持ちがわからない。女がわからない……

刑事さんはどうですか。刑事さんは女の気持ちがわかるほうですか。そうですか。刑事さんもやっぱりそうなんですか……」

……片山成吉は二十二歳、北海道の夕張に生まれて、当地の高校を卒業後、東京のＳ大商学部に入った。Ｓ大を卒業したのちも、夕張に戻ろうとはせず、株式会社「ハツマル倉庫」に就職し、現在にいたっている。

藤井葉月は高校の同級生だった。そんなに親しいというほどではなく、言葉を交わしたことも数えるほどしかない。かわいくて、まじめな子だったという印象しか残っていない。彼女の境遇を知ったのは東京でたまに会うようになってからのことである。

葉月の両親は九年まえに交通事故で死亡したらしい。その後、祖母に育てられたが、そのたったひとりの肉親である祖母も、彼女の高校卒業を待たずして、癌で亡くなった。祖母の看病をし、その死を見送ったことで彼女は看護婦になる決心をしたのだという。

札幌の看護学校を受験したのだが、（祖母の看護に追われ、ろくに受験の準備ができなかったこともあって）失敗してしまった。やむをえず高校の進路指導の先生に紹介され東京の準看護婦養成学校に入ることにした。

札幌ではなしに、東京の準看護婦養成学校を選んだのは、悲しい思い出しかない北海道を離れたかったかららしい。どうせ北海道にいたところで、誰も身内は残っていない。自分ひとりで人生を第一歩からやりなおしたかったのだという。

「芯の勁《つよ》い子なんだな――」

刈谷は感心した。

「ええ、そうなんです。とても勁い子なんですよ」

片山はうなずいた。

藤井葉月は、東京の準看護婦養成学校に通いながら、その学校で紹介された病院で働くことになった。

病院で働くといっても、準看護婦の資格もないのだから、ほとんど雑用といっていい。

これが大変だったらしい。

朝八時に病院に行き、午後から学校に通うという約束になっていたのだが、これはたてまえで、手術のあるときなどは夜の十二時まで働かされるのもめずらしくないという。とりわけ夜勤のときは大変で、学校が終わるとすぐに病院に行き、翌日の昼まで（ほとんど一、二時間の仮眠をとるだけで）勤務し、そのままた学校に向かうという苛酷なものだったようだ。

もっとも、これは特にその病院の待遇が悪いということではなく、準看養成学校に通いながら勤務する職場は、どこでも似たりよったりであるらしい。どこの病院でも看護婦の絶対数が不足しているのだ。たとえ看護婦の資格を持っていない学生でも、戦力として実力以上に期待されるのはやむをえないことなのだという。

「……同級生で、東京に出てきたのは、おれたちふたりだけでしたから、ときどき連絡をとりあっていました。準看の養成学校に通っていたころには、彼女、学校の寮に入っていたから、おれも電話をかけることができたんです。でも、彼女の生活がそんなふうだったから、ほとんど会うことはできませんでした。たしか彼女が準看養成学校にいた二年間で、三回ぐらいしか会わなかったんじゃないかな――」

と片山成吉はいうのだ。

「でも、たまに会ったときには、いつも彼女に圧倒されたものです。疲れているのはとても疲れているようでしたが、そのころの彼女は何というか、とてもいきいきしていたんです。希望にあふれている、というのとはちょっと違うかもしれないけど、勉強や仕事に生きがいを感じているようでした。おれは適当に単位さえ取ればいい、という怠け者の学生だったから、そんな彼女がとてもまぶしく見えたものでした」

「二年間で三回しか会わなかった、というのは、いくら彼女が忙しくても少なすぎるような気がするんですが、そのころは恋人同士というわけじゃなかったんですか」

「いまでも違いますよ。おれたちはそんなんじゃない。少なくとも葉月のほうでは絶対におれのことをそんなふうには思っていないはずです――」

片山は自嘲するようにいい、

「さっきもいったけど、そのころはただ高校の同級生ということが懐かしくて、それで連絡をとりあっていただけなんです。いや、連絡をとりあっていたわけじゃなくて、ときどき、おれのほうから寮に電話を入れていただけです。彼女のほうから連絡があったことは一度もなかったな。あのころはただ懐かしいだけだった。ほんとうにそれだけだったんですよ……」

片山には、当時、つきあっていた女の子がいた。合コンで知り合った短大生で、適当に遊んで、適当にまじめな女の子だった。片山はその子とつきあうのが忙しくて、葉月のことはときおり思いだす程度だった。いや、その程度だと自分で思い込んでいた。

二年まえの五月、ふとまた藤井葉月のことを思いだして、準看養成学校の寮に電話を入れてみた。

これは片山がうかつだったのだが、すでに葉月は三月に準看養成学校を卒業し、寮を出ていた。寮の管理人に、葉月がどこに引っ越したのか聞いたのだが、（ほんとうに知らないのか、それとも知っていても教えるつもりがなかったのか）知らないという、そっけない返事が戻ってきただけだった。

葉月が働いていた病院にも電話をしたが、彼女はそこも三月で辞めていた。やはり、いまどこにいるのかはわからないという。養成学校を卒業し、準看護婦の資格を取得したとたんに辞められたのを、不快に感じているらしく、けんもほろろにあつかわれた。

夕張には葉月の身寄りはいない。同級生にも電話を入れてみたが、彼女からの連絡はないという。

つまり、片山にはもう藤井葉月がどこにいるのか、それを探す手だてがないということだった。

そのことに片山は愕然とした。

いや、むしろ自分が愕然としたそのことに愕然としたといったほうがいいかもしれない。

――おれは間抜けだ……

片山は苦い思いを噛みしめた。こんな間抜けな野郎はいない。

それまで、藤井葉月が自分にとってどんなに大切な人であるか、そのことに気がついていなかった。永遠に自分のもとから失われて初めてそのことに気がついたのだ。

そのときには、つきあっていた女の子は短大を卒業し、ＯＬになっていた。葉月のことを思うにつれ、その子に対する思いが薄らぐのは当然で、しだいに疎遠になっていって、やがて交際はとぎれた。その子のことはすぐに思いださないようになったが、藤井葉月の面影はいつまでも胸に残され、いやがうえにも片山の孤独を増すことになった。

片山は葉月のことを忘れたことはなかったが、いま、彼女がどこにいるのか、それを探す手だてはない。

大学を卒業し、「ハツマル倉庫」に就職した。「ハツマル倉庫」は東京近郊に幾つもの倉庫を持つ会社で、大卒で採用された人間も、最初の一年間は倉庫で就労するのが決まりになっていた。

力仕事で汗をかけば、葉月のことを忘れられるのではないか、と思ったが、時を追うにつれ、彼女の思い出はますます鮮明になっていくばかりだった。

それでも、さすがに片山も、もう葉月には会えないかもしれない、とあきらめ始めてはいたのだが、そんなやさき、ひょんなことから彼女と再会することになったのだ。

が、藤井葉月はもう片山の知っていた彼女ではなくなっていた。わずか二年のあいだに彼女はずいぶん人が変わっていた。

「葉月の身になにがあったのか、おれにはわかりません。でも、彼女はもういきいきとしてもいなければ、自分の仕事に生きがいを感じているようでもなかった。まるで別人のようになってしまっていたんです——」

65

今年の春のことだ。「ハツマル倉庫」で、毎年の恒例になっている社内一斉の健康診断が行われたのである。

とはいっても「ハツマル倉庫」の倉庫は、東京近郊に散らばっているから、それぞれの倉庫の近くにある病院に依頼し、健康診断を受けることになる。片山が働いている倉庫では、聖バード病院からスタッフを派遣してもらうことになった。

思いがけないことに、そのスタッフのひとりに藤井葉月が交じっていたのだ。

もちろん片山が狂喜したことはいうまでもない。葉月は仕事が忙しいからと渋ったのだが、片山は同僚に頼んで、出荷の作業をかわってもらい、強引に外に誘いだした。

その夜、片山は初めて葉月と一緒に、この「ライアベッド」で食事をしたのだった。

「それはよかった。さぞかし楽しかったでしょうね」

「最初は天にものぼる心地でした。やっぱり神様はいたんだ。本気でそんなことを思ったものです。彼女に再会したいと思いつめていたから神様がかなえてくれたんだ。笑っちゃうでしょう。おれは本気でそんなことを考えたんですよ。だけど――」

「だけど、彼女は変わっていた？」

「ええ、そうなんです。彼女は別人のように変わっていたんです」

葉月との食事は楽しかったか、と問われれば、楽しいことは楽しかったけれど――と口ごもらざるをえない。それ以上に戸惑うことのほうが多かったのだ。

二年会わないあいだに藤井葉月はすっかり大人になっていた。それもいい方向に大人になったとはいえない。落ちついたというより、たんに若さが失われてしまった、といったほうがいい。若さが失われ、そのかわりに、なにか重苦しい哀しみのようなものがとり憑いてしまっていた。

準看護婦養成学校の授業に追われ、病院の仕事に睡眠時間を削られ、それでも二年まえの葉月はいきいきとしていた。内面から若さがあふれだしていた。自立している自信と喜びに満ちて輝いていた。

しかし——

そのときの葉月は、蠟《ろう》のように硬く青ざめた顔をし、伏目がちに、小声で話す女に変わっていた。どこか悲しげだし、投げやりでもあった。その表情には、いつも悲哀の念が沈んでいて、なにか挽回しがたい悲運に打ちのめされたのではないか、とそんなことを感じさせた。

体の調子でも悪いんじゃないか、と片山はそう聞かずにはいられなかった。

体はどこも悪くないわ、と葉月は首を振って、

——わたしは夜間のパートタイマーで緊急病棟で働いているの。心臓発作に、クモ膜下出血。緊急病棟ではよく人が死ぬのよ。昨夜もうっかりして、患者の心拍数が落ちているのに気がつかずに、酸素吸入をさせるのが遅れてしまったわ。

——その患者はどうなったんだ？

——死んでしまったわ。

葉月はさりげなくいった。片山は、患者が死んだということより、むしろ、そのさりげない口調にショックを受けた。まるで明日の天気のことでも口にしているような軽い調子だったのだ。

——べつにわたしのせいじゃないわ。あの患者は遅かれ早かれ死んでしまった。緊急病棟なんかで働いているとね。人間が死ぬのに慣れっこになっちゃうの。いちいち驚いたり悲しんだりしていられない。死んでしまえば人間はもの、ね。わたしはそう思うようになった。

片山は返事に窮した。そのことで葉月に失望したなどということはない。失望するには片山はあまりに葉月のことを大切に思いすぎていた。

人はそれが仕事であるかぎり、どんなことにも慣れなければならない。片山はもう学生ではないのだ。それぐらいのことはわかっていた。死んでしまえば人間はもの、なのだ。おそらく緊急病棟で働くというのはそういうことなのだろう。

ただ、かつて準看養成学校にいたころの（あの希望にあふれた）彼女の姿を思いだし、ある種、痛ましさのようなものを覚えたことはいなめない。

そんな片山の表情をどう見たのか、

――まさか看護婦が天使だなんてそんなことを思っているわけじゃないでしょうね。天使にはとても看護婦はつとまらないわよ。患者が死ぬのを見とどけるのも仕事のうちだと割り切らなければ、いい看護婦にはなれないわ。そんなの天使には無理でしょう？

――おれは何もいってないよ。おれには看護婦の仕事はわからない。

――それはわたしだって、苦しんでいる患者や、死んでいく患者に、できるだけ長く親身に付きそってあげられればいいな、とは思うわよ。看護婦はみんなそう思ってるんじゃないかしら？　でも、それはできないことなのよ。患者の数は多い。看護婦の数は少ない。しかも、わたしは夜間だけのパートタイマーの準看で、待遇は最低、受持ちの患者がいるわけでもない。ただ、緊急病棟で、昼間からの申し送りを見て、患者たちの血圧や心拍のモニターを見ているだけ。死んでしまえば人はもの、なのよ。

――その話はやめよう。そんな話はしたくないよ。おれはきみとそんな話をしたくて食事に誘ったわけじゃない。

――それじゃどんな話をしたくて誘ったのかしら？

――おれと……

片山はそこで言葉を切り、ぼんやりと刈谷を見つめた。この若者はときおり自嘲するような表情になる。そのことが刈谷にはいくらか気にかかった。

「つきあってくれないかと頼みました。まじめな交際がしたいとそういったんです。いまどき、まじめな交際だなんて死語だって笑われましたよ」

「彼女に交際を断られたんですか」

「断られました。いまは誰ともそんな気持ちになれないとそういうんです。あっさり振られましたよ――」

「…………」

「ただ、おれは週に一度は定期的に宿直がまわってきます。葉月はそれを聞いて、彼女がパートタイムの仕事をする夜と、おれの宿直とが重なることがあって、たまたま気が向いたら、ここでお茶を飲んでもいい、とそういいました。たがいの職場がこんなに近いわけですからね」

「…………」

「そのときには彼女のほうから連絡する。おれのほうから病院に連絡してはいけない。アパートの電話番号も教えない。まじめな交際をするつもりはない。つまりはそういうことでした――」

「あなたはそれでよかったのですか」

「いいも悪いもないじゃないですか。受けるしかない」

「惚れた弱みですね」

「刑事さんは」

　片山の顔がわずかに険しくなった。

「葉月のことをたちの悪い女だと思っているんじゃないですか。だとしたら、それは刑事さんの誤解です。葉月は悪い女なんかじゃない」

「わたしは何も思ってはいません。何かを思うことはわたしの仕事のうちには入っていない。わたしはただ事実を知りたいだけです。わたしがなにか誤解しているように受けとれたのだとしたら、それこそ、それはあなたの誤解です」

「葉月がどうかしたんですか。葉月がなにかやったんですか。どうして刑事さんは葉月のことをお聞きになるんですか」

「ある事件の参考のためにお聞きしているだけです。けっして藤井葉月さんご本人がどうこうという話ではありません。おざなりなことをいっているように聞こえるかもしれないが、これはほんとうのことです」

　これはほんとうのことです。そういいながら刈谷はかすかに罪悪感を覚えていた。この事件にかぎっては、何がほんとうで、何がほんとうでないのか、それすらはっきりとはしていないのに。

聖バード病院ではすでに三人の人間が死んでいる。が、これら三件の事件がたがいに関連があるのか、それとも何の関連もないのか、そもそもこれはどういう事件であるのか、何もわかってはいない。焼死した看護婦が誰なのかも（もっとも、どうやら藤井葉月ではないようだが）わかっていないのだ。

ただひとついえるのは、死んでしまえば人はものなのだ、とそういい切れる看護婦がいるのだとしたら、狭更が臨死体験中に見たという奇妙な笑いのことも説明がつくのではないか、ということだ。

狭更奏一はあのとき危篤だった。苦しんでいた。そして死んだ。少なくとも医者や看護婦たちはそう思った。まさか狭更の魂がふわふわと天井に浮かんでいるなどとは誰も夢にも思わないだろう。いままで、もがいて苦しんでいた人間が、次の瞬間には、あっさりものに変わってしまっている。そこには、そのことに皮肉なおかしみを覚える看護婦がいた。笑った。つまりはそういうことではないのか。

——女は天使なのか悪魔なのか？

どうやら、その疑問にもおのずから答えが出されたようだった。本人が自分は天使ではないと断言しているのだ。いわば供述書にみずから拇印《ぼいん》を押したようなものではないか。

これほど確かなことはない。

焼け死んだのは新枝彌撒子で、笑ったのは藤井葉月だ……

そう断定してもいいだろう。

刈谷はそう思いながら、しかし、なにか釈然としないものを覚えていた。

「遅いな」

ふいに片山が舌打ちするようにいった。

「どうしたんだろう？」

「…………」

刈谷は腕時計を見た。

すでに時刻は四時をまわっている。片山はもう一時間近くも藤井葉月を「ライアベッド」で待っていることになる。さすがにレストランにも客の姿がまばらになっていた。

「いつも藤井葉月さんはこんなにあなたを待たせるのですか」

「いや、これまで十分と待たせたことはありません。こんなに遅いなんておかしいな。どうしたんだろう」

片山は苛だっているようだ。その不精髭の目立つ顔に焦燥の色がにじんでいた。そして、刑事さん、聞いてくれますか、となにか思いつめたような声でいった。

「あなたは葉月のことを悪い女だと思っている。そうでしょう？」

「いや、さっきもいったようにわたしは何も思ってはいない。わたしは――」

「あなたには葉月のことが何もわかっちゃいないんだ――」

片山は刈谷の言葉をさえぎると、

「葉月は自分のことを天使じゃないとそういった。でも、おれは彼女のことを天使だ思っています。いや、そう信じているんだよ」

「………」

「こんなことをいえば、あなたにはまた、惚れた弱みだ、と笑われそうだけど、おれには彼女が天使だと信じるだけの確かな根拠があるんですよ！」

66

「そう、笑いたければ笑うがいいんだ。どうせ他人には葉月がどんな女だかわからない。だけど、おれには彼女が天使だと信じるだけの確かな根拠があるんだ。おれはそれをこの目で何度も見ているんだよ――」

……天使が朝日のなかを舞う。

一瞬、片山はそう感じた。

とっさに腕を伸ばし、やめないか、と叫んだ。引き戻そうとした。が、その指をすり抜けると、
舞って、光を、
一気に駆け抜ける――

笑い声を残した。しかし、その笑い声が泣き声のように聞こえたのはどうしてか。

急ブレーキをかける音が何重にもかさなって聞こえてきた。

いきなり藤井葉月が横断歩道に飛びだしたのだ。「ライアベッド」のまえの横断歩道だ。横断歩道に信号はない。が、ほんの五、六メートル先に、東、国道二十号線方面道路が分岐していて、その分岐路には信号が設置されている。その信号は青だ。ということは横断歩道に信号があれば、その信号は赤のはずだった。

轟音とともにトラックが横断歩道を走り抜けると、

「馬鹿野郎!」

運転手がわめいた。

トラックが何台もつづけざまに横断歩道を通過していった。後続のトラックからも運転

手たちの罵声が聞こえてきた。ホーンがたてつづけに鳴り響いた。

朝の五時三十分、夜明けだ。

暁光《ぎょうこう》がしらじらと多摩新道に射している。露出過多の写真を見るように、すべては赤っぽい光のなかににじんで、その輪郭を曖昧に溶かし、立体感を失っている。光だけがあって、他にはなにもない印象だ。

が、現実には、分岐している道路の両方から、東京方面に、何台ものトラックが猛然と走り抜けていくのだ。六時を過ぎれば都内ではもう渋滞が始まる。それを知っている陸送トラックの運転手たちは渋滞が始まるまえに、都内に入り、目的地に着こうとする。制限速度を無視してスピードをあげる。

そんななか、分岐点の信号が赤になるのを待たずに、横断歩道を渡るのは、無茶というものだ。ほとんど自殺行為といっていい。

「………」

片山が青ざめて立ちすくむのも当然のことなのだった。

すでに葉月は横断歩道を渡り、向こう側の歩道に立っている。

そして片山に向かって手を振る。

しかし、手を振る彼女の姿は、朝の光にハレーションを起こしたように、その輪郭を溶かし、ぼんやりと白っぽい。道路一本へだてただけなのに、はるか遠く、どこか別世界の果てにたたずんでいるように見える。いや、トラックが噴きあげる排気ガスが、白っぽい朝の光にちぎれちぎれにかすんで、そこにいる葉月がいないかのようだ。

――たしかに葉月はおれにとっていないも同じだ。

ふと片山はそんなことを思う。

葉月がどこに住んでいるのかも知らない。電話番号も知らない。どこで働いているかは知っているが、そこに連絡することは許されていない。

ときおり彼女から、「ライアベッド」でお茶を飲まないか、という誘いの電話がかかってくるが、それも気まぐれで、二週つづけてのこともあれば、一月以上も音沙汰がないこともある……

不在の恋人。そこにいるのに、いない女――それが藤井葉月。

分岐点の信号が赤に変わる。トラックが停止線でとまる。

片山は急いで横断歩道を渡る。

葉月は片山を待とうともしない。歩道を先に行こうとする。

片山は思わずカッと頭のなかが熱くなるのを覚える。走って、背後から葉月の肩をつかむ。

「どうしてあんなことをするんだ。危ないじゃないか。死んでもいいのか」

葉月は振り返ろうともしない。肩を揺すって、片山の手を振りほどき、そのまま歩きつづける。片山を無視している。その歩調を変えようともしない。

「おい、待てよ――」

片山が追いすがる。その肩に手をかけて力をこめる。怒りがこもっている。やむをえずだろう。葉月は足をとめる。が、やはり振り返ろうとはしない。

「どうしてあんなことをすんだよ。死んじゃうじゃないか。おれをハラハラさせるのがそんなに面白いのかよ。おれのこと馬鹿にしてんのか。おれのこと好きじゃないなら好きじゃなくていいよ。もう、そんなことはどうでもいいんだ。だけど、あんなことすんなよな。あんなことすんなら、おれのこと呼びださないで欲しいんだよ」

つい怨みがましい口調になってしまうのを自分でもどうすることもできない。

葉月のことをトラックに轢《ひ》かれるのではないか、と（心臓がとまるほど）心配し、しかしその葉月から自分は石ころのように無視されている――その悲しみが胸の底から噴きあげてきて、それが怒りとないまぜになり、ほとんど殺意と化す。いまだったら葉月のことを絞め殺せる、一瞬、目のくらむような怒りのなかで、本気でそう思った。

葉月が片山に背中を向けたまま、つぶやくようにいった。

「……昨夜、緊急病棟の患者さんがひとり、膵臓《すいぞう》癌で死んだわ。身寄りのない人だった。だから挿管もしなければ人工呼吸器もつけなかった。心臓《ヘルツ》マッサージもしなかった。気がついたらモニターの心拍がとまっていた。悲しむ人もいなかったわ」

葉月にしても、その殺意はともかく、少なくとも片山の怒りは、感じとっているはずなのだ。それなのに、葉月の声は低く、ほとんど感情の抑揚を感じさせなかった。

「あんまり、あっさりしてるんで、悪いけど、わたし、笑っちゃったわ。まるであの人はどこにもいなかったみたい。あの人がどこかで生きていたなんて嘘みたい――」

「それがどうしたんだ？　人は死ねばものになるんだろうよ。いつも、おまえ、そういってるじゃないか。いまさらものがひとつ増えたって驚くことはないだろうよ。看護婦がいちいち患者に同情してたんじゃ仕事にならないんじゃなかったのか。おまえはそんな女なんだろうよ」

「そうよ、わたしはそんな女だわ。でも、わからないのよ。どうしてもわからないの」

「…………」

「お父さんやお母さん、お婆ちゃんが死んだときに、どうしてあんなに悲しかったのか、それがわからないのよ。思いだせないんだもん。だって死んでしまえば人はものでしょう。わたしはそう思ってる。それなのに、どうしてあのときにはあんなに悲しかったのか、どうしていまは患者が死んでも悲しむことができないのか、わたしにはそれがわからない。成吉くん、わたし、看護婦になって、なんかなくしちゃったんだよ——」

「……………」

片山のなかでなにか熱いものがほとばしった。その熱いものはほとんど慟哭と呼んでもいい思いだった。葉月の肩をつかんだ手に、力をこめて、むりやり彼女を自分のほうに振り返らせた。

「葉月……」

彼女は泣いていた。

愛しさがこみあげてきた。片山は彼女を自分に抱き寄せようとした。が、葉月は身をひねると、片山の腕を避け、そのまま歩道を立ち去っていった。

片山はとぼとぼと歩くその葉月の淋しげな後ろ姿を忘れることができない。眩《まばゆ》い朝の光のなかで、葉月の姿は幼女のようにはかなげで頼りないものに見えた。

できれば彼女を慰めてやりたい、とそう思った。そう、できるものならば。が、彼女は片山を拒んでいるのだ。片山を愛してもいないし必要ともしていないのだった。

——彼女を慰めることができる人間がいるとしたら、それは自分ではない……

片山はそう思い、彼女を見送っている自分の姿もまた淋しげに見えるのではないか、と痛切にそう感じた。

そして、このとき初めて、葉月がどうして信号を無視して横断歩道を走ったのか、そのわけに気がついたのだ。

——葉月は患者を死なせたことで自分を責めているのだ。そのことで自分を罰しようとしたのだ。

はっきりとそのことがわかった。そして、そのことをわかってやろうともせず、葉月をなじった自分のことを許せない、とそうも思ったのだった……

67

片山は話し疲れたように、ぐったりと体を椅子に沈めた。掌で顔をこすって、コーヒーをすすり、ぬるいな、とそうつぶやいた。そして、あらためて刈谷に目を向けると、

「葉月は、そのあとも、何度か信号を無視してそこの横断歩道を渡っているようです。おれが気がついただけでも、二、三度はあります。夜勤明けにかならずおれと会ってるわけじゃないから、もっと回数は多いでしょう。おれは何度かやめさせようとしたんですが、彼女は笑うばかりで、いうことを聞こうとしなかった——」

「あなたはそれを緊急病棟の患者が死んだ悲しみからの行為だと考えているんですね。そうすることで看護婦としての自分の無力さを罰しているんだと」

「ええ、そうです。そうとしか考えられないじゃないですか。ほかにそんなことをする理由が考えられますか」

「いえ、いや、しかし――」

しかし、何なのか？　刈谷はあとにつづける言葉を思いつかなかった。片山は葉月の無謀な行為に腹をたてながらも感動している。その感動に水をさすのは気が引けた。

それに――交通量の多い多摩新道を信号を無視して横断歩道に飛びだすのはあまりに危険な行為だ。たしかに、その行為を合理的に解釈しようとすれば、片山が説明した以外の動機は考えられないだろう。

が、どうしてか刈谷は片山の話になにか釈然としないものを覚えていた。どこか違和感を覚え、そしてその違和感が根拠のないものであるだけになおさら、なにか焦燥に似たものを感じるのだった。

「葉月は自分のことを天使じゃない、といった。看護婦は天使じゃない、と。たしかに看護婦は天使じゃないかもしれないけど、おれは葉月のことは天使だと思っている。葉月は看護婦として理想と現実のギャップに苦しんでいるんだとそう思うんです。そんなふうに悩んでいる彼女が、死んでしまえば人はものだなんて心にもないことをいわなければならないのがかわいそうだ。刑事さん、おれは彼女のことがかわいそうでならないんですよ」

「…………」

刈谷はうなずいた。

が、かわいそうなのはおれのほうだ、と内心ではそうぼやいている。これでまたすべては振出しに戻ってしまった。女は天使なのか悪魔なのか？　一度は解決されたはずのその疑問が、ふたたび疑問のまま残されてしまったのだ。刈谷はこの不毛な堂々《どうどう》巡《めぐ》りをいつまでつづけなければならないのか？

すべては藤井葉月が「ライアベッド」に現れれば、はっきりすることなのだが、彼女はいっかな姿を見せようとはしない。

「藤井葉月さん、来ないですね。まえにもこんなことありましたか」

いえ、と片山は首を振ろうとし、唇を噛んで、うなだれた。

「一度だけですが、すっぽかされたことがあります。そのときもおれは朝の五時まで彼女を待った――」

「朝の五時まで……」

冗談じゃない。女にすっぽかされるのは片山の勝手だが、刈谷までがそれにつきあわされるのでは間尺にあわない。なにも人が振られるのにつきあうまでもなく、刈谷は自分だけでも女に振られるのには十分、間にあっているのだ。

「藤井葉月さんの写真は持っていらっしゃらないでしょうか」

「写真ですか」

「ええ、もしお持ちでしたら、拝借できないでしょうか。もちろん、コピーをとったらすぐにお返しします」

「写真を撮ろうとしたこともあるんですが、彼女が嫌がって撮らせなかった。写真を撮られるのが嫌いだというんです。変わった女なんですよ。そんなことで、おれの持っているのは高校のときの写真だけなんですが」

「結構です。拝借できますか」

「……………」

片山は財布を取りだし、なかから一枚の写真を抜いて、それを渡した。

小さな免許証サイズの写真だ。おそらくクラス写真かなにかを彼女の顔だけ切り取ったものなのだろう。鮮明とはいえないが、かろうじて彼女の顔だちだけはわかる。カメラのほうを見て眩《まぶ》しげに笑っている。かれんで、不幸など一点の翳《かげ》も落としていない少女の顔だった。

「ありがとうございます。お借りします」

刈谷はそれを自分の財布に入れて、

「もうひとつだけ、うかがいたいのですが、片山さんは、藤井葉月さんがどんな本を読んでいらしたかご存知ありませんか」

「本、ですか？」

片山は目を瞬《しばた》かせた。

「藤井さんは『ギリシア・ローマ神話』という文庫本を読んでいたと思うんですが、そのことはご存知ありませんか」

「いえ、彼女とはたまにしか会いませんでしたし、そのときに本の話をしたこともありません。彼女がどんな本を読んでいたのかまでは知りません――」

「そうですか」

刈谷がうなずいたとき、ポケットベルが鳴った。ポケットベルを取り出し、そのメッセージを確かめてから、ちょっと失礼、と片山に断って、席を立った。

所轄署に電話を入れ、城所刑事を呼びだした。

「ああ、先輩――」

城所の声は眠そうだった。

「ちょっと面白いことがわかったんで連絡しといたほうがいいかなと思いまして。刈谷さん、何時でもいい、といったから」

「いいんだ。まだ寝ていない。何だ、面白いことって？」

「署に帰ってから、刈谷さんにいわれたとおり、新枝彌撒子、藤井葉月という名前で、なにか記録が残っていないか調べてみたんですよ。ありました」

「…………」

「それが防犯課・風紀捜査係の記録なんですよ。ちょっと、いま、担当者が誰だかまではわかりませんけどね」

「風紀捜査係？」

刈谷は意外だった。

防犯課は、主に風俗営業、銃刀法の許認可業務や、その行政的な役割を担当している。なかでも風紀捜査係は風俗営業の取り締まりを仕事にしている。

「記録の残っていたのは新枝彌撒子のほうです。ええと、的場町《まとば》に『マドンナ・メンバーズ』という店があるんだそうです。ファッション・ヘルスというか、コスプレ・クラブというか、なんでもそんな種類の店らしいんですが」

「的場町の『マドンナ・メンバーズ』――」

刈谷は手帳に書きとめる。

最近は多摩地区でも歓楽街が広がりつつある。ソープランドやファッション・ヘルスなどが増え、郊外の穴場ということで、わざわざ都心から客がやって来るらしい。的場町はその中心とでもいうべき地域だった。

「風紀係がその『マドンナ・メンバーズ』を手入れしたことがあるんですよ。まあ、未成年にいかがわしいサービスを強要した、ということらしいんですけどね。結局、厳重注意という程度にとどまったらしい。そのときにマネージャーとか、従業員の女の子からかんたんな調書をとっているんですが、そのなかのひとりが、新枝彌撒子という名前なんですよ。調書といっても、相手に出頭してもらったわけではないし、ほんの略式なんですけどね。女の子が未成年ではない、ということで、名前しか記録に残されていないんですが――」

「ほんとうか」

刈谷はあっけにとられた。

城所刑事に、ふたりの女の記録が残されていないか、それを調べて欲しい、と依頼したときには、まさかそんなところから新枝彌撒子の名前が出てくるなどとは予想もしていなかった。運がよければ、交通違反者の名前からでも見つかるのではないか、とその程度のことを期待していたのだったが。

「ええ、新枝彌撒子というのはそんなにありふれた名前じゃない。おそらく刈谷さんのいってた女じゃないかと思うんですが。いまのところ、こちらでわかるのはそれぐらいのことなんですけどね。こんなことで役に立ちますかね——」

「ああ、ありがとう。あとはこちらで調べてみる。おかげで助かったよ」

刈谷は電話を切って振り返った。

そして、チッ、と舌打ちした。

座席に片山成吉の姿がないのだ。店を見まわしたが、どこにもいない。どうやら、いつまでも藤井葉月が現れないので、しびれを切らして出ていってしまったらしい。

——まあ、いいさ。

片山の勤め先はわかっている。必要とあれば、いつでもまた会いに行けるのだ。

それより新枝彌撒子のことだ。

新枝彌撒子が「マドンナ・メンバーズ」とかいうファッション・ヘルスで働いていたということだが、どうも話のつじつまが合わないような気がする。ＯＬや女子大生、人妻までが風俗で働いているのだから、看護婦がそうしたアルバイトをしたところで、べつだん不思議ではないのだが、何とはなしにこれまでの事件の経過とそぐわないような気がするのだ。どこか不自然だった。

が、不自然かそうでないか、それはじかにその「マドンナ・メンバーズ」を訪ねてみればわかることだろう。幸い、この「ライアベッド」から的場町まで、タクシーで十五分とはかからない距離なのだった。

刈谷は「ライアベッド」を出た。

的場町方面のタクシーを拾うには、多摩新道を反対側の歩道に渡らなければならない。分岐路の信号が赤になり、車がとまるのを待って、横断歩道を渡った。

藤井葉月はどんな気持ちから信号を無視してこの横断歩道を渡ったのだろう？　ふと刈谷はそのことを思った。

68

すでに五時を過ぎている。

夜は終わったが朝はまだ来ていない。暗いが何も見えないほど暗くはない。明るいが何かが見えるほどには明るくはない。

なにも終わらないし、なにも始まらない——午前五時は朝と夜のはざまにある煉獄《リンボ》なのだ。

そのリンボを（悲惨と快楽のきわみに揺れるこの街を）罪人のように青ざめ疲れはてて歩いているのは刈谷だ。

この時刻のネオンはただ白々しい。この時刻の酒はただ水っぽい。この時刻の女たちはただ醜い。古い夢は枯れはて、新しい夢は芽生えていない。

午前五時に酒と女の街を歩くぐらい、男にとって不幸なことはないのだ。

刈谷は掌で顔を撫でおろす。そして掌にこびりついた脂を見つめる。

――おれは疲れているんだ。

そう思う。

――ちくしょう、ほんとうにおれはくたくただぜ。

たんに夜を徹して聞き込みに歩いたというだけのことなら、これまでにも何度も体験していることだ。それぐらいのことでこんなに疲れたりはしない。なにか、ずしりと重いものが、一刑事の能力にはあまるものが（女は天使なのか悪魔なのか？）、刈谷の肩にのしかかり、その心身を消耗させている。ほとんどそれは形而上的な疲労と呼んでもいいほどだった。

休んだほうがいい、もう限界だ、と刈谷は思う。

が、おそらく身を横たえ、目を閉じたとたんに、その瞼の裏にふたりの女が現れる。新枝彌撒子に藤井葉月……まだ一度も会ったことのないふたりの女が（ふたりなのにひとりの女が！）、瞼の裏の暗闇に浮かんで、追いすがる刈谷をはぐらかし、ゆっくり後ずさっていきながら、スフィンクスめいた謎を投げかけてくるにちがいない。わたしは天使なのか悪魔なのか、と問いかけながら。ダメだ。とても眠れたものではない。眠れるはずがない。

それがわかっているから、もう少しがんばってみようと思うのだ。おそらく、あとわずかで刈谷は疲労のあまり、ぶっ倒れることになるだろう。それまではもう少しがんばってみよう……

「…………」

刈谷はネオンを仰いだ。

黄色く点滅するネオンが電飾文字を縁どっている。マドンナ・メンバーズ。入り口のドアのわきにガラス・ケースがあり、そこに女たちの写真が何枚か貼られている。女たちは様々な扮装をしている。キャビンアテンダント、エアロビクスのインストラクター、女子高生、ＯＬ、眼鏡をかけた秘書ふうか教師ふう……どうやら「マドンナ・メンバーズ」はいわゆるコスチューム・プレイで遊ばせるファッション・ヘルスらしい。

——勉強不足だ。

と刈谷は思う。

この店には天使の扮装をした女もいなければ悪魔の扮装をした女もいない。

店に入った。

入るとそこは二坪ほどの狭い部屋になっている。そして、またドアがある。客同士が顔を合わさないようにするためだろう。天井に赤い豆電球がともっているだけだ。

暗闇のなかから黒服を着た中年男がスッと現れた。マネージャーだろう。

「お客様、お遊びですか」

マネージャーがひそひそとした声でいう。

「もうすこし待っていただければ、お得なモーニング・サービスの時間になります。延長料金が割引になります」

「それはいい。覚えておくよ。悪いけどな。遊びじゃないんだ——」

刈谷は背広からさりげなく警察手帳を出した。男の顔がややこわばるのを見て、

「心配しなくてもいい。おれは防犯課じゃない。商売のじゃまをするつもりはないよ。ただ、ちょっと聞きたいことがあるだけなんだ。聞きたいことを聞いたらすぐに退散する」

「どんなことでしょう?」

「あんたの店で新枝彌撒子という女の子が働いていると聞いた。その子にちょっと聞きたいことがあるんだ。呼びだしてもらえませんか」

「新枝彌撒子……」

　男は困惑した顔になった。

「どうしたんだ？　都合が悪いのか。いま客が入っているのか」

「いえ、そうじゃないんですけど。ここ三、四日、彌撒子は店を休んでいるんですよ。あの子は売れっ子なんでうちも困っているんですよ――」

「休み？　ほんとうですか」

「刑事さんに嘘はつきませんって。わたしがどういう人間だかお知りになりたければ、防犯課の榊《さかき》さんに『マドンナ・メンバーズ』の高木《たかぎ》がどんな男だか聞いてみてください。わたしは嘘をつかない男です」

「女の子に連絡はとれないのか」

「連絡をとろうにもどこに連絡したらいいのかわからない。ポケットベルの電源を切ってるみたいなんですよ。こういうところの女の子ですからね。電話番号までは教えてくれない。うちとしてもお手あげですよ」

「そうか……」

刈谷は唇を噛んだ。

どこまでいっても女たちは蜃気楼《しんきろう》だ。すぐそこにいるように見えるのに、指を伸ばせば、フッと消えてしまう。はかなく消えて残像すら残さない。

そのとき奥のドアが開いてひとりの男が出てきた。暗くて男の容貌はわからない。体を斜めにし、ふたりのわきをすり抜けて、外に出ていった。オードトワレの香りが闇に残った。

ふいにマネージャーが顔を寄せてきて、いまのお客さんですけどね、とそう秘密めかして囁いてきた。

「いつも新枝彌撒子を指名するんですよ。たいへんなご執心でしてね。いまも、新枝彌撒子は休んでいる、と断っているのに、ああして待ちつづけていたぐらいで、いや、もう——」

「…………」

刈谷はマネージャーの話が終わるのを待たずに外に飛びだした。そして、肩を落として、とぼとぼと歩いているその男に、すいません、ちょっと待ってくれませんか、とそう声をかけた。

「…………」

男は振り返る。

あの男だ。

白粉をはたいて、頰紅をさし、髪と口髭を黒々と染めたその顔が、ネオンの明かりに滑稽に隈どられている。

光沢のある象牙《ぞうげ》色の背広に、臙脂《えんじ》色のネクタイ、赤のポケットチーフ――遅れてきた遊び人といった印象だ。上から下まで、いかにも高価そうな装いをしているが、その貧相で小柄な体には気の毒なほど似あっていない。

「聖バード病院で、一度、お会いしていますね。覚えていらっしゃいますか――」

刈谷が足を踏みだすと、男は怯えたように後ずさった。

「わたしは刈谷といいます。じつは警察の人間なんです。いま、ちょっと捜査していることがありまして、その件であなたにうかがいたいことがあるんです。お手間はとらせません。申し訳ありませんが、まず、お名前から聞かせていただけませんか」

「…………」

男の顔が激しくゆがんだ。その白粉をはたいた顔に、地割れのように皺《しわ》が走った。いまにも泣きだしそうだ。

――なにをこの男はこんなに怯えているのか？　刈谷はますますこの人物に興味をひか

れるのを覚えた。なにか後ろぐらいことでもあるのだろうか。

「どうぞ、名前をお聞かせください」

刈谷はうながした。

そのとたん、男はパッと身をひるがえし、走りだした。

その貧相な体格からは想像もつかないほどの見事な逃げっぷりだった。両腕の肘を直角に曲げ、それを正確に前後にきざんで、ひたすら逃げていくのだ。

「…………」

刈谷は、一瞬、あっけにとられ、男が逃げていくのを見送った。こんなふうにいきなり逃げだすなどとは予想もしていなかったことだ。あまりのことに呆然とした。

が、すぐに、そうやって立ちつくしている自分の間抜けさに気がついて、

「待て、こら」

猛然と男のあとを追った。

いや、追おうとしたのだが、いまいましいことに、こんなときになって一睡もしていない疲れがたたったらしい。思うように体が動かない。足が鉛のように重くて、ろくに膝があがらないのだ。数十メートル走っただけで息があがってしまう情けなさだった。

しかも、

「おい、なんだよ。こんな街でみっともないことをするんじゃねえよ」

ふいに刈谷のまえに数人の男たちが立ちふさがったのだ。

地まわりだ。この街を徘徊する若いチンピラたちなのだ。おなじ鋳型から大量生産されたように、いずれも凶暴で魯鈍《ろどん》そうな顔つきをしていた。凄んでいるつもりなのかニヤニヤと笑っていた。大量生産されて、頭の中身は手抜きされたのかもしれない。

「どけ、じゃまするな」

こんな連中にかまってはいられない。刈谷は彼らのあいだを突っ切ろうとした。が、チンピラたちはすばやく道にひろがって、刈谷をさえぎった。

なかでも兄貴ぶんらしい男が、肩をそびやかすようにし、

「こんなところで粋がるんじゃねえよ。ここはみんなが楽しく遊ぶ場所なんだ。こんなところで騒ぎやがって。おい、ちょっとそこらまで顔を――」

そういいかけて、ギクリ、とあとの言葉を呑み込んだ。

そして、刈谷が突きだした警察手帳をジッと見つめている。その目を莢隠元《さやいんげん》の豆が弾けたように見ひらいていた。

こともあろうに刑事を恐喝《かつあげ》しようとしたのだ。なにをどうしたらいいのか引っ込みがつかずに困っていた。ただ、その喉仏だけをぐびぐびと上下させていた。

「…………」

刈谷は警察手帳をポケットにおさめ、的場通りを見つめた。あの男の姿はもう影も形もない。時計台で看護婦をとり逃がし、いままた不審な男をとり逃がした。どうしてこんなについていないのか、自分で自分に唾《つば》を吐きかけたい思いだった。

「いえ、あの、防犯課の刑事さんたちだったら、みなさん存知あげてるんですが、とんでもないどじで申し訳ありません。あのう、もしよろしければお名刺を――」

頭を掻きながら、チンピラがそういいかけるのを、じろりと一瞥し、黙らせてから、

「マドンナ・メンバーズ」にとって返した。

マネージャーに、新枝彌撒子の写真がないか、と聞いた。

「あるにはあるんですがね。うちの女の子の写真は扮装している写真ばかりなんですよ。新枝彌撒子の扮装というのは――」

「わかってるよ――」

刈谷は疲れた笑いを洩らした。

「看護婦の扮装をしてるんだろう」

69

所轄署に着いたときにはもう朝の六時をまわっていた。

朝のしらじらとした光が目に痛い。くたびれ果てていた。

刈谷の姿を見て、

「どうしたんですか。家に帰らなかったんですか」

城所が目を丸くした。

ああ、と喉の底で唸るように返事をし、のそのそと宿直室に入っていった。ベッドに倒れ込んで、毛布を鼻まで引きあげた。

靴を蹴り捨てるようにして脱いだのは覚えている。

次の瞬間にはもう眠り込んでいた。おれは眠《い》ったと思った。そう思ったとたんに「起きてください、刈谷さん」と城所にゆり起こされた。少なくとも刈谷自身の感覚においてはそうだ。眠りに落ちてから、たたき起こされるまで、ほんの瞬きする間《ま》のことで、数秒とたっていない。

が、反射的に腕時計を見ると、すでに時刻は八時を過ぎていた。

それでも二時間は眠ったことになる。寝たりないが、よほど体は楽になっていた。

刈谷は城所を見て、掌で顔を撫でおろしてから、どうしたんだ、と聞いた。

「先輩、片山成吉という男を知っていますか」

「…………」

「片山という男が多摩新道で車にはねられて死んだということなんですが。いえ、事故そのものには何の不審もないらしいんですが。車を運転していた男もちゃんと事情聴取に応じているようですし」

「…………」

「ただ、被害者が刈谷さんの名刺を持っていたそうなんです。それで交通課のほうから、なにか刈谷さんの関わりあいじゃないか、という問いあわせがあったんですが」

「…………」

刈谷はただぼんやりとして城所の顔を見つめている。

つい数時間まえに話をしたばかりの片山が交通事故で死んだ。そう聞かされても、にわかにはそれが現実のこととして頭のなかに入ってこない。どこか遠い惑星のラジオ放送でも聞いているかのようだ。

——そうか、片山が死んだのか、それにしても、もうあと一時間ぐらいは眠っていたかったな……ただ、そんなら ちもないことをとりとめなく考えているばかりだった。

片山成吉は「ライアベッド」のまえの多摩新道で車にはねられたという。頭部を強く打って、頭蓋骨右側頭部が陥没した。救急車で搬送される途中で死亡が確認されたらしい。

車を運転していた男の証言では（ほかにも何人かの目撃者がいて、彼らの証言も一致していたのだが）、いきなり片山は道路に飛びだしてきたらしい。現場には急ブレーキをかけたあとが残されていて、そのことからも証言の真実性が裏づけられた。

片山は道路に飛びだしたとき、なにか叫んでいたという。たまたま犬を散歩させていた老人が、それを聞いているのだが、どうも女の名であったらしい、と証言している。女の名であったらしい、ということだけ覚えていて、それが具体的にどんな名であったかまでは記憶にとどめていなかった。

交通課の係官が老人の証言を手帳に残している。

「たしかに女の名前でした。それも姓ではなくて名前のようでしたね。あの若い人は分岐路の信号のほうをちらりと見て、女の名前を叫んで、それで道路に飛び出していったんです。分岐路の信号は青だったから車はビュンビュン走っている。無茶な話です。知り合いの女の人が反対側の歩道でも歩いていたんじゃないんですか。そうだとしたら、その女は車にはねられたあの人を見捨てて、どこかへ行ってしまったということになる。関わりあいになるのを恐れたのだとしても、何ともひどい話だが、まあ、女というやつはいざとなるとじつに冷淡ですからね、わたしは驚きませんよ――」

その話を聞いて、

――藤井葉月だ。

刈谷はそう直観した。

片山は「ライアベッド」からいったん倉庫に戻って、宿直がやるべき始業の準備を片づけてから退社した。そのあとのことは推測するしかないのだが、おそらくついに現れなかった葉月に未練を残し、ふたたび「ライアベッド」に向かったのではないか。

ただし片山は「ライアベッド」に戻ってはいない。「ライアベッド」に入ろうとして、なんらかの理由から、ファミリー・レストランのまえの道路に飛びだした。

もしかしたら藤井葉月の姿を見かけたのかもしれない。藤井葉月はまた横断歩道に飛びだしたのではないか。片山はそれを追い、ついわれを忘れて、自分も道路に飛びだしてしまった……

片山は藤井葉月から倉庫に電話があったといった。それに加えて、「ライアベッド」のまえの多摩新道で、彼女の姿を見かけているのだとしたら——緊急病棟で焼死した女は、やはり新枝彌撒子ということになる。現に「マドンナ・メンバーズ」で働いていた新枝彌撒子はここ何日か仕事を休んでいるのだという。

そうだとしたら、とりあえず刈谷がやるべき仕事は、藤井葉月を見つけることにあるだろう。藤井葉月を見つけだし、そして幸いにも彼女が（狭更の〝魂〟が見たという）奇妙な笑いを浮かべた当人であれば、そのときにどうして笑ったのか、それを聞いてやればいいのだ。そうすることが、事件の解明にどれだけ役だつかは疑問だが、とにもかくにも狭更の依頼に応じることはできるわけだ。

それにしても藤井葉月の行為は謎めいていすぎるようだ。いわば準看のパートタイマー仲間である新枝彌撒子が焼け死んだというのに、緊急病棟から姿を消してしまったのはどうしてか？　姿を消しておいて、それでいながら聖バード病院の周囲をうろついているようなのはなぜなのか。

「…………」

刈谷は事故現場に駆けつけたが、ここで刑事課の人間がやるべきことは何もない。ただ交通課の係官たちが現場検証にはげんでいるのを黙って見ているだけだ。

朝のこの時間、多摩新道の交通量はピークに達する。現場検証のために、片道一車線だけを通しているために、いやでも渋滞せざるをえない。一刻を争うトラックの運転手たちがいらだって、しきりにホーンを鳴らしている。

生きた人間ははしたないまでに忙しいのに、死んだ片山は早くも過去の静謐《せいひつ》のなかに忘れ去られようとしている。路面に残った血痕だけが、わずかに事故のあとをうかがわせるが、それすら朝日に乾いて、ほとんど生々しさを感じさせないのだった。

――それにしても……

と刈谷は思うのだ。

篠塚に、片山――女に関わった男たちがふたりながら変死を遂げるとは、どうしたことなのだろう？　人が死んだ夜に聖バード病院に飛んでくるというハルピュイアは、昨夜はいつになく貪欲で、ひとりの命を奪うだけでは飽きたらなかったとでもいうのだろうか

……

70

「どうしたんだ？　なにをぼんやりしているんだ？」

背後からそう声をかけてきたのは交通課の磯貝《いそがい》主任だ。

「強行犯担当の刑事さんには交通事故の現場検証なんか退屈なんじゃないか」

いつものことだが磯貝はにこにこと笑っている。

若いときには、あなたは笑った顔があどけない、と好きな女にいわれたとかで、それ以来、笑ってばかりいるのが癖になったという人物だ。四十を過ぎたいま、笑った顔はあどけないどころではないのだが、それがいまの女房なんだ、と話が落ちるのでは、黙ってのろけを拝聴しているしかない。

磯貝を嫌いになるのはむずかしい。所轄署きっての好人物なのだ。

「いや、こんなことというと何だかじじむさいけど、人間ってはかないと思いましてね。この被害者はつい数時間まえまでぼくと話をしていた……」

「ああ、人間ははかないさ。交通事故なんかあつかっていると、おれもつくづくそう思うよ――」

磯貝は顔をしかめて、

「もっとも人間がはかないんじゃなくて、この場所に問題があるのかもしれないんだけどな。ただでさえ多摩新道は事故が多いんだが、ここは〝魔の分岐道〟といわれてての。事故が頻発するんだよ」

「〝魔の分岐道〟？」

ああ、と磯貝はうなずいて、国道二十号線に通じる分岐道にあごをしゃくると、

「あちらから多摩新道に車が走ってくる。多摩新道には信号があるが、分岐道側には信号がない。それでも右折する車は停止線でいったん停止するが、左折する車は多摩新道の信号が青なのに、そのまま曲がってしまうことが多いんだよ。多摩新道を直進してくる車にぶつかってドカンさ。なにしろ片道一車線だからな。どうしようもない」

「危ないな――」

片山は眉をひそめて、

「どうして停止しないでいきなり左折したりするんだろう?」

「ファミリー・レストランのまえに横断歩道がある。何だ、『ライアベッド』か。分岐道を走ってくると、多摩新道の信号より先に、その横断歩道が見えるらしいんだな」

「…………」

「その横断歩道を人が渡っていたりすると、つい多摩新道の信号は赤になっている、と思い込んでしまうらしい。まあ、基本的にはそれでいいわけなんだが、横断歩道を人が渡った直後に、信号が赤から青に変わることもあるわけでね。それを確かめもせずに分岐道から多摩新道に左折する車が少なくない。信号を増設するしかないんじゃないかな」

「…………」

刈谷は顔色が変わるのを覚えた。

そんな刈谷を磯貝はいぶかしげに見て、笑いながら、どうかしたのか、と聞いてきた。

「いえ、ちょっと気になることがあるものですから——失礼します」

刈谷は磯貝から離れて、分岐道のほうに向かった。

分岐道の歩道をすこし歩いて、そこから多摩新道を見た。

多摩新道の一方の信号が見える。が、朝日のかげんか、どちらかというと「ライアベッド」のまえの横断歩道のほうがはっきり見えるようだ。なるほど、たしかにこれなら粗忽《そこつ》なドライバーなら、信号をろくに確かめもせずに、横断歩道の歩行者を見て、多摩新道の信号は赤になっていると思い込んでしまうかもしれない。

——朝日のかげん……

刈谷はぎくりと顔がこわばるのを覚えた。反射的に分岐道を振り返る。分岐道は国道二十号線方面に東に向かっている。つまり朝日はまともに信号に当たるわけだ。

いまは午前九時、すでに陽はかなり高くなり、ことさら朝日を意識するほどではない。それでも分岐道から見る多摩新道の信号は、朝の光を受け、ぼんやりとかすんで、その色を識別するのがむずかしい。

これがもっと早い時刻、たとえば夜明け、朝日がぎらぎらとまともに信号を射す時刻であればどうか。分岐道を走ってくるドライバーはほとんど信号の色を見分けることなどできないのではないか。

そんなとき、多摩新道の信号が青なのに、横断歩道を突っ切る人間の姿を見かけたらどういうことになるか。まさか信号を無視して渡る人間がいるとは思わない。当然、そのことから推測し、多摩新道の信号は赤になっている、とそう思い込んでしまうにちがいない。多摩新道の信号はそこにあるのだが、朝日をまともに受けているために、信号の色を見わけることができないのだ。

そして車は左折する……

恐ろしい想像が頭をかすめる。

どうして藤井葉月は夜明けに信号を無視して横断歩道を突っ切るのか？

片山はそれを葉月が看護婦として無力な自分を罰するためのいわば自己懲罰ではないかといった。緊急病棟の患者が死んでいくたびに、そんなふうにして看護婦としての自分を罰しているのではないか、と。

――葉月は自分のことを天使じゃない、といった。看護婦は天使じゃない、と。たしかに看護婦は天使じゃないかもしれないけど、おれは葉月のことは天使だとそう思っている

……

——ほんとうにそうなのか？　と刈谷は頭のなかで死んでしまった片山に問いかける。ほんとうに葉月という女は天使なのか。いや、おまえは好きな女が天使なのだと信じたままで死んでしまった。おまえはそれでいい。おまえは幸せな男だよ。だが、因果なことに、おれは刑事なのだ。人間の裏を見るのがおれの職業なのだ。

もしかしたら、そう、もしかしたら、葉月がそんなふうにして横断歩道を突っ切るのは自己懲罰のためではなく、たんに事故を誘発するためではなかったか。どうして事故を誘発しようなどとしたのか。たんに面白いからではないか。葉月はそのことを楽しんでいたのではないか。

呆然と立ちすくんでいる刈谷に、

「おい、どうかしたのか。おかしいぜ。急に血相を変えてどうしたんだ？」

磯貝がそう声をかけてきた。

心配してあとを追ってきてくれたらしい。さすがにけげんそうな表情になっている。

刈谷は磯貝の顔を見て、

「夜明けなんかはどうです？　ここは日の出のときなんかにも事故が多いんじゃないんですか」

ああ、と磯貝は顔をしかめながら、うなずいて、

「まともに朝日が信号に当たるからな。信号の色なんかわかりゃしない。なんだな、これは多摩市にも考えてもらわなけりゃな」

「…………」

刈谷は無言でうなずいた。

やはりそうか、と胸のなかで自分自身にもうなずいている。うなずきながら、じつは、何がやはりそうなのか、刈谷にもよくわかっていないのだ。わかっているのは――女は天使なのか悪魔なのか？　という疑問があいかわらず自分のまえに残されたままになっている、ということだ。そして、その疑問を追究するために、何度でも繰り返し聖バード病院を訪れなければならない、というそのことなのだった……

……聖バード病院の面会時間は午前十時からだった。

十時になるのを待ちかねて、狭更奏一の病室を訪れた。

気のせいか、狭更の顔色は昨日《きのう》よりもいっそう悪くなったようだ。完全に土気色といっていい。

そのやつれて青ざめた顔に、窓の外を覆う雑木林の紅葉が映えて、ふしぎに現実感を削《そ》いでいた。紅葉に映えるあかあかとした光のなかに、狭更という生身の人間が消失してしまい、なにかひとつの観念が（あるいはひとつの妄念が）そこに息づいているかのような、奇妙な印象を受けるのだった。

刈谷はそんな狭更を見て、

——人がこの世に思いを残し死んでいくというのはこういうことかもしれない。

ふとそんなことを思った。

いや、おそらく狭更は死なないだろう。女は天使なのか悪魔なのか？　その疑問にとり憑かれているうちは狭更は死ぬに死ねないはずなのだ。

狭更は二枚の写真を見ている。

一枚は、生前の片山から借りた藤井葉月の写真、もう一枚は、「マドンナ・メンバーズ」のマネージャーから借りた新枝彌撒子の写真だった。

どうでしょう、と刈谷は聞いた。

「ひとりは藤井葉月、もうひとりは新枝彌撒子……狭更さんが緊急病棟で見たというその看護婦はどちらの女性でしょうか」

狭更はため息をついた。ゆっくりと顔をあげる。そのやつれた容貌はほとんど生きている人間の顔とも思えない。力のない表情で刈谷を見つめた。

「ひとりは化粧が濃いし、もうひとりは女子高生のときの写真だ。どうもはっきりしない。

はっきりしないんだが――」

そのどんよりと黄色くよどんだ目には光がない。そこにあるのは、なにもないことにひたすら耐えている虚無感だけだった。

「ふたりとも違うような気がする。ふたりともあの看護婦じゃないよ」

殺したのは誰？

パンドラはその瓶の中が何であるかを知りたくなりました。ある日、パンドラが蓋を取ってのぞいて見ると、たちまちその瓶のなかからおびただしい禍いが逃げだしました。——肉体的なものでは、痛風とか、リウマチスとか、疝痛といったようなもの、また精神的なものでは、嫉妬とか、怨恨とか、復讐といったようなものが。——そうしてこれら禍いの群は世界の隅々まで広く散りました。パンドラは急いで蓋をしようとしましたが、もうまにあいませんでした。瓶の中の物はことごとく逃げ失せてしまいました。それでもただ一つ底の方に残ったものがありました。それは希望でありました。

71

…………

……ハッ　ハッ　ハッ　ハッ　ハッ

(誰かがあえいでいる。どんな人間もそんなふうにあえいではならない。そんなふうに真夏の孤独な野良犬のようにあえいではならない)

そして気がつくと——

あえいでいるのは彼女なのだ。

極端な頻呼吸になっていた。一分間に五十回ぐらいは呼吸していたのではないか。しゃくりあげるように息を吸う。ふつうはこのときに呼気ポーズがあるのだがそれがない。息を吸い、すぐにそれを吐く。これでは一回の換気量がかぎられるのだが、理性は生理をコントロールすることができない。どんな場合にも理性は無力だ。

あまりに頻呼吸をつづけたために喉の粘膜が充血している。気道の反射が過敏になっていた。喉がかすれて、ヒーッ、と息が木枯らしのように鳴る。いわゆる咳嗽《がいそう》と呼ばれる状態だ。非常に苦しい。激しく咳き込んで床をのたうちまわった。

「…………」

ようやく咳き込みがおさまる。喉が焼けるように熱い。涙で頬がぐっしょり濡れている。が、その涙をぬぐう気力もない。床に転がりながらジッとしている。わたしは蚕《かいこ》なのだ、と彼女は思う。そう思うことにする。ひっそりと動かずに呼吸もしない。そうよ、わたしは蚕の繭《まゆ》なんだわ……

動かずに、(蚕の繭のように) 丸くなりながら、床のうえに転がっている。できるだけ浅く、ゆっくりと呼吸するように努める。

——どうして?

あんなふうに極端な頻呼吸になってしまったのか、と自問する。いつ眠り込んだのかわからないが、彼女は眠っていた。それもどうやら長いあいだ眠り込んでいたらしい。眠っているあいだは呼吸数が減るのが当然なのだ。呼吸数が減って、(一分間に十二回以下の)徐呼吸になるならともかく、頻呼吸になるのはおかしい。

いや、実際にはおかしくないのだ。眠り込んでいるあいだにも呼吸はつづけられる。なにもせずに時を過ごしながら、しかし確実に部屋の空気は消費されるのだ。眠っていながら、その下意識には、酸素が欠乏し窒息死する恐怖がわだかまっている。こうしてはいられない、という焦燥感がつのる。それがおそらく自分でもそうと意識せずに頻呼吸に向かわせたのだろう。代償行為だ。

——起きなければよかったのに……

そう頭のなかで自分をなじる。バカね、どうして目なんか覚ましたのよ。（焼死体の処理をしている看護婦がゆっくりと振り返る。それはわたしの顔だ。幻想だ。しかし幻想にしてはあまりに生々しい）目を覚ましたところで苦しんで死ぬだけのことじゃないの。眠ったままで死んでいったほうがどれだけ楽だったかわからないのに。（わたしが誰だかわからない。死体が誰だかわからない。だけど彼女を殺したのはわたしにちがいない。だから、あんなにも夢のなかであの人が微笑むのを見るのが恐ろしかった。これがわたしの現実なのだ。こんな現実のなかに）目を覚ましたところでどうなるというのか。どうして目なんか覚ましたのよ！

どうして？……しかし、その理由はわかっているのだ。尿意をもよおしていた。人は空腹には耐えることができる。ときには死ぬのにも耐えることができるかもしれない。が、尿意に耐えながら、眠りつづけることはできない。そんなことは不可能だった。

空腹感は激しい。なにか冷たい棒のようなものをきりきりと胃の底に押し込められているかのようだ。おそらく一日以上なにも食べていない。それにもかかわらず、尿意をもよおしているというのは、よほど長時間、眠り込んでいたのにちがいない。

——どれぐらい眠っていたのだろう?

不安が喉を絞めつける。全身にぞわっと鳥肌がたつほどに強烈な不安感だ。無為に眠り込んで貴重な空気を消費してしまった。

——たしか……

この部屋の容積は二十五立方メートルぐらいのはずだ。当てにならない試算だが、彼女の試算ではおよそ二十四時間で、この部屋の酸素は消費されてしまうことになる。そのことを考えると、自分がどれぐらいの時間、眠っていたかは、それこそ命にかかわる重要事なのだった。わたしは、と彼女は狂おしい思いで考える。かぎられた命をどれだけ睡眠ですりつぶしてしまったのか?

「…………」

ドアのわきの「緊急換気装置」に視線を走らせる。パネルには、「緊急換気装置」は一分間に千三百リットルの空気を吹き込むことができる、と記されてあった。そのことを思いだしたのだ。

が、「緊急換気装置」は作動していない。通話口さえ外から閉ざされている。そのことも思いだした。おそらく電源はいまも切られたままだ。

――わたしはどれぐらい眠っていたのだろう？　どれほどの酸素を消費してしまったのか？

彼女は自問する。が、それすら、下腹部を圧迫するこの尿意のまえではどうでもいいことだ。激しい尿意はほとんど肉体的な痛みをもたらしていた。なによりもまず、これを解決しないことには、なにかを冷静に考えることなどとても望めない。

しかし、どうすればいいのか。彼女は迷う。もちろん、この耐火パネルで覆われた部屋にはどこにもトイレなどというものはない。

垂れ流せばいい、とも思う。どうせ死んでしまうのではないか。が、自分の死体が発見され、そこに尿の痕跡が残されていることを想像すると、やはり気持ちがひるむのを覚える。若い女として（若い女として？　皮肉な思いが胸をよぎる。自分の名前もわからなければ、自分がどんな容貌をしているのかも知らない若い女、だ）、自分がそんな死に方をしなければならないのは耐えられない。

どちらが耐えられないのか。この激しい尿意が、それとも羞恥《しゅうち》……。たしかに恥ずかしい。死ぬほど恥ずかしい。が、生理的な欲求はどんな羞恥心も押しひしいでしまう。そもそも、このことには選択の余地などないのだ。

「…………」

彼女はあえいだ。もうわたしは蚕の繭ではない。死んだふりなどしていられない。羞恥心など忘れてしまえ。だって、どうしようもないじゃない。もうどうしようもないのよ……ふらつく足を踏みしめるようにしてようやく立ちあがる。

すると天井のビデオ・カメラが動いたのだ。モーター音が聞こえる。その緑色のレンズをサディスティックに輝かせながら、彼女の動きを追うようにして動いて——

そして彼女の姿をとらえるとピタリととまったのだ。

72

「…………」

一瞬、彼女は呆然とした。

考えてみれば、最初に意識が戻ってから、この部屋でなにか動くものを見たのは、これが初めてのことだった。自分以外になにかが動くなどということがあるのはすっかり忘れていた。

ビデオ・カメラが動いた。ということは、どこかのモニターで彼女を見ている人間がいる、ということではないか。それは誰か？　その誰かは彼女の敵なのか味方なのか？

しかし――

ふいに彼女のなかで何かが弾けた。もちろん、いまはそんなことを気にしている場合ではない。あそこで誰かがわたしを見ているのだ。わたしがこの部屋に閉じ込められているのを知っている人間がいる。

彼女はレンズを見ながら、助けて、とつぶやいた。その声がためらいがちに低かったのは、自分のことをモニターで見ている人間が誰なのか不安だったのと、

――ほんとうにわたしは助けて欲しいと思っているのか？

ふと、そんな疑問が頭をかすめたからでもあった。

わたしは人を殺したかもしれない人間ではないか。人を殺し、刑務所に入れられる（死刑？　まさか、いくらなんでもそんなはずはない！）かもしれない人間ではないか。それなのにわたしはほんとうに助けて欲しいと思っているのか……

思っている。当然ではないか。人は誰しもこんなところでひとりで死んでいきたくない。刑務所のほうがまだましだ。刑務所には看守がいるだろう。四人仲間だっているだろう。独房に入れられてもその鉄格子の窓には小鳥が飛んでくるだろう。どんなことになっても、

こんなところでひとりで死んでいくより、はるかに何百倍もいい。

——助けて……

とためらいがちにつぶやいた声は、しかしそれが呼び水のようになり、彼女のなかに激しい感情を呼び起こしたようだ。こんなところでひとりで死にたくない。ひとりで死んでいくのはいやだ！　それは悲痛な、人間としてぎりぎり極限まで追いつめられた、いわば魂の慟哭とでもいうべきものだった。奔流のように激しくうねり、どんな逡巡《しゅんじゅん》も押し流さずにはいられなかった。

低いつぶやきが一転し、

「助けて、わたしを助けて。わたしは閉じ込められているんです。酸素がなくなってしまうんです。死んでしまうんです。お願い、助けて。そこにいる人、お願いだからわたしを助けて——」

死に物狂いの叫びになった。

彼女は叫んだ。床のうえでピョンピョンと跳ねあがる。両手を振りまわした。ほとんど泣きじゃくっている。ひとり狂ったように悲痛なダンスを踊りつづける。

身を震わせながら、お願い、助けて、と叫ぶのだ。ああ、お願い、そこにいる人、どうかわたしを助けてください！　お願いですから、お願い、お願い、お願い。喉がかすれ、血管が切れて血が噴きだす。それでも叫ばずにはいられない。助けて、助けて、助けて、どうかわたしを助けて！

「…………」

そのときのことだ。ふいに頭のなかが冷たくなるのを感じた。

目まいを覚えた。レンズを絞るようにスッと視野が狭まる。その狭まって針の一点になった視野にビデオのレンズが鈍い緑色にきらめいていた。レンズの向こうで誰かが笑っていた。そのことをはっきり感じた。

視野狭窄のほの暗いなかをレンズの緑点がぐるりと回転した。ふいに足の下で床が持ちあがるようなのを感じた。ふらついた。貧血を起こしたのだ。そうと知って、倒れまいとし、反射的に両手を泳がせた。が、ここには（おそらく、どこにも）彼女を支えてくれるものはない。くずおれるように倒れた。

足を投げ出し、両手を床についた。危うく頭を打つのをまぬがれた。天井のビデオ・カメラが上下の振り子のように振れて彼女の姿を追った。そしてジッと凝視する。

「…………」

彼女も（目まいに耐えて）ビデオ・カメラを見返した。

胸のなかに怒りがこみあげてくるのを覚えた。怒りは灼《や》きつくような屈辱感をともなっていた。

——どうして……

と彼女は歯を食いしばりながら思う。

わたしはどこかでモニターを見つめているその誰かに救いなど求めたのだろう？　そこにいる人間が善意の第三者だとでも思ったのか？　そんなはずはない。そんなはずがないことはわかりきったことではないか。彼女は自分の甘さに唾でも吐きかけたい気持ちだった。

そこにいるのは彼女の敵なのだ。おそらく、彼女にこんなひどい仕打ちをした当の本人にちがいない。そうでなければ、そもそも彼女の姿をモニターに見つけたそのときに、助けに来てくれているはずではないか。それが助けに来ないのは、すなわち敵であるからにほかならない。そいつは助けを求める彼女の姿を見てゲラゲラと腹をかかえて笑ったにちがいない。

その敵に向かって、自分がどんなに卑屈に必死に助けを求めたか、そのことを思いだすと、死んでしまいたいほどの自己嫌悪にかられる。その自己嫌悪に数倍する怒りと憎しみを覚えるのだった。

が——

だれも自分を助けに来ないと覚《さと》って、あらためて尿意が（自己嫌悪も怒りも憎しみも忘れてしまうほどに）激しく下腹部に突きあげてきた。獰猛でするどい凶器で容赦なくえぐられるのに似ていた。それはほとんど拷問のように彼女を責めさいなんだ。

「………」

彼女の顔が蒼白にこわばった。追いつめられて狂おしく部屋を見まわした。

ふいに床のエンゼルセットに飛びついた。ビデオ・カメラが自分の姿を追って動くのに気がついたが、もうそんなものには目もくれない。狂気したようにクッキーの缶のなかを掻きまわした。

なんでもいい、いい。彼女はあえぐように思った。なんでもいいからこの苦しみから救ってくれるものはないか。垂れ流すなどとんでもない。これ以上、無様な姿をさらして、あいつを楽しませてやるわけにはいかない。そんなことをするぐらいなら、いますぐここで舌を噛み切って死んでやる。

たんに排尿している姿を見られないようにするだけなら、昇降リフトのドアのかげで済ませれば、それでいいことだ。が、あいつは彼女がそこで何をしているのか、敏感に察するだろう。

あいつにそのことを想像させるだけでも、いまの彼女には我慢できないことなのだった。

女としてこれ以上の屈辱を強いられるのは耐えられないことだ。

「ああ、神様、お願い、お願い――」

エンゼルセットのなかには死んだ女性につけるパウダーの缶が入っている。必死に掻きまわしているうちに、それをひっくり返してしまった。パウダーが舞いあがる。が、彼女はそのことに気がついてもいない。パウダーにまみれた手でエンゼルセットを掻きまわした。

「神様、神様、神様、神様――」

乾電池があった。あがっていなければ、懐中電灯をともすのに役だつだろうが、いまは何の役にもたたない。使いふるしの百円ライターがあった。ここにはタバコがない。彼女の顔がゆがんだ。なんでもいい。なんでもいいから！　エンゼルセットに両手を突っ込んで掻きまわす。スプレー式のシェービングクリームがあった。死んだ男の髭を剃るためのものだ。ここには男がいない。髭がない。しかし……

ああ、と彼女は声をあげた。シェービングクリームのボトルを激しく振った。振り返りざま立ちあがった。ビデオ・カメラは低い姿勢にいた彼女をとらえるために、ぎりぎりまでレンズの角度を下げていた。その緑色のレンズがすぐ目のまえにあるかのように間近に見えた。

そのレンズに向かってシェービングクリームを噴射した。一瓶が空になった。レンズはシェービングクリームに覆われた。彼女は笑い声をあげた。これでもうモニターを覗いている人間は何も見ることができない。

「………」

彼女は床にへたり込んだ。息が荒くなり、目が吊りあがってしまっていた。

エンゼルセットから包帯とガーゼの束を取った。これを使えばなんとか処理することができるだろう。包帯とガーゼを持って、立ちあがった。よろめく足を踏みしめるようにし、昇降リフトのドアに向かった。

こんなことが勝利といえるだろうか？　彼女は自問した。そして、いえる、と思った。ささやかな、ほとんど取るにたらない勝利ではあるが、しかし、このゲームで彼女が初めて得点をあげたのだけは間違いないことなのだった……

73

昇降リフトのドアは開けっ放しにしておいた。

リフトに通じる空間——あの天井裏に、焼死体があると考えると、身の毛がよだつ思いがするが、空気にはかえられない。どうせいずれは昇降リフトのドアを開けなければならないのだ。いまのうちに開け放しておいたほうが賢明というものだろう。

それからエンゼルセットの横にぐったりとくずおれた。ほおを床につけて、うつ伏せになり、目を閉じて、しばらく荒い息をついていた。

——いつまでこんなことがつづくのだろう？

そう思い、そんなに長いことじゃないわ、と暗鬱な思いで考える。

疲労の度合いが異常に激しすぎる。こんなはずはないのだ。すでに空気が薄くなっているのかもしれない。

部屋のおよその容積、一回の呼吸量、その呼吸で排出されるＣＯ$_2$の量などから、酸素の残存時間を二十四時間程度と考えたのだが、これは試算にしてもどうも大雑把《おおざっぱ》にすぎたようだ。

彼女はたんなる看護婦で（そうだわよね、と自分に確認する。わたしは看護婦なんだよね）、閉ざされた空間のなかでどれぐらいの酸素が消費されれば、そのなかの人間が窒息死することになるのか、そんな計算を知っているわけがない。

正確でないのは承知のうえで、部屋の酸素がすべて消費されるのに要する時間を単純計算し、それをほぼ二十四時間とした。リフトと天井裏の酸素量は最初から誤差として計算に入れないことにした。

が、冷静に考えれば、人間が窒息死するのに、なにも部屋の酸素がすべて消費される必要などないのだ。ある程度、空気が希薄になり、そのCO_2の濃度が高まれば、それでもう人間は窒息してしまうのではないか。あるいはガス中毒に斃《たお》れてしまうのではないか。

そして、それをどう計算すればいいのか、となると、とうていこれは素人の手には負えないことだった。

が、これだけは確かなようだ。彼女に残された時間は予想したよりも少ない。おそらく、ずっと、ずっと少ない。

気のせいか、すでに思考力が鈍っているように感じる。ひどい頭痛がする。これは酸素欠乏の兆候ではないのか。

——それでもいい。

と彼女は考える。わたしはもう十分にあがいた。戦った。力つきて斃れたとしても誰に恥じることもない。これはもう人力のおよばないことなのだ……

そう思いながら、ぼんやりと目を開ける。ほおを床につけたまま、エンゼルセットの缶を見つめる。エンゼルセットはいまや中身を臓物のようにさらけ出している。ありとあらゆるものが床に散乱し、そのうえに白粉がこぼれているのだった。

「…………」

ふと彼女は眉をひそめた。

すぐ目のまえにハサミが落ちている。握りに赤いテープが巻かれたあのハサミだ。そのハサミにもパウダーが散っている。そして、そのパウダーはハサミの握りにくっきり指紋を浮きあがらせているのだった。

——わたしはハサミの握りにさわったろうか？

よく覚えてはいないが、ハサミの握りに触れた記憶はない。すると、それは誰の指紋なのか？　上半身を起こし、床のうえに座りなおした。そして、刃先のほうを指で軽くつまむようにし、ハサミを持った。握りに目を近づけて、あらためてその指紋を見つめた。

どうも親指の指紋らしい。

もちろん右手の親指だろう。

自分の右手親指を確かめてみた。

ハサミの握りに浮いている指紋と見比べてみたが、違うようでもあり、似ているようでもある。はっきりしない。

パウダーのケースに親指を押しつける。そしてフェースブラシでそれを軽く払った。

エンゼルセットには死に顔を化粧する道具がそろっている。そのことが思いもかけないことに役だってくれた。

パウダーのなかに親指の指紋がはっきり浮いて出た。それをハサミの握りに浮いている指紋と見比べてみた。違う。まったく別人の指紋だ。

こころみにハサミの握りのほかの部分にもパウダーをはたいてみた。ぼんやりと、もうひとつ指紋が浮かんできた。ハサミを用いるのには親指と人さし指を使う。これは人さし指の指紋と考えていいだろう。自分の人さし指にもパウダーをつけ、ブラシで払ってみたが、やはり違う指紋のようだ。

彼女には指紋の知識がない。というか、よしんば指紋の知識があったとしても、その記憶が残っていない。

だから確かなことはわからないのだが、指紋というものは、付着したのが新しければ新しいほど採取しやすいのではないか。つまり、これは焼死体の焦げ縮れた皮膚をきれいに切りそろえていたあの看護婦の指紋と考えていいのではないか。

――そして、それはわたしの指紋ではない……

彼女は呆然とした。

これをしも希望と呼んでいいものか。希望だとしたら、これはあまりにささやかな、ほとんど惨《みじ》めと呼んでもいい希望ではないか。が、どんなにささやかで惨めなものであったとしても、このことはやはり彼女の気持ちを明るくせずにはいられなかった。

あの看護婦はわたしではない。ということはつまり――おそらく、わたしはあの女の人が焼け死んでいるのに何の責任もない。わたしはあの女の人を殺していない。

74

そもそも、どうしてあの看護婦が自分自身なのだ、とそんなふうに一途に思い込んでしまったのだろう?

――微笑、だ。

あの看護婦は(そして夢のなかのあの女は)彼女に背中を向けていた。そして振り返りもしなかった。それなのにあの看護婦が(女が)微笑んでいることを彼女は知っていた。どうして知っているのか? それはつまり、彼女自身があの看護婦であり、あの女であるからだ、とそう短絡してしまった。

が、ひとつはぼんやりと曖昧な記憶のなかでのことであり、もうひとつは夢のなかでのことなのだ。どうして、あの看護婦が、あの女が、微笑んでいるのを彼女が知っているのか、そこには何か思いもよらない錯誤のようなものがあるのではないか。

そして、その錯誤が何であるかを突きとめさえすれば、なにか根本的に重要なことを解明できるのではないか。

――それは何だろう？

自分のなかにまだこんな活力が残されていたのか。そのことが意外に思えるほど体の底に力があふれてくるのを覚えた。

確かに空気は希薄になっているだろう。が、まだ思考力は残されている。まだ死んでしまったわけではない。まだ、あきらめるには早すぎる……

「新枝彌撒子」の身分証明書を取った。指紋がつかないように人さし指と中指のあいだに挟むようにして持ちあげる。そして、それにパウダーをはたいて、おなじようにブラシで払う。いくつか指紋が浮かんできた。ハサミに残された指紋と違って、こちらの指紋はそれほどはっきりしたものではない。要するに、指紋が付着したのがそれほど最近ではない、ということだろう。

「…………」

自分の指紋と見くらべてみる。

身分証明書に付着している指紋はやはり親指と人さし指が多いようだ。が、はっきりしない。見くらべても、おなじ指紋かそうでないか、それがわからない。

──わたしは新枝彌撒子なのか。そうでないのか。

それが彼女のなにより知りたいことなのだった。

身分証明書に残された指紋と自分の指紋を比較してみれば、そのことがはっきりすると思った。しかし、身分証明書に付着している指紋が、そんなに新しいものではないせいか、もうひとつ鮮明さに欠ける。見くらべてもはっきりしないのだ。

「…………」

彼女は唇を嚙んだ。

天井裏にあるあの焼死体のことを考えざるをえない。

あの焼死体の制服には「新枝彌撒子」の名札がついていた。そのことからあの焼死体が新枝彌撒子なのだとそう思い込んだ。

が、要するに名札は名札にすぎず、そのことだけであの焼死体が新枝彌撒子だと決まったわけではない。

──わたしが新枝彌撒子なのではないか。

そうでないかもしれない。しかし、焼死体が「新枝彌撒子」の名札をつけていたからといって、なにも自分が新枝彌撒子ではないと証明されたわけではないのだ。

どうすれば、あの焼死体と自分のどちらが新枝彌撒子なのか、そのことを確認することができるだろう？

じつは——

どうすればいいか、そのことはわかっているのだ。

あの焼死体は全身が焼けただれている。しかし、指の先まですべて損傷をこうむっているとは考えられない。もしかしたら、焼死体の指からも指紋がとれるかもしれない。それを身分証明書に付着している指紋と比較してみてはどうか。

もちろん身分証明書に付着している指紋はそれほど鮮明ではない。

が、彼女自身の指紋、焼死体の指紋、身分証明書の指紋の三つを見くらべてみれば、彼女と焼死体のどちらがより新枝彌撒子である可能性が高いか、それぐらいの見当はつくのではないか。少なくともこれはやってみるだけの価値のあることだろう。

——問題は……

そう、問題は、彼女があの焼死体のことを恐れているというそのことだ。

たしかにあの焼死体は凄惨だ。が、彼女が看護婦であったというなら、死体など見慣れているはずではないか。そのなかにはずいぶん凄惨な死体もあったろう。看護婦であればどんな死体にも慣れなければならない。

が、あの焼死体にだけは絶対に慣れることができない。生理的に嫌悪感をもたらすというだけではない。たんに生理的な嫌悪感だけならそれを克服するのはむずかしくない。そうではなく、あの焼死体には、彼女の実存を本質的におびやかし、それをとてつもない不安と孤独にさらす、そんな独特なところがあるのだ。

どうしてそんなふうに感じるのかはわからない。が、あの焼死体と自分とのあいだには、双子のようにへその緒が結ばれていて、ふたりであってひとりであるような、なにかそんな気がしてならないのだ。あそこに死んでいるのはわたしなのだ。どうしてか、そんな病的な思いにとらわれずにはいられないのだった。

あの焼死体は見るのもいやだ。近づくなどとんでもない。ましてや、その指から指紋を取るなど、想像しただけでも全身の血が逆流する思いがするのだった。

あの焼死体が恐ろしい。恐ろしくて、恐ろしくてならない。

が、焼死体の指紋をとらないかぎり、彼女が新枝彌撒子であるかそうでないのか、それを確かめることは永遠にできないのだ。

つまり――

わたしには選択の余地などないのだ、と彼女は思った。そう思うことで、ともすれば怯みそうになる自分の気持ちを、懸命に奮いたたせようとしていた……

75

あいかわらず昇降リフトは動かない。

縦穴をよじ登るのに息も絶えだえになってしまった。

前回のときにはこんなには消耗しなかったように思う。それだけ疲労がつのっているのだろうし、空気も希薄になっているのかもしれない。

もっとも今回は天井裏で必要になるかもしれないものを（パウダー、フェースブラシ、電池を入れかえた懐中電灯、新枝彌撒子の身分証明書、メス、ハサミ、ボールペン、メモ用紙、ライター、脱脂綿、包帯）、すべてブラウスの胸に突っ込んだり、スカートに挟んだりしている。

動きにくいし、体も重い。それだけ疲れを増すことになったかもしれない。が、縦穴をよじ登る苦労を思うと、なにかを取りに下に戻るなど、考えただけでため息が出てしまう。多少の苦労はしのんでも、一度にすべてを運んでしまったほうがいい。

ブラウスの胸ははだけ、スカートの腰まわりはパンパンに膨らんでいる。若い娘としては、じつにひどい格好だが、べつだんこれからデートをしようというわけではない。

天井裏にたどりついて、とりあえず運んできたものを床に出し、ホッと息をついた。

そして焼死体に目を向ける。

焼死体はやはりそこにある。

シーツをはがされ、その黒く焦げて、焼けただれた姿が剥きだしになっている。制服の繊維が熱で溶けて、肌に癒着していた。溶けたナイロン生地が肌を焼いたのだろう。赤黒く何層にも膿みくずれ、それがかさぶたのようになっている。あらわになった筋肉が乾いてひからびたように黒ずんでいた。

「…………」

彼女は焼死体を見つめている。むしろ、見る以外に何もできずにいた、といったほうがいいかもしれない。胸の底に膨れあがる恐怖と嫌悪に凍《い》てついて、動くこともできずに、ただその場に立ちすくんでいた。

——このまま……

引き返そうかと思った。何度も思った。

焼死体の指紋を取るなど想像するだけでもおぞましい。そんなことはできそうにない。

一度でも自分にそんなことができるなどと考えたことが信じられないほどだ。

が、自分が誰なのか知りたい、という欲望は、どんなものにも（そう、恐怖よりも、嫌悪よりも）まさって強いのだ。

彼女はいわばそのことに渇いていた。しんから渇ききっていた。そして、人は渇きがぎりぎり限界に達すれば、どんなどぶ水にも顔を突っ込まずにはいられないものなのだ。渇きをいやすためには水を選んでなどいられない。

——やるしかないわ。

と彼女は自分にいい聞かせた。

——そうよ、やるしかないことはやるしかないんだわ。

意を決して焼死体に近づいた。

できるだけ呼吸しないようにしている。窒息死を恐れている人間が、息をとめているというのは滑稽《こっけい》だが、その焼死体とおなじ空間にある空気を、自分の体内に入れるのがためらわれた。生理的にも耐えがたいことだった。

それでもかすかに腐臭を感じた。

空気の流出入がないからどうしても匂いがよどむのかもしれない。

空気が希薄な場合には匂いも拡散されるのではないか。それともその逆か。

——匂い？

彼女は目を瞬《しばたた》かせた。

一瞬、なにかが頭のなかをかすめたように感じたのだ。非常に重要ななにかだ。が、それはそれこそ匂いのように、はかなくうつろって、あらためて何だったのかを確かめようとすると、もうそこからは消えている。あとにはただぼんやりとした気配のようなものが残されているだけなのだった。

——あれは何だったんだろう？　わたしはなにを思いついたのだろう？

が、どんなに思いだそうとしても、それはもう頭のなかをかすめ去って、その痕跡さえ消していた。

やむをえない。そのことは忘れることにした。

というより、いま、彼女は焼死体の足元にひざまずいて、胸の底に膨れあがる嫌悪と恐怖に（そして嘔吐感に）懸命に耐えているのだ。悲鳴をあげないようにするのが精いっぱいで、ほかのことなど考える余裕があるはずはなかった。

「…………」

焼死体は仰向けになっている。

体内の水分が高熱で蒸発し、筋肉の腱がひっぱられ、全身が縮んだようになっている。そのせいだろうか。焼死体はあごを胸に埋めるようにし、やや後頭部を床から浮かしているのだった。ちょうど仰向けに寝ている人間が、自分の足元にある何かを見ようとしているかのように。

——わたしを見ているのだ。

そう思わずにはいられない。

死体の顔は焼けただれ肉が落ちて目などというものはない。そこには眼窩《がんか》がぽっかりと虚ろな穴を開けているだけだ。それでも焼死体が自分を見つめているその視線をひしひしと感じるのだった。

あなたは誰？　と焼死体は無言のうちに聞いていた。わたしは誰？　目のない視線を向けながらそう聞いている。わたしを殺したのは誰なの？

——わからないのよ。

彼女は歯を食いしばりながら頭のなかでそう答える。わたしには何もわからない。わたしは看護婦です。そういうことは担当の先生にお聞きになってください。ふと頭のなかをそんな言葉がよぎる。きっと彼女はこんなふうにしてわがままをいう患者をあしらっていたのだろう。

——だってわたしは看護婦なんですから。それもパートタイムの準看なんですから（パートタイムの準看？　そうなのか。わたしはパートタイムの準看なのか）。そういうことはわかりませんよ。担当の先生はどなたですか？　どうか担当の先生にお聞きになってください……

担当の先生はいない。ここで頼ることができるのは自分ひとりなのだ。

――わたししかいない。

意を決して焼死体の右手を取った。

すでに死後硬直は解けているようだ。意外にたやすく、曲がっていた焼死体のひじが伸びた。

両手ともに指を鉤のように曲げている。指先をたしかめるには、その曲がった掌の内側を覗き込まなければならない。掌は無残に焼けただれていた。真っ黒だ。皮膚が剝け、筋肉繊維が見えていたが、それさえ非常に黒いのだ。

指は消し炭のようになっている。小指にいたっては骨が露出しているのだ。とても指紋を取ることなどできそうにない。

ただ――

人さし指の先だけがやや白っぽい。煤《すす》けたなかにうっすらと指紋が見える。これなら何とか指紋をたしかめることもできるのではないか。それが人さし指であるのも、指紋を比べるのに都合がいい。

問題は、人さし指がほかの四本の指にも増して、ぎゅっと内側に曲がっていることだった。その爪の先がほとんど掌の肉に食い込んでいた。

指紋をたしかめるには、まずこの指を伸ばすことから始めなければならないだろう。なにもまっすぐに伸ばす必要はない。が、ある程度は伸ばさなければ、指紋にパウダーをはたくことさえできないのだ。

冷静に考えれば、他にも方法があるような気はするが、それを考えることができない。いまの彼女には看護婦としての知識はほとんど記憶に残されていない。が、その職業上の感覚のようなものは体の細部に植えつけられて残っているようなのだ。

死んだ人間の曲がった指を戻すのが、どんなに難しいことであるか、彼女は感覚としてそれをよく知っているのだった。

76

大きく息を吸う。その息をゆっくりと吐く。ひたいに汗が滲んでいるのを感じる。暑くはない。悪寒を覚える。むしろ寒い。いや、寒いのでもない。怖いのだ。

右手に焼死体の手の甲を載せるようにする。ボロボロと手の皮が剝がれて落ちる。歯を食いしばってそれに耐える。そして右手で焼死体の手をつかむ。ちょうど焼死体と握手をしているような姿勢になる。

――初めまして。名前のないあなた。わたしは名前のないわたしです。

ふいに皮肉な思いが痙攣するように頭のなかをかすめる。どうして、こんなときにそんな思いが頭をかすめたのか。

――あなたは死んでてわたしは生きてる。だからって、誤解しないでね。わたし、あなたのことを差別するつもりはないわ。わたしはそんな浅はかな女じゃない。わたしもあなたと同じなんだから。わたしももうすぐあなたと同じになるんだから……

彼女は目をギュッと閉じる。こめかみがひきつるのを覚えた。

あなたと同じになる――それでいいじゃない？　どうしてそれではいけないの？　もう酸素もずいぶん少なくなっているはずだわ。どんなにジタバタあがいたところでどうせ死ぬんじゃないの。それだったら何もあがいて苦しんだりせずに、ここで静かに横たわったほうがいい。あなたと一緒にここで静かに……

彼女は目を開ける。悪寒がひどい。指が震えていた。震えて、震えて、震えがとまらない。深呼吸をする。あらためて焼死体の手を持ちなおした。そして、その人さし指を二本の指でつまんだ。

「…………」

二本の指にやんわりと力をこめた。

人さし指は第二関節で曲がっている。完全に鉤形になっていた。まず、第二関節を伸ばすことから始めた。が、焼けただれた指は棒のようにこわばっている。そのくせ、いまにもポキンと音をたてて折れそうにもろいのだ。始末におえない。

力をこめるというより、関節をさするといったほうがいいかもしれない。徐々に徐々に関節を伸ばしていく。力をこめるともこめないともつかず、崩れやすいウエハースでもつまんでいるように。ようやく第二関節を伸ばし、人さし指の爪が掌から離れた。

「…………」

息を吐いた。が、そんなことでホッとしてはいられない。ふたつの関節のうち、一方を伸ばしただけでは、指紋をたしかめることはできないのだ。

つづいて第一関節にとりかかった。どちらかというと第一関節を伸ばすほうがむずかしいようだ。人さし指のつけ根がぐらぐらしている。下手に力をこめると、すっぽりと手から抜けてしまいそうだった。

彼女は慎重だった。第一関節をさすり、それを優しくなだめるようにしながら、ゆっくりと伸ばしていった。

やっとのことで人さし指を伸ばした。汗をかいていた。その汗をぬぐう。ずいぶん大変な作業をやり終えたという思いがあった。パウダーの缶を取り、それを人さし指にかけようとした。

そして、そのときになって、ようやくそのことに気がついたのだ。

——なんてことだろう。

彼女は愕然とした。この人さし指からは指紋はとれない。

それというのも煤《すす》が指紋の隆線と隆線との谷間に入り込んでしまっているからだ。パウダーをかければ逆に指紋の谷間が浮きあがってしまうだろう。ちょうど指紋を逆転させたようになってしまう。

逆転された指紋……これでは身分証明書に残された指紋と比較しようがない。指紋の専門家ででもあるならともかく、その知識のない彼女にはとても無理なことだった。

これで彼女自身の指紋と、焼死体の指紋の両方を、新枝彌撒子の身分証明書に残された指紋と照合することはできなくなってしまったわけだ。どこまでいっても彼女が誰なのかを突きとめることはできないらしい。

とんだ無駄骨だった。緊張し、細心の注意をこめた作業だっただけに、それが徒労だとわかったときの反動は大きかったようだ。

「どうせ、わたしのすることは」

彼女は放心したようにつぶやいた。

「こんなところよ」

そして彼女は——笑った。

そう、笑いだしたのだ。

爆笑といっていい笑いだった。なにか体の底から噴火するような笑いだ。人は絶望がきわまったとき、もう笑う以外にはないのかもしれない。はっきり異常といっていい笑いだった。焼死体の人さし指をつかんだままゲラゲラと笑いつづけた。

死体の人さし指がぐらりと揺れた。いまにも抜けそうになった。

彼女はバランスを崩し、後ろに転びそうになり、そこにあった本棚に背中をぶつけて、尻もちをついた。本棚がレールのうえをわずかに動いた。それでも笑う。両足でバタバタと床を踏み鳴らして笑いつづけた。

が——

ふいに彼女は笑うのをやめたのだ。瞬間冷凍されたようにぴたりとやめた。そして、その顔をこわばらせ、自分のブラウスの裾をジッと見つめる。

いろんなものをブラウスの胸もとに突っ込んだ。いまは両足を踏み鳴らして暴れに暴れた。そのためにブラウスの裾がだらしなくスカートからはみ出ていた。ボタンがとれて裏地がめくれていた。
そこに人の名前が縫い取りされているのだった。わたしがしたのか？　彼女はぼんやり思う。それともクリーニング屋がしてくれたのだろうか。その縫い取りされている名前は
——藤井葉月……
…………

77

……狭更奏一の病室を出る。

ふと思いたって、自動販売機で缶コーヒーを買い、それを立ったまま飲みほしたのが、刈谷の朝食なのだった。

空の缶コーヒーを捨てるのも忘れて、通路のソファにすわり込んだ。

呆然とした表情になっている。

——これはどういうことなんだ？

と、自問する。わからない、と答えるしかない。

昨日の午後から今日の早朝まで、何人もの人間に会い、あれこれ話を聞いて、ようやくパートタイマーの準看護婦、新枝彌撒子、藤井葉月、というふたりの女を突きとめ、その写真を手に入れた。

狭更が臨死体験中に、緊急病棟で見たという看護婦は、このふたりのうち、どちらかであるはずだった。ところが狭更はどうもふたりとも違うようだという。

――どうなっているんだ？

刈谷は呆然とせざるをえない。

クモ膜下出血のために意識もなく動けない患者が無菌室で死んだ。この無菌室は隙間をテープで外張りされた密室だったが、いわば意味のない密室で、この患者は自殺か他殺かもわからないまま死亡診断書が書かれてしまったらしい。

緊急病棟で、深夜、何もないところから火が噴きだして、夜勤パートタイマーの準看護婦が焼死した。この準看は、おそらく、新枝彌撒子、藤井葉月のどちらかと思われるのだが、どちらが死んだのかわからないうえに、その遺体も消えてしまった。もうひとりの準看の行方もわからず、出火するまえに大量の卵が（ハルピュイアの卵？　まさか！）通路にこぼれていたという妙な事実まである。

アルバイト当直医の篠塚は正体のわからない看護婦に時計台から突き落とされて死んだ。

篠塚は殺されるまえに、どうして病院の大時計に長針がないのか、その謎を解明したらしいのだが（ケーキ！）、それを明かさないまま死んでしまった。この場合にも、篠塚の死んでいた場所が、時計台から何十メートルもずれていた、ということをどう説明すればいいのかわからない。

「ハツマル倉庫」の片山成吉は藤井葉月の高校の同級生だ。片山は葉月のことを好きだったが、葉月のほうの気持ちはわからない。いや、片山には、葉月が自分のことをどう思っているかばかりではなく、葉月という存在そのものが謎だったようだ。早朝、葉月が（多摩新道の信号が青なのに）横断歩道に飛びだすのを、患者を死なせてしまった自分に対する、いわば懲罰のような意味を持つ行為だと思っていた。葉月のことを天使だと思っていたのだ。が、あそこが「魔の分岐道」といわれ、事故の頻発する場所である、ということを知れば、葉月の行為はまたべつの意味を持ってくる。女は天使なのか悪魔なのか？　片山が死んだのはまぎれもなく事故であるらしい。そのことだけは疑う余地がない。目撃者の証言によれば片山は女の名前を呼んで多摩新道に飛びだしたのだという。葉月の姿を見かけたのか。葉月は「ハツマル倉庫」から片山を呼びだし、何時間も遅れて、「ライアベッド」にやってきたというのだろうか？

「…………」

刈谷は自分の無能さを恥じずにはいられない。

この事件に関連して四人もの人間が死んでいるのだ。それなのに、そもそもこれがどんな事件であるのかもわかっていない。四人の人間は支離滅裂に死んでいったとしか思えないのだ。この四つの死を結びつける連環のようなものはあるのだろうか。それとも、そんなものはないのか。

——大体、おれは何を夢中になって駆けずりまわっているんだ？　おれは一体なにを突きとめようとしているんだ？　おれはただドタバタと聖バード病院のなかを走りまわっているだけじゃないか……

自分の能力に対する疑問も、ここまで行けばどんづまりで、もう後がない。あとはもうとめどもない自己不信の泥沼のなかにズブズブとはまり込んでいくだけのことだ。

刈谷は空っぽになった缶コーヒーを、後生大事に握りしめて、憂鬱な顔をしてソファにすわり込んでいた。

ここは三階のナースセンターに近い通路だ。今日は日曜日で、外来患者は受けつけてはいないらしいが。それでも何人かの看護婦たちが忙しげに行き来している。看護婦たちは見ていて気持ちがいいほどきびきびとよく動いていた。

「323号室からナース・コール。わたし、いま手が離せないんだ。だれか行ってよ、ケイコ、あんた行って——」

「はいはい、ナース・コール、ナース・コール——」

「サチコ、315号室、点滴——」

「はあい、あ、エビセン残しといて。みんな食べたら承知しないからね」

「食べちゃえ、食べちゃえ」

「ははは、あ、リツコさん、あなたサインペン持ってない？　太字の」

そんな若い看護婦たちの弾んだ声を聞きながら、刈谷は（なにしろ、三十一歳、独身ということもあって）、恵子に、幸子に、律子というふうに、耳にした名前に、一人ひとり漢字を当てはめて考えている。どれもこれもなかなか素敵な名前ではないか。

——待てよ。

ふと妙なことを思いついた。

妙なこと？　いや、これは刈谷にはめずらしく論理的な疑問というべきだった。

片山は女の名を叫びながら多摩新道に飛びだしたのだという。それを目撃した老人は、片山は名字《みょうじ》ではなく名前を叫んだ、とわざわざ断っている。そのことを交通課の係官から聞いて、片山は葉月の名を叫んだのにちがいない、と刈谷はそう思ったのだが。

——はづき。

人がそう叫ぶのを聞いた人間が、これは名字ではなく名前なのだと、どうしてそんなふうに断定することができるだろう？

葉月という名前はありふれた名ではない。名前かもしれないし名字かもしれない名ではないか。

そもそも、いきなり人がはづきと叫ぶのを聞いて、これを人名だと判断することが可能なものなのか。

——おかしい。

刈谷は眉をひそめ、一点を見つめて、考えた。

——どこかに間違いがある。

片山が死んだのは単純な交通事故だ。目撃者の老人が偽証をするいわれはない。

老人は片山が叫んだ言葉を女の名前だったと断定している。しかし、人が聞いてとっさにそれを女の名前だと判断するのは、恵子、幸子、律子、そんな名前であるだろう。葉月という名前はそうではない。新枝彌撒子？　一瞬、その名が頭をかすめたが、そんなはずはない、片山と新枝彌撒子とのあいだにはどんな接点もないのだ。老人はいったい何を聞いたのか？

「…………」

刈谷はソファから立ちあがった。

通路に電話がある。

財布から片山の名刺を取りだし、「ハツマル倉庫」に電話をかけた。

電話に出た交換手に、自分が所轄署の刑事であることを名乗り、片山の事故のことについて確かめたいことがある、と告げた。

「ああ、片山さん。わたしたちも、今朝、話を聞いてびっくりしてたんです。あんなに元気な人だったのに、人間ってわからないもんだね、ってそう話していたんです――」

交換手はすでに片山が交通事故で死んだことを知っていた。刈谷にはそのほうが話が早くてありがたいことだった。

「でも、あれ、交通事故じゃなかったんですか？」

「はい、交通事故です。ただ、ちょっと二、三、確認したいことがありまして。お聞きしたいのですが、夜間には電話の交換はどうなるんでしょうか」

「はい？」

「いや、やっぱり交換手の方がいらっしゃるんでしょうか。それとも現場に直通になるんでしょうか」

「あ、はい、夜間は交換手は帰ります。現場は倉庫ですから、電話が直通というわけにはいきません。夜間にかかってきた電話はすべて守衛さんのところにつながることになっています」

「ということは現場で働いている人間がじかに電話を受けるわけではないんですね」

「はい、違います。守衛さんが用件を聞いて、あとでそのことを本人に伝えることになっています。もっとも、いまは、若い人はみんな携帯を持っているんで、そんなわずらわしい用事も少なくなったみたいですけど」

「昨夜の守衛さんはまだそこにいらっしゃいますか」

「はい、途中、仮眠をはさんで、夕方から翌日の夕方までの勤務ですから、まだ倉庫に残っていると思いますけど」

「お仕事中、お手をわずらわせて申し訳ないんですが――」

刈谷の声が自然に熱をおびた。

「その守衛さんからお話をうかがいたいんですが、この電話をつないでいただけないでしょうか」

78

「ハツマル倉庫」の守衛との話を終えて刈谷は電話を切った。

胸の底にわずかに興奮を覚えていた。

昨夜の片山との会話の内容からも、そうではないか、と予想していたのだが、やはり片山は携帯電話を持っていないらしい。

――藤井葉月から電話があった。

片山はそういったが、片山本人がその電話を受けたわけではなかったらしい。守衛が電話を受け、後刻、その内容を片山に告げたのだという。

――だとしたら……だとしたら……

刈谷は懸命に考えをめぐらした。

高校生のころ、担任だった教師が、おまえはけっして頭が悪いわけじゃない、ただやる気がないだけなんだ、やる気さえ出せば成績もあがる、心配するな、おまえはけっして頭が悪いわけじゃない、とそういってくれたが、いまはそれが口先だけの言葉ではなかったことを祈るばかりだ。

もっとも、担任教師があんなにも、おまえは頭が悪いわけではない、と強調したのは、それだけ刈谷の頭がいいとは思っていなかった、ということを逆に証明しているといえなくもない。

そのことを考えると、いささか心細くもなるのだが、ここは担任教師のはげましを素直に受け入れることにして、できるかぎり知恵をふり絞るしかない。

やがて、

——よし……

と刈谷は自分自身にうなずいた。

おれはけっして頭が悪いわけではない。ただ、ちょっとやる気がなかっただけなんだ。

その証拠に、いま、おれが考えたこの推理には、すこしも不自然なところがない。不自然どころか、おそらく、これ以外に、どうして目撃者の老人が片山が叫んだ言葉を女の名前だと思い込んでしまったのか、それを説明することはできない。

刈谷は勢い込んで所轄署に電話を入れた。交通課につないでもらう。

日曜日だからどうかな、と思ったのだが、さいわい磯貝主任は署に出ていた。

「よう、どうした、なんか用か」

磯貝はどんなときにも機嫌がいい。

「今朝の交通事故のことですが――」

ああ、と磯貝は返事をして、

「あれだったらいま検証調書を作成しているところだ。あの事故がどうかしたのか」

「目撃者の老人が、被害者は女の名を叫んで多摩新道に飛びだした、とそう証言していますね。たしかに女の名前だった、名字ではなかった、そのことに間違いない、と証言している。そのくせ老人はそれがどんな名だったか覚えていない。そうですね」

「そうだ。それがどうかしたのか」

「どうしてはっきりと覚えていないのに、それが女の名前だった、と断定できるのか。ちょっとそのことに疑問を覚えたんです。だって不自然じゃないですか」

「…………」

「もしかしたら被害者は、なんとか子、と叫んだのではないか。恵子とか律子とか、つまり、なんとか子、と聞こえたので、反射的に名字ではない、名前、それも女の名前だとそう思い込んでしまったのではないか」

「…………」

「お手数ですが、目撃者に確かめていただけませんか。もしかしたら被害者は多摩新道に飛びだしたとき、じこ、と叫んだのではなかったか」

「じこ？　事故……」

　磯貝の声がわずかに緊張した。

「被害者は、事故、と叫んで道路に飛びだした——じこ、じこ？　なるほど、たしかにとっさの場合なら、女の名前と聞きあやまるかもしれないな」

「目撃者に確かめていただけますか」

「すぐやろう。どうせ今日は日曜日だし、そうでなくても本人は現役を引退している年寄りだ。自宅に電話を入れればすぐにつかまるだろう。それにしても——」

　磯貝はわずかに口調を変えて、

「ずいぶんあの事故にご執心じゃないか。あんたは強行犯担当だろう。どうした風の吹きまわしなんだ？　まさか、あれはただの交通事故じゃない、なんてことをいいだすんじゃないだろうな」

「いえ、そんなつもりはありません。ただ、ちょっと、いま引っかかっている事件と関係がありそうなもんですから」

「どんな事件なんだ？　どんな関係がありそうなんだ？」

「ちょっとこみいってるんですよ。一言では話せない。一方的にお願いをしといて、勝手ないいぐさですが、あとできちんとお話ししますから、いまは勘弁してください」

磯貝は不満そうだったが、かまわず刈谷は電話を切った。

あまりにも考えなければならないことが多すぎる。いまは悠長に磯貝に事件の経過を説明してなどはいられなかった。

「…………」

受話器を握って、それを架台に置いたままの姿勢で、しばらく考え込んだ。

昨夜、

――藤井葉月から電話があった。

片山はそういった。

これまでにもしばしば葉月から一方的に電話があって「ライアベッド」に呼びだされたのだという。片山は昨夜の電話も葉月からのものだと信じ込んでいたし、刈谷にもそれを疑う理由はなかったのだが。

藤井葉月と名乗る女が「ハツマル倉庫」に電話をかけてきたことは間違いない。しかし、片山本人がその電話を受けたわけではない。電話を受けたのは守衛なのだ。つまり、それがほんとうに葉月本人であったかどうか、片山自身が確認しているわけではない。だれかが葉月の名をかたって(だれか女が。新枝彌撒子か?)「ハツマル倉庫」に電話を入れたのではないか。

片山は多摩新道に飛びだすときに女の名を叫んだ——という証言があった。そのことから片山は、反対側の歩道に葉月の姿を見かけ、それで不用意に道路に飛びだしてしまったのではないか、とそう推測された。

しかし、誰かが葉月と叫んだのを聞いたとして、どれだけの人間がとっさにそれを女の名前だと判断することができるだろう？

刈谷が想像したように、片山が叫んだのは女の名前などではなく、事故、とそう叫んだのだとしたら、ずいぶん話も違ってくる。

片山は夜勤あけに、もしかしたら葉月がいるのではないか、と期待して「ライアベッド」に戻ってきた。そして、多摩新道・分岐点のあの信号に朝日が射して、ほとんど灯の色を見わけることができないのに気がついた。

——葉月は死んでいく患者になにもできなかった自分を罰するために赤信号で横断歩道に飛びだした……

それまで片山は一途にそう信じていた。いわば葉月を天使だとそう思い込もうとしていたのだ。

が、必ずしもそんなふうに考える必要はない。ほかにも葉月の不可解な行為を説明できるすべはある。そのことに気がついた。

つまり、葉月のしたことは事故を誘発する行為にもなりうる、というそのことに気がついたのではないか。

葉月のことを天使だとばかり思い込んでいた片山は、さぞかし自分が気がついたそのこ、との異常さに愕然としたことだろう。

あまりのことに、一瞬、錯乱し、事故、と叫んで道路に飛びだしてしまった。

あるいは片山としては、葉月の行為がほんとうに事故を誘発することになるかどうか、それを身をもって試してみたかったのかもしれない。

どちらにしろ、そのときの片山は正常な精神状態ではなかったろう……

「…………」

刈谷は唇を嚙んだ。

おそらく刈谷の推理は正しい。

が、この推理が正しい、ということはすなわち、すべてがまた振出しに戻ってしまった、ということを意味しているのだ。

新枝彌撒子は「マドンナ・メンバーズ」をここ何日か休んでいるという。それとは対照的に、藤井葉月は片山に電話をかけ、多摩新道でその姿を見せ、片山を事故に誘ってしまった……

そうした事実から、緊急病棟で焼死したのは新枝彌撒子であり、藤井葉月は生きているのだ、という結論に達した。

そのかぎりでは、まがりなりにも、謎の究明に一歩、踏み込むことができたはずだったのだ。

それがすべてごはさんになってしまった。

あいかわらず緊急病棟で焼死したのが、新枝彌撒子なのか、それとも藤井葉月であったのか、それはわからないままなのだ。

つまり、いまだに何もわからない。

たしかに刈谷の推理は当たっているだろう。が、自分の推理が当たっている、と考えることで、これほど意気消沈させられることもめずらしい。

79

ふいにナースセンターが騒がしくなった。

看護婦たちが一斉に玄関側の窓にとりついて、下を覗きながら、口々になにかさえずり始めたのだ。看護婦たちはなにやら興奮しているらしい。

彼女たちの言葉の端々から、

——ようやく鑑識がやってきたらしいな。

と刈谷はそのことを察した。

現場検証を始めるにしては、ずいぶんゆっくりとしたご出勤だが、鑑識課員たちも昨夜の強風を考えると、やる気を削《そ》がれるのだろう。あんな強い風が吹いたあとでは現場にはなにも残されていない。

刑事課の同僚たちも何人かは現場検証に同行しているはずだ。同僚たちのうんざりとした顔が目に見えるようだ。

これまでの行きがかりを考えれば、刈谷も現場検証に立ちあわなければならないところだが、みすみす何も出てこないことがわかっていて、鑑識につきあうのは気の重いことだった。

——まあ、いい。あとで誰かに結果を聞けばそれで済むことだ……

刈谷はズルを決め込むことにした。

それより、もう一度、ここにいる看護婦たちに、新枝彌撒子、藤井葉月のことを聞いてみてはどうだろう？

彼女たちは夜勤パートタイマーの準看護婦であり、正常に勤務している他の看護婦たちとの接触はほとんどなかったらしい。現に、昨夜、当直で働いていた看護婦たちは（管理婦長の厨子礼子を含めて）誰ひとりとして、ふたりの準看護婦のことを覚えている者はいなかった。

これだけの大病院で、常時、パートタイムの看護婦、準看護婦を十人以上も雇って、しかもその出入りが激しいとあっては、それもやむをえないことなのだろう。おまけに一昨日《おととい》の火災で、看護婦の業務記録などはすべて焼失してしまっているのだ。

しかし――

昨夜の当直看護婦たちは全員が帰宅し、このナースセンターにいる看護婦たちは、日曜担当の別の看護婦たちなのである。顔ぶれが変われば、また、その証言も変わるかもしれないではないか。

最初からどうせ駄目だとあきらめずに、しぶとく聞き込みをつづけるのは、刑事として大切なことだろう。

ナースセンターにはモニター・パネルがある。そのパネルのまえにすわっている看護婦だけは、玄関で行われている現場検証を見物することができず、いかにも不満げな表情をしていた。

パネルにスクリーンは二つしかないが、集中治療室とか、緊急病棟、無菌室など、三十秒単位ぐらいで、随時、映像が切り換えられて、モニターされるシステムになっているらしい。

　もっとも、刈谷が看護婦の肩ごしに覗き込んだところでは、火災にあった緊急病棟、いまは誰も入っていない無菌室などは、ビデオのスイッチが切られているらしい。見るべきものがないのだから当然のことだろう。

　刈谷はその看護婦に声をかけた。

　丸顔の、血色のいい、見るからに元気そうな看護婦だった。

　刈谷は自分の身分をあかし、新枝彌撒子、藤井葉月というふたりの準看護婦について何か知っていることはないか、と尋ねた。

　なかば予想したことではあるが、その看護婦は、ふたりの準看の名前さえ知らないようだった。

「そんなの無理ですよ。夜勤パートタイムの準看で、しかも緊急病棟を担当している人なんか、わたしたちとは何の接触もないですもん。顔もあわせたことがないし、もちろん名前なんか知ってるはずがないわ――」

　丸顔の看護婦は唇を尖らせていた。

「そういうことなら管理婦長の厨子さんに聞いたほうがいいんじゃないですか。あの人が看護婦の割当てとか、勤務時間の設定なんかをみんなしてるんだから」

「いや、もちろん厨子さんには最初に聞いたんだけど、なにしろ看護婦は六十人からいて、それが三交代制で勤務していて、しかもパートタイムの入れ替わりが激しくて、とても全部を把握しきれない、とそういうことだったんですよ――」

そう答えながら、ふと刈谷は自分が錯覚していたことに気がついた。厨子礼子に看護婦のことを聞いたときには、新枝彌撒子、藤井葉月のふたりの名前は、まだわかっていなかったのだ。ふたりの名前が出てきたのは、厨子礼子に質問したあと、アルバイト当直医の篠塚に会ったときのことだった。

篠塚は、ある当直の夜、ふたりの準看護婦と一緒に緊急病棟で働いたのだという。結局、手当てをつくした患者は死なせることになってしまったらしい。その直後、明かりを消した当直室に、ふたりの準看護婦のうちどちらかが忍んできたという。篠塚は、顔もわからない、名前もはっきりしないその女と関係を持ち、一夜かぎりの関係だったはずが、忘れられなくなってしまい、恋に落ち――そして死んだ。

篠塚はどうして新枝彌撒子、藤井葉月、という名前を知ることができたのか？　それは、その当直の夜、緊急病棟で一緒に働いた准看護婦の胸につけられた名札から知ったのだという。それだけ、新枝彌撒子、藤井葉月、という名前が印象的だからだろう。

たしかに、三交代制で働いているパートタイマーを含めた看護婦を、全員、掌握するなどということは生身の人間にできることではない。が、いやしくも厨子礼子は管理婦長という役職にあり、しかもふたりの準看護婦は、新枝彌撒子、藤井葉月、という印象的な名前を持っているのだ。胸の名札を見ただけの篠塚でさえ、ふたりの名前をしっかりと記憶にきざみ込んだ。ましてや厨子礼子がふたりの準看護婦のことを知らないなどということはありえない。

——おれはとろい。

刈谷はそう自嘲せずにはいられない。

——どうして、新枝彌撒子、藤井葉月のふたりの名を出して、厨子礼子にあらためて質問してみる気にならなかったのか。

担任教師の、おまえはけっして頭が悪いわけではない、という言葉が頭をかすめる。せっかくのお言葉ですが、先生、と胸のなかでつぶやいた。かといって、けっして頭がいい、というわけでもないようです。

しかし——

ふと刈谷は眉をひそめた。

刈谷が最初に質問したとき、ほんとうに厨子礼子は、ふたりの準看護婦のことを何も思いだきなかったのだろうか？　いくら記録を処分したからといって、管理婦長ともあろう者が、まったく何の心当たりもないなどということがあるものか。むしろ何も思いださないほうが不自然なのではないか？

「厨子さんが何もわからないなんてそんなことがあるかなあ。だって、厨子さん、管理婦長としては凄い優秀な人ですよ。何もわからないなんて、そんなの信じられませんよ」

丸顔の看護婦が首をひねった。いみじくも刈谷の疑惑を代弁してくれたかたちになったようだ。もっとも、だからといって、丸顔の看護婦はべつだん厨子礼子に不審を覚えたわけでもないらしく、

「ええと、新枝彌撒子さんに、藤井葉月さんですか。いいなあ、きれいな名前だなあ。そんな名前だったら、男の人にすぐ名前を覚えてもらえるなあ。わたしなんか、原田花子《はらだはなこ》ですよ。親のセンス疑っちゃうもんなあ」

屈託のない口調でそう言葉をつづけた。

「いい名前じゃないですか。なにより語呂がいい。男はすぐに覚えますよ」

刈谷はほとんど上の空だ。適当に受け答えをする。

「そうかあ、刑事さんに名前ほめられちゃったか。よし、お礼にサービスしちゃう。コンピュータのなかを検索してあげる――」

看護婦は陽気な口調でそういい、ふと、その唇を尖らせた。

「あ、駄目か、わたし、そんなことしてられないんだ。火事があったんで、院内の火災センサーをぜんぶチェックしなけりゃならないんですよ。けっこう切れてるセンサーが多いんだ、これが」

「………」

「ごめんなさい。看護婦の検索してる時間ないみたい」

「いいんです。お気持ちだけで」

刈谷はあいかわらず上の空だった。

そのときの刈谷は篠塚が話してくれたことを思いだしていたのだ。

密室状態の無菌室で、クモ膜下出血の患者が死んでいるのが発見されたとき、厨子礼子は篠塚に死亡診断書を書いて、すみやかに処理するように命じたという。ある種の病院では、自殺を隠蔽するなど、ありがちなことだとは聞いているが、厳密にいえば、やはりこれは変死として警察に届けるべきであったろう。

どうして一介の管理婦長にすぎない厨子礼子がそんなことをしたのか。たんに病院の不名誉を隠すだけのためにそんなことをしたのだろうか。

――そういえば修善豊隆が妙なことをいってたっけ。

そのことを思いだした。いや、けっして忘れていたわけではないが、忙しさにとりまぎれて、つい、これまでそのことをおろそかにしていた。

厨子礼子と飯田静女との会話のなかに、この事件の謎を解く重要な鍵があるかもしれない、と豊隆はそういったのだ。気にはかけていたのだが、そのこともこれまで聞きっぱなしにしていた。

——厨子礼子に会わなければならないな……そう刈谷が考えたとき、ふと視線のようなものを感じて、そちらのほうに顔を向けた。

そこに厨子礼子が立っていた。

まるで刈谷の気持ちをテレパシーででも感じとったように、ナースセンターの外に立って、ジッと刈谷のことを見つめているのだ。

一瞬、刈谷はそのことに奇妙な目まいのようなものを覚えた。が、厨子礼子の視線にたじろぐことなく、刈谷も彼女の目をジッと見かえした。

ふたりは、まるで愛しあっている恋人同士ででもあるかのように、たがいの目を見つめあっているのだった……

80

厨子礼子はなにかシーツを畳んだようなものを、胸のまえに重ね、それを両手で持っていた。ふと、それが赤ん坊を抱いている姿のようにも見えた。

「………」

思いもかけない連想だった。

べつだん確かめたわけではないが、刈谷は厨子礼子が結婚していないものと思い込んでいる。刈谷の知っている厨子礼子は、いつも強圧的で、およそ彼女が家庭を持っている姿など想像できないのだ。

が、その胸にシーツを抱いているのが、赤ん坊を連想させたということは、厨子礼子にも母性を感じさせるものがあるということだろう。

――おれは何を考えているんだ?

もちろん、どうでもいいことだ。事件には何の関係もないことだった。

どうして、こんなときにそんなことを思ったのか、それは刈谷にも説明のできないことだった。

ふたりがたがいの目を見つめあって、一、二分はたったろうか。厨子礼子は刈谷が自分の持っているものに注意を向けていることに気がついたらしい。どうしてか、そのことが彼女を動揺させたようだ。それまで無表情だった彼女の顔にふいに何かが激しく動いたのが感じられた。

「…………」

彼女はつと身をひるがえすと、ナースセンターから立ち去ろうとした。

刈谷はそのあとを追った。

呼びとめようとし、厨子礼子をどんなふうに呼んだらいいか迷った。

厨子さんか、それとも婦長さんか。まさか礼子さんと呼ぶわけにはいかないだろう。姓で呼んでも、名で呼んでも、子という字がつくわけだ。一瞬、そんなたわいもないことを思ったのは、その下地に、片山のことがあったからだ。

人間の発想とは妙なものだ。片山が、事故、と叫んだのを女の名前と聞きちがえた、ということが頭をよぎり、それがもうひとつの聞きちがえを意識の表面に誘いだすことになったのだ。

その瞬間、おそらく刈谷は、あっ、と声をあげていたろう。目を瞬《しばたた》かせた。

思いがけない連想から、

——厨子礼子と飯田静女との会話のなかにこの事件の謎を解く重要な鍵があるかもしれない……

修善豊隆がいったその言葉の意味がわかったのだ。そして、もつれた糸の一本がほつれると、あとはかんたんに残りの糸もほぐせるように、一気に、事件の全容を見とおすことができたのだった。

というか、もともと謎などはなかった。たんに刈谷があることを聞きちがえたにすぎなかったのだ。すべては刈谷の軽率さが招いたことなのだった。

ここでも刈谷は、

——おれは馬鹿だ……

という自嘲の言葉を胸のなかでつぶやかざるをえなかった。

すべては十秒たらずのことだった。ほんの瞬きする間のことだ。そのあいだに一切がわかった。

おそらく刈谷は下意識ではすでにそのことを知っていたのにちがいない。あとはただ、なにかをきっかけにし、それがボーリングされて、意識の表面に噴き出してくるのを待つだけのことだったのだろう。

病院の通路で追っかけっこをしてはいられない。

声をかけた。

「厨子さん、うかがいたいことがあるんですが、ちょっと待ってくれませんか」

さすがに彼女も刈谷の声を無視して逃げつづけるような無様な真似はしない。

「…………」

すぐに足をとめると、ためらわずに振り返る。その仮面のように冷たく鎧《よろ》った顔からはどんな動揺の色もうかがえなかった。

「お忙しいでしょうからお手間はとらせません。二、三、確かめたいことがあるだけなんです。すぐに終わります」

刈谷は彼女に通路のソファにすわるようにうながした。

「どんなことでしょう？」

腰をおろすなり彼女は硬い声でそう聞いてきた。

ええ、とうなずいて、刈谷は彼女と並んですわると、

「お持ちになってるそれは何なんですか」

まず、そのことを聞いた。べつだん、本気でそれが何だか知りたいと思ったわけではない。いわば話を始めるためのまくらのようなものだ。

「マジックベッドです」

彼女の声は硬かった。

「マジックベッド?」

「ええ、麻酔をかけるときなど患者さんの体を固定するために使うものなんです。手術によっては、側臥位、といって、患者さんに横向きに寝てもらわなければならないことがあります。そんなときに固定帯だけで手術台に固定するのは、どうしても患者さんの体に負担がかかります。そんなときにこのマジックベッドを併用するんです」

「どんなふうに使うんですか」

「このマジックベッドを患者さんの体に巻きつけるようにします。それで空気を抜くんです。そうすると、ある程度、患者さんの体を固定することができるんです」

「へえ、なるほど、便利なものですね」

「そんなことをお聞きになるために」

厨子礼子がいどむようにいった。

「わたしを呼びとめられたんですか」

「いや、そうではないのですが——」

刈谷は苦笑した。

厨子礼子は権高で威圧的でいわば女軍曹といった印象がある。そんなところが刈谷に苦手意識を引き起こさせるのだが、仕事となれば苦手とばかりはいっていられない。

一瞬、間をおいて、じつはお聞きしたいことというのは飯田静女さんのことなんですが、と刈谷はそういい、

「飯田静女さんにはお孫さんがいらっしゃるんですね。お嬢さんらしい。飯田さんはいつもお孫さんのことを話しておいでだ」

「…………」

刈谷の話がいかにも唐突なものに聞こえたのだろう。厨子礼子は返事もせずにまじまじと刈谷の顔を見つめた。

「お孫さんは車を持っているようだ。じつは飯田静女さんと近所のファミリー・レストランでお会いしたんですが、お孫さんが車で迎えに来る、とそうおっしゃってました」

「…………」

「お孫さんの車については病院でも迷惑なさっているんじゃないですか。そのことについてお聞きしたいんですよ」

「…………」

厨子礼子は刈谷が何をいわんとしているのかわからないらしい。ただ刈谷の顔を黙って見つめているばかりだ。その顔がわずかに不安げで、そこには、この女が、と思うような

幼い表情がにじんでいた……

81

ふいに刈谷は笑いがこみあげてくるのを覚えた。笑う対象は自分自身だ。抑えようとして抑えきれずに、クッ、クッ、と体を揺らすようにし笑い声を洩らした。

「なにがおかしいんですか」

厨子礼子が冷たい声で聞いてきた。そんなふうに切り口上でいうと、やはり彼女は威圧的な女軍曹で、どこにも幼いところなど感じさせない。

刈谷はようやく笑いをおさめ、いや、失礼しました、と詫びてから、

「ぼくは自分のことを笑っていたんです。ぼくはあまりにうかつだった――」

「…………」

「昨日、修善豊隆さんの病室におじゃましているとき、あなたが廊下で飯田静女さんと話していらっしゃるのがドア越しに聞こえてきました。あなたは、勝手にちゅうしゃ、いや、なんかされては困るのよ、と飯田さんに文句をいっていた。ここが病院だからという先入観があったからでしょうね。ぼくはそれを針の注射だと思い込んでしまった。でも、考えてみれ

ば、付添い婦の飯田さんが勝手に注射なんかするはずがない。あれは車の駐車だったんですね。そうでしょう」

「ええ、そうです。わたしはたしかに車のことで飯田さんに文句をいいましたが、それがなにか？」

「飯田さんはお歳です。ご自分で車を運転なさるとは思えない。お孫さんのお嬢さんが運転なさるんでしょう。飯田さんが病院の仕事で遅くなったときにお孫さんが車で迎えにこられるんじゃないですか」

「ええ。もちろん、そのことはかまわないんです。ただ、いくら注意しても、こちらがお願いしたところに車をとめてくれない。すぐに飯田さんを拾えるところがいいからって勝手なところに車をとめるんです――」

厨子礼子は顔をしかめていた。

「それも飯田さんを拾ってすぐに出ていくんだったら大目に見てもいいんですけど、一時間でも二時間でも平気で車をとめっぱなしにしておくんです。非常識なんです。救急車なんかが入ってくることもあるから、車をとめっぱなしにされたんでは困ると何度も注意したんですけど――」

「注意してても聞いてはくれなかったわけですか」

「わたし、そのお孫さんという人には一度も会っていないんです。飯田さんを通じて苦情をいうから、当人はどうしてもピンとこなかったのかもしれません。それでも、いくらか気にしてはいたのか、早く仕事が終わったときなんかには、病院ではなく『ライアベッド』で飯田さんを拾うようにはしていたみたいですけど」

「ということは、それ以外の、仕事が遅く終わるときには、あいかわらず病院の敷地に無断駐車をつづけていたわけですね」

「ええ」

「救急車が入ってきてじゃまになるところというと、玄関のまえあたりに車をとめるわけですか」

「ええ、そのあたりです」

「というと時計台の下あたりということになりますね」

「ええ――」

と厨子礼子はうなずきかけて、刈谷が示唆していることに気がついたらしく、ハッ、と目をみはった。

こうは考えられないですか、と刈谷は落ちついた声でいった。

「昨夜も飯田さんのお孫さんはそこに車をとめていた。つまり時計台から篠塚さんはその車のうえに落ちたわけです。だれかが自分の車のうえに落ちてくれば人は慌てるでしょう。当然、そのままにはしておかない。警察に連絡するか、落ちてきた人間を車からおろそうとするか、とにかく何とかしようとするはずだ。しかし、その孫娘という人は一切そんなことはしなかった。篠塚さんを屋根に載せたまま、車をスタートさせた。篠塚さんの体は車から振り落とされ、墜落地点から数十メートルも離れたところに落ちた。昨夜は風が強かった。あんなに風が強くなければ現場にタイヤの痕が残されていたはずなんですけどね。タイヤの痕跡なんか風に飛ばされてしまった。人間ひとり車の屋根に落ちてくれば、塗料なんかも剝がれて当然なんですが、それもきれいに吹き飛ばされてしまった。鑑識の連中はなにも発見できなかった——」

「…………」

「いまから思うとお笑いぐさなんですが、ぼくは本気で、なにかが落ちてくる篠塚さんの体を空中でひっつかんで、墜落地点から離れたところに運んだのではないか、とそう考えたものです。たまたま風が強いという偶然があったために、鑑識が何も発見できずに、それで不可解としかいいようのない、あんな状況になってしまった」

「なにかが……」

厨子礼子はぼんやりとつぶやいた。

「ハルピュイアが」

「しかし、どうして飯田さんのお孫さんは、自分の車の屋根に人が落ちてきたというのに、なにもしないで、そのまま車を発進させたのか？　常識的には考えられないことじゃないでしょうか。そのことに気がつかなかったはずはない。まさか、とめてはいけないといわれたところに車をとめていたから、というわけでもないでしょう。考えられることはただひとつです。つまり彼女自身が篠塚さんを時計台から突き落とした。それしか考えられない。篠塚さんを時計台から突き落とし、そのまま自分は外に飛びだし、車で逃げた。そうとしか考えられないじゃないですか」

「…………」

「昨夜、遅く、飯田静女さんは『ライアベッド』でお孫さんが車で迎えに来るのを待っていました。飯田さんの仕事が遅く終わるときにはお孫さんは病院の玄関まえで車をとめて待っている。あなたはさっきそうおっしゃいましたね。だけど、昨夜にかぎっては、お孫さんはいつものように飯田さんを病院の玄関まえで拾うことができない事情があった。もうおわかりですね。それは彼女にとって犯行現場に戻ることを意味していたからなんですよ」

「…………」

「もっとも、これはすべて、ぼくの推測にすぎません。証拠は何もない。これぐらいのことでは飯田さんのお孫さんに任意出頭を求めることもできません。推測がどこまでも推測にとどまるか、それとも事実として容疑をかためることができるか、それはこれからの調査如何《いかん》ということになるでしょうが――」

「…………」

「そこであなたにお聞きしたいのですが、昨夜、篠塚さんの遺体を発見なさったとき、車が走り去るのを見るか、そうでなければエンジン音を聞きませんでしたか」

「いえ、あいにく、なにも気がつきませんでした」

「あなたは飯田さんのお孫さんが玄関まえに車を無断駐車することに困っていらした。それなのに、昨夜、篠塚さんの遺体を発見なさったとき、その車のことをすこしも思いださなかったんですか」

「なにをおっしゃりたいのかわかりませんけど――」

厨子礼子は刈谷の顔を正面から見つめ、きっぱりといった。

「そんなことは無理です。アルバイト当直の先生が目のまえで死んでいるのに、そんなときに無関係な車のことなんか思いだす人はいないんじゃないんですか」

「…………」

まったく、この厨子礼子という女性の勁さには感嘆せざるをえない。どんな人間でも(よしんばその人間に後ろめたいことがないにしても)刑事にここまで突っ込まれれば多少はあたふたするものだ。ところが彼女にかぎっては、どんなに刈谷が切り込んでも、すこしも怯まず動じないのだ。

——いったい、この勁さはどこからくるのだろう? 刈谷はそう自問し、ふと母性という言葉を思いついて、その言葉の意外さに自分でもおどろいた。

82

「なるほど、それはそうかもしれませんね。おっしゃるとおりかもしれません。それはそうかもしれないが——」

刈谷はうなずいて、目を狭めるようにし、ジッと相手の顔を見つめたが、ふいに口調を変えると、

「昨日、厨子さんには看護婦のことをお聞きしました。覚えていらっしゃいますか。あのときにはこちらの調査が不徹底で、看護婦の名前がわかっていなかった。いまはどうにか名前がわかりました。新枝彌撒子に、藤井葉月……ふたりとも緊急病棟を担当していた夜

間パートタイムの準看です」

「新枝彌撒子、藤井葉月……」

「藤井葉月のほうはともかく、新枝彌撒子の名前は覚えていらっしゃるはずです。覚えていないはずがない。一昨日、緊急病棟で焼死した看護婦は胸に『新枝彌撒子』の名札をつけていたそうじゃないですか。これは亡くなった篠塚さんからうかがいました。当然、管理婦長であるあなたは、事故の事後処理をしたり、新枝彌撒子の実家に連絡するなりしなければならなかったはずだ。そうじゃないですか。それなのに消防署への連絡もしていなければ、犠牲者が出たことを警察にも連絡していない――」

自分ではそうと意識していなかったが、刈谷の声がわずかに高くなったようだ。全身、焼けただれて死んでいたという不運な看護婦が（彼女がほんとうに新枝彌撒子であるかどうかはまだわからないのだが）、その後、だれからも顧みられずに、その死体さえも消えてしまった、ということに、なにやら義憤めいたものを覚えていた。

「たしかに、この地区には監察医制度もなければ準監察医制度もない。変死の場合にも、一般臨床医が死因を判断し、死亡診断書を書くことが許されている。手続き上は何の問題もないかもしれない。それにしてもこれはあんまりじゃないですか。新枝彌撒子さんの遺体は霊安室から消えてしまっていて、病院のだれに聞いても、それがどうなってしまったのかわからない。いくらなんでも非常識ですよ。聖バード病院ではどんな変死が起こっても、こんなふうに内々で処理してしまう決まりになっているんですか。もしそうだとしたら、ぼくは警察官として――」

「お怒りになる気持ちはわかります。でも新枝彌撒子さんのことでわたしをお責めになるのは筋違いですわ――」

厨子礼子は思いがけず強い口調で刈谷の言葉をさえぎった。

「新枝彌撒子さんのことは病院長がすべて事後処理をなさったんです。わたしは口出しすることを許されませんでした。死亡診断書を書いたのも病院長なんです。霊安室から遺体が消えた、という話は聞いていませんが、もし出入りの葬儀業者が運びだしたのではないとすると、それも病院長がご存知のことではないでしょうか」

「病院長……」

思いがけないことだった。厨子礼子を追いつめるつもりが、ふいにはぐらかされ、つんのめった感じがした。昨夜、所轄の同僚が自宅に電話を入れたが、病院長は不在だったという。事件には何の関係もない第三者として、これまで刈谷は病院長のことなど思いだしもしなかった。

「たしかに、刑事さんには、わたしが故意に事実を隠しているような印象を与えたかもしれません。わたしにその意図がまったくなかったとはいいません。でも、それにはそれなりの理由があるんです。わたしは聖バード病院の不名誉になることを自分の口からいいたくなかっただけのことなんです」

「…………」

「いま病院長は病院に出てきていらっしゃいます。病院長にお聞きになってください。そうすれば、すべてがはっきりすると思いますから――」

刈谷は唇を嚙んで、一瞬、考えたが、すぐに、わかりました、といった。

「そうさせていただきます。今日は飯田静女さんは病院に来ていますか」

「いえ、よほどのことがないかぎり日曜日には来ないようです」

「そうですか。それでは、ご面倒でしょうが、飯田静女さんの自宅の住所を教えていただけませんか。ぼくは飯田さんのお孫さんに会わなければならない」

「わかりました。事務室のほうにおいでになればわかるようにしておきます」

厨子礼子はどこまでも冷静で事務的だった。その仮面のような表情を崩さないまま、立ちあがり、背筋をピンと伸ばして、立ち去っていった。

「…………」

その後ろ姿を見送りながら、刈谷はなんとはなしに漠然と敗北感のようなものを覚えていた。彼女のどこに母性を覚えたのか、いまとなってはもう、一瞬でもそんなことを感じたのが信じられないほどだった。

……病院長の執務室は、一階、事務室の隣りにある。

ノックし、どうぞ、という声を聞いて、ドアを開けた。

執務室というより、なにかホテルのスイートを連想させるような部屋だった。クロスの壁紙に、厚い絨毯が敷きつめられ、部屋の隅には大きな青磁の壺が飾られてあった。天井にはごく小ぶりだがシャンデリアが吊るされていたし、壁にかけられたシャガールの絵もどうも複製ではないらしい。

しかし、刈谷の視線はそうしたものにではなく、マホガニーのデスクの向こうにふんぞりかえっていたその人物にしぼられた。

いや、その人物はもうふんぞりかえってはいない。刈谷の姿を見たとたんに、悲鳴のような声をあげて立ちあがったのだ。

もちろん、いまは顔に白粉をはたいてはいない。頬紅をさしてもいない。が、その人物は緊急病棟で会い、「マドンナ・メンバーズ」でとり逃がしたあの男に間違いなかった。

「わたしが病院長の鳥居ですが――」

男はかろうじてそういったが、それだけいうのが精いっぱいだったようだ。ふいに顔を両手に埋めると、力つきたように、椅子に腰を落とした。そして、すすり泣くような声でこういったのだ。

「わかっています。新枝彌撒子のことでいらしたのですね。いつかはこうなると思っていた。わかっています。わたしはわかっているんですよ」

83

刑事さん、わたしは、と鳥居肇《はじめ》はそういうのだった。

「今年の春に五十九歳になりました。来年はもう六十ですよ――」

世間から見れば鳥居の人生は順調そのものといえるだろう。もちろん経営にともなう苦労がないではないが、聖バード病院の業績はそれなりに伸びている。家庭は円満で、妻とは、ここ何年間、記憶をたどっても、口げんかをしたことも思いだせないほどだ。長男はすでに医大を卒業し、長女も来春、前途有望な医師との結婚が決まっている。ライオンズ・クラブでは地区代表に選ばれ、ゴルフも念願のシングルになった。

そう、順調そのものだ。何の問題もない。それなのに麻酔におぼれてしまったのはどうしたことだろう。淫靡《いんび》なマゾヒズムに目覚めてしまったのはどうしたことか。

いや、と鳥居は首を振って、自分の言葉を否定し、ぼんやりと刈谷を見た。哀しげで、どこか牧場の老いた牛を連想させるような目をしていた。

わたしのいったことは、と鳥居はいった。嘘です。わたしはなんて人間だろう。わたしはこの期におよんでまだ自分をごまかそうとしている。そうじゃない。なんでわたしの人生が順調なんかであるものか……


「……女房と口げんかをしたこともないのは、わたしたち夫婦が他人も同然だからです。表面は仲よくやっている。わたしは妻に満足しています。妻もわたしに不満はないでしょう。しかし、夫婦とはただそれだけのものでしょうか。たがいに不満がなければそれでいいのか。ここ何年か、いや、もしかしたらもっとまえから、わたしたちはそれぞれ相手が何を考えているのかわからなくなったし、何を考えていようと気にかけなくなった。そのくせ、世間的には、家内はいい妻であり、わたしはいい夫なのです。

息子ですか。息子はたしかに優秀です。優秀なだけに、わたしの病院経営には批判的なようです。わたしの経営には無駄が多いとそう思っている。自分が病院を引きつげば、もっともっと経費を削減し、職員の人数も減らして、利益をあげることができるとそう考えているんです。それしか考えていないといっていいでしょう。娘は結婚を決めるときに、相手の家柄がどうの、収入がどうの、そんなことばかり家内と夢中になって話していました。わが娘ながら、わたしはそんな娘を好きになれなかった。嘘も隠しもない。これがわたしの家庭です。刑事さん、あなたは結婚していらっしゃいますか？

そうですか。つきあっている人もいない。妙ですね。それでもあなたより、わたしのほうが淋しい。わたしはそう思います。ひとりのほうが淋しくない、ということもあるんですよ。わたしは淋しかった。自分の人生は何だったんだろう、とそんなことばかり考えるようになった。ゴルフ？　ゴルフはしょせん遊びです。一時《いっとき》、淋しさをまぎらすことはできても、あとでもっと淋しくなる。そんな遊びにすぎません。そんなときにわたしはあの子に会ったんですよ。新枝彌撒子に会ったんです……」


……鳥居肇がいつから〝若さ〟に固執するようになったのか自分でもよく覚えていない。が、いつから自分の〝老い〟を意識するようになったのか、と聞かれれば、それは新枝彌撒子を知ってからだ、と答えることになるだろう。

若々しい新枝彌撒子を知って、自分が老いつつあることを強く意識させられるようになった。吝嗇《りんしょく》な人間が財布に残った小銭を一枚一枚おしみながら使うように、自分の残り少ない〝若さ〟を惜しむようになった。

鳥居肇が初めて新枝彌撒子に会ったのは去年の暮れのことだ。製薬会社の人間から接待を受け、酔い、遊んで、何軒ものバーやクラブをはしごして歩いているうちに、気がついたら、ひとりになっていた。

鳥居はいつのまにか的場町をさまよい歩いていた。それまで的場町に出入りしたことはない。が、最近、アメーバーが増殖するように急速に膨らんだ（あまり上品とはいえない）歓楽街であるということは知っていた。キャッチー・バーとか暴力酒場といった、ぶっそうな店が多いということも聞いている。

――これはいかん。帰ろう。

そう思った。

しかし、その意思とはうらはらに、鳥居は的場町を離れようとはせず、それどころか逆に奥に、奥にと入り込んでいったのだ。

いつもの慎重で臆病な鳥居からは考えられない行為だった。どうして、そのときにかぎって、そんなことをしたのか？　心のどこかで、外見をとりつくろうのにのみ熱心で、血のかよわない、冷たい家庭に、反発する気持ちが働いたのかもしれない。そんな家庭しか築けなかった責任の大半は、自分にあることを知っていて、それだけになおさらそれに反発する気持ちが強かった。

いや、たんに鳥居は帰りたくなかったのだろう。ただ、それだけのことだ。ふと「マドンナ・メンバーズ」というネオンサインが目に入ってきた。看板に躍るような極彩色の文字で記された説明によると、的場町で唯一のコスチューム・プレイを楽しむ紳士の社交場、なのだという。

説明を読んでも、ここが何をするところなのか、鳥居にはそれがわからない。そもそもコスチューム・プレイというのが何であるかがわからないのだ。

自分には縁のない店なのだ、と思った。そう思いながらも、その場を立ち去ることができなかったのは、入り口のわきに貼られている写真に注意を引かれたからだった。女たちが実にさまざまな扮装をして写真に写っていた。なかでも鳥居の関心を引いたのは看護婦の扮装をした女の写真だった。

いや、関心を引いたなどという、なまやさしいものではない。ほとんど鳥居はその写真に魅せられたといっていい。目を離せなくなってしまった。

医者と看護婦の色恋ざたは世間の人間が思っているほど多くはない。が、もちろん皆無というわけでもない。ましてや鳥居はたんなる医師というだけではなく、聖バード病院の院長でもあるのだ。鳥居がその気にさえなれば、これまでにもずいぶんそのチャンスはあった。

が、鳥居は慎重で（あるいは臆病で）、ついにこれまで一度も看護婦とそうした関係におちいることはなかった。若いころの鳥居はそんな自分に満足していた。一時《いっとき》の欲望に流され、看護婦とのっぴきならない関係に落ち、どうにもならずにもがいている医師たちの話を聞くにつけ、おれは冷静で自制心にとんでいる、とそのことに優越感を覚えたものだった。

そう、若いころは――

が、いまは、自分の欲望を律して、というより臆病に一線を踏み越えるのをためらって、後生大事に守ってきた家庭がこれなのか、という苦い思いがある。家庭を守り、聖バード病院の経営にはげんで、あげくの果てに鳥居に残されたものといえば、索漠たる喪失感だけではないか。

そんな自嘲にかられたとき、自分でも思いがけなかったことに、鳥居は「マドンナ・メンバーズ」に足を踏み入れていたのだった。

「どのコスチューム嬢がお望みですか」

マネージャーにそう聞かれ、看護婦、とそう答えたのだが、鳥居の耳にはそれが自分の声ではないように響いたものだった。

マネージャーに案内された部屋は、狭く、細長かった。

——棺桶のような部屋だ……

鳥居はそう思った。

ぼんやりと赤い照明がともっている。人によっては血のように赤い照明だと形容するかもしれない。赤いが暗いのだ。

その赤い照明のなかに看護婦の白衣を着たほっそりした姿が浮かびあがった。顔は赤い翳《かげ》のなかに沈んで、はっきりと見さだめることはできないが、繊細にととのった顔だちであることは見てとれた。

——きれいだ……

鳥居はほとんど涙ぐむような思いでそう感じていた。自分がどれほど女性の美しさと優しさに渇いていたか、渇いたままひからびて老いていこうとしていたか、そのことをありありと実感していた。

——なんてきれいなんだろう。

赤い照明のなかでほっそりとした影がしなやかに動いた。鳥居のズボンのベルトに指をかけると、かすかに笑いを含んで、低い声でこう囁きかけてきた。

「わたしは新枝彌撒子。新しい枝に、ミサ曲の彌撒子……ねえ、あなた、どんなことをして遊びたいの？　ここでは、あなた、どんなことでもできるのよ」

84

「新枝彌撒子……」

と刈谷はつぶやいた。

それに藤井葉月――

昨日から、数えきれないほど、このふたりの女の名を聞いてきた。しかし、何度、その名を聞いて、男たちから話を聞いても、このふたりにはついに近づくことができない。まるでこのふたりの女は双子の惑星で、男たちはその軌道をめぐる衛星でもあるかのようだ。男たちは楕円軌道をえがいて、このふたりの女のまわりをめぐるだけで、近づくのはもちろん、遠ざかることもできないのだ。

篠塚、片山、それにどうやらこの鳥居肇もそのひとりであるようだった。

――いや、おれもそうだ。おれもやはりこのふたりの女から離れられずにいる。

刈谷はふいにそのことに気がついた。

自分もやはり、ふたりの女の引力にとらわれ、その周回軌道を脱することができずにいる（男という名の）衛星なのだ。

なにか戦慄めいたものが、体の深いところをかすめるのを覚えたが、それは奇妙に甘美なおののきをともなってもいるようだった。

が、いまは自分のことより、この鳥居肇の話を聞かなければならない。

「お恥ずかしい話ですが……いや、実際には、恥ずかしいとは思っていないのですが、わたしは新枝彌撒子の体におぼれました。あなたにはとても正気のさたとは思えないでしょうが、わたしも病院から白衣を持ちだして、あの赤い部屋で、医師を演じました。彼女に注射をうち、看護婦を失神させて犯す医師、という役割を演じて楽しんだのです。これを異常といわれるなら、その非難はあまんじて受けますが、わたしはそうした医師を演じることで、はじめて自分の徒労に過ぎてしまった人生を嘲笑することができたのです。わたしはもう何もいらないとそう思った。わたしが欲しいのは尽きることのない精力、この快楽を一滴あまさず飲みつくし、それでも消耗することのない〝若さ〟だけだったのです。わたしは、まさか、あんなことになるとは思ってもいなかったのです……」

……そう、まさか、あんなことになるとは思ってもいなかったのだ。

鳥居の若さに対する執念はますますつのるばかりで、ついには新枝彌撒子と会うときには、顔に白粉をはたいて、頰紅をさすまでになった。

白粉をはたくのも、頰紅をさすのも、その場になってすればいいことだが、髪を染めるのだけはそうはいかない。黒々と髪を染めて若やいだ鳥居を見て、いやらしい、どうしたんですか急に、と妻は顔をしかめたが、それすら鳥居の耳には自分の若さに対する賞賛の言葉に聞こえたのだった。

——若さが欲しい、おれは若さをとり戻したい。

その思いは、自分はみすみす人生を無為についやしてしまった、という悔しさとあいまって、鳥居のなかでほとんど妄念にまで凝りかたまった。子供のことも、ましてや妻のことなどどうでもよく、ただ新枝彌撒子に年寄りだと思われたくない、若いと思われたい、という切ないほどの願いだけが結晶していったのだった。

そして、そのあげくに思いついたのが、顔のしみをとることだった。鳥居ぐらいの年齢になると、どうしても、いわゆる老人性色素斑が顔に出てきてしまう。それをとりたいと思った……

そんなつもりはなかったのだが、刈谷の顔に内心の思いがにじんだようだ。それを敏感に見てとったのか、わかっています、と鳥居は自嘲するようにいった。

「あなたはわたしのことを浅ましいとそう思っていらっしゃる。わたしが若さに執着するのを愚かしいことだとそう思っている」

「…………」

「しかし、あなたはまだ若い。若い人にはわたしの気持ちはわからない。浅ましいかもしれないし、愚かしいかもしれないが、しょせん、あなたのような若い人には、その浅ましさ、愚かしさがどんなに切実なものであるかわかりっこないのです」

「ぼくはなにも思ってはいない。ぼくはただお話をうかがっているだけです」

「…………」

「どうぞ、つづけてください」

刈谷はうながした。

鳥居は、一瞬、ためらったようだが、すぐに話をつづけた。鳥居のなかには話すべきことが鬱積していて、それを吐き出さずにはいられないようだった。

「……老人性色素斑をとるのはそれほどむずかしいことではない。ルビーレーザーを使えばいい。顔のあざをとったり、皮膚腫瘍の治療をしたりするのに、ルビーレーザーを使います。茶色のあざは要するにメラニン色素が沈着しているということで、それは老人性色素斑やソバカスも同じことなのです。これが黒いあざや青いあざということになると、メラニン色素が皮膚の深層にあるので、ルビーレーザーを使ってもなかなか治療がむずかしいのですが――」

……鳥居肇が顔の老人性色素斑をとる治療を受けることにしたのは今年の春のことだった。

もちろん家族には内緒《ないしょ》のことで、治療を依頼した形成外科の医師にも口どめをした。内心はどうか知らないが、医師は淡々と依頼に応じ、どうして老人性色素斑をとりたいのか、などということは聞こうともしなかった。

それでも鳥居は自分が老人性色素斑をとろうとしているのを人に知られるのを極度に嫌った。

そのために手術は、夜十一時という異例の時刻におこなわれることになった。

当然、看護婦も夜勤パートタイマーになるが、鳥居にはそのほうが、このことをおおやけにしないためには都合がよかった。

手術は原則的には、器械出し看護婦、外回り看護婦のふたりで担当されることになるが、皮膚のしみをとるような単純な手術の場合にはひとりの看護婦で十分だった。

そのこともまた鳥居には都合のいいことだった。このことを知っている人間はひとりでも少ないほうがいい。

ルビーレーザーは六百九十四・三ナノメートルの波長を持つ橙赤色の光である。平均出力は八・九から四十ジュール、目を痛めないために、施術者、被術者ともに青緑色の保護眼鏡をかけなければならない。

ふつう、この程度の手術であれば、居所麻酔で十分なのだが、場合によっては全身麻酔をかけることもあり、その判断は医師にゆだねられる。

鳥居の場合は局所麻酔だったが、それが脊椎麻酔であることが異例だった。脊椎麻酔は、クモ膜下腔に局所麻酔剤を注入し、脊髄の前根・後根をマヒさせるもので、腹部以下、下腹部、下肢などの手術に適している。どうして老人性色素斑をとるのに、脊椎麻酔をしなければならないのかわからなかったが、すべては担当医の判断によるものだ。そのことに異論をとなえるつもりはなかった。

脊椎麻酔をかけられる人間は、曲げた膝を両手でかかえるようにし、横向きに寝る。患者によっては、腰に注射を打たれるのを怖がる者もいるが、もちろん鳥居はそんなことはない。ただ、穿刺《せんし》中、背中に針が刺さっているために動けないのが面倒だが、そういうことはすべて医師と看護婦にまかせておけばいいことだ。

鳥居は、手術まえも手術中も、ほとんど目を閉じていて、医師や看護婦たちと視線をあわせないようにしていた。べつだん、老人性色素斑をとるぐらいで、それほど神経質になることはないのだが、その動機の不純さが後ろめたさを誘っていたようだ。

そんなふうにして目を閉じていたからか、あるいは麻酔が妙な効き方をしたのか、鳥居は手術中にいつしか眠ってしまっていた。

……ふと目を覚ます。

意識がもうろうとしていた。体に感触がなく、自分がここにいる、という感覚が奇妙に希薄だ。ただ、ふわふわと、とりとめのない浮遊感だけがあった。ひとつには保護眼鏡をかけているために、視界がすべて夢の底のような青色に染まっていて、そのことがなおさら現実感を削いでいるのかもしれない。

麻酔の後遺症にしては、

……どうも妙だ。

そう思う。

こんなふうに麻薬でも飲んだように、意識がぼんやりとかすんでしまう、そんな麻酔の後遺症など聞いたことがない。これまで気がつかなかったが、鳥居は麻酔に対して特殊体質なのかもしれない。

——これからのこともある、気をつけなければいけないな……ことさら、しかつめらしく自分にいい聞かせたが、実際には陶然とした思いがたゆたって、気をつけなければいけないどころではない。夢のなかに遊んでいるように気分がいいのだ。

どうやら手術はすでに終わったらしい。医師も看護婦も手術室にはいないようだ。

鳥居は手術台に横たわったままだ。もういつ手術室を出ていってもいいのだろうが、あまりの気持ちよさに、立ちあがる気になれない。体を横向きにし、あちこち視線だけをさまよわせた。

手術台のすぐ右手に器械台がある。

その器械台のうえに手術予定明細表が置きっぱなしにされていた。

手術予定明細表というのは、手術をする患者の名前、年齢、術式、病室、術者、麻酔者、看護婦の名前などが記載されている書類である。

鳥居はその手術予定明細表を見るとはなしにぼんやり見ていた。とりわけ自分の手術の欄を見ていた。やはり麻酔の後遺症が残っていて、自分がなにを見ているのか、それをはっきりと意識していなかった。

手術予定明細表の看護婦の欄に、新枝彌撒子、と記載されているのだが、それが何を意味しているのかわからずに、ただ、おかしいな、なにかおかしいな、と意識の隅でそう感じているだけだったのだ……

85

――おかしい、なにか変だ……

そう思いながら、手術予定明細表に記入された「新枝彌撒子」の文字を見つめているのだが、しだいに何が変なのか、いや、なぜ変でいけないのか、それがわからなくなってくる。

どこか一点、頭の隅が覚めている。どうして「マドンナ・メンバーズ」のコスチューム嬢であるはずの新枝彌撒子が、手術の担当看護婦として、予定明細表に名前が記入されているのか？　その覚めた意識のなかでそれを疑問に感じてはいた。

しかし麻酔剤が異様な効きかたをして（局麻用の一パーセント・カルボカインがこんなふうな酩酊状態を誘うのだから、よほどの異常体質にちがいない）、現実と妄想がたやすくいれかわり、事実を冷静に見きわめることができなくなっていた。

ここが「マドンナ・メンバーズ」のあの秘密の個室であるのか、それとも聖バード病院の手術室であるのか、もうろうとした意識のなかでそれが判然としないのだ。

「マドンナ・メンバーズ」の個室はいつも赤い灯に染まっている。ここは（鳥居は自分が保護眼鏡をかけているのを忘れていた）すべてが青色に染まっている。

赤い部屋と青い部屋、世界と反世界……だれも気がついていないが、じつはこの世界はその裏側に、反世界を隠していて、それをコインの裏表のように反転させることが可能なのではないか。選ばれた人間だけが世界と反世界を行き来することができ、新枝彌撒子はそれを導くためのいわば巫女《みこ》なのではないだろうか。

――そうだ。そうなのだ……

そのときの鳥居はなにか自分がとてつもなく高邁《こうまい》な思想の一端に触れたような気がしていた。世界の究極の秘密に接し、その閉ざされた扉をこじ開けた気がしていた。

自制心を失っていた。心理的な抑制が外れ、下意識の闇の底にわだかまっていたものがあふれだしてきた。

麻酔がいざなう、懶惰《らんだ》に、妖しく、やるせない陶酔に、われとわが身をたゆたわせながら、刈谷は自分でも気がつかずにつぶやきつづけていた。なにを？　そのことを。秘密の個室での新枝彌撒子とのあの体験を。サディズムとマゾヒズムが渾然と一体になり、官能のめくるめく甘美感に、ふたりして昇りつめていくあの至福のときを。エクスタシーを――

自意識の失禁だ。何度も新枝彌撒子の名を口にした。どんな体位でからみあったか、どんな行為を強いたか、どんな行為を強いられたか、それを克明に描写し、つぶやきつづけていた……

「どうして」

背後から女の声が聞こえてきた。

「そんないやらしいことをいうの？　そんなことをいっていいの？　看護婦にそんなことをするのが先生の願望なの？」

そのときの鳥居の意識のなかでは現実と妄想とが渾然とひとつになっていた。違いがわからない。というより違いがなかった。現実は妄想であり、妄想は現実であり、そのふたつが溶け込んだあわいに、鳥居の意識は漂っているのだった。

そうだ、と鳥居はもうろうとつぶやいた。

「彌撒子、それがおれの願望なんだ。おれの夢なんだ。おれの愛なんだよ——」

愛、と女の声がくぐもった。ふいに狂おしい声になり、愛って何？　わたしそんなもの知らないわ、と叫ぶようにいった。

「先生はパートタイマー準看の待遇を知ってるはずよ。ほとんど眠ることもできない。患者が死んでいくのにろくにその世話もできない。先生、あなたがそうしてるのよ。愛って何？　わたしはそんなもの知らない」

おれは、と鳥居はほとんど泣きじゃくるような声でいった。

「おまえを愛しているんだ。これだけはほんとうだ。彌撒子、おれはおまえのことを愛しているんだよ」

「やめて、そんなこといわないで。わたしはあなたの愛なんか欲しくない。そんなものは一文《いちもん》の価値もない――」

ふいに背後から頸部を押さえつけられるのを感じた。女の繊細にしなやかな指だ。鳥居は首をひねってその手の甲に接吻《くちづけ》しようとした。拒否された。ぐいぐいと頸部を押さえつけられた。

鳥居は頸部を曲げた。女の命じるままに動くことに倒錯した快感を覚えていた。膝を抱え込んで体を前屈させた。自然に脊椎麻酔をするときの姿勢になっていた。

女が枕を移動させようとした。頭部と脊椎を水平にさせようとしているのだ。それにも鳥居は頭を枕から浮かし協力した。ズボンと下着をおろされる。上着も背中を肩までまくりあげられる。すべてが脊椎麻酔をするときの手順のままだった。

女は背後に立っている。ふつう脊椎麻酔をするときには、看護婦は腹部側に立つのだが、この場合は、医師がいないのだからやむをえないのだろう。女は背後に立って、鳥居の背部に無影灯をあてた。

鳥居は勃起している。それが女の目にあらわにさらけだされることに恥辱感と、えもいわれない快感を覚えていた。おれはいやらしいエロ爺《じじ》いなのだ……そう自分自身に胸のなかでつぶやくことに、マゾヒスティックな悦びと、なにかに復讐しているような痛烈な爽快感を覚えていた。おそらく、このとき鳥居の意識のなかにあったのは、偽善的にとりすました自分の家庭であったろう。

背後から女が鳥居の臀部と肩を抱えるようにして支える。背中にひんやりとした感触を覚えた。女がひじと体で鳥居の体を支えながら、背中の皮膚消毒をしているのだ。消毒が終わり、そこがルンバール用オイフで覆われるのを感じた。麻酔セットを開く音が聞こえてきた。女は手袋を塡めている。

わたしを愛しているといったわね、と女がささやいた。その声にもかすかな興奮が感じられた。女は愛のためにではなく、おそらく復讐の快感のために興奮していた。

「わたしをほんとうに愛しているなら、これにも耐えられるはずよ」

鳥居は、ああ、あああ、とうめき声をあげた。

背部に穿刺の痛みを覚えている。穿刺は第三から第四腰椎のあいだに行われたようだ。

そして麻酔剤が注入される。

それまでも鳥居の意識はふわふわと頼りなく浮遊していた。それがふいに天に翔《かけ》あがるのを覚えた。翔あがり、そこで光が炸裂するのを感じた。鳥居の意識もまた、光が炸裂するにともない、微小な光の粒子と化して、めくるめく飛散をするのだった。

——おれは異常体質だ。局麻用の一パーセント・カルボカインでこんなふうになってしまうなんてとんでもない異常体質だ。これからのこともある。よほど注意しなければならない……

ほんの一瞬、そんな医師らしい意識が働いたが、そして麻酔をするのに血圧計も装着しないで大丈夫か、という懸念も波うったが、すべては陶酔のきらめきのなかに（熱湯に投げ込まれた氷のように）見るまに溶けていくのを覚えた。

なにも心配することはないさ。愚かしい多幸症めいた笑いを浮かべる。なにも心配することはない。おれは新枝彌撒子のことをこんなに愛しているんだ。愛はなにより強いはずじゃなかったか。愛はどんなものにもうち勝つはずじゃなかったか。年齢差なんてどうにでもなる。おれはまだこんなに硬いし、と鳥居はうっとりと笑う。こんなに持続力もあるのだから……鳥居は自分でも気がつかずに意識の流れをそのまま口にだしてつぶやいていたらしい。

そんなに愛しているなら、と彌撒子が背後からそうささやきかけてきたのだ。

「あおむけになって、わたしの顔を見たらどう？　わたしの顔を見たいんじゃない？」

「ああ、そうしよう」

と鳥居はうなずいた。うなずいたが、彌撒子は麻酔の針を抜いただろうか、ふとそんな疑問が頭をかすめるのを覚えた。

麻酔のあとの処理としては、針を抜いたのち、穿刺部にノベクタンスプレーを散布し、カットバンを貼らなければならない。彌撒子はそれをしたろうか？　鳥居は陶然とした酩酊状態のなかにあり、彌撒子が麻酔の事後処理をしたかどうか、そのことをよく覚えていないのだ。

もちろん脊椎麻酔をし、腰椎に穿刺されたままの患者が、あおむけになったら大変なことになる。体の重みで針は深々と腰椎に刺さることになるだろう。それこそ命とりにもなりかねない。

「どうしたの？」

彌撒子が含み笑いをする。セクシーだが、その底にゾッとするほど冷たい響きを感じさせる笑い声だ。

「わたしが針を抜いたかどうか覚えていないのね。あおむけになるのが怖いのね？　でも、先生、あなたはわたしを愛しているんでしょう。命がおしくて愛している女の顔をまともに見ることもできないの？　先生の愛ってそんなものなの？」

「…………」

鳥居は頭のなかがスッと冷たくなっていくのを覚えていた。ふいに自分がとんでもない罠のなかにはまり込んでいることに気がついた。

彌撒子は明らかにそのことを意図的にやっているのだ。鳥居が酩酊状態にあるのを見てとって、針を抜いたかどうか、意図的にそれをあいまいにしている。針を抜いたが、ノベクタンスプレーを散布せず、カットバンも貼らなかったか――あるいは全然なにもしなかったか、だ。いまのもうろうとした鳥居にはどちらだかそれを判断することができないのだ。

反射的に手を腰にまわそうとした。その手を彌撒子が押さえた。異常な力がこもっていた。

「先生、その手を腰にまわしたら、わたしは絶対にもう先生の愛を信じない――」

彌撒子は冷たい声でそういい、ふいにその声が激した。

「わたしを愛しているの？　わたしを信じるの？　わたしを愛していないの？　わたしを信じないの？　……先生、あなたはわたしを愛しているの？　それとも卑劣で臆病でうす汚いエロ爺いなの？　先生、自分でそれを選ぶのよ」

「…………」

鳥居は自分が追いつめられたのを感じていた。

これは、安易に愛しているなどと口にした罰なのだ、とそう思った。安易に？　いや、おれはほんとうに彌撒子を心底から愛しているのだ。たしかにおれたちの出会いはファッション・ヘルスだ。ファッション・ヘルスで医師と看護婦の扮装をしているおれたちの関係を〝愛〟などというものなら人は笑うだろう。若い風俗嬢と、その若さに懸命にすがりつこうとしている老人とのあいだに、どんな〝愛〟があるというのか。人は笑い、唾を吐きかけるだろう。が、それをいうなら、男は夫をよそおい、女は妻をよそおっている、あの家庭のどこに〝愛〟があるというのか。あれもまた一種のコスチューム・プレイではないか。偽善的で、微温的で、唾棄すべき演技にすぎないのではないか。

ふいに涙が噴きこぼれてくるのを覚えた。

「わたしはきみを愛している。ほんとうに愛しているんだ」

「わたしは言葉を信じない。言葉なんか三歳になれば覚えてしまう。そんなものどうして信じられるの。先生、ほんとうにわたしを愛しているというなら、それを自分で証明してみせたらどうなの？　先生は老いぼれすぎてそんな勇気もなくしてしまったの？」

「…………」

鳥居は大きく息を吸い込んだ。にがい切ない息だった。

以前、腰椎に損傷をうけて半身不随になってしまった患者を診たことがある。その患者のことを思いだした。が、鳥居にはもう選択の余地はないのだ。腰椎から針が抜かれたかどうか、それを確かめずに、あおむけになるしかない。それ以外に自分の彌撒子に対する愛を証明するすべはない。

「彌撒子……」

もう一度、その名をつぶやいて、ゆっくり、ゆっくりあおむけになっていく。腰部に深く突き刺さる針の感触を予感していた。

そのとき鳥居が懸命に思いを凝らしていたのはこういうことだ。女は天使なのか悪魔なのか？　そのことだけを考えていた。ただ、それだけを自問しながら、死を賭《と》して、あおむけになろうとしていた……

86

「……女は天使なのか悪魔なのか」

刈谷はつぶやいた。

結局、刈谷のしてきたことも、その疑問を追いながら、ここまで謎をたどってきたようなものだった。が、つまるところは、刈谷とおなじように、女は天使なのか悪魔なのか、という疑問にとり憑かれ、悶々としている老いた蕩児の姿を、そこに見いだしただけのことであるらしい。

——女は天使なのか悪魔なのか？

ついにその疑問は解きあかされることがなく、新枝彌撒子、藤井葉月のふたりの女は、ぼんやりとした霧の彼方にちらちらとその影を見え隠れさせているだけで、いっこうにその姿を現そうとはしない。

焼死したのが新枝彌撒子であるのか、それとも藤井葉月であるのか、それすらいまだにわからないのだ。

鳥居はしばらく両手に顔を埋めて、ジッとしていたが、やがてその指の隙間から声を絞りだすようにし、

「常軌を逸した話に聞こえるのはわかっています。だけど、そのあとも幾度となく、わたしは深夜にその手術室で女を待った。ドアに背を向け、頭を前傾させ、両手で膝を抱えて、つまり脊椎麻酔の姿勢をとりながら待っているんです。わたしはいつも明かりを暗くし、保護眼鏡をかけている。女が自分の顔を見られるのを嫌がるもんだから。そうせざるをえないんですよ。三度に一度か、四度に一度は、女は手術室に現れる。そして、脊椎麻酔を

かけると、わたしの愛を確かめるんだ。麻酔でもうろうとなり、腰の針が抜かれたかどうかわからずにいるわたしに、あおむけになることを命じる。今度こそ、今度こそは、針は腰椎に刺さったままになっているのにちがいない、そのつど、そう思いながら、わたしは女のいいなりになってあおむけになります。これまではいつも針は抜かれていました。しかし次はわからない。この次には針が刺さったままになっているかもしれない。そう思いながら、しかし老いて醜いわたしには、これ以外に、新枝彌撒子に対する自分の愛を証明するすべがない。刑事さん、わたしの気持ちがわかりますか」

「わかりませんな――」

刈谷はにべもなくそういう。

「わたしにはあなたの気持ちがわからない」

篠塚といい、片山といい、この鳥居といい、男たちがてもなく女の投げかける謎にからめ捕られ、そのなかで勝手に自滅していくのが腹だたしい。その謎のなかに自分もまたからめ捕られているのがわかるだけに、その腹だたしさは薄皮一枚へだてて恐怖と隣りあわせているようだった。

「あなたは『マドンナ・メンバーズ』に通いつめていると聞きました。どうも話が混乱しているようだが、風俗嬢の新枝彌撒子と看護婦の新枝彌撒子とは同一人物なのですか。それとも違う女なんでしょうか。ご自分ではそのところはどう思っていらっしゃるのですか」

わからないのです、と鳥居はうめくようにいった。

「おなじ女であるようにも違う女であるようにも思える。わたしは『マドンナ・メンバーズ』では新枝彌撒子と痴態のかぎりを尽くします。とても人には話せないような破廉恥《はれんち》なことをする。家内はもちろん、これまでどんな女に対してもやれなかったようなことをする。彌撒子はどんなことをしてもそれを拒まないし、それどころか喜んでいるようにさえ見える。『マドンナ・メンバーズ』にいるときには手術室での新枝彌撒子は麻酔がつむぎだした幻想でしかないように感じられる。そんな女はどこにもいない。わたしの幻想のなかにしかいない。そうとしか思えない――」

「……………」

「手術室で麻酔をうたれ、わたしはもうろうとする。そして看護婦の彌撒子に聞かれるままに、わたしは『マドンナ・メンバーズ』で彌撒子とどんな恥知らずなことをしたか、それをすべて話すのです。看護婦の彌撒子はそんなわたしをさげすみ辱めます。あなたはわたしにそんないやらしいことをさせるのを想像しているの？　信じられない。いい歳をして、なんていやらしい爺いなんだろう。自分で自分が恥ずかしくならない？　若いあなたにはおわかりにならないでしょう。しかし、わたしには、そうやって彌撒子からさげすみ辱められるのが無上の悦びなんですよ。そして、『マドンナ・メンバーズ』でわたしが彌撒子にしたと思ったことは、実はすべて看護婦の彌撒子を対象にし、わたしが想像しているだけの性的な妄想にすぎないのではないか。そう思えてくる——」

「…………」

「わたしにはわからない。ふたりの新枝彌撒子がいるのか。ひとりの新枝彌撒子がいるのか。それともそんな女はどこにもいなくて、すべては麻酔がつむぎだした幻影にすぎないのか。わたしにはわからないのです」

鳥居は両手から顔をあげた。その顔に狂おしい絶望的な色がにじんでいる。老醜、としかいいようのない顔だった。

「一昨日《おととい》、緊急病棟で看護婦が焼死しました。その胸に新枝彌撒子の名札がついていたということを聞いて、わたしは狂乱しました。彼女が死んでしまったのだとしたらもうわたしには何も残らない。昨夜、わたしが『マドンナ・メンバーズ』に行ったのも、ほんとうに焼死したのが新枝彌撒子であるかどうか、それを確かめたかったからなんです。彌撒子は『マドンナ・メンバーズ』を休んでいるのだという。だとしたら、やはり緊急病棟で焼死したのは新枝彌撒子だったのでしょうか。教えてください。刑事さんはどう思われますか」

「いま調査中です――」

刈谷はぶっきらぼうにそういい、

「そのことを確かめるためにも警察は遺体を必要としています。いま、遺体はどこにあるのですか」

遺体？　と鳥居はつぶやいて、キョトンとした表情になった。

「遺体がどこにあるのか、というのはどういうことなんですか。わたしが霊安室に行ったときにはもう遺体はありませんでした。わたしは誰かが手配して出入りの葬儀業者に遺体を運ばせたのだとばかりそう思い込んでいました。病院で人が死ねばいつもそういう手続きがとられます。焼死体もそうした手続きにのっとって処理されたのだとばかり思っていました。わたしはそのことを確かめたかったが、新枝彌撒子との関係を人に知られるわけにはいかない。わたしは誰にも何も聞けなかった……」

「………」

刈谷はジッと鳥居の顔を見つめた。その顔は醜い。しかし、嘘をついている顔ではなかった。

――要するにそういうことなのか……内心、ため息をついた。堂々巡りの繰りかえしだ。

結局は、なにもわからずじまいで、つまるところは、女は天使なのか悪魔なのか、という疑問だけが残される。いつまでこんなことをつづけなければならないのか。

どうやら厨子礼子は病院長の秘密を知っていたらしい。さすがに有能な管理婦長で、病院内のことは、隅々まで目が行きとどいているということか。

鳥居肇がどんなに〝愛〟を強調したところで、客観的にはこれは、病院長と夜勤パートタイマーの準看護婦との異常なスキャンダルということになるだろう。鳥居は少なくとも看護婦としての新枝彌撒子に対しては実際の性行為にはおよんでいない。が、実際に性交渉があったほうがまだしもで、それがなかったということが、（麻酔を介しているだけに）なおさらその異常性をきわだたせることになるのだ。

たしかに、こんな事実が秘められているのであれば、厨子礼子としてもそれを意図的に隠さざるをえないだろう。多少、不審な行動をとることになったのもやむをえない、というべきかもしれない。

問題は――

夜勤パートタイマーの準看護婦である新枝彌撒子と、「マドンナ・メンバーズ」の新枝彌撒子とが同一人物であるかどうか、ということだ。

常識的に考えれば、風俗でアルバイトをする看護婦が本名を名乗るとは思えない。むしろ本名をひた隠しにするほうが自然なのではないか。

かといって、風俗で働いている女の子のいわば源氏名が、偶然、看護婦とおなじ名にな

ってしまったと考えるには、あまりに新枝彌撒子という名前は特殊にすぎるのではないか。

新枝彌撒子という名は、偶然、おなじになってしまうような名ではない。

——要するに、これもまたわからない、ということか……

刈谷は唇を噛んだ。

そして、再び両手に顔を埋めて、うなだれている鳥居を見つめた。どうやら、この人物

に聞くべきことはすべて聞き終えたようだ。あとはどんなに質問を重ねても、らちもない

〝愛〟の話しかしないにちがいない。

なんて事件だろう、と胸のなかでため息をついた。この事件にかぎっては、聞き込みを

重ねれば重ねるほど、いよいよ謎は深まっていくばかりなのだ。

「…………」

刈谷は席を立とうとし、ふと、『ギリシア・ローマ神話』に栞がわりにはさまれていた

あの紙片のことを思いだした。

修善豊隆はあの紙片に記されていた模様のことを脳波か心電図のパターンではないかと

そういった。

あれが脳波か心電図のパターンであるとしたら、医師である鳥居に聞いたほうが、もっと確かなことがわかるのではないか。

刈谷はふたたび腰を下ろし、ちょっと教えていただきたいことがあるんですが、とそういった。けげんそうな顔を見せる鳥居に、ザッと事情を話して、

「これなんですけどね。これは何のパターンだと思われますか」

紙片を鳥居に見せた。

「…………」

鳥居は大儀そうだった。面倒というより、自分の内部にとらわれるあまり、外界に関心が向かなくなっているのだろう。それでも眉をひそめるようにして紙片に見入った。

「どうでしょう？　やっぱり脳波か心電図のパターンでしょうか」

いや、と鳥居は首を振って、ちょっとその首をかしげると、

「どうもそうではないような――」

「違いますか」

「違うようです」

「…………」

「さっきルビーレーザーのことをお話ししましたね。覚えていらっしゃいますか」

「は？」

刈谷は目を瞬《しばたた》かせた。

「ルビーレーザーです」

鳥居は断じるようにいって、

「ふつう自然光は不ぞろいの光波からなっています。ですが、レーザー光線は単一、またはごく数種の波長光からなる平行光線なんですよ。つまり単色光の濃縮光線というわけですね。きわめて純度が高くて、光路そのものが光の糸のように見えるわけです」

「いや、あの、どうもよくお話がわからないのですが……」

「ですからこのパターンのことをいっているのですよ」

鳥居は辛抱強い口調でいった。

「わたしにはこれは脳波や心電図というよりレーザー光線の波長のように見えるんですけどね。この病院でいえば、たとえばルビーレーザーの波長パターンのように思えるんですが――」

87

すでに昼ちかい。

頭上には抜けるように青い秋の空が拡がっている。光は澄んで、明るいが、冬の予感をはらんで硬質に冷たい。その光に、葉裏をきらめかせながら、おびただしい木の葉が舞っている。今夜もまた強い風が吹くのかもしれない。

木の葉が舞い、吹き寄せられるさきに、そのアパートはあった。

「メゾン多摩」という名はそれなりに立派だが、二階建てのモルタル・アパートは古びに古びて、屋根がかしいで、外階段の手すりが錆びて真っ赤だ。

多摩のこのあたりは、まだそれほど人家がたてこんでおらず、農地や、農地ということになっている栗林が多い。

「メゾン多摩」もまえに空き地を擁し、背後に栗林を負って、ポツンと一軒だけ孤立している。それだけに、そんなふうにして風に吹かれていると、吹きっさらしという印象が強いようだ。壁をつたう雨樋《あまどい》がカタカタと鳴っているのが何とはなしにわびしい。

聖バード病院からバスで二十分ぐらいのところだ。このあたりは多摩地区でもかなりの外れということになるだろう。

「…………」

そこに刈谷は立っていた。アパートを見つめている。

この「メゾン多摩」の一階、二号室に飯田静女が住んでいる。

飯田静女に会いに来た。というより、その孫娘に会いに来た。

――厨子礼子と飯田静女との話にこの事件の謎を解く重要な鍵がある……

修善豊隆はそういった。

たしかに、ふたりの会話には飯田静女の孫娘のことが暗示されていたのであり、どうして篠塚の死体が落下地点から移動したのか、豊隆はそのことに最初から気がついていたにちがいない。

豊隆が鋭敏な少年であることはもちろんだが、それ以上に、刈谷が鈍すぎたのだ、ともいえないこともない。駐車を注射と聞きあやまるような失敗さえ犯さなければ、もうすこし早く、このアパートにたどり着けたはずなのである。

しかし――

これまでのいきさつがどうあれ、とにもかくにも刈谷はこのアパートにたどり着くことができたのだ。

この事件の捜査は、途方もない迷路のなかをさまよい歩いているかのようで、ときに自分がなにをしているのかさえわからなくなってしまう。そんな覚つかない捜査のなかにあって、今回、飯田静女のアパートを訪れたことには初めて具体的な捜査活動に着手できたという手ごたえがある。

飯田静女の孫娘が篠塚を時計台から突き落としたのは間違いない。刈谷はそう思っている。孫娘との話いかんによっては、所轄署に任意同行を求め、逮捕状を請求することもできるかもしれないのだ。

風が強くなりつつある。

刈谷に木の葉が吹きつける。

栗林の枝の触れあう音がさわがしい。

アパートに向かった。

空き地に車がとまっていた。

国産の軽自動車だった。

刈谷は伸びあがるようにして車の屋根をたしかめた。

屋根はややへこんでいた。塗料もわずかに剝げているようだ。

「…………」

刈谷の顔がわずかに緊張した。

飯田静女の孫娘がとめていた車のうえに篠塚は墜落したのではないか？　刈谷はそう推理したのだが、どうやらその推理は的中したらしい。おそらく鑑識を呼んで調べさせれば、篠塚の血痕なり毛髪なりが発見されることになるだろう。

二号室は階段の下にある。

ドアをノックした。

すぐに、はい、と返事がかえってきた。

飯田静女の声だった。

刈谷はドアを開けた。

六畳に、狭い台所がついている。ただ、それだけの空間だ。

真っ先に目のなかに飛び込んできたのは正面の窓に貼られた曼陀羅図だった。それも二枚、ならんで貼られている。

一枚は、狭更の病室に貼られていたのと同じもの、もう一枚は時計台に貼られていたのと同じもののようだった。その両者がどこかしら違うのはわかるのだが、こういうものにくわしくない刈谷には、どこがどう違うと具体的に指摘することはできない。

二枚の曼陀羅図のまえには、手作りの白木の祭壇がしつらえられ、そこに灯明がともされている。灯明の明かりのなかに極彩色の如来像が揺れていた……

窓が曼陀羅図にふさがれているために、部屋のなかはうす暗い。

そのうす暗いなかに飯田静女はひとり座り込んでいた。炬燵《こたつ》に入って、やや顔を伏せるようにし、ジッとしているその姿は、なにか見ている者の背筋をひんやりとさせるようなところがあった。

飯田静女は刈谷が入ってきても声をかけようともしない。見向きもしないのだ。手を伸ばせばすぐに届くところにいながら、まるではるか遠い異次元空間に身をおいているように隔絶されたものを感じさせた。

やむをえず刈谷のほうから口を切った。

「ぼくは刈谷といいます。警察の人間です。昨日から何度かお会いしているのですが。覚えていらっしゃいますか」

「…………」

「じつは今日うかがったのはお孫さんにお会いしたいと思ったからなんですが。お孫さんはおいででしょうか」

「…………」

「おいでにならないのですか。いま、どこにいらっしゃるかおわかりでしょうか」

「…………」

「失礼な話なんですが、じつは、ぼくはまだお孫さんの名前を知らないのです。名前を教えていただけないでしょうか」

「…………」

なにを聞いても飯田静女は返事をしようとはしない。けっして無視しているわけではないらしい。おそらく、いまの飯田静女には、刈谷の言葉はただ音声として意識されているだけで、なんの意味もなしていない。

どうやら、昨夜から今日にかけて、飯田静女の認知症は一気に進行したようだ。認知症がこんなふうに急速に進行するのはめずらしいことではない。人は、針一本の危うい均衡で、かろうじて理性をたもっている。その針がわずかに狂えば、理性は一瞬のうちに崩落してしまう。哀しいが、そういうものなのだ。

「…………」

さすがに刈谷は途方にくれた。どうしたらいいのだろう。

この暗いのがいけないのかもしれない、とそう思った。人は暗いなかに身をおいていると、その意識が狭まって、精神が急速に萎縮してしまう。老人にかぎらず、どんな人間でも、暗いなかにひとり身をおくのは、その心をゆがめることになる。

入り口に電灯のスイッチがあった。

「明かりをつけさせてもらいます。よろしいでしょうか」

断り、返事がないのを勝手に了承の意味ととって、スイッチを押した。

パッと明かりがともった。

刈谷は目を見ひらいた。

飯田静女の背後にある押入れの襖《ふすま》に一枚の絵が貼ってあるのだ。

巨大な翼を背負った怪物だ。その鷲に似た翼をひろげ飛んでいた。サインペンの力強い筆致で、その魁偉《かいい》な体、男とも女ともつかない貌《かお》が、いきいきと描きだされている。風に波うっている長く豊かな髪が燃えるように真っ赤だ。右手に剣、左手になにか輪のようなものを持っている。うすい衣をまとっているのだが、それもまた風に波うって、後方になびいている。サインペンで素描し、水彩絵の具で彩色されているだけなのに、その躍動感がすばらしい。ほとんど走り描きといっていいのに、その恐ろしげなことはもちろん、どこか繊細で哀しげなものさえ、ありありと描写されているのだ。

「ハルピュイア！」

88

ふいに飯田静女が反応した。

いいえ、なにをおっしゃいます、あなた、と弾かれたようにそういい、いきなり刈谷のほうに体を向けた。

「そんなことをいったのでは罰があたりますよ。そうではありません。これは不空成就如来さまじゃないですか」

「………」

刈谷は急に飯田静女が反応を見せたことに面食らっていた。とっさには何をいわれたのかもわからない。

静女はそんな刈谷をじれったげに見て、

「そこの曼陀羅図をごらんなさい。金剛界曼陀羅のほうです。その北におわすのが不空成就如来さまです」

窓ガラスに貼られた二枚の曼陀羅図を示した。

「ええと、どちらのほうですか?」

刈谷はどぎまぎせざるをえない。急にそんな金剛界曼陀羅などといわれても、その知識がない刈谷には、どちらがどちらだかわかるはずがない。

「罰あたりが！　なんて罰あたりなんだろ」

静女は憤ろしげにそういい、

「右のほうが金剛界曼陀羅です。左は胎蔵曼陀羅じゃないですか。いい歳をして、あなた、そんなこともわからないのですか」

「ははあ、そうなんですか。右が金剛界曼陀羅、左が胎蔵曼陀羅――」

刈谷は静女に逆らわない。わけもなしに急に激昂するのも認知症の症状のひとつなのだ。こんなときには逆らわずに、できるだけ老人の怒りをなだめるように努めるしかない。

要するに時計台の壁に貼られていた曼陀羅図のほうが金剛界曼陀羅であるらしい。もう一方、狭更の病室に貼られていたのが胎蔵曼陀羅ということのようだ。

うろ覚えだが、刈谷も高校で美術史の授業は受けていて、それぞれの曼陀羅にどんな漢字を当てはめるのか、ぐらいのことは記憶に残されている。

「…………」

あらためて二枚の曼陀羅を見つめた。

中央に大日如来が座しているのは、双方に共通しているが、東西南北に座している四体の如来が、このふたつの曼陀羅では異なるということらしい。

金剛界曼陀羅の北に座しているのが不空成就如来ということか。たしかにそういわれてみれば、その不空成就如来と、襖の絵にえがかれている怪物とは、どこか似ているところがあるようだった。

「見事な絵ですね。それはどなたがお描きになった絵なんですか」

「孫娘ですよ。孫娘が描きました――」

静女は得意げだった。

そうですか、と刈谷はうなずき、じつはそのお孫さんのことで、と言葉をつづけようとして、ふいに舌がこわばるのを覚えた。とんでもないことを思いだしたのだ。

――金剛界曼陀羅、胎蔵曼陀羅。

聖バード病院を最初に訪れたとき、雑木林で出会ったあの少年がつぶやいた言葉を思いだした。

――今後、たいぞうにする……

あのとき刈谷の耳にはそう聞こえた。が、じつはあの少年がつぶやいたのはそうではなかったのではないか。

――金剛を、胎蔵にする……

金剛界曼陀羅

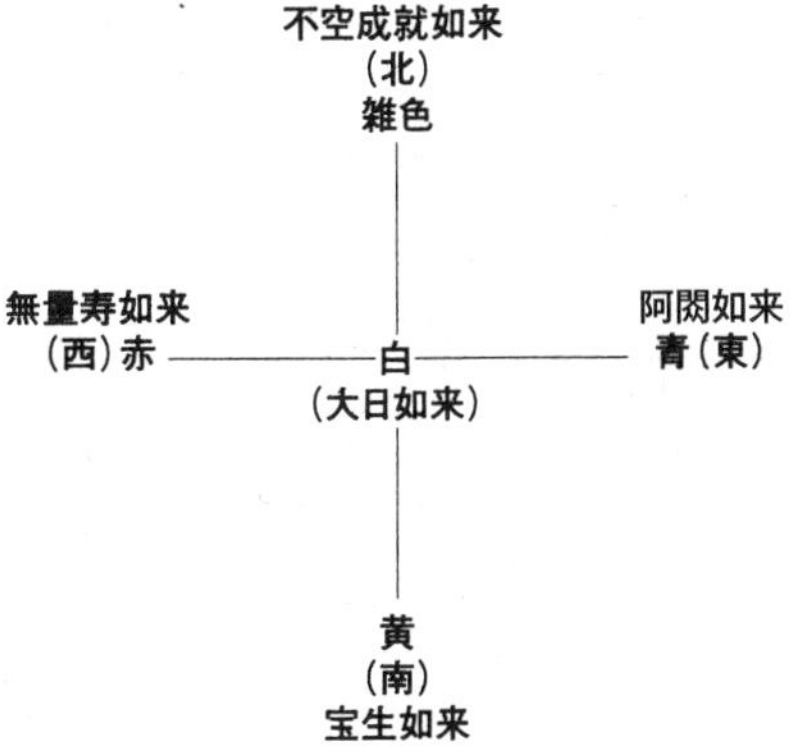

胎蔵曼陀羅

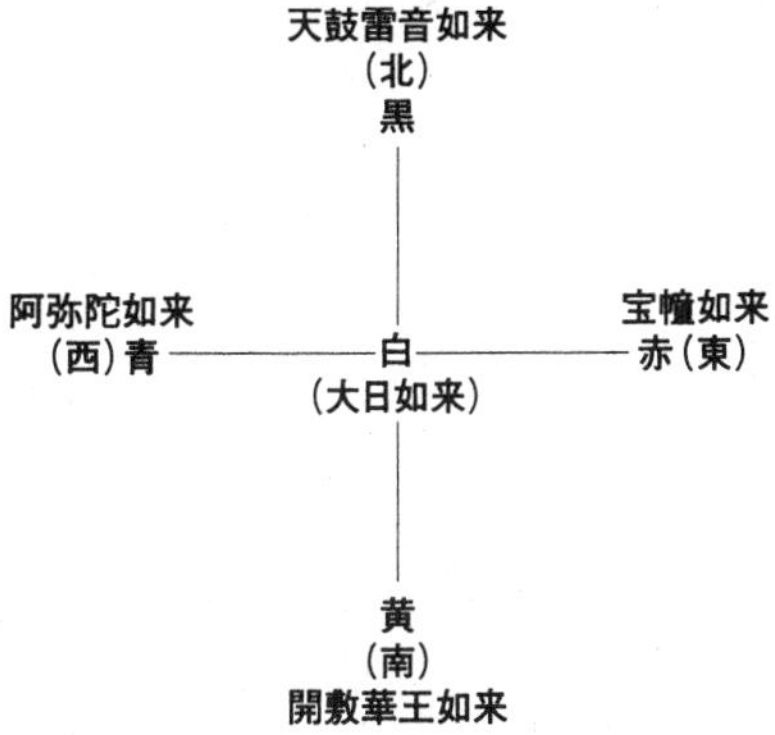

金剛界曼陀羅を胎蔵曼陀羅にする。あの少年はそうつぶやいたのではなかったか。確かにそうだ、と刈谷は思った。そのことに間違いはない。しかし、いったい金剛界曼陀羅を胎蔵曼陀羅にする、というのは、なにを意味しているのだろう?

あのとき刈谷はどうしてカラスを地面に埋めているのかとそう聞いた。少年は、地球をぐるりと動かしているんですよ、とそう謎めいた答えをした。そのときには何をふざけたことを、と気にもとめなかったのだが、もしかしたら金剛界曼陀羅を胎蔵曼陀羅にする、というのは地球をぐるりと動かすことでもあるのだろうか。

が、刈谷にはそのことの意味を深く考えるだけの余裕が与えられなかった。そのとき、ふいに堰を切ったように、静女がしゃべり始めたのだ。それもとてつもない饒舌で、刈谷に言葉をはさむ隙を与えない。

「……弘法大師さまは、真如は色を絶すれども、色をもってすなわち悟る、とそうおっしゃいました。弘法大師さまの『声字実相義』にいわく、『大日教』によらば、五大の色を立つ。五大の色とは、一に黄色、二に白色、三に赤色、四に黒色、五に青色なり。この五色はすなわちこれ五大の色なり……このそれぞれの色が宇宙の五大行なのです。すなわち、青色は空、黄色は地、赤色は火、白色は水、黒色は風。この五色が基本となって曼陀羅をつくると弘法大師さまはそうお諭しになられたのです……

胎蔵曼陀羅も、金剛界曼陀羅も中央におわす大日如来さまは白、これは絶対に揺るぎません。胎蔵曼陀羅では、北におわす天鼓雷音如来《てんくらいおんにょらい》が黒、南におわす開敷華王如来《かいふけおうにょらい》が黄色、西におわす阿弥陀如来が青、東におわす宝幢如来《ほうどうにょらい》が赤を、それぞれ表しておいでなのです。また金剛界曼陀羅においては、南におわす宝生如来《ほうしょうにょらい》が黄色、西におわす無量寿如来《むりょうじゅにょらい》が赤、東におわす阿閦如来《あしゅくにょらい》が青、ただ北におわす不空成就如来《ふくうじょうじゅにょらい》だけが雑色とされ、どんな色を表しておいでなのかわかりません。

胎蔵曼陀羅と、金剛界曼陀羅は、金胎不二《こんたいふじ》と申しまして、ふたつでありながらひとつのものとされています。胎蔵曼陀羅と金剛界曼陀羅で、東西の色が逆転しているのも、すなわちこのふたつの曼陀羅が表裏一体のものであることを示しているのでございます。そうではありますが、ここに胎赤金白《たいしゃくこんぱく》という言葉があることも忘れてはなりません。すなわち、胎蔵曼陀羅は赤色を象徴し、金剛界曼陀羅は白色を象徴しているのでございます。胎蔵曼陀羅の赤はみ仏のお慈悲をあらわし、金剛界曼陀羅の白は悟り、知恵をあらわす。このふたつの曼陀羅は、ありがたくも、かたじけないことに、み仏の慈悲心と知恵をあらわし、それを観ずることによって……」

飯田静女はひとりでまくしたてている。その言葉は奔流のようにほとばしって、とどまることがない。はっきりと常軌を逸して異常だった。

しかも、どうやら静女は刈谷を相手にして話しているのではないらしい。その顔は刈谷に向けられていない。どこか目に見えないところに侍している大勢の善男善女を相手に法話でも説いているつもりになっているようだった。

目が吊りあがり顔が変わってしまっていた。なにかにとり憑かれたようなその饒舌にはひしひしと鬼気迫るものが感じられた。

「…………」

刈谷はただあっけにとられるばかりだ。

——とてもこれでは……

孫娘のことなど聞きだせそうにない。この場はあきらめて退散するしかないようだ。

もっとも刈谷にしてからが、あの少年は、金剛界曼陀羅を胎蔵曼陀羅にする、とそうつぶやいたのだ、ということに気がついて、そのことに呆然としている。いろいろ考えなければならないことがあるような気がした。とうてい認知症をわずらった静女と言葉をかわすだけの根気はない。

精神の安定をうしなった静女を、ひとり部屋に残していくのは気がかりなことではあったが、それは帰りに近くの交番にでも声をかけておけばいいだろう。

部屋を出るときに、

「おじゃましました。また、いずれ寄らせていただきます」

そう声をかけたが、静女はひとりしゃべりつづけるだけで、刈谷のほうを見向きもしなかった。

アパートのすぐ近くに交番がある。

——交番に声をかけて飯田静女のことを頼んでおこう。

そう思い、ふと交番の巡査に尋ねれば、静女の孫娘のことも何かわかるのではないか、とそのことに気がついた。交番の巡査なら、ある程度は、管轄の住民のことも把握しているはずではないか。

勢い込んで交番に向かった。

商店街の入り口にある交番だ。商店街はうらぶれていたが、それにおとらず交番の建物もうらぶれている。

さいわい、巡査は交番にいた。ついさっきパトロールから戻ってきたばかりだという。まだ若い、まるまると太った巡査だった。

自分の身分をあかし、「メゾン多摩」の飯田静女のことを聞いた。飯田静女の孫娘のことについて何か知っていることはないだろうか？

それに対する巡査の反応は思いもよらないものだった。巡査はなにか笑いをかみ殺した

ような顔になって、

「いや、あのお婆さんには孫娘なんかいませんよ——」

そういったのだ。

89

「何をいってるんだ？　孫娘がいないというのはどういうことなんだ」

刈谷はあっけにとられている。いきなり小股をすくわれたようなものだ。呆然とせざるをえない。驚いたなどというなまやさしいものではなかった。

「おれは飯田静女に孫娘がいるというのを本人から聞いているんだぜ」

ですから、といまにも巡査は吹きだしそうな顔で繰り返した。

「あのお婆さんには孫娘なんかいないんですってば」

「そんなはずはない。いると聞いた」

「いないんだな、これが」

「…………」

若い、気のよさそうな巡査だ。おどしつけるのは本意ではないが、こんなやりとりをしていたのではらちがあきそうにない。刈谷は疲れていたし、そのぶん神経がささくれだってもいた。

「どういうつもりなんだ。おれは遊びに来てるんじゃないんだぜ」

巡査の目を見つめて、わずかに声を低くした。

「まともに答えられないのか。それとも答える気がないのか」

「………」

巡査の顔がこわばった。自分があまりに不謹慎にすぎたと気がついたようだ。唇を震わせて、なにか弁解しようとし――ふいにその視線が刈谷からそれた。そして、けげんそうな顔をし、刈谷の背後を見つめた。

刈谷は振り返った。

交番の入り口にふたりの男が立っていた。

ふたりながら地味でめだたない風貌をした中年男だ。ふたりともおだやかに微笑していたが、その目は笑っていない。というより、そもそも笑った顔を想像できないような男たちだった。品さだめをするように刈谷のことをジッと見つめていた。

「あんた」

と男のひとりがいった。

「所轄の刑事なんだって。所属と名前を教えてくれないか」

「あんたたちは？」

刈谷が聞き返した。

聞き返したが、すでにこのふたりが自分と同業であることに気がついている。刑事には同業者にしかわからない独特の体臭のようなものがあるのだ。

ああ、と男はうなずいて、背広の内ポケットから警察手帳をちらりと出した。

「おれたちは本庁の公安の者なんだけどな」

「本庁の公安？」

刈谷は眉をひそめた。どうしてここに本庁の公安刑事などが姿を現すのか理解を絶していた。

「ああ、そういうことだ。教えてくれないかな。あんたの所属と名前は？」

「刑事課・強行犯担当の刈谷」

「かりやさん、か」

もうひとりの男がすぐさま交番の電話をとった。電話を使うことを巡査に断ろうともしない。所轄に電話をかけて、刈谷のいったことを確認する。電話を切り、間違いない、というように相棒にうなずいてみせた。

男はそれを見て、

「あんたはどうして『メゾン多摩』に行ったのかね」

やや声をやわらげて聞いた。

「………」

「おれたちは『メゾン多摩』を張り込んでいたんだよ。そこにあんたが現れた。捜査の妨害をされるんじゃないかとヒヤヒヤしたよ。それであんたに聞くわけだ。どうして『メゾン多摩』に行ったのかね」

「聞き込みですよ」

「なんの聞き込み？」

「いま手がけている事件の聞き込みなんですけどね。ちょっと待ってくださいよ。これはどういうことなんだ？　いくら本庁の人間だってそんなことを聞く権利は——」

「あんたは二号室を訪ねた。飯田静女の部屋だな。飯田静女に何を聞いたんだ？　六号室のことを聞いたんじゃないだろうな」

「六号室？　何のことだかわからない。ぼくはあくまでも飯田静女に聞きたいことがあって『メゾン多摩』に行っただけなんだ」

「………」

男はジッと刈谷の目を見つめた。

その何かを疑っているような視線は不快だったし、相手が本庁の人間だからといって怯んでいるように思われるのは、なおさら不快なことだった。

刈谷は公安刑事の目をたじろがずに見かえした。

もうひとりの男が、そんなふたりの険悪な雰囲気をやわらげるように、

「二号室のあの婆さんは六号室とは何の関係もない。行き来もしてないし、会ってもたがいに挨拶もかわさない。これはやっぱりあんたの考えすぎなんじゃないか。この若いのはおれたちのこととはぜんぜん無関係なことで『メゾン多摩』にやって来たんだぜ」

そう相棒に話しかけた。

男はうなずいて、ああ、そうだな、といった。ちょっと首をかしげ、自分にいい聞かせているように、そうだよな、ともう一度うなずいた。そして、その表情を急になごませると、にっと笑いかけてきた。

「どうもそのようだ。悪かったな。おれたちはこれで一カ月、あの『メゾン多摩』の六号室を張り込んでいるんだ。そこへ、あんたがやって来たもんだから、つい張り込みのじゃまをされるんじゃないかって、よけいなことを考えてしまったんだよ。まあ、気を悪くしないでくれや」

そうはいかないだろうぜ、と刈谷は硬い声でいった。

「公安の刑事がどれだけお偉いかは知らないが、頭ごなしにいろんなことを聞かれて、身分の確認までされて、なんの説明もなしに、気を悪くしないでくれ、というのは話の筋が通らないんじゃないか」

「…………」

男はにがい顔をした。ちらり、と相棒のほうを見た。相棒もにがい顔をしていたが、仕方ないだろう、というようにうなずいてみせた。男は刈谷に目を向けた。

「六号室にな、ある公安事件の容疑者がひそんでいるんだよ。過激派、といえば時代遅れに聞こえるかもしれないが、まあ、そんなようなものだ。もっぱら爆発物を専門にしている野郎なんだけどな」

「…………」

「おれたちが話せるのはこれぐらいだ」

もうひとりの男がとりなすようにそういって、

「あんたがどんな事件を追っているのかは知らないが、二号室の婆さんと、六号室のその男とは何の関係もない。偶然、ふたつの捜査があの『メゾン多摩』でかちあっただけのことなんだろうよ」

「そんなわけでな。まあ、これでも受けとって気分をなおしてくれよ」

男は背広の内ポケットから封筒を取りだして、それを刈谷の手に握らせると、ポンポンと手の甲をたたいた。

「一応、『メゾン多摩』に出入りする人間の写真は全員撮ってあるんだ。二号室に出入りしているのは婆さん本人にこの女だけだよ。おれたちのほうには用のない写真だ。あんたに進呈するよ」

行こうか、ともうひとりの男がうながし、ああ、行こう、と男はうなずいた。

ふたりの公安刑事は後も見ないで交番を出ていった。背中を向けたとたんに、もうその男たちがどんな顔をしていたか、刈谷にはそれを思いだすことができなかった。そんな男たちだった。

「…………」

刈谷は封筒から写真を取りだした。

顔がこわばるのを覚えた。緊張感が体をつらぬくのを感じた。

若い女の子が車に乗ろうとしている姿が写真に撮られていた。わずかに体をかがめてキーを車のドアに差し込もうとしている。ほっそりとしなやかな体つきをしている。髪にバンダナを巻いて、ジーンズ地のジャンパーに、同色のジーンズを穿いている。カメラのほうを向いているその顔は、ややメイクが薄いようだが、「マドンナ・メンバーズ」の新枝彌撒子なのだった。

若い巡査が横あいから写真を覗き込むようにして、

「ああ、この子です。この子がお婆さんのお孫さんなんですよ」

「なにをいってるんだ、きみは――」

刈谷は巡査の顔を睨みつけた。

「ついさっき、きみは飯田静女には孫娘はいないといったばかりじゃないか」

「だから孫娘はいないんですよ。いや、お婆さん本人も孫娘だと信じ込んでいるようなんで、話がややこしくなるんですが、ほんとうに孫娘はいないんです。おわかりになりませんか」

巡査は刈谷のきつい視線に閉口したように目を瞬《しばたた》かせ、

「それ、男の子なんですよ。なんていうんですか。おれそういうの、うとくてよくわからないんですけどね。ゲイというんですか。ニューハーフというんですか。とても男には見えないけど、男なんです。本名を飯田晃《いいだあきら》というんですけどね」

「…………」

「女装していかがわしい商売をしているという話を聞いています。的場町ってご存知でしょう？　なんでもあのあたりに出没しているということです。客は男だということにすこしも気がつかないんだそうです。そんなことがあるか、私には信じられないんですけどね……何でも性行為にいたっても、あれを見せないテクニックがあるそうで……まあ、この写真を見ても、ちょっと男には見えないですからね。これで男の格好をしているときの稼業はトラックの運転手なんですよ。信じられない人生ですよ。それというのも――」

「…………」

刈谷は右手をあげ、しゃべらないでくれ、と巡査の饒舌をさえぎった。いまはよけいな雑音にまどわされずに、ただ写真のその顔だけを見つめていたい。食い入るようにして写真の女を見つめている。そのメイクをした顔の下から炙《あぶ》りだしのようにもうひとつの顔が浮かんでくる。そのもうひとつの顔を懸命に見さだめようとしていた。

――あの少年だ。

鈍い衝撃が体の底に響くのを感じた。実際に、一瞬、よろめきそうになったほどだ。看護婦の扮装をした彼女の写真を持っていながら、どうしてこれまで、そのことに気がつかなかったのか。メイクの下から、こんなにまざまざと、雑木林にカラスを埋めていたあの少年の顔が滲んで浮かびあがっているというのに。

そのことに間違いはない。刈谷は自分自身に確認していた。「マドンナ・メンバーズ」

の新枝彌撤子はつまりは飯田静女の孫なのだった。飯田晃という少年なのだった。

——ということは……

どういうことなのか？　刈谷は狂おしく自問した。これは何を意味しているのか。いや、そもそもこんなことに何か意味があるのだろうか。すべてはただグロテスクにいびつなばかりで何の意味もなしていない。意味を求めてもただいたずらに迷路にさまよい込んでいくだけのことではないか。

いずれにせよ——

本庁の公安刑事が「メゾン多摩」の六号室にひそんでいるという男を張り込んでいたのがさいわいした。その過激派の男とかがどんな容疑をかけられているにせよ、聖バード病院の事件とはなんの関係もないだろう。公安刑事たちが、刈谷が捜査のじゃまをするのではないかと勘ぐったのは、とんだ茶番だったが、その茶番が妙なほうに作用し、思いがけなく飯田晃が「マドンナ・メンバーズ」の新枝彌撤子であることがわかったのだ。

——茶番？

フッと刈谷は視線を宙にさまよわせた。いや、そうではないだろう。茶番どころか、これはとんでもない収穫をもたらしてくれたのではないか。

それまで心の隅に執拗に引っかかっていて、そのくせ、なにが引っかかっているのかさえわからなかったことが、過激派という言葉をキーワードにし、一気に意識の淵に噴きだしてくるのを覚えた。

篠塚は時計台を飛びだしていくとき、ケーキ、と一言叫んだ。いったいケーキが何だというのか？　刈谷にはそれは皆目わからないことだったが、篠塚はそれ以前にもなにかケーキに関連したことをいっていたような気がしていた。そして、それが何だったのかどうしても思いだせずにいた。

が、いま、過激派という言葉をきっかけにして、いつ篠塚がケーキのことを口にしたのか、それをありありと思いだすことができたのだ。

あれは――篠塚に書庫室を案内されたときのことだ。篠塚が金庫にくわしいのに感心した刈谷がそのことを誉めると、篠塚は得意げにこういったのだった。

――これを造っているときに作業の人にカタログをもらったんですよ。こういうの読むのが好きなんです。ケーキの作り方とかね……

……

90

……藤井葉月。

彼女は胸のなかでその名をつぶやく。つぶやいて陶然とする。きれいな名だ。彼女は思う。これがわたしの名なのだろうか。これがわたしの名だったらどんなに嬉しいことだろう。指の腹でブラウスの縫い取りをこするようにしている。これまで何度も希望をいだいて、そのつど空しく裏切られてきた。裏切られることにすっかり慣れてしまった。このブラウスの縫い取りもそうして指で触れていないといつのまにか消えてしまうような気がする。自分でも愚かしい強迫観念だとは思うのだが触れずにはいられない。そこにあることを確かめずにはいられない。

藤井葉月、という名を唱えても、それが自分の名前として、胸の底にしっくりおさまることはないが、それは新枝彌撒子という名にしても同じことだ。

——名前が欲しい。

切実にそう思う。

どんな名前でもいい。ろくに着るものさえない人間がドレスのデザインに不平を洩らしたところで始まらない。とりあえず、あれば
それでいいのだ。

藤井葉月という名前がいつまでも自分のもとにとどまって欲しいとそう思う。ちょっと

気をゆるめると、気まぐれな小鳥のように、掌から飛びたっていってしまうのではないか。そのことが不安だ。こころみに、わたしは藤井葉月、とそう口に出してつぶやいてみる。

「そうよ、わたしは藤井葉月なのよ」

繰り返して、自分にも名前があるということはなんて素敵なんだろう、しみじみとそう思う。できれば名前があり、その名前にともなう思い出があり、家族があって欲しい。それとも、そうまで願うのはあまりに欲深にすぎるだろうか……

「…………」

ふと彼女は本棚に視線をとめる。

さっき転びそうになって本棚に背中をぶつけた。本棚はレールのうえを動く移動式になっている。そのために背中をぶつけた本棚がわずかに動いてしまっていた。

その本棚がおかしい。おかしいというのは、つまり、ひとつの本棚が逆向きになっているのだ。

ぜんぶで五つの本棚がレールのうえに並んでいる。これまではその五つの本棚がぴたりと重なりあっていたためにそのことがわからなかった。が、本棚がレールのうえを動いたために、その隙間から、なかのひとつ（三つめの本棚だ）が逆向きになっているのが見えた。つまり、三つめと四つめの本棚だけが棚側を向かいあわせたようになっているのだった。

がっしりと頑丈そうな大きい本棚なのだ。高さは優に二メートルを超え、幅も二メートル近く、奥行きも六十センチほどはあるだろう。つまり、ついうっかりして逆向きに置いてしまう、というような本棚ではない。逆向きにレールに嵌めるのにしてからがそんなに楽なことではないはずなのだ。だれかが意図的にそうしたとしか思えない。

しかし、どんな必要があって、ふたつの本棚を棚を向かい合わせにし、密着させているのか。そんなことをすればせっかくの移動式の本棚が使いにくいばかりではないか。

――どうしてだろう？

彼女はそのことを疑問に感じた。たんに疑問に感じただけではなく、そのことに意識の底が異常に波うつのを覚えていた。自分は核心に触れようとしている。なにか、そんな昂《たかぶ》ったものさえ感じていた。どうしてあの本棚だけが逆向きになっているのだろう。

急いでブラウスの裾をスカートにいれ（藤井葉月の縫い取りには未練が残ったが）、立ちあがり、本棚のハンドルを回した。

一つめ、二つめの本棚を引き離し、三つめの本棚も動かして、四つめの本棚とのあいだに体を入れるほどの隙間をあけた。

三つめと四つめの本棚からは棚板が外されていた。ちょうど胸の高さほどのところにある棚は作りつけになっているから外すことはできない。が、それ以外の棚はすべて外されている。本棚の奥行きは六十センチぐらいある。棚を外した本棚を二つ、向かいあわせにし、それを密着させると、そこに幅二メートル、高さ一メートル、奥行き一・二メートルほどの見えない部屋が二つできることになる。

——〝見えない部屋〟。

偶然につぶやいた言葉だが、なにか胸の奥に触れるものがあるのを感じた。

ふいに、前後になんの脈絡もなく、緊急病棟の感染症患者のための場所をそんなふうにして呼んでいたのを思いだした。

カーテンでくぎり、入り口に除菌マットや粘着マットを敷くのはもちろんだが、それだけでは感染症をふせぐのに十分ではない。そこだけ空調を調整し減圧してやるのだ。つまり、だれの目にも見えないが、そこに一つの独立した部屋を設けてやるというわけである。

——それをわたしたちは〝見えない部屋〟と呼んでいた……

わたしたち——彼女はピクンと身を震わせた。わたしたちとは誰のことだろう？　そう自問し、もちろん、わたしたちふたりのことだ、と胸のなかで答える。

わたしたちふたり。ろくな身分の保障もないのに、重症者ばかりの緊急病棟でこき使われ、患者が死んでいくのをむなしく見ていなければならない、かわいそうな夜間パートタイマーの準看ふたり。愛して、笑って、嘆いて、ゆがんで、絶望し、そしてどうしようもないほど壊れていったわたしたちふたり、新枝彌撒子に、藤井葉月のことではないか。

記憶の底でなにかがうごめいているのを感じていた。思いだそうとしていた。〝見えない部屋〟という言葉が、記憶の底にぽつんと一点、いわば針の先ほどのちっぽけな穴を穿《うが》ったようだ。ちっぽけな穴ではあるが、その穴を中心にし、漏斗状《じょうご》に記憶が渦を巻いているのを感じていた。

その渦に目まいに似たものを覚えた。どうしてだろう？　あれほど記憶が戻るのを切望していたはずなのに、いざ、それが現実のことになろうとすると、そのことになにかいいしれぬ恐怖を覚えるのだった。思いだしたくない、とさえ感じた。

が、いまは、記憶の渦はただ回転させるままにしておこう。回れ、回れ、わたしの思い出。あせることはない。うろたえることはない。思いだせるものなら、何をどう望もうと、あるいは何をどうあがこうと、しょせんは思いださずにはいられないのだ。

そんなことより、いまは、本棚のあいだに隠されていた〝見えない部屋〟のことを調べるほうがさきだろう。

――〝見えない部屋〟？

そう、緊急病棟の感染症患者エリアより、このふたつの本棚のあいだに生みだされる空間のほうが、〝見えない部屋〟という呼称によりふさわしいようだ。

三つめの本棚を逆向きにし、三つめと四つめの本棚の棚板をとり外す。そしてそのふたつの本棚を密着させる……少なくとも、これが、誰かが意図的に作りあげた空間であることは間違いない。誰かがここに意図的に〝見えない部屋〟を作ろうとしたのだ。

誰かが？　もちろん、それは彼女をここに閉じ込めた人間であるだろう。そのことに疑問の余地はない。そうであれば、その人物がどうしてそんなものを作らなければならなかったのか、彼女としては、なんとしてもそれを知る必要があるのだ……

本棚を調べた。

そして三つめの本棚の底板、その隅に、一枚の紙切れが落ちているのを見つけた。

どうやら手帳の紙を切りとったものであるらしい。四ページほどつながっていた。

そこにボールペンの記述がある。どうやら女の筆跡であるようだ。

ゼウスは火を盗んだ人間を許そうとはせず、罰としてパンドラという名の女をつくって、それを人間に与えたのだという。それ以前には女はいなかったという。

ひどい話！　これだと女は人間じゃないみたいだけど、でも、まあ、何千年もまえのギリシア神話にいまさら文句をつけたところで始まらない。

パンドラは封印された瓶の蓋をあけ、通風、リュウマチ、疝痛、嫉妬、怨恨、復讐といった、ありとあらゆる〝悪〟を人間にもたらしてしまった。つまり、ゼウスの意を受けて、女は立派に人間に罰をもたらしたというわけだ。パチパチパチ！　わたしには瓶の底に〝希望〟だけが残っていたという話を信じることができない。なんだか話のつじつまをあわせるために無理やりこじつけたように感じるのだ。わたしはこうしたご都合主義的なエンディングは好きになれない。

岩波文庫の『ギリシア・ローマ神話』にはこうも記されている。原作者がそう記しているのを、野上彌生子さんは忠実に訳しただけなのだろうが、ここで翻訳者はホッと安らぎの気持ちをおぼえたのではないだろうか。わたしにはそんな気がする。そうじゃないですか、野上さん。野上彌生子さんの訳をここにそのまま書きうつしておこう。

他の説によると、パンドラはゼウスの好意で、人間を祝福するために贈られたのだということになります。パンドラは神々がそれぞれ祝ってくれた贈り物を一つの箱の中に入れて持っていました。けれども、うっかりしてその箱を開けると同時に、祝物はみんな逃げ去って、希望だけが残ったというのであります。前の話にくらべると、この方がずっと尤もらしく思われます。なぜならば、前の話のような、あらゆる禍いにみちた瓶の中に宝石のごとく貴重な希望が保存されているはずはありませんから。

これだとパンドラは（つまり女は）人間に対する罰としてではなく、人間に対する祝福として、ゼウスからつかわされたものだということになる。女は人間に対する祝福なのか。それとも人間に対する罰なのか。女は天使なのか悪魔なのか？　わたしは自分が女のくせにそのことがわからない。

パートタイマーの準看護婦なんてなんの権限も与えられていない。そのくせ、夜間の緊急病棟を担当させられているのだから、こんなに責任の重い仕事はない。患者は次から次に死んでいく。わたしは時々それを何の感傷もなしに事務的にやりすごしている自分に驚くことがある。わたしはいつからこんなに無神経な女になったのだろう？　そう思いながら、でも緊急病棟の看護婦がいちいち患者の死に感傷的になっていたのでは身が持たないとも思う。

わたしにはは自分がわからない。わたしは天使なのか悪魔なのか？　いつもそのことを自分に問いかける。でも答えが出たためしがない。もしかしたら、人間に女をつかわしたというゼウスにも、そのことはわからないのではないだろうか？

H・F

「…………」

それを読んで、なにか気持ちの深いところに触れるものを感じた。つとめて感情を抑制した、淡々とした文章だが、その底にはなにか悲痛な叫びのようなものが秘められているようだ。

これを書いた女性は心の底で深刻に悩んでいたようだ。そして、おそらく、その懊悩はわたしいい、わたしたちふたりに共通したものでもあるのだろう。

——Ｈ・Ｆ……葉月、藤井……

これを書いたのは藤井葉月だ。そのことは間違いない。

思いついたことがある。

彼女は本棚を離れ、床にばら撒いたエンゼルセットの備品のなかから、ボールペンとメモ用紙を拾った。そして、紙切れに記された文章を見ながら、それを忠実にメモ用紙に書きうつした。

つまり、これは筆跡鑑定なのだ。自分が誰かを確かめるための筆跡鑑定。おそらく警視庁の鑑識でもこんな奇妙なことはやったことがないにちがいない。

全文を書きうつす必要はない。最初の数行を書きうつし、それを見くらべた。もちろん自分に筆跡鑑定の知識があるとは思えない。素人にはむずかしい作業だろう。が、弱気になってはいられない。これ以外に自分が誰かを確かめるすべはないのだ。

——わたしは藤井葉月なのかそうでないのか？

彼女は懸命にふたつの筆跡を見くらべている。顔が緊張にこわばっていた。そして、その目がしだいに大きく見ひらかれていく。唇が震えていた。

——わたしは……わたしは……

…………

91

おれはまたここに戻ってきた、と刈谷はそう思う。ここに、緊急病棟に。まるで魅せられて、どうしても離れられない場所ででもあるかのように（そこになにか大切な思い出でもあるかのように）何度でも戻ってくる。戻ってこずにはいられない。

午後の陽光がやや斜めになって窓から射し込んでいる。冷えびえとそっけない秋の光線だ。光が浮かびあがらせているのが、たんに焼け焦げた残骸であることが、なおさら冷たさを感じさせるのかもしれない。

焼け焦げた残骸と、そして一面に床を覆う泥濘と——

刈谷はふたたび女が焼け死んだところに立っている。

ここで、何もないところから炎が噴きだして、ひとりの女が焼け死んだのだ。その女は胸に「新枝彌撒子」という名札をつけていたという。が、その女がほんとうに新枝彌撒子であったかどうかはわからない。いまだにその遺体がどこに消えたのかもわからない。

——つまり何もわかっていない、ということだ。

刈谷は手袋を塡めてうずくまった。焼け焦げた残骸を指でかき分ける。

鉗子、ガラスのかけら、聴診器、金属のお盆、ハサミ、絆創膏……あった。刈谷はそれを指でつまみあげる。それをまじまじと見つめながら、篠塚の言葉を思いだしていた。

篠塚は緊急病棟でなにか変わったものに気がつかなかったか、とそう聞いたのだ。気がつかなかった、と答えると、刈谷は医師でも看護婦でもないからそれも無理はない、というような意味のことをいった。

あのときには篠塚が何のことをいっているのかわからなかった。が、いまは、篠塚がこれを指して、変わったもの、と表現したことがよくわかる。

たしかに変わったものであるだろう。小さなコイル状のバネ……他はすべて病棟にあって当然のものだが、これだけは違う。なぜ、こんなものが緊急病棟の焼け跡に残されていたのか。これだけが異質なのだ。

どうして最初にこれを見たときにそのことに不審を覚えなかったのか？　いまとなっては、不審を覚えなかったことが、むしろ不審に思えるほどだった。

おそらく、あのとき篠塚は、このコイル状のバネが緊急病棟にたしかに落ちていた、ということを確認するために時計台を飛びだしていったのだ。

刈谷は、篠塚がすでにバネを拾ってしまっているのではないか、とそのことを心配していた。そうであれば貴重な証拠品が失われてしまったことになる。

が、さすがに篠塚は証拠になるかもしれないものを勝手に拾うほど軽率な若者ではなかったらしい。

バネが落ちていることを確認し、それを刈谷に告げようと時計台に戻ってきて——そして飯田晃に突き落とされた。

どうして篠塚はこの小さなコイル状のバネに注目したのか。いや、最初に見たときには、刈谷がそうだったように、やはり気にもとめなかったことだろう。刈谷が、どうして時計台の大時計に長針がないのか、を聞いたのがきっかけになって、それでこのバネのことを思いだしたのにちがいない。もちろん、〝ケーキの作り方〟にくわしくなければ、そんなことは思いだしもしなかっただろうが。

「…………」

バネをビニール袋に入れ、刈谷は立ちあがった。

緊急病棟を出た。

——これからどうするか。

一瞬、ぼんやりとしたようだ。途方にくれてその場にたたずんだ。

断片的には幾つかわかってきたこともある。が、すべては断片にとどまって、その全体をつらぬく肝心なことがわからない。そもそも、そんな肝心なものがあるのかどうかさえ疑問なのだ。これがどんな事件であるかもわからないし、犯行の動機にいたっては、いまだにその片鱗《へんりん》さえ浮かんでこない始末だった。

片山の場合はたんなる事故（とはいっても、どうして信号を無視して藤井葉月が横断歩道を突っ切るのか、という謎は残されるのだが）であるらしいから、この際、考えなくてもいいだろう。

しかし——

無菌室で自殺とも他殺ともつかずに死んでいたクモ膜下出血の重症患者、緊急病棟で焼死した女、時計台から突き落とされて死んだ篠塚……この三つの事件にはなんらかの関連があるはずだ。その関連がわからない。つまり犯行の動機がつかめない。

三つの事件ともそれぞれ、一見、不可解な謎に覆われているが、この世に不可能犯罪などありえない以上、いずれはすべての謎が解きあかされることになるだろう。刈谷はそのことを信じて疑わない。現に、時計台から墜落した篠塚の、その落ちた場所が何十メートルもずれていたという不可解な謎も、わかってみれば何でもないことだった。ほかの謎も解けないはずがない。

が、この事件は、どんなに謎を解いても解いても、ついには人知では解ききれない、そんな大きな謎をはらんでいるのではないだろうか。

——女は天使なのか悪魔なのか……という謎が解きあかされることはないだろう。新枝彌撒子、藤井葉月というふたりの女を追って、ときには天使のようにも見え、ときには悪魔のようにも見える彼女たちに（篠塚が、片山が、そして鳥居がそうであったように）翻弄されるがまま、ついにその実体をつかむことはできそうにない。女はこの世で最大の謎なのだ。しょせん、それは現世の人間、それも刑事などという俗っぽい職業の人間には、手にあまる謎であるのにちがいない。

しかし、刈谷がこの事件に解ききれない謎のようなものを感じているのは、かならずしも女は天使なのか悪魔なのか、という疑問を指してのことばかりではない。

何といえばいいのか、この事件にはなにか人知を絶した、超越的なものが翳《かげ》を投げかけているような印象があるのだ。どこか事件のはるか背景に、人知をこえる、目に見えない大きなものが立ちはだかり、それがすべてを操っているような印象がある。

もちろん、そんなことを捜査報告書に記そうものなら、刈谷はたちどころに休職を命ぜられることになるだろう。警察があくまでも重んじるのは〝事実〟だけであり、そこには印象などという曖昧《あいまい》なものが入る余地はないのだ。ましてや超越的なものとか、目に見えない大きなものなどといったところで、誰ひとりとしてそんなものに耳を傾けてくれるはずがない。刈谷もそのことはすでにあきらめている。

が、この事件の動機を突きとめれば、その大きなもの、超越的なもの、片鱗なりを把握することができるのではないか。そんな予感めいたものがあるのだ。それだけは刈谷もあきらめることができない。

――だけど、どうすればその動機がつかめるのか。第一、この事件にどんな動機があるというのかね？

刈谷はあいかわらず、ぼんやりとたたずんでいる。

思えば、この緊急病棟ではいろんなことがあった。

どうして何もないところから火が出たのか、かいもく見当がつかず、すこしでもそのよすがになればと、どんな機材が運び出されたのか、それを確かめるためにME器材室を覗いてみた。そういえばME器材室には鳥居が老人性色素斑（要するに老人のしみのことだ）を取るのに使用したルビーレーザーとかがあったっけ……

昨夜は、この緊急病棟に入ろうとしたところで、不審な看護婦（おそらく、あれも飯田晃が扮装していたのではないか。そんな気がする）を見かけて、あとを追ったのだが、血液検査室のあたりで見失った。

――血液検査室に、ME器材室。

血液検査室は四階の西端にあり、ME器材室は四階の東端にある……

ふと刈谷は目を瞬《しばた》かせた。

そのときふいに飯田静女の声が頭をかすめたのだった。おそらく西だの東だのと考えたことがこんな連想を誘ったのだろう。西におわす無量寿如来が赤、東におわす阿閦如来が青……静女のどこか常軌を逸した声がいんいんと頭のなかに響きを残した。

――西の無量寿如来が赤、四階の西が血液検査室……赤だ。

刈谷はぼんやりととりとめのない連想を追っている。自分がなにを考えているのかさえほとんど意識していない。

――東の阿閦如来が青、東のME器材室に青はあるかな？　そうだ、あそこにはルビーレーザーがあるじゃないか。ルビーレーザーは赤い光線だということだけど、手術を受ける人間は青緑色の保護眼鏡をかける。保護眼鏡をかけた人間にとって世界は青く見える。だから四階の東はやっぱり青だ。ええと、南は何だったかな？

南におわす宝生如来が黄色……いや、これは無理のようだ。刈谷はにが笑いした。四階の南といえば緊急病棟だが、そこには黄色などという色はありそうにない。

ふと、そのにが笑いがこわばった。そうではない。黄色はある。唐突に、前後になんの脈絡もなしに、飯田晃がいった言葉を思いだしたのだ。

――この雑木林は去年までは秋になるとそれは見事に紅葉したんだそうです。ところが、今年は見てのとおり、ほとんど黄色一色になっちゃった。たった一年で、木の種類が変わるわけないのに。おかしなこともあるもんだって、みんな不思議がってるんです……

なにか重いものが急に肩にのしかかってきたようだった。あまりにそれは重すぎて、とうてい刈谷ひとりでは支えきれそうにない。

刈谷は自分でも気がつかずにラウンジに向かって歩いていた。自分がなにかに触れようとしている、という実感があった。なにかとんでもないものに触れようとしている。それはまだ、いまは曖昧模糊《あいまいもこ》として意味をなしていないが、頭のなかに意外な速さで大きく拡がろうとしているようだった。その大きなものに肩を押され、つんのめるようにして歩いていた。

――これは何だ。何なのだ。いったい、おれはなにを考えているんだ。なにを考えようとしているんだ。

気がつくと重症患者用個室のまえまで来ていた。昨夜と同じように修善豊隆の病室のドアがすこし開いていた。そして、これも昨夜と同じように、刈谷さん、よかったら寄っていきませんか、と修善豊隆が部屋のなかから声をかけてきたのだった。

92

豊隆はベッドに上半身を起こして刈谷に微笑みかけた。

「よかった。無菌室に入るまえに刈谷さんに会っておきたかったんですよ。無菌室に入ったら面会できる人間はかぎられるから」

これから無菌室に入り、骨髄移植を受けることになるからだろうか。この豊隆という少年はいつにも増して生身の人間の印象を削いでいた。その陶磁のように薄い感じの肌が澄んで青ざめている。その目だけが強靭な知力をはらんで力をみなぎらせていた。

「そうか。いよいよこれからか。直前に話なんかして疲れるとまずいんじゃないか」

刈谷は腰をおろすのをためらった。

「大丈夫です。むしろ無菌室に入ってからのほうが衰弱するんです。強力な免疫抑制療法を受けることになりますからね。それが骨髄移植の前処置なんですよ。骨髄無形成状態になって重症感染症を併発する危険にさらされることになる。だから衰弱するし面会できる人間もかぎられる。でも、いまは何でもありません――」

この豊隆という少年はどんなときにも快活さを失おうとしない。にこにこしながら、すわってくれ、と手で合図した。

「そんなことより藤井葉月さんはどうなりました？　ぼくは気になってならなかった。あれから『ライアベッド』には行かれたんですか」

ああ、と刈谷はうなずいて、椅子に腰をおろした。そして、そっちのほうは大した収穫はなかったよ、といい、

「それより、ようやく、きみが厨子礼子と飯田静女との会話が、この事件の謎を解く鍵になるんじゃないか、といった意味がわかったよ。きみは篠塚は飯田静女の孫娘の車のうえに落ちたんじゃないか、とそう示唆していたんだね？　つまり篠塚を突き落としたのもその孫娘じゃないかってそう示唆していたんだ」

「ええ、でも――」

「静女さんは孫娘だとそういってたけど、ぼくはそうじゃないと思いました。孫かもしれないけど娘ではない。静女さんのお孫さんは男じゃないんですか」

「……おどろいたな。どうしてそんなふうに思うんだい」

「当たっていますか」

「ああ、当たっているよ。だけど、どうしてそう思うんだい？」

「篠塚さんを時計台から突き落とした人物は看護師の姿をしていた。そうですよね。そして刈谷さんを血液検査室まで誘いだし、そこにカラスの羽根を落とした人物も看護師の格好をしていた。あ、この場合は昔ながらに看護婦といったほうがいいようだ。これからは看護婦といいますね。この人物はどうしてわざわざ看護婦の格好をするんだろう？　ぼくはそのことを疑問に思ったんですよ」

「…………」

「この人物がほんとうに看護婦であるはずはありません。制服なんかものの二、三秒もあれば脱げますからね。その手間をおしんでわざわざ自分の正体を突きとめられるような格好をするわけがない。それでは看護婦に容疑を向けさせるためにそんな格好をしているのか。それもおかしい。さっきもいったように、すぐに脱ぐことのできる制服をわざわざ着て犯行を犯すのであれば、これは看護婦ではないのではないか。まともな警察官であればそう考えるでしょう。看護婦に容疑を向けさせるはずが逆効果になってしまう。そうじゃありませんか」

「…………」

刈谷は内心にが笑いせざるをえない。刈谷はそんなことも考えなかった。つまり、これは刈谷がまともな警察官ではない、ということを意味しているのだろう。

「それではどうして犯人はいつも看護婦の制服を着ていたのか？　それは女であることを強調したいからではないか。ぼくはそう考えました。そして女であることを強調したいというからには、つまり犯人は男であるということでしょう。それも女を演じるのに慣れている男――静女さんは自分の孫のことを娘だとそういってましたが、あの人はその、すこし……」

「認知が始まっている」

刈谷がいった。

ええ、と豊隆は含羞《はにか》んだようにうなずいて、

「おそらく静女さんのお孫さんはそうした性癖のある人なんでしょう。女を演じるのに慣れている。もちろん、認知のもたらしたことではあるんでしょうが、じつのお婆さんまで

孫は女なのだとそう錯覚してしまうほどなんですから」

「………」

飯田晃がどんなに女を演じるのに慣れているか、それは鳥居の話からも十分に想像することができる。晃は「マドンナ・メンバーズ」で新枝彌撒子を名乗り、鳥居を遊ばせ、自分が男であることをすこしも覚らせなかったらしい。それをもってして鳥居の愚かさを嘲《わら》うのはたやすいが、なにも鳥居ひとりがだまされたわけではない。おそらく他の客も、いや、「マドンナ・メンバーズ」の従業員にしてからが、誰ひとりとして新枝彌撒子を男だと気がついていなかったようなのだ。

もちろん、晃が「マドンナ・メンバーズ」で演じていた新枝彌撒子は、聖バード病院で働いていた準看護婦の新枝彌撒子とはまったくの別人であるだろう。

鳥居はやや混乱しているようだが、「マドンナ・メンバーズ」で痴態のかぎりをつくしたという女と、いつも手術室で脊椎麻酔をほどこし、その針を抜いたかどうかを当人に知らせずに、あおむけになるのを命じた女と、そこにはふたりの新枝彌撒子が存在したことになる。

どうして飯田晃が新枝彌撒子の名をかたったのかは、これからの調査を待たなければならない。

どうでしょう、と豊隆が笑いかけてきた。

「ぼくはベッド・ディテクティブとして合格でしょうか」

「合格どころじゃない――」

刈谷は心底からいった。

「きみの推理力は大変なものだよ。ぼくはほとほと感心させられた」

「それじゃ、もうすこし、ぼくの推理を聞いてくれますか。夕方からは無菌室に入らなければなりません。そのまえにぼくの推理をすべてお話ししておきたいんです」

「…………」

刈谷は無言でうなずいた。

豊隆の才能はすでに十分に思い知らされている。なにを聞いてもおどろかないだけの心がまえはしていたつもりだが、さすがに豊隆がこう言い切るのを聞いては、平静ではいられなかった。

「密室状態の無菌室でクモ膜下出血の患者さんが死んでいた事件と、緊急病棟でどうして何もないところから火が出たのか、ぼくはそのふたつの謎を解いたような気がしているんですが――」

「…………」

刈谷はまじまじと豊隆を見つめた。

豊隆の背にある窓がふいに激しく鳴って、木の葉がパラパラとガラスをうってひるがえった。風が強くなりつつあるらしい。

「そうなんです」

豊隆はうなずいて、また含羞《はにか》んだように笑った。

「ぼくはそのふたつの謎を解いたような気がしているんですよ」

93

といっても、と豊隆はあごを引くようにしてクスクスと笑った。

「そんなに大したことじゃない。ふたつとも単純な機械的トリックです。わかってみれば何だということなんですよ――」

「聞きたいな」

刈谷は膝をのりだした。

「聞かせてもらいたい」

「なにしろベッド・ディテクティブですからね。刈谷さんの話だけから推理を組み立てたんです。もしかしたら、とんでもない間違いを犯しているかもしれません」

豊隆は一応そう謙遜してみせたが、どこか得意気なのはいなめない。

「間違いでもかまわない。それにぼくはきみだったら絶対に間違いは犯さないとそう思っている」

刈谷の声に力がこもりすぎたようだ。豊隆は、一瞬、けげんそうな顔をしたが、

「まず緊急病棟の火災の話からします。篠塚さんが〝ケーキの作り方〟のことを話していた、刈谷さんはそういってましたね。それが単純にケーキのことなんかであるはずがない。〝ケーキの作り方〟というのは有名なテロリストの教本ですよね。ぼくは目にしたことはありませんが、爆発物の作り方を説明した本だと聞いたことがあります。地下出版で、いまも出まわっていて、素人でもわりあい簡単に手に入れることができると聞いています。そうですか」

ああ、と刈谷はうなずいた。

考えてみれば、書庫室の構造にくわしいのを誉められて、篠塚が洋菓子のケーキの作り方をひきあいに出すはずがない。書庫室の構造と洋菓子のケーキの作り方とでは何の共通点もない。篠塚はあのとき自分は金庫の構造とか爆発物の作り方とかそうしたメカっぽいものに興味を持っているとそういいたかったのにちがいない。

所轄署にも警備課があり、本庁の公安にあたる仕事している。刈谷自身も、警備課が押収した〝ケーキの作り方〟を、その目で見たことがあるのだ。交番で出会ったあの公安刑事たちが過激派のことを口にするまで、〝ケーキの作り方〟のことを思いださなかったのは、われながらうかつすぎた。しかし……

「篠塚さんは火災が起きるまえに病院の廊下で大量の卵黄を見ています。まさかハルピュイアの卵であるはずがない。その卵黄は何だろう。ぼくは考えました。廊下に残っていた卵黄が問題なんじゃない。問題は卵白がどこにいったかということでしょう。卵の白身はガソリンを糊状《のりじょう》にするために使われたのではないか。卵の白身にガソリンを注いで、塩とかそういった添加物を加えて、よく掻きまぜれば、ガソリンは糊状になります。焼夷弾の焼夷剤になるんですよ。たんなるガソリンを使うより、この焼夷剤を使ったほうが、使用したときにそれが相手の肌に付着して、より効果があります。これもきっと〝ケーキの作り方〟に載っていることなんでしょうね」

「…………」

「ぼくは〝ケーキの作り方〟を読んだことはありません。だから実際にそうしたものが載っているのを確かめたわけではありませんが、載っていないはずがないと思うんです。つまり自動発火火炎ビンのことが。なにもないところから火が出た、というのはどういうことか？　ぼくは点滴スタンドのことを思いつきました。緊急病棟に点滴スタンドがないはずがない。犯人は点滴スタンドに火炎ビンをぶらさげておいたのではないか。そう考えました」

ぼくもそのとおりだと思うよ、と刈谷は鈍い声でいった。

「じつは緊急病棟の焼け跡から小さいコイルスプリングを見つけたんだ」

「コイルスプリング？」

「バネのことさ。所轄に電話をかけて、押収したもののなかから〝ケーキの作り方〟を探してもらっているんだが、どうも整理が悪くていまだに見つからない。それで警備課の人間に火炎ビンのことを教えてもらったんだ。火炎ビンには蓋のついた首の短いガラス瓶を使うのが最適らしい。つまり点滴ビンなんかもっともふさわしいということだ」

「なんだ。刈谷さんも気がついていたんですか」

豊隆はちょっとバツの悪そうな顔をして笑った。

「いろいろあってね。鈍いぼくでもそのことに気がついた。もっとも、きみにいわれるまで卵白のことなんか考えもしなかったんだから、やっぱり、あまり誉められた話じゃないだろうさ――」

刈谷は苦笑し、

「これも警備課の人間に聞いたんだが、火炎ビンには、ビンの口にちょうど合う大きさの缶を使うんだそうだ。缶の一方を開ける。そして、その缶に対面するように差し込み口をふたつ開ける。テープでチップマッチを二本ペアにしたものを二組つくって、それをコイルスプリングに取りつける。そのコイルスプリングを缶に押し込んでやり、さっき開けた缶の差し込み口から平らな棒か金属板を塡めて、これでそのコイルを押しつけるようにする。この棒か金属板がつまり安全装置ということになるらしい。これが外されればコイルスプリングが伸び、チップマッチも動いて、マッチが擦られて発火することになる。ああ、これを教えてくれた人間は、マッチを擦る面をつくるために、缶に密に小穴をつくっておくことが大切だとそういってたな。そのほうがマッチが擦られたときに発火しやすいんだそうだ――」

「………」

「点滴ビンにガソリンの焼夷剤をつめ、ビンの口に安全装置が当たるようにして、缶を逆さにしてビンに装着する。これで火炎ビンのできあがりだ。問題は、この火炎ビンの安全装置を抜き取って、どこかにたたきつけるのを人手をわずらわせずにどうやってやるか、ということだ」

「時計台の大時計ですね」

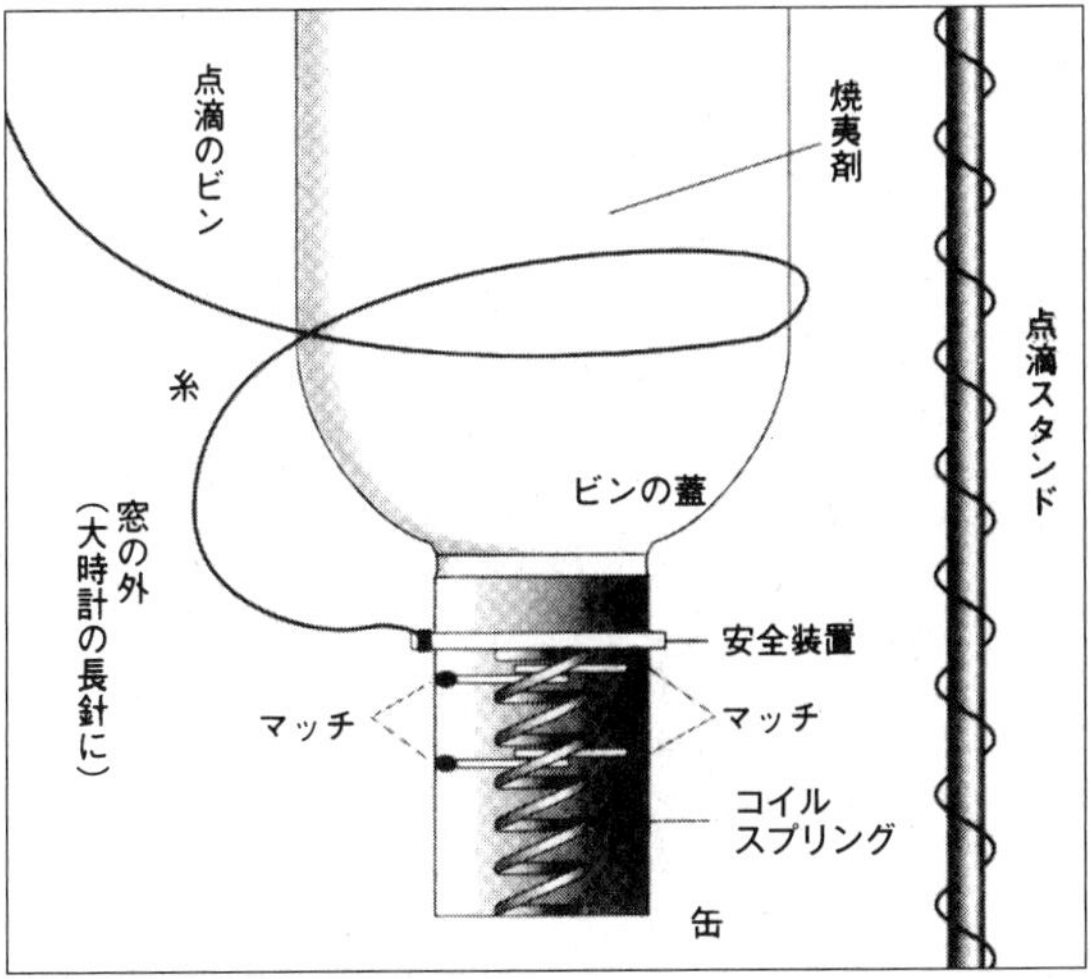

点滴のビン
焼夷剤
糸
点滴スタンド
ビンの蓋
窓の外
（大時計の長針に）
安全装置
マッチ
マッチ
コイル
スプリング
缶

豊隆がずばりという。

「ああ。そうだ。ぼくもそう思う。出火地点は窓のすぐ近くだった。そして窓のすぐうえには大時計がある。火炎ビンを点滴スタンドにセットする。大時計の長針に糸をくくりつけて、その一方の端を緊急病棟の窓から引き込んでやる。そして、その糸の端を火炎ビンの安全装置にくくりつけ、ビンにも巻いてやる。長針がまわり、糸を引けば、安全装置が引き抜かれて、火炎ビンも床に落ちる。時限発火装置のできあがりだ。糸の長さでどうにでも発火時間を調整することができる。発火すればなにもないところから炎が噴きだしたように見えるだろう。犯人はそのあとで大時計の長針から糸を取ろうとした。だが、おそらく針にからみついたか何かして、どうにも糸が取れなくなってしまった。かといって糸を長針に残しておいたのでは何もかもぶち壊しだ。やむをえず長針そのものを大時計から外した――」

「なんだ、刈谷さんはみんなわかっていたんだ。ベッド・ディテクティブかたなしだな。ぼくの出番がないじゃないですか」

「そんなことはないさ。こんなことは篠塚が〝ケーキの作り方〟を口にしたときにすぐに気がつくべきだったんだ。現に篠塚はそのことにすぐに気がついたんだからな。ぼくは鈍い。われながらいやんなるよ」

刈谷は自嘲した。本音だった。

「それより無菌室の事件のほうを説明してくれないか。ぼくにはあの事件だけは何がなんだかわからない」

ええ、とうなずいて、豊隆はすこし考えてから、

「もちろん、犯人は無菌室にクモ膜下出血の患者さんを運び込んで殺したんです。もっとも殺してから外に出たわけじゃない。仕掛けをととのえてすぐに無菌室を出た。出てから外側から隙間にテープを貼った。出入り口のグリーンマットとかが濡れていなかった、ということですけど、そんなものはグリーンマットそのものを取り替えてしまえばいいことです。病院ですからね。グリーンマットなんか備品でいくらでもある——」

「…………」

「こちらこそほんとうに子供だましのトリックですよ。クモ膜下出血の患者さんを無菌室のベッドに運び込んで、首にロープをかけ、それを天井のビデオ・カメラに引っかけて、その端を電動カーテンに結んだんだと思いますね。電動カーテンのスイッチを入れればロープは自然に患者さんの首を絞める。患者さんは重態で意識がなかったんですからね。どうにでもできますよ。もっとも、それで首を絞めるには患者さんの体を固定しなければならない。そのために——」

ていた。

「マジックベッドを使った――」

刈谷が沈痛な声でいった。その表情は暗く沈んで、ただ目だけが奇妙に勁《つよ》い光をたたえていた。

「何だ。それもわかっていたんですか。どうしてわかったんですか」

豊隆はけげんそうな表情でそう聞いたが、すぐに言葉をつづけて、

「そう、マジックベッドを使ったのだと思います。あれは手術のときに患者の体を固定するために使う。あれで患者の体をささえて、なかの空気を抜く。それで患者を固定することができるんです。ふつう、患者の体を固定するには手術ベッドを使います。でも、マジックベッドを使い、その端をベッドにでもくくりつけておけば、手術ベッドでなくても患者の体を固定することができる」

「………」

「意識のないクモ膜下出血の患者さんをマジックベッドで固定して電動カーテンのスイッチを入れれば自動的に絞殺することができる。あとは最初に現場に飛び込んだ人間がマジックベッドを始末すれば済むことです。慣れた人間ならあんなものはかんたんに取り去ることができるはずですからね」

「マジックベッドの扱いに慣れていて、しかもグリーンマットなどの備品がどこにしまっ

てあるのか知っている人間……」

豊隆がだれのことをほのめかしているのかは明らかだった。刈谷の頭にはマジックベッドを抱きかかえている厨子礼子の姿が浮かんでいた。

そうです、と豊隆はうなずいて、

「しかも無菌室でなにか事故があった、ということになれば、封印されたガムテープを剝がして、真っ先に飛び込んでいけるだけの権限を持った人間だということです」

「………」

「どう思われますか。この推理は」

豊隆は得意気だった。

が、そのとき刈谷はドアの外に神経をめぐらせていた。豊隆の話を集中して聞いてはいなかった。

この豊隆という少年の癖なのか、ドアは完全には閉まっていない。そのわずかに開いている隙間から、なかの様子をうかがい、立ち聞きしている人間がいる。そのことに刈谷は気がついていた。その立ち聞きしている人間がソッとドアから立ち去るのを気配で感じとっていた。ドアの隙間から、ちらり、と看護婦の白衣が見えたようだった。

どうでしょうか、と豊隆が繰りかえして聞いてきた。

刈谷は豊隆に目を向けると、

「残念ながらその推理はいただけないな」

そう疲れた声でいった。

「…………」

豊隆は意外だったようだ。まじまじと刈谷の顔を見つめた。

「きみがどんな話を聞いているか知らないが、きみはかなり事実を誤認しているようだ。ぼくは篠塚さんからそのときの状況を聞いている。篠塚さんはいきとどいた男だよ。そのときの状況をちくいち話してくれた。まず、第一に、きみが考えている人間が、真っ先に無菌室に飛び込んでいったという事実はない。その人物はあとになって現場に現れている。ということはそこにマジックベッドがあったとしてもそれを処分することはできないわけだ。つまり、無菌室のベッドにはマジックベッドなどセットされていなかった。患者の体がマジックベッドで固定されていたということはない」

「…………」

豊隆はあっけにとられているようだ。その蒼白な顔にわずかに血の色がさしていた。

「あの無菌室はたしかに密室になっていた。しかし意味のない密室だ。隙間という隙間には外側からガムテープが貼られてあったが、そんなものは患者を殺して無菌室を出たあとで、貼りなおせばそれで済むことだ。どうしてあんな意味のない密室をつくらなければならなかったのか？　患者が自殺したと見せかけるためだろうか。そんなことはありえない。患者が自分から無菌室に入ったのであれば、死んだあとで隙間のガムテープを外側から貼りなおしたことになる。そんなことは不可能だよ。第一、その患者は昏睡状態で、自分では動けなかったんだ。自殺なんかできるはずがない。もちろん他殺だよ。しかし、放っておいても、せいぜい一日か二日で死んでしまうだろう重症患者を、どうしてわざわざ殺さなければならないのか？　患者の口からなにか洩れるのを恐れて、ということもありえない。だって、その患者は昏睡状態にあったというんだからね。つまり、自殺だということはありえない。他殺だとすると今度はその意味がない、ということになる。どうして患者は死んだんだろう？」

「…………」

「きみはこれを単純な機械的トリックだとそういった。ぼくはそうは思わない。電動カーテンもマジックベッドも重要ではない。自殺だと見せかけるのには意味のない密室をどうして作らなければならなかったか？　どうせすぐに死んでしまうはずの重症患者をどうして殺さなければならなかったのか？　ぼくはむしろそのことのほうが重要だと思うよ」

「…………」

いったんさした血の色がまた引いてしまったようだ。豊隆は蒼白になって宙の一点を見つめている。その顔にはこの賢明な少年にはおよそ似つかわしくない驚愕の色がにじんでいた。呆然としていた。

ドアが開いて、刈谷さん、と声がかかった。

城所刑事だ。

「始まりました、来てください——」

と城所は言葉をつづけた。

ああ、と返事をし、刈谷は立ちあがった。豊隆に軽くうなずいて、病室を出ていこうとし、ふとドアのわきの鏡に目をやった。

「…………」

鏡をジッと見つめた。そして豊隆を振り返った。豊隆の顔はこわばっていた。ふたりはそのまましばらく、たがいの目を覗き込んでいた。

「刈谷さん、急がないと——」

城所がうながした。

「ああ」

刈谷はうなずいて、病室を出た。

ふたりは肩をならべて階段に向かった。自然に小走りになっている。

「どこだ？」

刈谷が聞いた。

「『ライアベッド』です」

城所が答えた。

94

「ライアベッド」には所轄の車で向かった。

運転しているのは城所だ。

「鑑識はとうとう現場からタイヤのあとを発見したらしいです。ずいぶん苦労したらしいですけどね。飯田晃の車のタイヤと照合できる程度にはとれたらしい――」

城所は勢い込んでいった。いつもよりやや運転が乱暴なのは、それだけ興奮しているからだろう。

「篠塚の衣服から車の塗料も発見されたそうです。いま、課長が飯田晃の車を押収できるように手続きをとっています。塗料を照合すれば篠塚が飯田の車に墜落したことがはっきりします。それがはっきりすれば、どうして人間が自分の車に落ちてきたのに、それを無視して車をスタートさせたのか、ということで飯田を攻めることができる。ばっちりですよ。課長はとりあえず飯田を任意で引っぱって、容疑が固まりしだい、逮捕に切り替えるつもりらしいですよ」

「厨子礼子はどうだ？」

刈谷が聞いた。

「刈谷さんのいったとおりです。最近、年下の男とつきあっているらしい、という噂があります。それもずいぶん年下の男らしい。間違いなく飯田晃でしょう」

「年下の男か……」

刈谷は窓に視線を向けて、ガラスに映る自分の顔を見つめた。多摩丘陵の秋色に染まった木々が刈谷の顔をかすめて後方に流れ去っていく。その顔に日の光が撥ねるのがふと涙がきらめいているように見えた。年下の男か、ともう一度、胸のなかでつぶやいた。そして、城所に顔を戻した。

「頼んだものは持ってきてくれたか」

「ええ、ええと、曼陀羅と仏教関係のものは沢田《さわだ》さんに頼んで——」

と城所は婦警の名をいって、

「図書館でコピーをとってもらいました。〝ケーキの作り方〟のほうはまだ見つかりません」

「なんだ。警備もだらしないな。押収した資料ぐらい、きちんと整理しておけばいいのに――」

「たいして大切な資料じゃないということで、裁判所に証拠として提出することもしなかったらしいんです。担当の人間が鍵もかけずにロッカーに放り込んでおいたということなんですが」

まあ、いい、と刈谷はつぶやいて、

「〝ケーキの作り方〟はほかで手に入れるとしよう。とにかく、一度、目を通しておけばそれでいいんだから。本庁の公安には問いあわせはしたのか」

「それは署長にやってもらいました。ぼくらぐらいじゃ本庁の公安相手に押しがきかないですから。署長もだいぶ渋っていたみたいですけどね。課長が拝み込んでやってもらったということです」

「それで結果はどうなんだ？」

「公安が張り込んでいる『メゾン多摩』六号室の、ええと名前忘れちゃったな、なんとかいう過激派――」

「ああ」

「やっぱり二号室の飯田とつきあいはなかった、というんですけどね。それは同じアパートに住んでいるんだから、顔ぐらい合わせることはあったろうけど、挨拶もしなかったんじゃないか、ということです。間違いないという口ぶりだったみたいですよ」

「おかしいな――」

刈谷は首をひねって、

「てっきり飯田はその過激派とかを通じて〝ケーキの作り方〟を手に入れたものと思ったんだがな」

「公安の張り込みだからって完璧とはいえないでしょう。連中にだって見落としはあるんじゃないんですか」

城所の口調にわずかながら公安に対する反感がにじんだようだ。

「それにその過激派を通じて〝ケーキの作り方〟を手に入れたとはかぎらないし」

「まあ、そういうことだな」

「どっちにしろ、この飯田晃というのは妙な野郎ですよ。女の格好をしてないときは大型のトレーラーを運転してるというんだから、変わってる。もっとも陸送じゃなくて引っ越し専門らしいですけどね。ほら、荷物も積んで、引っ越しをする家族も乗って、という引っ越しがあるじゃないですか。そういうトレーラーを運転してるらしい。会社のほうにも電話を入れたんですけどね。ここ二、三日、会社のほうには出ていないらしいです。電話に出たおやじが、いまは業務中じゃないのに、トレーラーをどこかに持ちだしているって文句をいってました」

城所はぐいとハンドルを切った。車が「ライアベッド」の駐車場に入る。

刈谷たちが車から降りると、駐車場に刑事課の同僚たちが集まってきた。

「木村《きむら》たちが――」

なかのひとりが同僚の名を口にし、

「店内につめている」

よし、と刈谷はうなずいて、両手をパチンと打ち鳴らした。

「とりかかろうか」

刑事たちは一斉に動いた。

「ライアベッド」に踏み込んでいった。

店内で張り込んでいた刑事たちがさりげなく近づいてきた。そして、窓際の席に向かって、あごをしゃくった。

「…………」

そこに鳥居がいた。

鳥居は、窓際の席で、若い男と一緒にすわって話し込んでいた。

鳥居のほうが最初に刈谷たちの姿に気がついたようだ。よほどおどろいたらしく、あんぐりと口を開けて、座席からなかば腰を浮かしかけた。

若者がゆっくりと首をめぐらし、入り口に目を向けた。

あの若者だ。

雑木林でカラスを埋めていた若者——飯田晃だった。

刑事たちは散開した。

輪をしぼるようにして、ゆっくりと鳥居たちのほうに近づいていった。

飯田晃は「マドンナ・メンバーズ」で新枝彌撒子と名乗って鳥居を客にしている。鳥居は新枝彌撒子に夢中だった。おそらく、その〝愛〟は相手が男だとわかっても変わらないにちがいない。

飯田晃はいずれ警察が自分に目をつけることを覚悟しているだろう。逃げようとする。その逃走資金を調達するために鳥居に連絡してくるはずだ。刈谷たちはそう考えて、鳥居の動きを見張ることにしたのだが、まさか張り込みを始めて一時間もしないうちに、飯田晃が鳥居を呼び出すとは予想もしていなかったことだ。

捜査にはまれにこんなふうな幸運に恵まれることもある。とんとん拍子に捜査が運んで容疑者が自分から飛び込んでくる。

「飯田晃だね——」

刑事のひとりが声をかけた。

「ちょっと話を聞きたいことがあるんだが署まで同行してもらえないだろうか」

飯田晃は無表情だった。ただ、ジッと刑事たちの顔を見つめた。その美しいが、どこか卑《いや》しさをひめた顔には、どんな感情のそよぎも感じられなかった。そして、フッと笑いをきざんだ。

そのとき刈谷は飯田晃がステーキを食べていたことに気がついた。するどいステーキ・ナイフが皿の横に置かれてあった。

おい、気をつけろ、と刈谷は叫んだ。

が、遅かった。

飯田晃はバネで弾かれたようにふいに座席から飛びだした。じつに敏捷な身のこなしだった。あわてて前途をさえぎろうとした刑事にステーキ・ナイフで切りつけた。刑事は腕を切られ、声をあげて、後ずさった。ほかの刑事たちが押さえ込もうとしたが、ナイフを右に左に振りまわし、近くに寄せつけなかった。すばやく身をひるがえすと、入り口に向かって走った。

刈谷たちは追った。自分たちの失態に腹をたてて罵声をあげながら追った。

飯田晃は「ライアベッド」を飛びだしていった。

横断歩道に向かった。

「おい、待て」

刈谷が叫んだ。

飯田晃は待とうとしなかった。道路に飛びだしていった。分岐道を曲がった車がスピードをあげながら走ってきた。ドン、と大きな衝突音が聞こえた。飯田晃の体は宙を舞って、路面にたたきつけられた。二、三度、バウンドして、歩道に転がった。

頚の骨を折ったのではないか。その頭が異様な角度でねじ曲がっていた。体をヒクヒクと痙攣させた。痙攣させたが、すぐに動かなくなった。どこから出血しているのか、体の下からゆっくりと血が拡がっていった。

「救急車を呼べ」

だれかが叫んで、べつのだれかが「ライアベッド」に飛び込んでいった。

「おい、しっかりしろ」

抱き起こそうとした刈谷を飯田晃が思いがけない力で押し返した。そして刈谷を見てにやりと笑った。悪意に満ちた笑いだった。なまじ美しいだけに、そのゆがんだ笑いはグロテスクなまでにまがまがしい。

ざまあみろ、と飯田晃はつぶやいた。

「新枝彌撒子は死ぬぜ。もうすぐ窒息死する。いまごろ〝見えない部屋〟であがいているだろうぜ。もう間にあわねえよ。女なんかみんな――」

そこで、ゴボッ、と血を吐いた。血にむせびながら、死ん、で、しま、え、ばい、いんだ、と一語一語切るようにしていった。キュッと唇の両端を吊りあげるようにして笑う。笑ったまま死んだ。

「…………」

刈谷は呆然として飯田晃の死に顔を見つめていた。

泣き声が聞こえる、と思ったら、鳥居がすぐ横に立って、両手に顔を埋めて泣きじゃくっているのだった。

「何なんですか。こいつ何をいおうとしてたんですか。〝見えない部屋〟って何なんですか。そこに誰か女が閉じ込められているんですか。何なんですか――」

城所が混乱したようにそういい、あっ、と声を張りあげて、刈谷の肩をつかんだ。

「トレーラーですよ、刈谷さん。こいつが運転していたトレーラーだ。きっとそのなかに女が閉じ込められているんですよ。こいつのトレーラーを探さなくちゃ」

95

…………

……わたしは

藤井葉月ではない、

彼女は思った。

筆跡を見くらべれば自分が藤井葉月でないことは一目瞭然だ。残念ながら自分の筆跡は藤井葉月よりも稚拙だ。どんなに記憶を失ったところでまさか筆跡までが変わることはないだろう。つまり、

――わたしは藤井葉月ではない。

もう自分はなにがあっても失望しないだろう。そう思っていた。希望はいつもむなしく裏切られた。数えきれないほど失望を繰り返してきた。いまの自分ならどんな失望でも平然とやり過ごすことができるはずだ。そう信じていたはずなのに、結局、自分は藤井葉月ではなかったのだ、という落胆に、死んでしまいそうなほどの脱力感にみまわれた。

――藤井葉月でなければわたしは新枝彌撒子なのだ……

そうも思うが、しかし確信があるわけではない。確信がもてなければ、それはたんなる願望であり、推測にすぎない。願望は裏切られる。推測はくつがえされる。結局はおなじことの繰り返しになるのだ。

彼女はファイルキャビネットに背中をもたせかけ、両足を投げだし、ぼんやりと宙に視線をさまよわせていた。

そんなふうに何もせずにいるのに自然に息が荒くなっていた。いよいよ空気が汚れてきたらしい。いずれ金魚のように口をパクパクさせることになるのだろう。そして窒息死する。あんなにあがいて、苦しんできたのに、つまるところは、すべて徒労だったということか。

が、いまはそれを嘆く気にもなれない。ただ、馬鹿ばかしい、と思うだけだ。ただひたすら馬鹿ばかしい。嘲笑《わら》ってやってもいいが、それもあまりに芝居がかかりすぎているようで、気がひける。要するに、このまま静かに窒息死すればいいのだろう。

――このまま静かに……

彼女は目を見ひらいた。その顔が驚愕でわずかにこわばった。

どうも静かに死んでいけそうにはない。最後までもがいてあがきつづけるのが彼女の運命であるらしい。そのことを思うと泣きだしたくなるほどの徒労感を覚えた。が、そこにそれがある以上、そんなものがあるのを見てしまった以上、やはり、もがいてあがかずにはいられないだろう。

そんなもの——熱感知装置を。

本棚を動かしたために、それまで本棚にさえぎられていた壁が、あらわに見えるようになっていた。これまで本棚のかげになって見えなかったのだが、そこに熱感知装置が設置されていたのだ。

緊急換気装置がそうであるように熱感知装置も電源が切られているのではないか？　最初にそのことが頭をよぎった。

が、その熱感知装置は壁の隅にあり、しかも本棚のかげに隠れていた。もしかしたら、そう、もしかしたら、わたしをここに閉じ込めた人間もそれを見落としたのではないか。そんな幸運を望むのはあまりにむしがよすぎるだろうか。

あいかわらずファイルキャビネットに背中をもたせかけ、両足を床に投げだした姿勢のままで、頭だけを忙しく働かせる。

——試してみる価値はある……そう思ったのはエンゼルセットに百円ライターがあったのを思いだしたからだ。ライターもあれば脱脂綿もある。

脱脂綿を燃やすのはたやすい。が、熱感知装置が作動しなければどうなる？　なにかを燃やせばそれだけ早く酸素が消費されることになる。そうでなくても残りすくない酸素なのだ。賭けに負けつづけた人間が、一発逆転を期して、残ったカネのありったけを大穴にぶち込むようなものではないか。そんな危険を冒していいのか。

——いい。

彼女はよろりと立ちあがる。自分でも目が血走っているのがわかった。おそらく、いまのわたしは凄まじい表情になっているだろう。

脱脂綿の量はそれほど多くはない。掌にほんの一握りほどだ。そのことが心細いが、いまからそんなことを心配してみても始まらない。

本棚を動かして、熱感知装置のすぐ近くに棚が来るようにし、そのうえに脱脂綿を置いた。そしてライターで火をつけようとする。どうやらライターの燃料が残り少ないらしい。カチッ、カチッ、と燧《ひうち》が鳴って、火花が散るばかりで、なかなか火がつこうとしない。

——ああ、神様、神様……

懸命に祈る。神様などいないのはわかっている。いないのがわかっていながら祈らずにはいられない。

ついた。

脱脂綿に火が燃えうつる。

めらめらと燃えあがる炎の先端が熱感知装置のセンサーに揺れるのが心強い。

ふと、その炎の色から、

——赤光《しゃっこう》。

という言葉を思いだした。赤光？　何のことだろう？　どうしてこんな意味のない言葉を思いだしたのだろう。

いや、あながち意味のない言葉とはいえないかもしれない。赤光という言葉に導かれるように、青色《しゃうしき》青光《しゃうくわう》黄色《わうしき》黄光《わうくわう》赤色《しゃくしき》赤光《しゃくくわう》白色《びゃくしき》白光《びゃくくわう》……という読経の声が頭のなかに聞こえてくる。

彼女は顔をしかめた。脱脂綿の燃えあがる匂いがツンと鼻をついた。臭《くさ》い。そう思ったとたんに、閃光のようにそのことが頭にひらめいた。

どうして夢のなかで、幻想のなかで、あんなにもあの女が微笑するのを見るのが怖かったのか。そのわけがわかった。

——匂いなのだ！

夢には独特の文法のようなものがある。夢の変形、暗喩のようなものがある。恐ろしいが、目をそむけてはならないものを、その変形と暗喩が加工し夢に見せてくれる。それとなく真実を告げてくれる。

どうしてあんなにあの女が微笑するのが怖かったのか？　怖いのは微笑《スマイル》ではなかった。微笑なんか怖いはずがない。怖いのは匂い《スメル》だったのだ。

彼女はそもそもの最初から、だれが自分に麻酔を打って、こんなところに閉じ込めたのか、それを下意識では知っていた。相手の姿を見たわけではない。いきなり背後から襲われた。しかし、その匂いを嗅いだ。

スマイルではない。スメルだ。香水の匂いを嗅いだ。もちろん、どこか見知らぬ寺の参道を歩いたのは、たんなる夢にすぎないが、だれか看護婦が焼死体の始末をするのを見たと思ったのも事実ではない。その看護婦がハサミを落とすのを見たと感じたのも、すべては香水の香りがもたらした幻想にすぎなかったのだ。ただひとつのことが暗示されていた。バレンシャーガの匂い。わたしは自分を襲ったのが管理婦長の厨子礼子にほかならないことを知っていたのだ！

呆然とした。

気がついてみると、脱脂綿は燃えつきていた。燃えつきているのに、熱感知装置はいっこうに反応しない。やはり電源を切られているのだろうか。

泣き声をあげた。今度は包帯を棚に置いた。火をつけようとした。が、今度もまたライターがつこうとはしない。燧が鳴って、火花が散る。しかし火はつかない。

懸命に火をつけようとする。が、心の底では、ライターの油が完全に尽きてしまったことを知っていた。なにがあってももう火がつくことは絶対にないだろう。そのことがわかっていた。

が、それでも彼女は必死に包帯に火をつけようとしていた……

96

城所は飯田晃の乗っていたトレーラーを探しまわっている。

よく事情がわからないながら、新枝彌撒子という女がそのトレーラーに閉じ込められていると思い込んでいるらしい。

トレーラーを探すのは城所にまかすことにした。

刈谷は聖バード病院に戻ってきた。

トレーラーなんか探したところで無駄なことだとそう思っている。どうしてか、すべての答えはこの聖バード病院にある、とそうかたくなに信じ込んでいるのだ。

戻ってすぐに厨子礼子の姿を探した。

厨子礼子はすぐに見つかった。ほかの看護婦たちと一緒に無菌室の準備をしていた。刈谷が自分のまえに立つのを見ても彼女の表情は変わらなかった。

「豊隆くんはあとどれぐらいで無菌室に入るんですか」

刈谷は聞いた。

「あと一時間ぐらいです」

と厨子礼子は答えた。冷静、というより、すべての感情を放擲《ほうてき》してしまったような声だった。

「無菌室に入るまえにもう一度、豊隆くんと話がしたい。できますか」

ええ、と彼女はうなずいた。これで話は終わったというように、看護婦たちのもとに戻ろうとした。

「待ってください――」

刈谷は呼びとめずにはいられなかった。

「………」

厨子礼子はゆっくりと刈谷を振り返る。その顔にはなにかしんと透徹したような表情が浮かんでいた。刈谷は初めてそんな彼女を美しいと思った。

「さっき、あなたはぼくたちの話を聞いていましたね」

「…………」

「彼はあなたを売ろうとした。そのことも聞いたはずです」

「…………」

「それであなたはいいんですか。それでもあなたはかまわないんですか」

「…………」

彼女の表情にはどんな感情も動いていなかった。無表情というより、どんな感情も超越してしまったような、そんな静かで勁い印象をきざんでいた。

わかりました、と刈谷はため息をついて、

「それでは豊隆くんに伝えてください。無菌室に入るまえにもう一度話がしたい。ぼくが、動機を聞きたい、とそういっていたと伝えてください」

「…………」

刈谷のまえから厨子礼子は立ち去った。

——さてと……

刈谷はぼんやりと考えた。

飯田晃の最後の言葉から、焼死したのは藤井葉月であることがわかった。藤井葉月が焼死したということは新枝彌撒子は生きているということだ。どうやら新枝彌撒子はどこかに閉じ込められているらしい。飯田晃はそれを〝見えない部屋〟だといった。そこはどこか？

——金剛界曼陀羅においては、南におわす宝生如来が黄色、西におわす無量寿如来が赤、東におわす阿閦如来が青、ただ北におわす不空成就如来だけが雑色とされ、どんな色を表しておいでなのかわかりません。

また頭のなかに飯田静女の声が聞こえてきた。

聖バード病院の四階で北側といえば書庫室にあたる。あそこが〝見えない部屋〟ではないか、と一度はそう疑った。が、篠塚と一緒に書庫室を覗いてみたが、あそこには何もなかった。あそこに新枝彌撒子が閉じ込められているとは思えない。

しかし、北にいるのが不空成就如来、という飯田静女の言葉が妙に胸に残る。

飯田静女の部屋には不空成就如来の絵が貼られてあった。そのことを思いだす。あの躍動感にあふれ、凄まじく、それでいてどこか一点、哀しみのようなものをたたえた不空成就如来の姿が、脳裏に焼きついて離れないのだった。

——念のためにもう一度、書庫室を覗いてみるか。

刈谷が書庫室に向かったそのときのことだった。

ふいに院内に非常ベルが鳴り響いたのだ。どうやら火災報知器が鳴っているらしい。わあん、わあん、と病院を震わせた。

「…………」

一瞬、刈谷はその場に立ちつくした。

が、看護婦たちが通路を走っていくのを見て、急いで自分もそのあとを追った。非常ベルの音にせきたてられるようだ。これは只事《ただごと》ではない。

どうやら看護婦たちは書庫室のほうに向かっているらしい。

刈谷が現場に駆けつけたとき、すでに書庫室の扉は開けられていた。そのまえに何人もの人がむらがっている。

看護婦たちが数人がかりでひとりの女性を運びだしていた。

まだ若い女性だ。ぐったりとして、ほとんど意識を失っているらしい。それでもその手にしっかり懐中電灯を握りしめていた。懐中電灯のレンズは外され、豆電球がむき出しになっていた。

「…………」

刈谷はカッと頭のなかが熱くなるのを覚えた。看護婦たちを乱暴に押しのけて、前に出て、運ばれている女に顔を寄せた。

「きみは」

そして大声で聞いた。

「新枝彌撒子なのか。そうなんだろ。新枝彌撒子なんだろ」

女は目をつぶったまま、コックリとうなずいた。その顔がひどく幼げでかわいかった。

そして唇を震わせるようにして何かつぶやいた。刈谷の耳にはそれはこう聞こえた。

「赤光《しゃっこう》――」

97

ふいに日が翳った。

それまで秋の光をみなぎらせていた空が、花がしぼむように暗くなっていく。雲のつらなりがしだいに褪《あ》せていき、切れめにわずかに光を残しただけで、その下端が暗灰色から黒に塗りこめられていく。

まるで暗鬱な荒野が逆転して地上にのしかかってくるかのようだ。

とりわけ西の空は、ただ黒いというだけではなくて、なにかブラックホールのように光を閉じ込めているかのようで、まがまがしいまでに暗い。

その暗い空がうごめいた。鳳仙花《ほうせんか》のように弾け、それよりさらに黒い種子を点々と散らした。群れをなして飛んできた。暮れ残った光のなかに、その翼を、嘴《くちばし》を、鉤爪をひるがえし、クワア、クワア、と啼きかわした。

カラスの群れを迎えるように、地上の雑木林がドッと木々の梢を鳴らし、おびただしい木の葉を空に吹きあげた。

ハルピュイアが飛んできた……

そこにいるのは鳥居だった。

当直室のドアのまえにうずくまっている。その鍵穴からなかの様子を盗み見ていた。

「…………」

それを見て刈谷は暗澹《あんたん》とした思いにとらわれた。

これが聖バード病院の病院長なのだ。来年には六十歳になるとも聞いた。

浅ましい姿としかいいようがないが、〝愛〟とはしょせん浅ましいものであるのだろう。それを浅ましいと見るのは、刈谷がまだ若く、これまでほんとうに人を愛したことがないからかもしれない。

鳥居は刈谷の姿に気がついてギクリと腰を浮かした。反射的に逃げ腰になる。待ってくださいと声をかけると、渋々、その場に足をとめた。

「『ギリシア・ローマ神話』の文庫のことですが、もしかしたら、あれはもともと鳥居さんのものではないのですか」

刈谷がそういうと、一瞬、鳥居は怯んだような表情になった。それにはかまわずに言葉をつづけた。

「それというのも栞がわりに挟んであった紙片のことがあるからです。いくらなんでも、あそこに描かれてあった波形パターンからルビーレーザーのことを思いつくのは不自然ではないか、とそう気がついたからなんですよ。医師だったら脳波を思いつくかもしれないし心電図を思いつくかもしれない。だけどレーザーを思いつきはしない。いくらルビーレーザーを使って老人性色素斑を取る手術を受けたからといってそんなものは思いつかない」

「…………」

「鳥居さん、あの波形パターンはあなたが描いて、文庫に挟んでおいたものなんじゃないですか」

鳥居の顔がゆがんだ。自分のしたことを恥じていた。恥じていながら、どこかでそのことを誇らしくも感じていた。鳥居という人物が複雑なのではない。おそらく〝愛〟というものが複雑なのだ。

「新枝彌撒子が夜間パートタイマーの準看だということはわかっていた。だから、わたしは夜間勤務の看護婦を介して、あの本をことづけたんです。三日まえのことです。メモ用紙にルビーレーザーの波形パターンを描いて、それを栞がわりに挟んでおいたのは、あの本がわたしからだ、ということに気がついてもらいたかったからです。それをパンドラのページのところに挟んでおいたのは、きみという女が、わたしを罰するためにつかわされたのか、それともわたしを祝福するためにつかわされたのか、そのことがわからない、ということを告げたかったからなのです」

「………」

刈谷はうなずいた。

『ギリシア・ローマ神話』をことづかった看護婦は、それをおなじ緊急病棟勤務の夜勤だからということで、藤井葉月に渡したのにちがいない。藤井葉月は忘れたのか、それともまず自分が読みたかったからなのか、それを新枝彌撒子に渡さなかった。

書庫室に残されていたという藤井葉月の手記は刈谷も読んだ。皮肉な話だが、鳥居が新枝彌撒子に読んでもらいたかった、というパンドラの話は、むしろ藤井葉月に激しい動揺をもたらしたようだ。

藤井葉月は、夜間の緊急病棟で患者が死ぬたびに、(自分の無力を罰するためにか、それとも事故を誘発するためにか、本人が死んでしまったいま、それは永遠に解きあかされることのない謎として残されたが）多摩新道の横断歩道に飛びだしていた。彼女自身のなかにも、自分は天使なのか悪魔なのか、という深刻な懊悩があり、パンドラの話に無関心ではいられなかったのだろう。

修善豊隆は藤井葉月が『ギリシア・ローマ神話』を読んでいる姿を見たという。が、鳥居によれば看護婦に『ギリシア・ローマ神話』をことづけたのは三日まえのことであるらしい。つまり豊隆は嘘をついている。

刈谷は、けっこうです、どうぞお引きとりください、といい、その言葉に救われたように背中を向ける鳥居に、ふと思いついてこう声をかけた。

「もう新枝彌撒子さんのことは忘れたほうがいいでしょう。新枝彌撒子さんは若いし、鳥居さんには家庭がある。あなたが愛していた新枝彌撒子は『マドンナ・メンバーズ』の飯田晃だった。その飯田晃は死んでしまったんです。あなたの新枝彌撒子は死んでしまったのだ、とそう思って、すべて忘れてしまったほうがいい――」

「…………」

鳥居はピクリと肩を震わせた。振り返って何かをいうかと思った。が、鳥居は振り返ろうとはしなかった。肩を落として悄然《しょうぜん》と去っていった。

刈谷は何とはなしにため息をついて、当直室のドアをノックした。どうぞ、と若々しい女の声がかえってきた。

当直室に入った。

そこに新枝彌撒子がいる。

患者用のガウンを着て、病院で支給される食事をとっていた。

刈谷の姿を見て、微笑んで、食事のトレイを机のわきに押しやった。

その顔には化粧気がなく、髪を三つ編みにしている。そんなふうにしていると、ひどく幼く、愛らしい童女のように見えた。女は天使なのか悪魔なのか、という設問がそもそも無意味なようにも思えてくるのだ。

が、どんなに幼く、愛らしく見えても、そこにいるのは童女ではなく、ひとりの成熟した大人の女性なのである。

「もうお体のほうは大丈夫ですか」

と刈谷は聞いた。

はい、ありがとうございます、と彌撒子は笑顔でうなずいて、

「わたし、お腹が空いていただけです。食事をいただいたら元気になりました。疲れていることは疲れているけど、健康の面では何の心配もない、と先生もそう太鼓判を押してく

ださいました」

「記憶のほうはどうですか。もう大丈夫なんですか」

「まだ、すこしはっきりしていないところはありますけど、徐々に思いだしています。おそらく記憶障害は残らないだろう、ということです」

「しかし、あなたには驚きました。よく懐中電灯の電球を熱感知装置のセンサーに押しつけることを思いつきましたね。ぼくだったらライターの火がつかなかったらそれであきらめてしまうところだ」

熱感知装置のスイッチだけが入っていたのは偶然の幸運からだった。刈谷自身がモニタールームでその現場を目撃している。

「だって、わたし必死だったんです。こんなところで死ぬわけにはいかない。そう思いました――」

「あなたは勁い人だ。勁くて利口だ。ぼくは感心させられましたよ」

「そんなことありません。しぶといだけです。パートタイムの準看護婦なんて体力勝負ですから。しぶとくなければ務まりません」

彌撒子は含羞《はにか》んだように笑った。

その笑顔を見ながら、ふと刈谷は胸の底で激しくうごめくものを覚えていた。

——アルバイト当直医の篠塚と関係を持ったのはあなただったのですか。それとも藤井葉月だったのですか。どうして、あなたは手術室で病院長の鳥居とあんな倒錯した関係をつづけていたのですか。

激しくうごめいたそれは、喉元まで突きあげてきて、衝動的な言葉となってほとばしろうとしていた。なにより、あなたは天使なのか悪魔なのか、とそれを尋ねたかった。

が、かろうじて自制した。篠塚との関係も鳥居とのことも、しょせんは事件とはかかわりのない、個人的な問題にすぎない。たんなる好奇心から個人的なことを問いただすわけにはいかないのだ。

それに、そこで微笑んでいる彌撒子は、あまりに無垢で、弱々しげに見えて、その種のことを尋ねるのがはばかられた。

「大まかなことはさきほどうかがいました。それ以上のくわしいことは、新枝さんの健康が回復なさってから、あらためてご協力をお願いすることになると思います。ただ、ひとつだけ確認しておきたいのですが、どうしてあなたと亡くなった藤井葉月さんは服を交換したのですか。お疲れのところ恐縮ですが、それだけ教えていただけませんか」

「葉月さん、かわいそう……」

彌撒子の表情が曇った。

「いったい葉月さんの身になにが起こったんですか。どうして葉月さんはあんなふうに焼け死ぬことになったんでしょう？」

「それはこれからおいおい調査していくことになります。いまのところはまだはっきりしたことは申しあげられません」

「わたし、あのとき備品を取りに二階のほうに行っていたんです。葉月さんはひとり緊急病棟に残っていました。二階で火事の警報は聞いたんですが、なにが起こったのかわかりませんでした。急いで四階に戻ろうとして、背後から誰かにいきなり襲われ、麻酔を嗅がされたんです。そのあと気がついたときにはもう書庫室のなかにいました」

「そのときに香水の匂いがしたんですね」

「ええ、たしかにバレンシャーガの匂いがしました」

彌撒子はうなずいた。

ふたりともその女の名は口にしない。が、誰のことを話しているのか、ふたりともそれを痛いほどに感じていた。

「赤い花は忌み花よ――」

と彌撒子が歌うようにいった。

「不吉な花だわ」

「え？」

刈谷は彌撒子の顔を見た。

「わたし、あのなかで夢を見ていました。夢のなかでそんな言葉を聞きました。飯田静女さんがお経をとなえるのも聞きましたし、狭更さんが口になさっている斎藤茂吉の歌も聞いた気がします。でも、赤い花は忌み花、という言葉がいちばん印象に残っています」

「…………」

「管理婦長があるとき病室の花を見て、赤い花は嫌いだ、とそうつぶやいたのを聞いたことがあるんです。わたし、最初から厨子礼子さんのことに気がついていたんです。気がついていたのに気がつかないふりをしていたんです」

「…………」

彌撒子は沈んだ口調で言葉をつづけた。

「……わたしと葉月さんは個人的にはそれほど親しい仲とはいえませんでした。夜勤パートタイムのときに緊急病棟で会って一緒に仕事をするだけの関係でした。でも、わたしは葉月さんのことはよくわかっていたし、葉月さんもわたしのことをわかっていてくれたのだとそう思います。わたしたちは似た者同士だったんです。ふたりとも、パートタイマーの準看護婦という仕事に疑問を持ち、亡くなっていく患者さんに何もしてあげられないことに無力感を持っていました。患者さんが亡くなることに無感動になっていく自分たちを嫌っていたんです。でも、わたしたちにはどうすることもできない。わたしたちが病院の外で個人的につきあおうとしなかったのは、相手に自分の姿を見るのがいやだったからではないかとそう思います」

「…………」

「あの日、わたしと葉月さんが服をとりかえたのは、ほんの気まぐれからでした。ほんの悪戯《いたずら》からだったんです。でも、おそらく心の底では、わたしたちはどちらがどちらでも違いはない、というそんな自嘲めいた思いがあったんだと思います。多少は自暴自棄になっていたのかもしれません。きっと服をとりかえて名札が変わっていることに誰も気がつかないわよ。わたしたちはそう笑いあいました」

「…………」

そして、と彌撒子はいい、複雑な翳《かげ》のある笑みを浮かべた。

「実際に誰もそのことに気がつきませんでした。わたしたちはパートタイマーの準看で誰からも気にかけられない存在なのです。いてもいなくても同じなんです」

刈谷は不器用でこんなときにかけるべき言葉を思いつかない。慰めたらいいのか力づけたらいいのか。が、どちらもせずに、咳払いをし、べつの質問に切り替えた。

「ああ、最後にもうひとつ、お聞きしたいことがあるんですが、あなたは金庫室から運びだされたときに、赤光《しゃっこう》とつぶやきました。その言葉の意味を教えてくださいませんか」

「赤光……」

彌撒子は顔をあげて刈谷を見た。

その顔が思いがけないほど美しく見え、刈谷は動揺するのを覚えた。

98

彌撒子との話を終えて、すぐに刈谷は四階に向かった。

ラウンジで待った。いや、待つほどのことはなかった。

すぐに背後から車椅子の回転音が聞こえてきた。

「…………」

刈谷はゆっくりと振り返る。

そこに車椅子に乗った修善豊隆がいた。車椅子を押しているのは厨子礼子だ。

四階にはふしぎに人の姿がない。これまで無菌室の準備をととのえるのに大騒ぎしていた看護婦たちも、いまはどこかに姿を消してしまっている。ラウンジはただしんと静まりかえっていた。

「いつから」

と豊隆が声をかけてきた。

「ぼくのことを疑い始めたんですか」

「飯田晃の話をしたときからだよ。もっとも、あのときにはまだ、おれは飯田晃という名前は知らなかったけどね。雑木林で妙な少年の姿を見かけたとそう話をした。そして、その少年が、こんご、たいぞう、にするとつぶやいたように聞こえた、といった。きみはそれだけで、その少年が飯田晃だということに気がついたんだ。そして、どうして飯田晃がカラスの死骸を雑木林に埋めたのか、どうして看護婦の扮装をしてカラスの羽根を血液検査室のまえに落としてみせたのか、それもすべてわかったんだ――」

「…………」

「もっとも、きみはすでにあのとき、飯田晃が点滴スタンドに火炎ビンを仕掛けて、藤井葉月を焼死させたことを知っていたはずだから、当然、篠塚を突き落としたのも飯田晃だということはわかっていたはずなんだけどな。とにかく、ぼくが飯田晃の話をしたときのきみの反応は異常すぎたよ。きみはいきなり藤井葉月のことを思いだした。きみはそのことを忘れていたといったけど、ぼくには信じられなかったね。きみのような鋭敏な少年があんな大切なことを忘れるなどということがあるはずがない。そうだろう」

「…………」

「きみは明らかに飯田晃からぼくの目をそらそうとして藤井葉月のことを持ちだしたんだ。飯田晃からか、それとも藤井葉月が生きているように見せかけ、新枝彌撒子から目をそらそうとしたのか？　とにかく、きみはいきなり藤井葉月という名前の看護婦が『ギリシア・ローマ神話』を持っていたことを思いだし、その子が夜勤あけに『ライアベッド』で男とデートしていることを思いだした。いくらなんでも唐突すぎたよ。あのあと『ハツマル倉庫』の守衛に電話をかけて、片山を呼び出したのは、厨子礼子さん、あなたのしたことだった。それもこれもぼくの注意を飯田晃からそらすためだった。生きているのは藤井葉月だったとそう思わせたいためだった。そうじゃないのか」

「…………」

車椅子にすわっている修善豊隆も、それを押している厨子礼子も、ただ黙って聞いているだけで、ぴくりとも身動きしない。その姿が翳に沈んで、ひとつに溶け込んで、まるで母子像の彫像を見るかのようだ。

――母子像。

ふと刈谷は何事かがわかったような気がした。

豊隆と礼子のあいだにあるのは男女関係ではない。おそらく老嬢が未成年の少年に狂ったと考えるのは状況を見あやまることになるだろう。そうではない。

このふたりのあいだにあるのは母子関係なのだ。家族のいない孤独な厨子礼子は、身寄りのない孤独な少年に、母親として接したのだろう。豊隆は追いつめられ、厨子礼子を犯人としてほのめかしたが、そのことを厨子礼子がとがめなかったのは当然だ。どんなことがあっても子供を許すのが母親というものではないか。

そうじゃないのか、ともう一度、刈谷は繰りかえし、

「それにきみは最後に致命的な失敗を犯したよ。きみは火炎ビンのトリックを説明するときに、それを〝ケーキの作り方〟に記載されているのではないか、というような話し方をした。きみは勘違いしているのだが、ぼくはあれ以前に、きみに〝ケーキの作り方〟のことなど話していない。篠塚がケーキと叫んだことは話したが、そのときにはまだ〝ケーキの作り方〟のことは思いだしていなかったんだ。きみが〝ケーキの作り方〟のことを知っているはずがない。要するに、きみはやりすぎたんだよ」

豊隆の唇をサッと笑いがかすめた。かすめてすぐに消えた。そのあとはジッと刈谷の話に聞きいっている。

「新枝彌撤子は書庫室を自力で脱出したよ。彼女はおどろくべき精神力の持ち主だね。や

や衰弱してはいるが、話ができないほどではない。彼女は、一度、『緊急換気装置』からガスを吹き込まれて、気を失っている。どうもその経過を聞いてみると、ぼくがきみに〝見えない部屋〟のことを聞いて、篠塚に会いにいったころのことらしい。きみはぼくから〝見えない部屋〟のことを聞いて、いずれはあの書庫室に気がつくとそう思った。そこで厨子礼子さんに頼んで、『緊急換気装置』からガスを吹き込んでもらい。気を失った新枝彌撒子と、藤井葉月の焼死体を、棚を外し、向かいあわせにした本棚の〝見えない部屋〟に隠したんだ。ぼくはあのとき屋根裏にも登っているんだが、本棚のあいだにそんな空間があるとは気がつかなかった。ぼくはほんとうに鈍いよ。そのあと、あの書庫室のことはすっかり忘れてしまっていた――」

「…………」

「最後に、きみに対する疑問を決定的なものにしたのは、きみの病室にある鏡だよ。鏡とマンセル色相環だ。ぼくは調べてもらったのだが、ふつうマンセル色相環というのは、上に赤、下に青緑、右に黄色、左に青紫を配して、ほかの色をそれぞれ座標に配している、ということらしい。ところが、きみの病室に貼ってあるマンセル色相環は、青紫を上にして、黄色を下にしている。赤は右、青緑は左だ。妙な貼り方をしているものだ、とは思ったが、鏡を見るまでは、それがどういう意味であるのかわからなかった。きみは壁に貼ら

鏡に映ったマンセル色相環

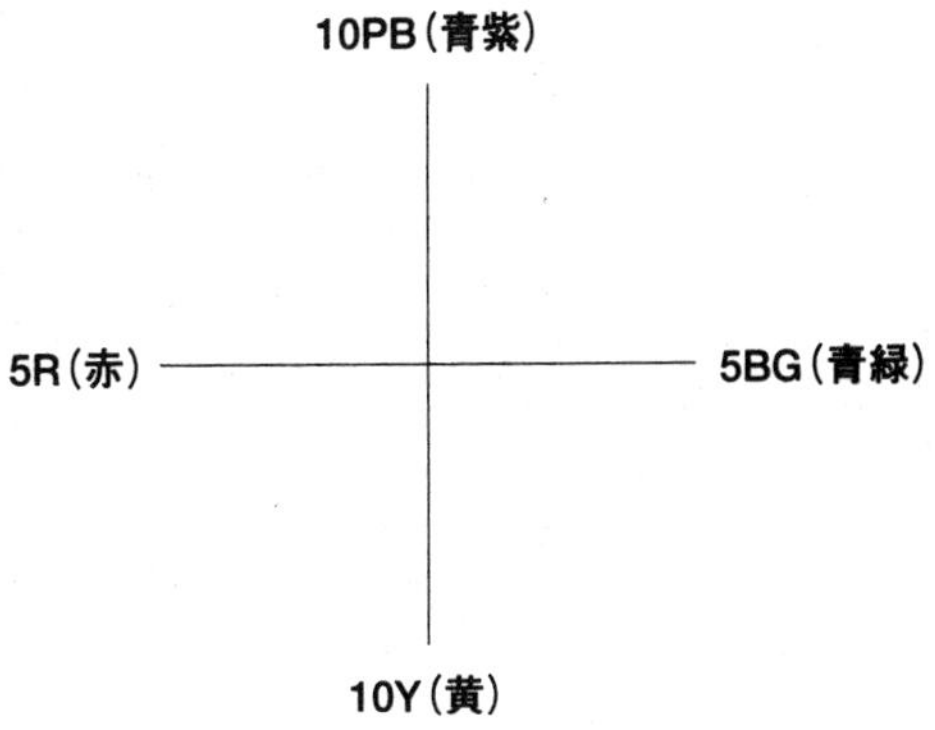

れたマンセル色相環を見ていたのではない。鏡に映ったマンセル色相環を見ていた。いうまでもないだろうが、鏡はすべてを左右逆に映す。赤が左、青緑は右、黄色が下、そして上は雑色――この場合は青紫だ。つまり、あれは金剛界曼陀羅をあらわしている。きみはマンセル色相環を見ていたのではない。金剛界曼陀羅を見ていたのだ。マンセル色相環はいわば色彩という物理現象を図表にしたものだろう。きみはその自然の物理現象さえ、図表の向きを変え、それを鏡に映すことで金剛界曼陀羅に変えてしまった。とてつもない執念じゃないか。どうしてきみがそれほど金剛界曼陀羅にとり憑かれてしまったのか、ぼくにはそれが理解できない。まさか飯田静女のお宗旨にとりこまれてしまったわけでもないだろう。ぼくはそれを知りたい。きみの動機が何なのかを知りたいんだよ」

そのまえにひとつ教えてもらいたいんですけど、と豊隆がようやく口を開いた。ずいぶん久しぶりに豊隆の声を聞いたような気がした。

「ぼくと飯田晃との関係についてはどれぐらいご存知なのですか」

「なにも知らないよ。ただ飯田静女の部屋に不空成就如来を描いたという絵があった。最初に会ったときに飯田晃は自分には絵心がないというようなことをいっている。だから、あれを描いたのは飯田晃ではないだろう、とは思った。この事件の関係者で、絵を描きそうな人間といえば、きみぐらいしかいない。きみが描いて飯田晃に贈った。飯田晃はそれを自分が描いたと祖母にいって渡した。だから、きみと飯田晃がなんらかの親密な関係であることは間違いないだろう、とは思うけどね――」

「なんらかの親密な関係？　刈谷さんは優しい人なんだなあ。わかっているくせにそんな言い方をする。もちろん、ぼくと飯田晃とは恋人同士だったんですよ。病院に入ってから知り合ったんですけどね。晃はお婆さんを迎えに病院に来てたから」

「………」

「ぼくはこんな病名もわからない奇病にとり憑かれてデスペレートになっていた。それで晃とそんな関係になってしまったんでしょう。でも、ぼくは緊急病棟に入れられたときに、新枝彌撒子を知って、急速に晃に対する愛が冷めるのを覚えた。ぼくは生まれて初めて異性を愛してしまったんです。でも、ぼくはこんな体です。ぼくは白血病ではない。血液中に異常細胞が増える、わけのわからない病気なんです。骨髄を移植するといってもほとんど対症療法のようなものです。ほんとうにそれに効果があるとは誰も信じていないんですよ。ぼくは死ぬでしょう。どうせ死んでいくなら彼女と一緒に死にたかった。ぼくは〝ケーキの作り方〟を読ませてもらい、あの火炎ビンの仕掛けを思いついた。最初の計画では、ぼくが無菌室で自殺するのと時間をあわせて、新枝彌撒子にもあの仕掛けで焼け死んでもらうはずだったんです――」

「無理心中だったのか――」

刈谷はうめき声をあげた。

「そうか、きみは新枝彌撒子と無理心中をするつもりだったのか」

「ぼくは無菌室で首を吊って死ぬ。ただ、そのときには強力な免疫抑制療法を受けて衰弱しているだろうから、ほんとうに自分ひとりで死ぬことができるかどうかわからない。マジックベッドで体を固定し、ロープを天井のビデオ・カメラに経由させ、電動カーテンを作動させて、首を吊る方法を考えだしたけれど、ほんとうにそれが可能だかどうかわからない。それで――」

「ためしてみたわけか。ほんとうにその方法が可能かどうか実験してみたわけなのか」

「やむをえないと思ったんです。ただ、厨子礼子さんに実験を頼むのに、もう死ぬことが決まっている重症患者の人を実験台にしてくれ、とそれだけはいいました。そして厨子礼子さんはその頼みを聞いてくれた――」

「ほかのことはどうでもよかったんだ。密室の矛盾なんかどうでもよかったんだ。その患者を無菌室に運び入れたあと、外から隙間をガムテープでふたたび封印したのは、このとおり、ほかの人の手をわずらわせずに、ちゃんと自分ひとりで死ぬことができますよ、ときみに印象づけるためだったんだ。ほかのことはすべてどうでもよかった――」

刈谷は身を震わせたが、ふいにその肩をがくりと落とした。

「だけど、実際には、厨子礼子さんはその実験をしなかった。厨子礼子さんはきみを無菌室で自殺させたくなかった。無菌室にそんな仕掛けはなかった。だから、実際には、クモ膜下出血の患者の頸を吊ったのは、あの無菌室のなかでのことではない。外の雑木林でのことだった。これは篠塚から聞いた話なんだが、その夜、ある看護婦が外の暗闇をハルピュイアが飛ぶのを見たといったらしい。厨子礼子さんは、おそらく枝にでも吊るして、外で患者を殺し、そのあとで遺体を無菌室に運び込んだだけなんだよ。その看護婦は枝に吊るされて揺れている患者さんを見て、ハルピュイアが飛んでいると錯覚したんだろう。きみの推理が狂ったのは当然だよ。厨子礼子さんは実際にはやらなかったことをきみに伝えた。きみはそれをもとにしてぼくに話をしたんだからね」

その話をしているあいだ、刈谷はずっと厨子礼子の顔を見ていた。が、厨子礼子はまったく表情を変えようとはしなかった。いまさらながらにこの女性の勁さには感嘆させられる思いがした。母性の勁さだ。

「……ぼくが無菌室で自殺をする。その時間にあわせて、厨子礼子さんがうまくお膳立てをして、新枝彌撒子があの火炎ビンで焼け死ぬようにする。これがぼくの計画だったんですよ。ところが晃がそのことに気がついた。晃は自分に対するぼくの気持ちが冷めてしまったことを恨んでいた。新枝彌撒子のことを憎んでいた。新枝彌撒子を名乗って、いかがわしい場所で働いていたのも、いわば新枝彌撒子に対する嫌がらせ――というか、ぼくに対する嫌がらせだったんです。晃はぼくが用意した火炎ビンの仕掛けを盗みだして、それであっさり新枝彌撒子を焼き殺す計画をたてた。ぼくが新枝彌撒子と心中するのをじゃましようとしたんです。あいつは、病院長と新枝彌撒子との麻酔を介した妙な関係を知っていたようだから（ぼくはそのことを厨子礼子さんから聞いたんですが）、おそらく病院長の名前を使って、新枝彌撒子を緊急病棟に呼び出すつもりだったんでしょう。

ところが、仕掛けは盗みだしたけど、ビンのなかに焼夷剤は入っていなかった。危険ですからね。そんなものを入れたままにしておけない。だから、あいつは即製に焼夷剤をつくって、それを点滴ビンにつめた。ぼくがしたんだったら、あんなふうに卵黄を廊下に残したままになどしておきませんよ。しかも、あいつは火炎ビンの時限装置である糸の長さを調節しそこなった。というより、もともとその計算ができなかったんでしょう。ぼくはそれを知るために、ずいぶん計算もしたし、実験もしたけど、あいつはそんなことはまったくしていないんですからね。新枝彌撒子を緊急病棟に呼びだしたかったんだろうが、そのまえに火炎ビンは炸裂してしまった。そこに藤井葉月がいたのはまったくの偶然だと思います。ただ、どうして藤井葉月が新枝彌撒子の制服を着ていたのかはわからない。

あなたの話では、あなたが篠塚さんと話をしているのを、見知らぬ看護婦が立ち聞きしていたという。おそらく、それも晃だったのでしょう。晃は、篠塚さんが火炎ビンの仕掛けに気がつきそうになったのを知り、それに恐怖して、篠塚さんをあんなふうに殺してしまったのでしょう。

こんなことになってしまったのでは、もうぼくが無菌室で自殺をするのと時間をあわせて、新枝彌撒子を火炎ビンで焼き殺すというわけにはいかない。そこで、急遽、計画を変更して、厨子礼子さんに新枝彌撒子を襲ってもらうことにしたんです。書庫室に閉じ込めて、『緊急換気装置』を作動不能にしておけば、新枝彌撒子がいつ窒息死するか、およその時間は計算できますからね。ときどきは厨子礼子さんにビデオ・カメラで新枝彌撒子の様子を見てもらうこともできる。そんなふうにして時間をあわせ、ぼくが無菌室で自殺をすればいい、ということに計画を変更したんですよ。

それに書庫室は金剛界曼陀羅でいえばちょうど北の雑色にあたります。雑色は不空成就如来です。新枝彌撒子が不空成就如来になって、ぼくが中央の無菌室で白の大日如来になる。むしろ、このほうがいいんじゃないか、とそうも思いました……

晃がカラスの死骸を雑木林に埋めたのは一種の黒魔術のようなものだったんでしょう。お婆さんがあんなふうでしたからね。晃も多分にその影響を受けていたんでしょう。晃はぼくが金剛界曼陀羅にとり憑かれているのを知っていた。金剛界曼陀羅では南の雑木林は黄色でなければなりません。晃はそこにカラスの死骸を埋めることで、黄色を黒に変えようとしたんだと思います。黄色を黒に変えることで南北を逆転させる。南が北になり、黄色が黒になる。しかも金剛界曼陀羅を胎蔵曼陀羅に変えることができる。胎蔵曼陀羅では、北は黒、そこには天鼓雷音如来がおわすことになっています。血液検査室のまえにカラスの羽根を落としたのもおなじ意味だと思いますね……」

「…………」

刈谷は内心うめき声をあげていた。

晃はあのとき、地球をぐるりと動かしている、とそういった。その言葉に嘘はなかったのだ。あのとき晃は、カラスの死骸を雑木林に埋めることで、南を北に変えようとしていた。現実に地球をぐるりと動かそうとしていたのだった。

「それでも……」

刈谷は声を振り絞っていった。

「どうしてきみがこんなことをしたのかぼくにはわからない。きみのような少年が、ただたんに新枝彌撒子を愛してしまったから、というだけの理由で、こんなことをするとは思えない。どうし、い、どうしてこんなことをしたんだ」

ぼくは、と豊隆はいった。

「運命、というやつに唾を吐きかけてやりたかったんですよ。どんな人間も運命にだけは逆らえない。だけど、ぼくだけはその運命というやつに、できるかぎり反抗してやりたかったんです——」

99

「……ぼくは白血病ではない。しかし、血液のなかに白血病芽球に似た細胞が増殖しつづけて、正常な状態なら血液一マイクロリットルあたり五百万個はあるはずの赤血球数がわずか二百万個しかない。白血病なら骨髄を移植すれば助かるかもしれないけど、ぼくの場合はその可能性もとぼしいらしい。ぼくは死ぬ。間違いなく死んでしまう。しかし、どうしてほかならない、このぼくがそんな運命にみまわれなければならないのか。運命は正義なのか。運命は絶対なのか。ぼくはそうは思わない。不当な運命には唾を吐きかけてやって当然だと思う。

　運命が不当であるなら、ぼくはそれに異議を表明したいと思った。異議を表明しなければならないとそう思った。だが、どうすれば運命に異議を表明できるか。はたして人間にそんなことが可能なのか。

ぼくの血液中には白血病芽球に似た異常細胞が増殖して赤血球が減少している。が、どうしてそれがいけないのか？　どうして白血病芽球が悪玉で赤血球が善玉なのか。どうしてその逆ではいけないのか。白血病芽球が善で赤血球が悪であってもいいではないか。運命がぼくを不当にあつかうのであれば、ぼくはその運命のさだめた法則を逆転してやるだけのことだ。

そんなことを思っているときにぼくは曼陀羅を知った。曼陀羅には、胎蔵曼陀羅と、金剛界曼陀羅のふたつがあることを知った。しかも曼陀羅の中央に座しているのは大日如来で、その色が〝白〟であることを知った。ぼくは自分を白の体現者でありたいとそう願っていた。ぼくは、赤血球で生きる人間ではなく、白血病芽球で生きる、地上で最初の人間でありたいとそう思っていた。そんなぼくにとって、曼陀羅の中心的な如来である大日如来が〝白〟を表していることは、じつに象徴的なことだった。ただ曼陀羅には、胎赤金《たいしゃくこん》白《ばく》という言葉があり、胎蔵曼陀羅は赤をその象徴とし、金剛界曼陀羅は白をその象徴としている、ということを聞いた。ぼくは金剛界曼陀羅の大日如来であらねばならなかった。ぼくは〝白〟の体現者でありたい。〝白〟を象徴する大日如来として、〝白〟を象徴する金剛界曼陀羅の中心にいなければならない。

おそらく刈谷さんにはもう、ぼくがミルクを入れた水を飲むのを好む理由がわかっていると思う。ミルクを水にたらすと白く濁る。〝白〟だ。だけど、これに白色光を当てると、一部は表面で反射し、水中の光はミルクの混濁粒子に衝突して青成分を散乱させる。透過した光は黄色みをおびて、水中の〝白〟は青みをおびる。ここには、白、黄色、青だけがあり、嫌悪している赤がない。だから、ぼくはミルクを入れた水を飲む……

ぼくにとって、ぼくを殺そうとする運命は胎蔵曼陀羅そのものだった。ぼくは金剛界曼陀羅の表象者として胎蔵曼陀羅と戦わなければならない。南の雑木林が、今年にかぎって黄色一色に変わったという。ぼくはそのことに予兆を感じた。なにかがぼくを運命と戦う戦士として指名している。そう感じた。南は黄色、宝生如来、雑木林だ。西は赤、無量寿如来、血液検査室だ。東は青、阿閦如来、『ME器材室』のルビーレーザーだ。そして中央の無菌室にはぼく、〝白〟、大日如来。じつのところ、火炎ビンの仕掛けがほかの女を殺し、新枝彌撒子を書庫室に押し込めることになったのも、ある種の天啓のようなものであるかもしれない。ぼくはそう思っている。金剛界曼陀羅において、北の不空成就如来だけはどんな色をしているのかわかっていないらしい。だからこそ雑色なのだ。

藤井葉月が信号を無視して横断歩道に飛び出すことを教えてくれたのは晃だ。晃はお婆さんを『ライアベッド』に迎えに行くことがあるからそれを見たことがあるのだろう。片山というボーイフレンドのことを調べて教えてくれたのも晃だった。晃にはそういうところがあった。藤井葉月はどうして横断歩道に飛び出すのだろう？ どうも、彼女が緊急病棟につめた夜、だれか患者が死ぬと、そんな行為に出るらしい。彼女は無力な自分を罰しているのか、それとも交通事故を誘発して楽しんでいるのか？

新枝彌撒子は清純で献身的な女性だ。看護されたぼくがそういうのだから、そのことに間違いはない。また、そうでなければ、ぼくが一緒に死にたいと考えるはずがない。しかし、新枝彌撒子は病院長の鳥居に麻酔をかけて、サディスティックな遊びをしている。鳥居は『マドンナ・メンバーズ』の新枝彌撒子とは遊んでも、手術室での新枝彌撒子には指一本触れることができない。新枝彌撒子はおそらく鳥居を心の底から軽蔑しているはずだ。それなのに手術室で会うのをやめようとはしない。

女は天使なのか悪魔なのか？ おそらく天使でもあり悪魔でもあるのだろう。女は雑色なのだ。そんな女が北の書庫室にいれば、ぼくの金剛界曼陀羅は完璧なものになる。新枝彌撒子は不空成就如来になるのこそふさわしい。そうじゃないか。

ぼくのことを狂っているとは誰にもいわせない。ぼくが狂っているというなら、人を不当に死なせる〝運命〟はもっと狂っているだろう。ぼくだけじゃない。見るがいい。世界でどれだけの罪のない子供たちが、飢えて、虐待されて、戦火に巻き込まれて、意味もなしに死んでいくことか。これがすべて〝運命〟のやることなのだ。そんな〝運命〟に逆らうことが悪で、したがうことが〝善〟だというなら、いいだろう、ぼくは喜んで〝悪〟の使徒になってやる……

どちらにしろ、新枝彌撒子が書庫室から脱出したのであれば、ぼくの金剛界曼陀羅は崩壊したことになる。おそらく、ぼくは〝運命〟に負けたのだろう。しかし、ぼくは負けを認めることだけはしない。ぼくは自分で自分の死を選ぶ。〝運命〟なんかのいいなりにはならない。ましてや、刈谷さん、あんたなんかにじゃまはさせない……」

ようやく豊隆の長い話が終わった。ラウンジに重苦しい沈黙がはりつめた。刈谷はその沈黙にジッと聞きいっていた。ふとその沈黙の底のほうで誰かがなにかつぶやいたかのように聞こえた。刈谷は顔をあげた。しかし幻聴だ。誰もなにもつぶやかない。なにも聞こえはしない。

刈谷は厨子礼子に顔を向ける。そして、厨子さんにお聞きしたいのですが、とそう声をかける。

「あなたは藤井葉月さんの遺体を霊安室から運びだして書庫室の書棚に隠した。書棚のひとつを逆向きにし、棚を外して、そこに〝見えない部屋〟を作りあげた。幸い、といっていいのかどうか、焼死した藤井葉月さんの制服の胸には『新枝彌撒子』の名札がついていた。あなたとしては、死んだのは新枝彌撒子さんだ、と人がそう思ってくれるほうが都合がいい。そうであれば、人が探すとしてもそれは藤井葉月さんであり新枝彌撒子さんではない。新枝彌撒子さんが書庫室に閉じ込められているなどとは誰も思わない。そのためには遺体を残さないほうがいい。それはわかるんです。わからないのは——」

刈谷はそこでいったん言葉を切り、厨子礼子の顔を見ながら言葉をつづけた。

「どうしてエンゼルセットを新枝彌撒子さんと一緒に書庫室のなかに入れておいたのかということです。あのエンゼルセットにはどんな意味があったんですか?」

どうやら豊隆はそのことを知らされていなかったらしい。驚いたように首をひねって厨子礼子の顔を見た。厨子礼子はそんな豊隆に母親のように優しく微笑みかけ、あらためて刈谷の顔を見つめた。

そして、どうしてあんなことをしたのか、といった。

「わたしにもよくわからないんです。ただ新枝彌撒子さんは夜間の緊急病棟を担当していて、いつもエンゼルセットを身近に置いていました。わたしもひとりの看護婦です。できれば新枝彌撒子さんにも最後まで看護婦でいて欲しいという思いがありました。きっとそれでエンゼルセットを一緒に書庫室に入れたのではないかと思います」

「あなたは」

刈谷はそういわずにはいられなかった。

「優しい人なんですね」

が、その優しい人が、明日にも息を引きとるだろうと思われていた重症患者を、雑木林の枝に吊るして縊死させたのだ。

藤井葉月を焼死させた時限式火炎ビンを緊急病棟の点滴スタンドに仕かけたのは飯田晃がやったことだ。が、その火炎ビンを作ったのは修善豊隆のやったことであり、未遂に終わったとはいえ、新枝彌撒子を殺そうとしたという事実に変わりはない。

新枝彌撒子に麻酔をかけ、書庫室に閉じ込めたのも、傷害監禁の罪に問われることになるだろう。

豊隆は自分で自分の〝死〟を選ぶ、じゃまはさせない、とそういったが、刈谷は刑事であり、とうていそれを受け入れるわけにはいかない。

「申し訳ありませんが、厨子礼子さんには署まで同行してもらいます。豊隆くんには病院で取り調べを受けてもらうことになる。これから刑事課の同僚を呼びますから――」

そういいながら、刈谷はふたりのほうに足を踏み出そうとして、ふいに体が石のように硬直するのを覚えたのだ。どうしてそんなことになったのかわからない。全身がしびれて指一本動かせなくなってしまった。こんな経験は初めてのことだった。

「…………」

刈谷はあえいだ。全身から冷たい汗が噴きだしてくるのを覚えた。が、どうにもこうにも動くことができないのだ。

豊隆と厨子礼子のふたりはそんな刈谷をけげんそうに見つめた。が、やがて厨子礼子が車椅子を回転させ、ふたりはラウンジから去っていった。無菌室のほうに向かったのではないらしい。どこか遠くに、おそらく刈谷の手のとどかない、はるか遠いところに向かったようだった。

それがわかっていながら刈谷は一歩も豊隆たちを追うことができなかった。ようやく体が動くようになったときには、すでに豊隆たちの姿は消えていた。

刈谷は重い吐息をつきながらソファにすわり込んだ。

——おれはどうしちまったんだろう?

冷汗をぬぐいながら自問した。

常識的に考えれば、過労がたたって一時的に体が不調をきたした、とそう考えるのが自然だろう。

刈谷もそう考える。そうとしか考えようがない。

が、そう考えながら、心の底では自分がまったく違うことを考えているのを意識していた。

――ハルピュイアが飛んできてその鉤爪でおれの体をがっしり押さえ込んだのではないか……

そんな不条理で超自然的な想像が意識の底にわだかまっているのを覚えていた。ハルピュイアに守られて、修善豊隆と厨子礼子のふたりは自分の〝死〟をまっとうするために遠くに旅だっていった。

ふたりが死ぬときには、ハルピュイアがそのしゃがれた鳴き声を響かせて、その頭上を旋回しているのではないか……

刈谷はしばらくソファにすわり込んで呆然としていた。

頭のなかがしびれたようになってもう何も考えることができない。修善豊隆が無菌室に入ることはないだろう。おそらく自分でいったように、自分の死をきっぱりと死んでいくことだろう。刈谷にはもうそれをとめることはできない。とめるつもりもない。

――厨子礼子はどうするんだろう？

決まっている、と自分につぶやいた。彼女は修善豊隆の母親なのだ。母親というものは最後まで子供から離れないものではないか。

城所刑事がラウンジに現れた。頭を掻きながら、近づいてきた。

「ようやくトレーラーを見つけたんですけどね。なにもありませんでしたよ。なんでも女は書庫室で発見されたそうですね。何がなんだかわからないけど、とにかく、これで一件落着ということですかね——」

いや、と刈谷は首を振って、ゆっくりと頭をあげた。

「まだやることが残っている」

「え？」

城所は目を丸くした。

「まだ、どこかに犯人がいるんですか」

ああ、とうなずいて、刈谷は城所を見つめると、

「おまえが犯人だ」

100

緊急病棟に夕日があかあかと射し込んでいる。強い風が、割れた窓ガラスに打ちつけられた板をガタガタと揺らしている。そのために赤い光が炎のように揺れる。まるで何もか

もが燃えあがっているかのようだ。

その燃えあがる赤い光のなかに、ふたりの男の影法師がにじんでいた。

ひとりは刈谷、もうひとりは杖をついた狭更奏一だ。

「赤い光、赤光……これはあなたにふさわしい色ですね。狭更さん——」

刈谷がいう。

「赤光か。いつ、そのことに気がつくかと思っていたよ——」

狭更が笑う。

「あなたが斎藤茂吉の歌を口ずさんでいたときに気がつくべきだった。もっともぼくは歌にくわしくないから仕方ないんだけど。婦警を図書館にやって調べさせましたよ。あれは斎藤茂吉の歌集『赤光』に載っている歌なんですね。『赤光』という題は『浄土三部経』のなかの『仏説阿弥陀経』からとられているんだそうですね。飯田静女さんが唱えていたお経だ。あれはあなたが飯田静女に教えてやったんですね。そういえば、新枝彌撒子も書庫室のなかで、よくそのお経を思いだしたらしいし、『赤光』の歌も思いだしたとそういってました。新枝彌撒子は麻酔の後遺症で一時的な記憶喪失におちいっていたから、そのときにはよく思いだせなかったらしいが、あれもあなたが新枝彌撒子に聞かせてやったものだったんだ。胎赤金白——修善豊隆は金剛界曼陀羅の大日如来だった。あなたは何だったんですか。胎蔵曼陀羅の赤、宝幢如来だったんですか」

しばらく沈黙があり、どうかな、と狭更がつぶやいた。

「『大日経』によると宝幢如来《ほうどうにょらい》は、日暉《にっき》の如し、となっている。おれにはすこし眩《まぶ》しすぎるんじゃないかな……」

「修善豊隆は金剛界曼陀羅、あなたは胎蔵曼陀羅……豊隆は白で、あなたは赤。豊隆自身は気がついていないようだが、狭更さん、あなたは豊隆をあやつっていた。豊隆をあんなふうに心理的に追いつめたのはあなたのしたことじゃないんですか――」

刈谷の声がわずかに激した。

「ぼくがそのことに気がついたのは〝ケーキの作り方〟のことからでした。飯田晃が、おなじアパートの過激派を通じて、〝ケーキの作り方〟を見た、と最初はそう思った。でも、そうじゃなかった。火炎ビンを作ったのは修善豊隆だったし、豊隆自身が〝ケーキの作り方〟を見せてもらって、と自分でそういっている。それでは、豊隆はどうやって〝ケーキの作り方〟を見ることができたのか。あれは地下出版物で、長期間、入院している人間がたやすく見られるものではない。あなたが見せた。そうとしか考えられないじゃないですか。署から〝ケーキの作り方〟が紛失しています。あなたが持ち去って、それを豊隆に見せたのではないですか」

そうだよ、と狭更はあっさり認めた。

「ただ、おれが豊隆をあやっっていたといわれるのは心外だな。そうじゃない。おれは豊隆のやろうとしていることを応援したんだよ。〝運命〟に蹴ころがされたのはおれも豊隆とおなじだ。悪党を追いまわして結婚もしないうちにこんな病気になってしまった。おれが豊隆とおなじように〝運命〟に唾を吐きかけてやりたくなっても当然じゃないか」

「わからない。ぼくにはわからない。ぼくはあんたを先輩として尊敬していたのに」

刈谷の声が狂おしさを増した。

「くすぐったくなるようなことをいうなよ。こんな死ぬまぎわになって、なにが悪でなにが善なのだか、それがわからなくなった。豊隆を見ていれば、それがすこしはわかるんじゃないか、とそう思っただけさ」

「どうしてぼくを呼んだんですか」

「いったじゃないか。女は天使なのか悪魔なのか？　それを知りたかった。ただ、それだけのことだ。こんなことをいっては何だが、おまえさんは足で稼ぐタイプで、豊隆のような人間を相手にしては歯がたたない、とそう思っていた。じゃまにはならないだろうとそう考えたのさ。それに、最後の最後になって、豊隆の動きが見えなくなった。豊隆の考えていることがわからなくなった。おれはほんとうに新枝彌撒子のことも藤井葉月のことも名前さえ知らなかったんだ。豊隆が女になにかしようとしていることは知っていたんだけどな。それがどういうことだかよくわからなかった。そこであんたにすこし調べてもらおうとそう思ったんだよ」

「まだ、あんな臨死体験などというたわごとを主張するつもりですか――」

刈谷は腹立たしげにいった。

「ぼくは、あなたが見えるはずのない皮膜の破れたコードのことを知っていたから、とりあえず臨死体験のことを信じることにした。だけど、よく考えてみると、ナースセンターにはビデオのモニターがある。あれを見れば皮膜の破れたコードなんかかんたんに見ることができる。あんたは臨死体験なんかしていないんだ」

「そう思いたければ――」

狭更は熱のない口調でいった。

「思えばいいさ」

「いずれにしろ、ぼくはあんただけは許せない。あんたは警察官でありながら、ひとりの少年がみすみす罪を犯すのを見過ごしにして、そればかりかそそのかした。ぼくはあんたを告発するつもりだ――」

「おれはもう死にかけているんだぜ。いままで刑事としてえいえいとやってきて、ここにきてそれさえ剝奪されるのはかなわない。なんとか見逃してくれないかな」

「………」

刈谷は憤然として首を振り、その場を立ち去ろうとした。

が――

狭更が手に持っているものを見て、その場を動くことができなくなった。

トカレフだった。

「……だから、ぼくは城所におまえが犯人だとそういってやったんだ――」

刈谷の声は低かった。

「あいつは昨夜、狭更さんに渡すんだといって、なにか病院に持ってきた。ぼくはてっきり見舞いの品だと思ったんだが、よく考えてみれば、昨夜、あいつが病院に来たのは事件が起こったからなんだ。あいつが聖バード病院で事件が起こることを事前に知っているはずがない。見舞いの品など用意できるはずはなかった。あいつがそれを持ってきたのは、狭更さん、あんたに持ってきてくれ、とそう頼まれたからなんだ」

「これは暴力団員から押収して、そのまま靴箱に入れて、机の引出しにしまっておいたものなんだ。どういうものか自分で持っていたほうがいいような気がしてな。いつか役にたちそうな気がしていた。昨夜、病院で事件があったのを知って、刑事課に電話をいれてみたんだよ。当直があいつでよかった。あいつはぼんやりしていて、おれがこれを持ってきてくれと頼んだのを何の疑いもなしに持ってきてくれたよ——」

狭更の声は虚無的でけだるげだった。

「ほんとはな。おまえさんに告発されようがされまいがどうでもいいんだよ。ただ、おれもこの歳になって〝運命〟というやつに逆らってみたくなっただけなんだ。これまで自分のやってきたことに唾を吐きかけてやりたくなった。これでおまえさんを撃つ。撃ったあとでおれも死ぬ。そんなことをやってみたくなった……」

「何のために？」

刈谷の声はしゃがれていた。

「だからさ、べつに理由はない。人間というのはフッと理由のないことをやるもんじゃないか。なんだか名刑事として死んでいくのが急にいやになったんだよ。強いていえばそれだけのことさね」

狭更の声はあいかわらず物憂げだった。ほんとはどっちでもいいんだ、とでもいいたげな気のない様子で、拳銃を持った手をスッと伸ばした。

そのとき——

緊急病棟の入り口に人影が動いた。

狭更の拳銃がわずかに揺れた。

刈谷の体が反射的に飛んだ。

壁に転がり、そこに垂れていたコードをひっつかんだ。思いきり引きちぎった。そして、その先端を床の泥濘に突っ込んだ。

バシッ、というような音がした。泥濘のなかに立っていた狭更の体から青い火花が放たれた。狭更はよろよろと後ずさった。その手から拳銃が落ちた。狭更の体はそのまま後ろにくずおれていった……


緊急病棟の入り口に立ったのは新枝彌撒子だった。

呆然としている。

刈谷はコードを横にとりのけて、狭更のもとに歩いていった。

狭更の脈を調べた。

もともと病気で心臓が弱まっていたのだろう。狭更はすでに死んでいた。

新枝彌撒子が動いた。

刈谷の体を押しのけると、狭更のわきにひざまずいて、泥まみれになるのもいとわずに、懸命に心臓マッサージを始めた。

「…………」

刈谷はそんな新枝彌撒子の姿を呆然と見つめていた。

新枝彌撒子は必死だった。天使のように狭更の命を救おうとしていた。

しかし——

ふいに刈谷は自分の胸に激しいものがうごめくのを覚えた。

——篠塚と寝たのはあなただったんですか。それとも藤井葉月だったんですか。藤井葉月はどうして多摩新道であんなことをしたんですか。あなたはどうして手術室であんなことをしたんですか。あなたたちは天使なんですか悪魔なんですか！

が、結局、刈谷は何もいうことができなかった。何も聞くことができなかった。

新枝彌撒子は顔をあげると、

「駄目です——」

そう刈谷に告げた。

そのとき新枝彌撒子の顔に、一瞬、ほんの一瞬だが、なんとも形容しようのない笑いがかすめたのを、刈谷は見逃さなかった。

それはおそらく狭更が見たというあの笑いであるはずだった。

が、新枝彌撒子が立ちあがって、

「みんなを呼んできます――」

そういったときにはもうその笑いは完全にその顔から消えていた。そこには、きびきびとした、いかにも有能そうな看護婦がいるだけだった。

新枝彌撒子は走り去った。

「………」

残された刈谷は、ふと狭更の体から何かがスッと抜けていくようなのを感じていた。何かが抜けて、天井にのぼっていく、そのことをはっきりと感じた。

天井のほうを見てつぶやいた。

「狭更さん、いまのを見たかい？　見たろう？　あれがそうなのか。あれがあんたの見たものだったのか？　どうなんだ、狭更さん、そこにいるなら教えてくれないか」

しかし狭更は死んだのだ。もう何も教えてくれるはずがない。

――女は天使なのか悪魔なのか？

その謎は永遠に刈谷の胸に残されることになるのだった……

解説――幻想と論理の本格ミステリ

〜ミステリ読者のための山田正紀ミニガイド〜

阿津川辰海

○はじめに

山田正紀のミステリを体験したことがない？　それなら間違いなく、この『妖鳥《ハルピュイア》』です。なぜなら、本作は山田正紀ミステリの特徴が色濃く表れ、しかも高いレベルで結実しているる傑作なのですから。

本書は、徳間文庫内の復刊専門レーベル『トクマの特選！』の記念すべき第一弾であり、再刊による「山田正紀・超絶ミステリコレクション」の一作目なる作品です。このコレクションの第二弾には、〈『囮捜査官・北見志穂』シリーズ〉も予定されているが――それはこの解説の後半で触れることにしましょう。

『妖鳥(ハルピュイア)』は幻冬舎ノベルス→幻冬舎文庫と刊行されてから、長らく入手困難となっていました。今回の復刊はその状況を解消してくれました。

私の中学生時代には、多くの山田正紀ミステリが入手困難となっていた記憶があります。なぜ覚えているかというと、当時、ヤングアダルト向けレーベルとしてミステリ等を連続刊行していた「理論社ミステリーYA!」の一作『雨の恐竜』を読んで感動し、作者の作品を探しまくった記憶があるからです。恐竜が犯行を犯したとしか思えないというファンタジーとしての面白さと、「恐竜の足跡」を巡るロジカルな謎解き、加えて青春小説のほろ苦さまでが渾然《こんぜん》一体となった読み味に、夢中になったのを覚えています。

二〇〇九年に朝日文庫で復刊された『おとり捜査官』シリーズや、二〇一四年にハルキ文庫から仕掛け復刊された『人喰いの時代』など、山田ミステリを読んでいく時に、自分は復刊の機会に随分助けられたという気がしています。もっと山田正紀のミステリが読みたい、という「飢え」を、復刊によって満たしていたのです。

だからこそ、この度の『妖鳥《ハルピュイア》』復刊を喜ぶ気持ちが強いのです。しかも、山田ミステリの特徴が色濃く出た作品でもあるのが、なお入口として良い。

初めて山田作品を手に取る読者にもとっつきやすいよう、以下から始まる節では、他作品を引き合いに出さずに『妖鳥《ハルピュイア》』の魅力を解体してみようと思います。最後の節では、他作品まで含めて、広大な山田ミステリの世界を簡単に見てみましょう。

○『妖鳥《ハルピュイア》』の魅力とは？

山田正紀のミステリは、壮大無比なイメージの広がりを持っています。

本書は聖バード病院を舞台に、密室での患者の死、謎めいた火事、どこかに閉じ込められた女の語り、緊急病棟で主人公の先輩刑事に笑いかけた謎の女などなど……てんこ盛りの謎で読者をあれよあれよと引きずり回してくれます。切れ味の良い語りも相まって、実にサスペンスフルな仕上がりです。

ですが、そこに、どうにも病院という舞台にそぐわなそうなピースが挿入されます。

本作でその最初のピースにあたるのが「カラスを土の中に埋める少年」という情景です（これくらい書いても、到底ネタは見抜けないでしょう）。殺人事件の謎にはどうにもつながらなそうだし、彼の言葉の意味も分からない……それ以外にも様々な衒学《げんがく》が投入されていき、作品世界はどんどん広がっていきます。

しかし、これこそが山田正紀ミステリの魅力なのです。果たして収拾がつくのかと不安を感じつつも、世界が拡張されていく楽しさを味わう。その読み味は、幻想小説やＳＦの傑作を味わっているかのようです。昨今、ＳＦ的設定を利用したいわゆる「特殊設定ミステリ」や、ＳＦと本格ミステリを融合させた作品は珍しくもありません。ですが、「ＳＦ

のように本格ミステリを書ける作家」は、山田正紀をおいて他にはいません。

しかし、限りなく拡散する『妖鳥《ハルピュイア》』のイメージは、最後には、数多くの暗合の発見を通じ、一つの構図に収束していくことになります。これこそが本格ミステリとしての美点です。

そうしたイメージの広がり、作品全体を覆う奇妙な暗合の発見によって、山田作品の語り手はしばしば、自分という存在への信頼性を大いに揺らがされます。現代を舞台にしつつも、現実の境が曖昧《あいまい》に溶けていってしまうような幻想小説の読み味が生まれるのは、語り手の sane/insane の境目を揺らしてしまう、ニューロティック・スリラーのプロットが有効に使われているからです。

本書では「私は誰?」から早くも展開される「わたし」の語りがそれにあたります。作中の登場人物の誰なのかも分からず、どこかの部屋に閉じ込められ、ともすれば正気を失ってしまいそうになる彼女の語りを追体験する。そのスリルといったらたまりません。

また、山田作品では、現実と幻想の境界線を揺るがすために、「死体の消失・移動」というモチーフが多用されます。本格ミステリの中心的存在であるはずの死体が、確かに見たはずのそれが消えてしまうことが、語り手の信頼性をも揺るがせ、幻想的な雰囲気を生み出すからです。「時計塔から落下したはずの死体が、落下するはずの地点から十メートルも離れて死んでいる」という謎がまさしくそれで、実に効果的で、魅力的に提示されています。

そうした、現実の安定性を揺るがせる構成の中では、絶対的に謎を解ける名探偵という存在を認めてしまうと作品世界のバランスが崩れることになります。『妖鳥《ハルピュイア》』をはじめとする多くの山田正紀ミステリに、固有の名探偵が存在しないのはそれが理由なのかもしれません（とはいえ、名探偵が存在する作品では私の大好物である「名探偵懐疑論」が覗く瞬間もあり、それが私にはたまらないのですが、これは後に譲りましょう）。探偵役を務められそうな頭の良い人間は存在しますが、果たしてその人物も、信頼の置ける存在かは分からない。

そのため、『妖鳥《ハルピュイア》』は、名探偵が最後に登場し、快刀乱麻《かいとうらんま》を断つごとく全て解決する……という構成ではありません。視点人物の目を通じて、一つ一つの謎が少しずつ、段階的に紐解《ひもと》かれていき、事件の輪郭が見えてくるという構成なのです。

たとえば冒頭から堂々と提示される「見えない部屋」の謎を見てみると、これに対する解決が、別の謎を誘発するようになっています（おまけに、今読んだ方が、この解決がもたらす納得感と効果は高いかもしれません）。

つまり、「個別の事件は収束に向かっているのに、全体としてはイメージが拡散していく」という凄まじい読み味が出来上がっているのです。

そうした「拡散」の印象は、山田正紀が事件の構図や小道具に次々と見いだしていく思考は、「暗合」によってさらに高まります。数ある事件に共通のパターンを見いだしていく思考は、まさしく論理そのものですが、限りなく反復される論理は事件全体を覆い尽くし、いつの間にか、論理は巨大な幻想へとすり替わってしまうのです。早くも中盤から始まる『妖鳥《ハルピュイア》』の「解決」が、論理の快感と同時に、脳をとろかすような酩酊感を与えてくれるのはそれが理由だと思います。

これこそ、山田正紀の本格ミステリだ、と叫びたくなるような作品でしょう。

○ミステリ読者のための山田正紀作品ミニガイド

最後に、『妖鳥《ハルピュイア》』で山田作品の魅力にハマっていただいたミステリ読者のために、山田正紀ミステリのオススメについて記しておきましょう。作品数が膨大なので、あくまでも簡単に、ですが。もちろん、私だって『神狩り』『宝石泥棒』といった傑作SFの話や、忍法帖トリビュート、クトゥルー短編の話などもしたいのですが、それは別の機会にします。

この「山田正紀・超絶ミステリコレクション」の動向に注目していただきながら、以下の紹介で「これ、面白そう！」と思われるものがあったら覚えておいていただけると、いち山田正紀ファンとしてこれに勝る喜びはありません。

まずは12月からこの「山田正紀・超絶ミステリコレクション」から刊行される予定の〈『囮捜査官・北見志穂』シリーズ〉です。全五巻で、元文庫では法月綸太郎・我孫子武丸・恩田陸・二階堂黎人・麻耶雄嵩というミステリ界の重鎮たちから豪華解説が順番についていた、氏の現代ミステリの代表作と言えるシリーズです。現代流のサスペンスに、生まれつき被害者体質である北見志穂の語りの魅力を加え、おまけに幻想風味も見事に演出した、一つとして外せないシリーズ。私のお気に入りは、トリッキーな誘拐ミステリに幻想マシマシの語りを掛け合わせた三巻と、モジュラー型の捜査が意外な動機に結実してしまう警察小説の魅力満点の四巻です。

他社の現役本では、まずハルキ文庫の復刊で話題になった『人喰いの時代』。連作短編集の構想も見事で、昭和の雰囲気も魅力的な探偵小説です。「探偵小説によって昭和を書く」点で『ミステリ・オペラ』への先鞭《せんべん》をつけた傑作でもあります。呪師霊太郎シリーズ最新作『屍人の時代』の刊行に続き、今年七月に祥伝社文庫から長らく入手困難だった『灰色の柩』(旧題『金魚の眼が光る』)が復刊されています。こちらは北原白秋の童謡に見立てた連続殺人を扱った快作で、執拗なほどに強調された構図の美学は、暗合を得意とする作者の面目躍如です。

同じく祥伝社文庫から復刊の『恍惚病棟』は、「幻想ミステリ」の傑作。今でいう認知症病棟を扱った作品で、認知症当事者の視点まで魅力的に書き切っています。本書の「わたし」の語りに惹かれたなら、手記により構成された傑作『ブラックスワン』（ハルキ文庫など）や、これは入手困難ですが『鏡の殺意』（双葉文庫）のトリッキーな構成なども外せません。

また、著者が敬愛するセバスチャン・ジャプリゾの『シンデレラの罠』『新車の中の女』の二作品に捧げられた、『翼とざして　アリスの国の不思議』（光文社カッパ・ノベルス）は、魔術的な語りを駆使し、島で続発する怪死をつるべ打ちのような謎解きで紐解いていく作品で、これも本書の「わたし」の語りが好きな人は外せない作品というべきでしょう。ジャプリゾの名前は、山田正紀があとがきやインタビューなどでたびたび挙げているところで、『妖鳥《ハルピュイア》』の「わたし」の語りなどにもみられる、読者の鼻面を引きずり回すようなサスペンスフルな語りは、フランスミステリの味わいを思い出させます。なお、『妖鳥《ハルピュイア》』の刊行時、法月綸太郎が寄せていた推薦文は「手術台の上で『シンデレラの罠』と『虚無への供物』が衝撃的に出会う。鬼才が挑む入魂のオペを今度こそ見逃すな！」という、入魂の文章でした。

閑話休題。『妖鳥《ハルピュイア》』の復刊と同タイミングで、ＳＦミステリの傑作『ここから先は何もない』（河出書房新社）も文庫化するとのこと。J・P・ホーガン『星を継ぐもの』も顔負けの宇宙規模の壮大な謎を作ったうえ、それを見事に解決、しかも山田ＳＦの壮大な構想にまで辿《たど》り着いてしまう。

早川書房の〈オペラ三部作〉はあまりの大作ぶりに手に取るのをためらってしまうかもしれませんが、山田作品のイメージの沃野《よくや》を楽しめる上質な連作。私のお気に入りは二・二六事件が題材の『マヂック・オペラ』です。江戸川乱歩の探偵小説が取り入れられているところも偏愛ポイントで、幻惑的な構成や語りによる幻想小説でもあり、ワクワクするような冒険小説にもなっています。

私の最愛の山田ミステリは『神曲法廷』（講談社文庫）。神宮ドームとダンテの『神曲』という異様な取り合わせが繋がってしまう点もさることながら、最後に明かされる構想に圧倒されます。また、神の声を聴くがゆえに、名探偵を務める——務めざるを得ない主人公、「神性探偵」という設定が私は大好物。続編『長靴をはいた犬』もオススメで、真犯人の名前が早い段階で分かってしまうにもかかわらず、なお謎が生じる構成と犬神伝説を絡めた面白さが良い。

講談社文庫では華道の世界をガッツリと描いた『花面祭 MASQUERADE』もぜひともオススメしたい作品。華道・活け花の世界を幻惑的に描き、耽美で魔術的なミステリに仕上がっています。華道流派の四天王一人一人のところで事件が起こる、という構成も気持ち良い。

『妖鳥《ハルピュイア》』と同じく幻冬舎ノベルス（のち、文庫）から刊行されていたのが『螺旋《スパイラル》』『阿弥陀《パズル》』『仮面《ペルソナ》』。『螺旋《スパイラル》』は房総半島を舞台に、導水路という巨大な密室から消失した死体のトリックがユニークな作品。まさに奇想の剛腕としか言いようがありません。ここで登場する探偵・風水林太郎《ふうすいりんたろう》は『蜃気楼・13の殺人』（光文社文庫）にも出演、ここでは、消失の構図を繰り返し用いることで、読者を幻惑する作品世界の構成に成功しています。犯行が百五十年前の古文書に予告されていた、という、唖然《あぜん》としてしまうような謎も面白い。

『阿弥陀《パズル》』『仮面《ペルソナ》』は風水火那子《かなこ》出演作で、前者はエレベーターからの消失を徹底した論理により解きほぐす純正パズラー、『仮面《ペルソナ》』は山田流名探偵懐疑論がある種の極北に辿り着いた作品でもあります。光文社文庫には『風水火那子の冒険』という粒よりの短編集があり、「ジャーロ」にまだ未収録作があるはずなので第二集に期待したいところ。

文藝春秋の「本格ミステリ・マスターズ」から刊行の一冊『僧正の積木唄』は、ヴァン・ダイン『僧正殺人事件』の後日談にして、金田一耕助が米国で事件に挑むパスティーシュ。『僧正殺人事件』は、『翼とざして』のあとがきなどでも、「ミステリーとの決定的な出会い」となった本として挙げられている書名で、著者の力の入れようが分かるというもの。反日感情吹き荒れる第二次世界大戦直前のアメリカが活写された作品でもあります。

なお、単行本版には千街晶之による山田正紀論およびスペシャル・インタビューが三十ページにわたって収録され、作者のミステリに対する考えをじっくり読むことが出来るので、興味のある人は探してみてください。

いわゆる謎解きミステリでなくても、山田正紀は元々冒険小説の名手。こちらからは、強奪作戦などを描くケイパー小説集である『贋作ゲーム』（扶桑社文庫など）をまずはオススメ。ハルキ文庫から復刊された初期作『謀殺のチェス・ゲーム』も手に汗握る頭脳戦を描いた冒険小説の傑作。

他の未文庫化作品では、暗号や死体消失などの謎を展開しつつ、チェスタトン風の作品世界を作り上げている『郵便配達は二度死ぬ』（徳間書店）、冒頭でも紹介した『雨の恐竜』が特にお気に入り。一読ではその全体像を見通しづらいとはいえ、忘れがたい読み味を残してくれる幻想ミステリ『カオスコープ』（創元クライム・クラブ）などもあります。

最後に。今年刊行された『フェイス・ゼロ』（竹書房文庫）には、各種アンソロジーなどで収録されたきりだった短編がまとめて収録されています。危険な撮影を次々敢行するテレビ業界と当時の生命保険業界が交錯する冒険コメディの傑作「冒険狂時代」は、実に四十三年ぶりの収録です。これらの作品がまとめて読めるのは、実に嬉しいことでした。

本作の復刊、『灰色の柩』の改題復刊、『ここから先は何もない』の文庫化と、破竹の勢いで刊行される山田正紀ミステリ。今、もう一度波が来ているのではないかと、山田ミステリを探して飢えていた経験を持つ私も、一読者として嬉しく思っています。「山田正紀・超絶ミステリコレクション」も、まだまだ目が離せません。粒よりの山田正紀ミステリの世界にぜひ、飛び込んでみてください。このビッグ・ウェーブに乗るなら今、ですよ。

二〇二一年八月

本書は1999年11月に幻冬舎文庫より刊行されたものに加筆・修正をいたしました。なお、本作品はフィクションであり実在の個人・団体などとは一切関係がありません。

徳間文庫

山田正紀・超絶ミステリコレクション#1

妖鳥《ハルピュイア》

2021年10月15日　初刷

著者　山《やま》田《だ》正《まさ》紀《き》
発行者　小宮英行
発行所　株式会社徳間書店
東京都品川区上大崎三―一―一　〒141―8202
目黒セントラルスクエア
電話　編集〇三(五四〇三)四三四九
販売〇四九(二九三)五五二一
振替　〇〇一四〇―〇―四四三九二
印刷
製本　大日本印刷株式会社

ISBN978-4-19-894685-2　(乱丁、落丁本はお取りかえいたします)